ODEON

BAND 6

Wole Soyinka

Die Ausleger

Roman
aus dem Englischen von
Inge Uffelmann

Ammann Verlag

Die Originalausgabe ist erstmals 1965
unter dem Titel »The Interpreters« im Verlag
André Deutsch Limited in London erschienen.

Erste Auflage
Im 20./21. Jahr des Ammann Verlags

Homepage: http://www.ammann.ch

Satz: Dörlemann Satz, Lemförde
Druck, Bindung: WS Bookwell, Porvoo, Finnland
ISBN 3-250-30006-3

Erster Teil

I

»Metall auf Zement verletzt meine Trinklappen«, nörgelte Sagoe und stopfte sich gegen den Wahnsinn der kreischenden Eisentische die Finger in die Ohren. Dann brach ihm fast das Genick, als Dehinwa aufsprang und Sagoes Kopf im Leeren baumelte, wo sich eben noch ihr Schoß befunden hatte. Bandeles Arme überraschten immer wieder. Halb ausgebreitet umfaßten sie Tisch und Stühle, schoben sie gegen die Hauswand, während die Tänzer sich unter den Chamäleonzungen des Wolkenbruchs hinwegduckten und der Wind sie mit deutlich böser Absicht ansprang. Im Nu war nur noch die Band übrig.

Das »Plop« dauerte schon eine Weile an, ehe Egbo die Ursache erkannte, voll Abscheu zu dem undichten Dach hinaufschaute, dann sein Bier in den Regen kippte und murmelte:

»Ich brauch sein Mitleid nicht. Bestell jemand diesem Gott, er soll nicht in mein Bier weinen.«

Sagoe rieb sich noch immer den Nacken.

»Du bist eine geborene Henkerin – einfach so aufzuspringen! Einem Gorilla hätte es den Hals brechen können.«

»Ich muß eben auf meine Haare achten.«

»Ihre Haare! Mein Hals gegen ihre Haare. Warum trägst du keine Perücke, wie alle modebewußten Frauen?«

»Weil ich Perücken nicht ausstehen kann.«

»Aber wenn du immer mit deinem eigenen Haar rumläufst, werden die Leute bald glauben, du hast 'ne Glatze.« Über die schenkelhohe Bambuswand, die die sogenannte private Partyatmosphäre gewährleistete – Besuchen Sie die lauschigen Nischen im Cambana Club etc. etc. –, beobachtete Egbo die wachsende Pfütze, in der sich sein verunreinigtes Bier in Schaum auflöste. Ein letzter Rest versprengtes Weiß klammerte sich hartnäckig an den Bambus, stieg mit dem Wasser;

das übrige verdünnte sich rasch durch das, was vom Dach herunterpeitschte.

»Tja, ich habe eine Entscheidung getroffen. Ich kann mich nicht beklagen.«

Bandele sah ihn an.

»Oh, ich habe nur mit mir selbst geredet und mit dieser geschwätzigen Pfütze.«

Zwei Paddel tauchten in die ruhigen Wasser der kleinen Bucht, und lautlos zog das Kanu eine Furche durch den knorrigen Kummer der Mangroven; die Luft stand bewegungslos – eine alte, rostige Kanone ragte aus dem Wasser. Mit den vermodernden Hulks der Kanus am Ufer wirkte alles wie eine vergilbte Fotografie der Vergangenheit, doch es bestand nur eine Scheinverbindung. Die Ruderer verlangsamten die Fahrt und hielten das Kanu bei der Kanone an. Egbo tauchte die Hand ins Wasser und senkte seinen Blick in die brackige Stille hinab, in die dunkle Tiefe des Schlammbettes. Er sah entspannt aus, ganz in sich zurückgezogen.

»Ihr habt es vielleicht schon geahnt. Das ist die Stelle, wo meine Eltern ertrunken sind.«

Langsam setzte sich das Kanu wieder in Bewegung.

»Eure chinesischen Weisen würden natürlich sagen, das sei eine Lüge. Wie kann ich behaupten, daß meine Eltern an dieser Stelle ertrunken sind, wenn es heute nicht dasselbe Wasser ist wie letztes Jahr, wie gestern oder auch nur vor einem Augenblick, als ich sprach. Wie auch, mein Großvater ist kein Philosoph. Er ließ die Kanone hier hinsetzen, um die Stelle zu markieren, und folglich sind meine Eltern an dieser Stelle ertrunken.«

Sie wendeten die Köpfe ab, wußten nicht, was sie sagen sollten. Aus der entschwindenden Kanone krabbelte ein neugieriger Krebs, streckte seine Scheren in die Sonne und rutschte über die Kante, wobei er weiche Rippelwellen im Wasser hinterließ. Schlammspringer von der Farbe des Wassers lagen neben den Kanurümpfen. Nun hatten sie Besitz ergriffen von den einst stolzen Kriegskanus. Die Arkaden der Mangroven streckten sich ins Endlose, und Kola unterbrach die Stille und sagte: »Mangroven deprimieren mich.«

»Mich auch«, sagte Egbo. »Ich glaube, ich kann dem Wasser nie ganz entfliehen – aber ich mag die Dinge des Todes nicht. Ich entsinne mich, als ich in Oshogbo lebte, hielt ich mich gern im Oshun-Hain auf. Stundenlang habe ich da am Ufer nahe am Wasser gelegen und nur gelauscht. Es ist dort ähnlich wie hier in den Lagunen; friedlich und tröstlich. Ich lag da, fest davon überzeugt, daß meine Eltern aus dem Wasser aufsteigen und mit mir sprechen würden. Daß sie sich in Wassermann und Wasserfrau verwandelt hätten, ich bezweifelte es nicht. Also erwartete ich, daß sie überall dort auftauchen konnten, wo die richtigen Bedingungen herrschten. Und Oshun wies die gleiche ewigverhangene Düsternis auf. So ging ich Nacht für Nacht hinaus, rief sie und legte mein Ohr ans Ufer, genau an die Stelle, wo das Wasser ans Ufer schlägt.« Er lachte. »Aber für all meine Qual und Mühe erntete ich nur Prügel. Meine Zieheltern dachten, ich sei ein Anhänger Oshuns geworden. Aber was, frage ich euch, hätte mir Oshun nützen können?«

Er zog die Hand durch das Wasser, als sie weiterfuhren, riß etwas Tang ab und verflocht die langen weißlichen Wurzelstränge miteinander.

»Es war natürlich nur eine Phase, aber ich sehnte mich wirklich nach der Dunkelheit. Ich mochte es, wenn das Leben still und geheimnisvoll war. Während der Ferien nahm ich meine Bücher mit hinunter, um dort zu lesen. Später dann ging ich noch weiter hinunter, bis zur alten Hängebrücke, wo das Wasser ungehindert über Felsbrocken und weißen Sand fließt. Und dort strahlt die Sonne.

In den Wirbeln und Strömungen war ebenfalls Tiefe, zumindest tastete ich mich vom freien Himmel aus in die Dunkelheit vor. Aber es war ganz anders als im Hain, wo mich die Tiefe überflutete, bei der Brücke entglitt sie einem leicht, man mußte sie aufspießen, pfeilgerade in sie hineinstoßen wie ein Vogel.«

Er empfand plötzlich eine unangenehme Mischung aus Frustration und Verwirrung, und mehr als je zuvor wünschte er, sich klar und unzweideutig darstellen zu können.

»Ich möchte gerne erklären, warum Erinnerungen mir keine Stütze sind. Seit meine Eltern starben, habe ich keine Pilgerfahrt mehr hierher unternommen. Natürlich hat mich meine Tante von Zeit zu Zeit hergebracht, um dem alten Herrn zu zeigen, daß ich noch lebe. Das letzte Mal war ich vierzehn, und ich wünschte, es könnte das letzte Mal bleiben.«

Bandele runzelte die Stirn, und Egbo bemerkte es.

»Warum runzelst du die Stirn?«

Bandele schüttelte nur kaum merklich den Kopf.

»Bist du anderer Meinung? Sekoni, was sagst du? Wenn die Toten nicht stark genug sind, immer gegenwärtig zu sein in unserem Dasein, sollten sie dann nicht bleiben, was sie sind – tot?«

»S-solche Haaa-ha-haarspallllterеien z-z-z-zersch-sch-stören die K-kuppel der Koo-o-ntinuität, und und und sssie i-ist das Leben.«

»Aber müssen wir denn«, setzte Egbo seine Rede fort, »fortgesetzt den Toten entgegenkommen? Warum sollten die Toten ihrerseits sich fürchten zu sprechen, um uns zu erleuchten?«

»Nnnnndeshalb müssen wir die a-alles überspannende K-k-k-uppel ak-ak-akzeptieren, es es gibt keine Richtung. Die B-b-b-brücke ist die Ku-kuppel der Religion, und B-b-brü-b-b-brücken führen n-nicht nur von von von hier nach d-da; eine Brücke w-weist aaauch rückwärts.«

»Es sollte mehr solche Hadschis wie dich geben, Scheich«, sagte Egbo. »Ihr alle verletzt die Stille, aber er beharrt dabei auf einer Absicht.«

Lethargie hatte ihn beschlichen und breitete sich unmerklich aus; die Stimmen wandelten sich in ein zurückgeworfenes Echo, weit geschleudert wie die dumpfe Klage des Muezzin. Die unvermittelt auftauchende Stadt, noch immer entfernt im schweren Dunstschleier des Nachmittags, hatte sie ohne Vorwarnung umschlossen, verletzte den Frieden und beraubte sie für weitere Augenblicke jeder Lust zu sprechen. Bedächtig, als könne eine rasche Bewegung das archaische Gleichgewicht stören, holte Kola seine Stifte hervor, legte seine Hand auf den ihm am nächsten sitzenden Ruderer, und das Kanu fuhr langsamer, hielt an.

»Es ist«, murmelte Egbo, »genau, wie es in meiner Erinnerung lebt. Alle Realität hat Pause.«

Schlammdunkle Stelzen und über ihnen Weiß- und Grauschattierungen auf glatten Wänden und über jenen Hunderte von Nestern strohgedeckter Dächer. Aufgedockte Kanus in leuchtendem Kontrast zu Plankenfußböden, Relikte jener Zeit, als die Fische, über deren Jagdrechte man sich stritt, sich noch von den Abfällen der Disputanten nährten. Jetzt erwarteten sie das jährliche Rennen, die Wiederaufführung des Krieges der langen Kanus. Osa döste in Schlagschatten und Sonnenglut, in lebendigem Weiß, das momentane Blindheit reflektierte, bewegungslos, bis eine flache Barke aus einer versteckten Ausfahrt auftauchte und zwischen den Reihen der trägen Kanus hindurchfuhr. Eine tonnengleiche Gestalt, halb nackt, stieg aus, sanfter Glanz auf ihrem Wanst, als sickere Öl von der letzten Mahlzeit durch die Haut. Selbst auf diese Entfernung konnte man keine schwabblige Korpulenz ausmachen; der Bootsführer zog sein Gefährt mit Leichtigkeit an Land, hievte einen Sack auf die Schulter und verschwand zwischen den Schatten.

Die Ruderer hatten sich wieder in Bewegung gesetzt, doch Egbo hielt sie noch einmal zurück.

»Wartet noch.«

Der Unbekannte hatte die Kruste der Zeit durchbrochen; Egbo sah Zwerge zu Füßen des Kriegsherrn sitzen, dessen mörderisches Lachen in der zusammengekauerten Gruppe, der er Audienz gewährte, Schrecken verbreitete. Egbos Tante hatte ihn mitten in diese Szene hineingestoßen; die Würde ihres Vaters wie immer mißachtend, brüllte sie ihm ins Ohr:

»Ich habe deinen Sohn gebracht!« Und Egbo erinnerte sich an die augenblickliche Verwandlung des alten, mächtigen Mannes. Sein drohendes Lachen wandelte sich in tiefempfundene Freude und in eine plötzliche unbegreifliche Kraft, mit der er Egbo auf seine Knie hob, so daß er die Zwerge überragte. Wieder erlebte Egbo die Begegnung mit dieser schreckenerregenden Lebhaftigkeit, zwei Hände, die sein Gesicht und seinen Kopf betasteten, besonders den Kopf, Finger, die durch die Haare hindurch in seinen Schädel drückten, als wollten sie bis in die Windungen und Höhlungen seines Hirns vordringen. Und sie prüften seine Muskeln, seine Brust; und dann wieder das Geräusch des Tornados – seines Großvaters zufriedenes Lachen. Das war ihr letztes Zusammentreffen. Und jetzt sah es Egbo wie in einer Vision: Als der Kriegsherr sich von seiner Audienz zurückzog, mit festem Gang, ja sogar weit ausschreitend, schien es Egbo doch, als seien die Zwerge, die ständigen Begleiter des Kriegsherrn, zugleich auch seine Führer, als ruhten seine Hände auf ihren Köpfen, damit sie ihm die Richtung wiesen. Sorgfältig siebte Egbo seine Erinnerungen durch ...

»In einer solchen Umgebung«, es war Kola, der sprach, ohne seine Aufmerksamkeit von seinem Skizzenbuch zu lösen, »jede Bewegung dieses Ortes in festem Griff, in allen Angelegenheiten ein Gott unter Menschen – so stelle ich mir den alten Herrn vor. Und natürlich mit völlig weißem Schopf.«

»Inzwischen wohl auch blind, oder?«

Egbo hatte diese Frage an die Ruderer gerichtet. Sie räusperten sich, stotterten beklommen. Vage spürte Egbo die Gesetze des Tabus, und er merkte, wie sich das Gefühl der Fremdheit wieder einschlich.

»Aber ich bin sein Sohn«, protestierte er. »Ihr sprecht doch schließlich nicht mit einem Fremden.«

Dennoch schwiegen die Ruderer. Egbo beharrte: »Ich war noch ein Kind, als ich ihn das letzte Mal sah, und schon damals ließ seine Sehkraft nach. Kann er heute noch etwas sehen?«

Der Älteste der Ruderer nahm seine Zuflucht zu einem Sprichwort: »Gefragt, warum sie ihre Absichten hinter Lederschilden verbargen, antworteten die Ratsherrn, ›Der König sagt, er ist blind‹.«

Der Geist von Generationen erhob sich über ihm, und Egbo spürte, er würde immer wieder erschaudern, und doch fühlte er sich unablässig vom Vorbild der Toten angezogen. Und dies hier – während er, fast am Ende seiner Reise, wartete, am Scheidepunkt zögerte, zugegebenermaßen zurückschreckte –, war dies nicht die Exhumierung einer Vergangenheit, die besser vergessen blieb? Erst jetzt dachte er, wer bin ich, mich einzumischen? Wer? Allerdings – und das zählte viel –, er kannte und verachtete diese Zeit, die ihn in seinen Anfängen zu ersticken suchte.

Und da war die persönliche Bedrohung seines Großvaters; doch er zweifelte nicht, daß der alte Mann die politischen Risiken erkannte, Umschwünge akzeptierte. Und Egbo wünschte, dies sei alles, wünschte, es sei nur der politische Kampf, nichts weiter. Aber er hatte eine kraftvolle Männlichkeit, eine versöhnliche Barmherzigkeit in dem alten Mann und dieser Umwelt erspürt, und das, Egbo wußte es, wurde zerstört von Schwächlingen, die Lockköder auslegten, von Schaumschlägern. Da ist auch der Stolz auf meine Herkunft, sagte Egbo zu sich selbst, schließlich bin ich ein Egbo.

Ja, er könnte bleiben. Schickte ihm der Deszendenten-Verein von Osa nicht täglich seine Sprecher, die ihn plagten und die alle von der fixen Idee vom »erleuchteten Herrscher« besessen waren? Und langsam geriet Egbo in Gewissenszweifel und stellte dem Kriegsherrn der Lagunen die langweiligen, grauen Aktenschränke des Auswärtigen Amtes gegenüber. Und wachsender Zorn ballte sich in ihm, Panik, dann vorsichtiger Rückzug aus der fein ersonnenen Falle. Was verlangten sie von ihm? Wie konnten sie es wagen, ihm Verpflichtungen anzutragen? Und dieser Fremde, dessen stockenden Atem er aus jeder ihrer Bitten heraushörte – ja, er war ein Fremder, von ihm nur durch eine nicht weniger schwache Generation getrennt –, ein Vater, dessen Einbaum sich zwischen den Siedlungen bewegte, der das *Wort* verbreitete, das trotz ritueller Billigung wenig änderte, ein Vater, dessen unachtsamer Tod einen größeren Zweifel hinterließ als die Überredungskünste einer lebenslangen Bekehrung. Und seine Mutter, Prinzessin Egbo, ihre Last war es, die er nun trug, über sie lief die Erbreihe, und sie war an der gleichen Stelle versunken; nichts als die rostige Kanone war von ihr geblieben … Er gab den Versuch auf, im Geiste die Blutsbande zu entwirren, und verblieb unter ihrer tyrannischen Kraft.

Die Paddel tauchten von Zeit zu Zeit ein, zwangen das Kanu mühsam gegen die Strömung, um gleichbleibenden Abstand von der Küste zu halten. Sekoni fiel der Kopf auf die Brust, er ergab sich der Schläfrigkeit. Doch die anderen wandten sich einer nach dem anderen um; die bevorstehende Aufdringlichkeit und die Beweggründe dafür machten sie unsicher und mißtrauisch.

»Werden wir nun deinen Vorfahren zu sehen bekommen oder nicht?«

»Ich weiß es nicht. Wirklich nicht«, antwortete Egbo.

Denn in diesem Moment, während Egbo zögerte, an Land zu gehen und sich dabei an sein Unvermögen klammerte, sich isolieren zu können, in diesem Moment hatte sich alles geändert. Dies hier war anders als die Ernüchterung aus der Ferne, als die Furcht um die Würde seiner Wurzeln, als die Angst vor dem Schicksal eines ausgebrannten Feuerschluckers. Er gestand es sich nun endlich ein, dies war ein Ort des Todes. Und er gab zu, er fühlte sich davon angezogen, fühlte sich angezogen von diesem Traum der Isolation; er roch die archaische Bedrohung und die gewaltige Strömung, unfähig, deren dunkle Vitalität zu leugnen.

»Was soll das heißen, du weißt es nicht? Sag bloß nicht, du hast uns den ganzen Weg hierhergeschleift, nur um jetzt zu sagen, du weißt nicht …«

»Da drüben ist ein blinder alter Mann und ein Volk, und sie warten auf irgendein mythisches, allwissendes Wesen meiner

Generation. Aber was um alles in der Welt kann mir eine solche Existenz bieten?«

»Zum Beispiel so viele Ehefrauen, wie du nur eben gerade verkraften kannst«, sagte Bandele.

»O ja, ich gebe zu, das ist ein wichtiger Punkt.«

»Und Macht«, sagte Kola.

»Diese Art Macht wäre ein Steckenpferd. Allerdings – jede Menge davon, wie mir die Verführer immer wieder einreden wollen. Doch, doch, hier gibt es Macht, so oder so. Verbünde dich mit den neuen Göttern oder verlange Lösegeld für sie. Osa kontrolliert eine Menge dieser lebhaften Schmuggelrouten, und zum Teufel mit den Hubschraubern und Schnellbooten, die Regierung kriegt nur, was der alte Mann zu opfern bereit ist. Es ist nur ein kleiner Ort, aber der reichste unter den Lagunenstädten. Und die Nachbarschaft weiß, wo ihr heimlicher Vorteil liegt. Sie stecken mit Osa unter einer Decke seit dem Tag, als der Zoll eingeführt wurde.«

»Aber sie gehen alle kaputt – früher oder später fliegen sie alle auf.«

»Ich möcht's nicht erleben.«

»Wer will's verhindern? Dein müder Großvater?«

»Nein. Aber wir könnten es.«

»Aber wollen wir es? Versuchen wir es überhaupt?«

»Nein. Zu beschäftigt, obwohl ich noch nicht herausbekommen habe, womit eigentlich. Ich frage mich die ganze Zeit, was tun wir eigentlich? Außer die Herolde der Zukunft zu stützen, die im Herzen Sklaven und wehleidige Typen sind, abgesehen davon, was tun wir? Habt ihr nie das Gefühl, euer ganzes Leben wäre eine durchsichtige Wasseroberfläche, die die Last von Idioten trägt, bloß ein Übergang, ein reflektierendes Medium oder eine rein zufällige Masse, kontrolliert von Gärstoffen, auf die ihr keinen Einfluß habt?«

Bandele zuckte die Schultern.

»Ich bin nicht im Staatsdienst.«

»Aber du fügst dich dem System, du lebst darin, bist Mark in diesem hohlen Rohr.«

»Hat die Macht deshalb Anziehungskraft für dich?« fragte Bandele.

»Ich möchte bloß von dieser Wasseroberfläche befreit werden.«

»Von der Apostasie«, sagte Kola.

»Was ist das?«

»Was? Ach so, ein Apostat? Ein Apostat ist jemand mit einem Gesicht, das ich nicht malen kann, nicht mal schlecht. Eine absolute Neutralität, verstehst du?«

Einer der Ruderer hielt die Hand ins Wasser und fühlte die Strömung. Besorgt sagte er: »Die Strömung, sie ändert am späten Nachmittag die Richtung.«

»Wie? Von der Küste weg?«

Der Mann nickte.

Mit unschuldiger Miene fragte Kola: »Wie viele Frauen hat der alte Herr?«

Fast hätte Egbo ihm geglaubt, dann lachte er.

»Ich hab doch zugegeben, daß das eine wichtige Überlegung ist. Ich habe darüber nachgedacht. Lange und ernsthaft. Stellt euch vor, ich hätte nicht nur ein Haus voller Frauen, sondern es würde auch noch als männlich und durchaus angemessen gelten. Ich weiß nicht, wie viele er hat, aber ich sag euch, ich wäre nicht zimperlich.«

»Hättest du ja auch nicht nötig.«

»Wirklich, dutzendemal habe ich von mir in einem solchen Haushalt geträumt. Und die zukünftigen Aussichten für die Tradition dieses Landes. Das Beispiel könnte die ganze Welt bekehren.«

»Du bist der erste echte Rückschrittler dieser Generation.«

»Im Gegenteil! Polygamie ist ein ganz und gar modernes Konzept. Ich leugne ja nicht, daß die Praxis uralt ist, aber wer hätte je gedacht, daß *das* Polygamie ist?«

»Okay, okay. Gehen wir jetzt an Land oder nicht?«

Als hätte er es nicht gehört: »Manchmal fürchte ich, ich habe den Bogen der Objektivität bis zur Grenze des Negativen gespannt. Was ist das für eine Wahl, frage ich mich, zwischen den häßlichen Schlammspringern dieser Bucht und den heiseren Kröten unseres abwasserverseuchten Hafens. Gibt es einen Unterschied?«

»Keinen.«

»Das ist die Antwort, die ich fürchte, wenn ich meiner Versuchung nachgeben und meinen Platz hier beanspruchen sollte. Kein Unterschied. Manchmal gehe ich sogar so weit zu denken: ›Was ist mein Großvater anderes als ein glorifizierter Bandit?‹ Nur, auch das hilft nichts. Lieber ein glorifizierter Bandit als ein großmäuliger Sklave.«

Die Ruderer zeigten auf das Wasser. Die Strömung wurde sichtbar, träge Venen unter einer schläfrig zusammengerollten Python. ›Sie streichelt dich‹, sagten die Leute von der Lagune, ›sie streichelt dich mit den lüsternen Armen von Meerjungfrauen, zieht dich, ewig scheu und mütterlich, doch zu den tiefsten Höhlen hinab.‹

»Noch nicht«, sagte Egbo. »Nicht noch ein Egbo nach so kurzer Zeit, ihr nymphomanischen Tiefen.«

Doch noch immer stand die Entscheidung aus. Er hatte noch keine Wahl getroffen, jedenfalls nicht bewußt.

»Also gut, machen wir uns auf.«

»Und in welche Richtung, Mann?«

Vielleicht hatte er gehofft, sie würden sich einfach in Bewegung setzen und so die Last der Entscheidung von seinen Schultern nehmen. Aber es sah Bandele ähnlich, grundlos zu beharren. Egbo ließ es dabei bewenden und sagte einfach: »Mit der Strömung.«

Kola grinste: »Wie Apostaten?«

Ein Schatten von Ärger auf seinem Gesicht, Groll, weil er unfähig war, die unfruchtbare Suche endlich zu begraben, vor allem die Aussicht, die sie noch immer wie eine Erlösung bereithielt. Er sah sich im Lokal um, suchte ein Objekt, das er aufstacheln konnte, um sich dann seinerseits wieder an Energien zu reiben, die er selbst geweckt hatte. Es war nur Lasunwon da, Anwalt und Politiker. Er klebte ihnen ständig an den

Fersen, ewig Mülleimer für ihre Anfälle von Angeberei, und er beklagte sich nie. Still beobachtete Egbo, wie die College-Krawatte, die ihren eigenen Willen entwickelt hatte, Lasunwon erstickte, als der Knoten auf den hüpfenden Adamsapfel drückte. Das Bier änderte die Richtung, und Lasunwons Nasenlöcher wurden zur Zwillingstülle eines Feuerwehrschlauchs. Als Egbo die Augen öffnete, sah er voll Überraschung, wie Lasunwon quer durch den Raum einen Bekannten anstrahlte.

Die Gruppe zwischen ihnen und dem Regen schrumpfte zusammen, flüchtete, als ein plötzlicher Windstoß sie durchnäßte und Sagoes Tisch mit dichtem Sprühregen einnebelte. Bandele streckte eins seiner langen, dünnen Beine aus und kippte den verlassenen Tisch auf die Seite, so daß er einen Schild bildete. Sagoe zitterte plötzlich, und Dehinwas Ton verriet Besorgnis.

»Du zitterst ja«, wobei sie seine Stirn fühlte.

»Ist nur die Feuchtigkeit«, sagte er. »Ich zittre nicht, ich kann mich nur nicht an die Feuchtigkeit gewöhnen.«

»Lügner. Es ist die Erkältung von gestern.«

Sie wandte sich an die anderen.

»Er ist wieder auf der Apapa-Road gewesen. Und wißt ihr, warum er das macht? Nur damit er über die steckengebliebenen Autos triumphieren kann.«

»Das ist nicht wahr. Ich schürfe in den Schlaglöchern nach Öl.«

»Sehr komisch!«

»Ich suche das Leck in der Straße, das ist alles.«

»Bei dem Wetter mit dem Fahrrad zu fahren! Kein Wunder, daß sie dich einen Kommunisten nennen. Du stehst ganz oben auf der Liste derer, die in Schutzhaft genommen werden sollen.«

»Warte wenigstens, bis der Haftbefehl kommt.«

Dehinwa, noch immer ärgerlich beschützend, wandte sich an Bandele: »Gestern kam er mit dickem Kopf und mit laufender Nase nach Hause. Geschieht dir recht!«

Sagoe zog eine Fratze, bedeckte seine Ohren mit ihrem Schal, und eine Zeitlang herrschte Schweigen.

Die Trompete durchbohrte die Nacht mit einem letzten trotzigen Ton, und das Saxophon schlich sich aus dem Licht, eine verwundete Schlange, die sich mit obszönem Zischeln dahinwindet. Kola hatte die Papierservietten, die er den Kellnern abgerungen hatte, verbraucht. Jetzt half ihm Sekoni, in dem Wirrwarr von Gekritzel ein freies Fleckchen zu finden. Er zeigte auf eine bescheidene Ecke, aber Kola schüttelte den Kopf.

»Da könnt ich nicht mal 'ne Bohne hinmalen.«

Er winkte mit den Servietten in der Hoffnung, die Aufmerksamkeit eines Kellners auf sich zu lenken. Sekoni nahm ihm den Kugelschreiber ab und malte in den verschmähten Raum etwas, das die Form einer Zwiebel hatte. Kola gab auf. Die Kellner drängten sich in der Nähe der Bar. Sie alle hatten den leeren Blick der Langeweile, zwei waren völlig hypnotisiert durch die Kaskaden, die vom Dach stürzten. Kola schaute kurz auf Sekonis Zwiebel, dann wandte er sich an Egbo.

»Was wolltest du sagen?«

Irgendwo in undurchsichtiger Luft ein lautes Splittern, der Todeskampf pechgetränkter Balken, die gegen die Faser gebogen werden. Sie alle warteten auf das Kreischen des Wellblechs. Es war ganz in der Nähe. Angestrengt starrten sie über die niedrigen Häuser im Hof in Richtung des Geräusches. Sekoni hatte Katzenaugen.

»D-d-d-da, es ist da da drüben.«

In dem Augenblick krachte es auch schon; der dumpfe Aufprall von Ziegelsteinen und danach der höher tönende Zusammenbruch verrosteter Metallplatten.

»Ein Zahn«, verkündete Egbo, »die Skyline hat einen Zahn aus ihrem längst verrotteten Kiefer verloren.«

Sekoni stotterte schlimmer denn je.

»Sie sie sie wwwwerden hh-heu-heute nnnn-nnnnacht o-o-obdachlllos sein. Vielleicht s-s-sooollten w-wir hin-ge-hingehen u-und s-s-sehen, o-ob w-w-wir h-h-he-helllfen können.«

Sagoe schnarchte leise. Auf Egbo übten Gewitter normalerweise eine große Faszination aus, sein Gesicht strahlte dann unnatürlich lebhaft. Heute aber hatte er einen grollend finsteren Blick und murmelte Verwünschungen an die Adresse des Himmels.

»Hab dich nicht gebeten, meine Niedergeschlagenheit mit mir zu feiern.«

Kola nahm seine Kritzeleien wieder auf, seine linke Handfläche diente ihm jetzt als Malgrund. Bandele paßte sich, Wandgecko, in eine Nische.

Wie eine Geheimwaffe war dieses Etwas, das sie Hartnäckigkeit nannten; für ihn war es immer ein Ausdruck für ›starrköpfiges Kind‹, und Egbo verübelte ihnen seine Hilflosigkeit. Sie sagten es sogar, als er gerettet wurde – sie, die Erwachsenen, die Fremden, die mit der weisen Humanität –, sie sprachen es aus, als sie ihn, er war bei vollem Bewußtsein, aus dem Wasser zogen. ›Der‹, sagten sie, ›ist hartnäckig.‹ Die beiden anderen nicht, der Prediger, sein Vater, und die Tochter eines Königs, deren Körper erst Stunden später geborgen wurden. Danach ging es von Zieheltern zu Zieheltern, denn seine Tante, die eigentlich die Verantwortung für ihn hatte, war ein unruhiger Geist. Bis heute blieb ihr Gesicht für ihn schemenhaft. Der Lehrer, sein erster Vormund, verschliß Rohrstöcke im Dutzend an ihm. Seine Tante kam unverhofft aus Dahome zurück, warf einen Blick auf die Striemen und schleuderte dem Lehrer ein Tintenfaß an den Kopf. Dann nach Oshogbo, zu einem ihrer Handelspartner. Aber die Frau des Kaufmanns kreuzte seine Striemen nur mit neuen, vor allem weil er sich weigerte, ihren Laden zu hüten. ›Meine Tante ist Ihr Handelspartner‹, hatte Egbo gesagt, ›wie komme ich also dazu, auf Ihren Laden aufzupassen?‹

Aber es kam schlimmer. ›Wenn du einen Ältesten grüßt‹, sagte der Kaufmann, ›dann wirfst du dich vor ihm zu Boden.‹ ›Sie meinen, ich soll mich flach auf den Bauch legen?‹ ›Auf den Bauch, du Sohn des Teufels.‹ Egbo korrigierte ihn sanft:

›Mein Vater war Geistlicher, und er hat mich nicht gelehrt, mich zu Boden zu werfen.‹ Der Kaufmann langte nach seiner *kobòko,* riß Egbo am Ohr und schrie: ›Strenge wird dich lehren, oder die Peitsche!‹ Jahre später ging er in ein Internat und kam nur während der Ferien in das Haus des Kaufmanns. Aber sein Vormund erwartete ihn; sein schlaffer Schmerbauch, riesige Wülste weicher *amala,* wölbte sich über den Lederriemen. Egbo setzte sein Gepäck ab, nahm allen Mut zusammen und grüßte ihn stehend. Die Peitsche schnellte unter dem Sessel hervor, doch nun gab es intellektuelle Argumente. ›Wenn ich selbst vor Gott nur knie, warum sollte ich mich dann vor Ihnen zu Boden werfen?‹ Und zitternd hielt der Kaufmann mitten im Schlag inne. Angenommen, Gott belauschte dieses Gespräch und ergriff Egbos Partei? In Anbetracht der göttlichen Rache gab es nur gründliche und rechtzeitige Täuschung. Tagelang schlich der Kaufmann einher, flüsterte nur, wartete, daß Gott den vielleicht schon gefaßten Entschluß wieder fallenließ, seine Existenz vergaß. Nichts geschah, eine Woche, drei Wochen lang, und langsam gewann der Kaufmann seine Kühnheit zurück. Nur, Egbos Standpunkt war unverändert, und durfte er ihn als bloßes Kindergeschwätz abtun? Es war nicht schwierig, andere Ausreden zu finden. Man entdeckte Egbo um Mitternacht im Oshun-Hain am Ufer liegend, das Ohr fest auf den Boden gepreßt. ›Was machst du da?‹ fragten sie. Er sagte, er habe gebetet. Also schlugen sie ihn wegen heidnischer Neigungen. ›Alle wohlerzogenen Kinder beten in der Kirche‹, kreischte die Frau, ›nicht in einem verderbten Hain der Heiden!‹

Sie dösten vor sich hin und warteten, daß der Regen sie freigab. Sagoe zuckte hoch, drehte Dehinwas Kopf zu sich hin und flüsterte: »Sei ehrlich, sehe ich genauso hohl aus wie die anderen?«

Aber er war sehr laut, Bandele hatte ihn gehört.

»Total leer«, versicherte er ihm, und Egbo fügte hinzu:

»Wie ein Politiker bei einer Pressekonferenz.«

»Die zwei sind immer noch ganz schön munter«, sagte Dehinwa und meinte Kola, dessen Handfläche nun ein einziges Geschmier aus Tintenstrichen war, und Sekoni, der gegen die Kiesel weiß der Himmel welcher Thematik ankämpfte. Die Kiesel hatte er zu seiner eigenen Mythe gemacht, sie waren der verschlungene Zugang zum Humor seines an schmerzlichem Ernst so reichen Lebens …

»A-a-a-als ich nnoch ein Kind war, ha-ha-ha-habe ich gern K-kiesel vavaverschluckt. Wenn ich haheute Sch-schlsch-schluckaaauf habe, sch-sch-ppppp-schpringen sie mir in d-den Hals, und i-ich ka-kann nicht schpppp-schprechen.«

Die Schluckaufs waren am schlimmsten, wenn Sekoni aufgeregt war, und seine Spannung, als er seine Geschichte ausbreitete, wurde nur noch von der Spannung der Zuhörer übertroffen. Denn was Sekoni betraf, so war das irrsinnig lustig. Es war verblüffend; und die Anstrengung machte ihn zum zwangsgefütterten Kind, das den Kopf rebellisch von der eindringenden Nötigung abwendet. In seinem Fall, Vorstellungen. Bizarre, unverständliche, abgedroschene, anregende Ideen, sogar Dinge, die er selber gesagt oder getan hatte und täglich für selbstverständlich nahm – plötzlich begriff er sie als etwas Neues und war ihrem Angriff ausgesetzt.

Minutenlang verdrehte Sagoe die Augen, riß sie dann wieder weit auf, ruckte hin und her mit den abrupten Bewegungen einer bißbereiten Schlange, ohne auf Dehinwas Klage ›Um Himmels willen, nun gib doch mal Ruhe!‹ zu achten. Irgendwas drückte seinen Nacken mit Macht vorwärts bis vor Egbos Gesicht. Hier verharrte er, kaum eine Handspanne weit entfernt. Egbo beobachtete ihn nachsichtig, ermunterte ihn schließlich mit schwachsinnig besoffenem Grinsen: »Na, hast du gefunden, was du suchst?« Sagoe schüttelte den Kopf und seufzte: »Was für eine Verschwendung.«

Nur Dehinwa suchte beharrlich nach einem Sinn in den Worten des betrunkenen Sagoe.

»Was«, wollte sie wissen, »ist eine Verschwendung?«

Und mühsam entlockten sie Sagoe seine Klage.

»Seht ihr Egbos Gesicht in Ultramarin? Dieser Klub hat Atmosphäre.«

Licht der blauen Birne des Aquariums hatte sich auf Egbo ergossen. Auch auf Lasunwons Gesicht spielten flackernde Flecken und schienen wie fleischzersetzende Strahlen zu wirken. Seine Muskeln um Mund und Wangen waren völlig erschlafft und widersetzten sich Kolas sämtlichen Bemühungen, sie wieder anzuspannen. Dehinwa insistierte noch immer: »Aber was ist eine Verschwendung?«

»Die Atmosphäre, Mädchen, die Atmosphäre. Wir sollten Liebespaare sein. Selbst hinterhältige Lüstlinge und ihre Gurretäubchen würden reichen. Aber was haben wir hier? Fünf abgefüllte Suffköppe.«

Dehinwas Erwiderung ging zum Teil unter, weil Sagoe sie in ihrem Schal mumifizierte. Bandele trat aus dem Schatten einer Säule, in dem er ein Nickerchen gehalten hatte, schlug die Augen auf und beobachtete die Szene.

»Hat's immer noch nicht aufgehört?«

»Zu regnen? Nein.« Sekoni lachte plötzlich still vergnügt, seine übliche kurzverhaltene Ration. Kola schaute auf, verlangte aber keine Erklärung. Es schien nichts besonders Lustiges vorzugehen, also wendete er sich wieder seiner Arbeit zu. Zweifellos irgendein vergessenes Ereignis. Sekoni lachte nie im Moment des Geschehens, er reagierte eher mit Aufgestörtheit, Ängstlichkeit, und Fremde fragten sich dann oft, ob sie sich einer Gefühllosigkeit schuldig gemacht hatten. Doch unveränderlich, ausgelöst vielleicht durch einen Unfall oder durch eine Prüfvorrichtung, die Sekoni in sich aufgebaut hatte, erinnerte er sich später der Szene und lachte sein kurzes, aller Gesetzmäßigkeit entgegenstehendes Lachen.

Die Fische begannen ein kleines amphibisches Spiel, peitschten das Wasser auf, schnellten hastig hinter einen Stein und glotzten den unsichtbaren Verfolger an. Lasunwon beobachtete sie und verfiel in Gefühlsduselei. Er wackelte mit dem mahnend erhobenen Zeigefinger, schaute auf das Aquarium und sagte: »Genauso sind wir Menschen. Wir leben ständig in einer Falle, umschlossen von Straßen, auf denen der Fluchtweg so klar gezeichnet ist.«

Die Fische, wütend, hielten inmitten ihrer Bewegung inne, durch den Ausspruch zutiefst beleidigt. Heldenhaft bekämpfte Sekoni die Kiesel, doch er verlor. So schüttelte er nur voller mitleidigem Tadel den Kopf. Egbo aber grapschte sich Lasunwon bei der College-Krawatte und versetzte ihm mit einem ›Gott strafe dich‹ eine Kopfnuß.

Sagoe richtete sich auf und sah sich nach einem Kellner um.

»Ich brauch einen Brandy, um den Schüttelfrost abzuschütteln.«

»Schluß, heute gibt's nix mehr. Du bist schon betrunken genug.«

»Als einzige Frau in dieser Gesellschaft solltest du dich zurückhalten. Niemals, nie, nie, nie solltest du in männlicher Gesellschaft die Stimme erheben.«

»Ich sag's ja, du bist völlig betrunken.«

»Nein. Ich bin niedergeschlagen, verdammt noch mal, ich bin völlig *down.* Und diese elende Band ist schuld dran. Die haben mich deprimiert, kaum daß sie angefangen haben zu spielen. Und dieser ständige Wechsel zwischen *high-life* und dem Rhythmus der Regen-Maraccas dauert schon viel zu lange. Der Regenrhythmus ist mir zu komplex, ich bin zu träge, um ihn in mich aufnehmen zu können. Und du – bidubidu?«

»Du redest zuviel.«

»Und du solltest überhaupt nicht reden, hab ich dir gesagt. Ich jedenfalls weigere mich, so tief zu sinken wie die anderen. Sieh sie dir doch an. Und wenn der Scheich nicht so mit seinen Kieseln zu kämpfen hätte, würde er auch reden.«

»Jetzt, wo du schon mal aufrecht sitzt, kannst du mir deine Schulter leihen.«

Dehinwa lehnte sich dagegen und döste ein. Sagoe sah sich bestürzt um und fragte sich, ob er es nun allein mit Sekoni aufnehmen müsse, allein gelassen mit der ernsten Intensität des Scheichs. Wie zufällig kickte er Egbo unter dem Tisch an, doch dessen Bein zog sich nur zurück. Vorsichtig versuchte er, unter Bandeles Lider zu spähen, doch er bemerkte, daß die Augen ihn mit der vertrauten Milde beobachteten.

»Keine Angst, ich schlafe nicht.«

Sagoe lehnte sich über den Tisch und senkte die Stimme: »Er deprimiert mich, und ich bin so schon traurig genug.«

»Was ist los mit dir?«

Sagoe lächelte.

»Du wirst es nicht glauben, aber es ist unser toter Vorsitzender, Sir Derinola. Ich hätte nie gedacht, daß ich für den eine Träne vergießen kann.«

»Der Ex-Richter?«

»Jap. Die Anwälte haben ihm den Spitznamen ›Sir Morgue‹ gegeben. Er war ganz in Ordnung, bis er sich von den Politikern hat kaufen lassen. Komisch, solange er lebte, habe ich ihn verachtet.«

»Ich dachte, du wolltest dich von morbiden Gedanken freimachen.«

»Stimmt, aber der Scheich hat mich aus dem Gleis geworfen.« Er senkte die Stimme noch tiefer: »Es ist seine Ernsthaftigkeit. Man weiß nie so recht, was man tun soll ... wie wenn ein Krüppel aus einem Auto aussteigt und man nicht weiß, wie man ihm helfen soll. Soll man ihm die Hand unter den Ellenbogen schieben, oder soll man ihn in Ruhe lassen und ihm nur den Wagenschlag aufhalten? Oder soll man ihm die Krücken reichen? Verstehst du, was ich meine? Warum muß er bloß so verdammt stur sein? Ich kann mich einfach nicht dran gewöhnen.«

»Brauchst du doch auch nicht, verhalt dich neutral.«

»Leicht gesagt. Du kannst das vielleicht, ich nicht. Manchmal, wenn ich ihn unterbreche und spüre, daß er sich immer noch abquält, dann habe ich das Gefühl, ich erdroßle ihn. Verstehst du, was ich meine? Ich drehe ihm die Luft ab, ohne ihn ganz umzubringen. Wie wird Kola nur mit ihm ...«

»Kola verhindert, daß man ihn verletzt.«

Kola konnte ihn natürlich hören. Zum erstenmal sah er sich

selbst in dieser Rolle und entschied insgeheim, daß es nicht stimmte.

»Aber sag mir doch«, fuhr Sagoe fort, »was ist das zwischen ihm und der Kuppel?«

Bandele blickte sich rasch um; Sekoni hörte nicht zu, trotzdem sagte er: »Später, später. Kola kann dir das besser erklären.«

Nur wenige fanden die angemessene Unparteilichkeit gegenüber Sekoni, der soviel Zeit brauchte, seine Phantasien abzuladen.

Eine neue Band stieg auf das Podium, doch sie war nicht gekommen, sich mit dem Regen zu duellieren. Die kleinen *apala*-Bands agierten inzwischen wie die Streichertrios, die Quartette, die einsamen Stehgeiger der europäischen Restaurants, die der vielversprechenden Börse ein Ständchen bringen. Dies war eine Wandergruppe, halb verhungert; ihr Lebensunterhalt waren Almosen. Normalerweise waren die Straßen, die Märkte, vielleicht ein Privatbüro ihr Jagdgefilde, dort praktizierten sie ihre milden Erpressungen. Sie hatten einen Riecher für die richtige Gelegenheit und waren auf die Taufe vorbereitet, noch ehe das Kind geboren war. Mit der Zeit wurden sie mutiger, stellten sich auf die städtischen Bedürfnisse ein, zeigten den neuen *oyinbos*, was zum guten Stil gehört, und wurden auf Cocktailpartys bald so unentbehrlich wie die Olive im Martini. Erst eroberten ihre Melodien, dann ihre Instrumente – vor allem die Sprechtrommel – die Nachtlokale. Und sie lernten ständig dazu, wurden immer besser und beuteten Pausen und andere Ruhezeiten aus, die sich aus den Umständen ergaben. So wie diese Gruppe jetzt. Nur eine Gitarre, drei Trommeln, die wie fest mit ihr verwachsene Auswüchse der Achselhöhlen wirkten; die Stimmen modulierten, was die lautlos gebundenen Töne der Trommel vorgaben. Sie hatten die Stimmung im Griff, ganz wie Professionelle, sprachen nur untereinander, nicht mit dem Publikum, das, wenn es wollte, behaupten konnte, es verstehe ihre Sprache nicht. Aber die Mode hatte sich geändert. Ableugnen war jetzt passé, nach dem Prunk, der Zurschaustellung, dem Bluff der *high-life*-Bands hatte man jetzt Gelegenheit, wieder Gefühl zu zeigen, waren versteckte Anspielungen zugelassen, deren man sich in der vergangenen Phase noch geschämt hatte.

Nicht, daß irgend jemand getanzt hätte. Der Geschäftsführer kam plötzlich herausgestürzt, ruderte mit den Armen in der Luft und rief: »Wer hat diese Leute reingelassen?«, womit er freilich nur die Reaktion seiner wohlhabenderen Kunden prüfen wollte. Sie gaben ihm zu verstehen, er solle still sein, und, in sich hineinlachend, verzog er sich wieder hinter die Bar. Es bereitete Zufriedenheit, für nichts etwas zu bekommen.

»Kuriere der Nachschwemme«, sagte Egbo. Er war wieder vollkommen munter, seine Aufmerksamkeit war geweckt. Kola schaute auf.

»Was hast du gesagt?«

Die Kellner schienen auch wieder aufgewacht, und Kola sicherte sich gleich ein paar Servietten.

Sagoe stöhnte: »Ich muß mich flach auf den Bauch legen. Ich weiß, ihr könnt euch das nicht vorstellen, aber das Timbre dieser Trommeln dreht mir den Magen um.«

Dehinwa, müde: »Oh, Sagoe ...«

»Aber es ist wahr. Es hat mit der Vibration zu tun. Ich lüge nicht, wirklich nicht. Die Musik ist ganz in Ordnung – aber mein Magen verträgt sie einfach nicht.«

»Du hast viel zu viele Wehwehchen. Ich möchte bloß wissen, wie du eigentlich deine Kindheit überlebt hast.«

»Jetzt haltet endlich den Rand, ihr zwei«, schnauzte Egbo.

In eine weit zurückliegende Vergangenheit getaucht, wühlten sie selbst noch die schwächsten Erinnerungen auf, jene Männer, die dort mit ihren Stimmen das Plätschern des Regens ergänzten, doch nicht mit belagernden Weisen, sondern mit grautrüber Trägheit. Und einer nach dem anderen regten sich die Zuhörer, beunruhigt, doch ergeben. Und schlagartig war es für Egbo verloren und für die anderen, denn Sekoni kämpfte wieder mit den Kieseln. Seine Qual war nur zu offensichtlich, obgleich es ihm noch nicht gelungen war, ein Wort hervorzubringen. Starren Blicks erwartete Egbo Sekonis Ausbruch.

»Nnnnnnihilist!« endlich herausgepreßt wie ein plötzlicher Luftschub aus einem überlasteten Ventil. »S-s-sich vvvor der T-tugend zzzu f-fürchten. B-bei einem i-i-intelli-g-genten Mmmmenschen ist Fffurcht vor der Schschönheit u-u-u-und der Tugend Fefefefeigheit.«

»Können wir nicht erstmal diesen Wanderern zuhören, ehe du wieder zu meckern anfängst?«

Egbo nahm Kola die beleidigende Zeichnung weg und schaute sie genau an. Kola sagte bloß: »Sie hat mich gelangweilt«, als sei das Erklärung genug dafür, daß er der Frau einen Kropf an den Hals gemalt und ihre Füße in Schaftstiefelboote verpackt hatte. Oder stellte die Zeichnung ein Schnabeltier dar? Dann erst entdeckte Egbo das Original, allein auf der Tanzfläche. Keiner von ihnen, mit Ausnahme von Kola und Sekoni, hatte gesehen, wie sie von der verlassenen Fläche Besitz ergriffen hatte. Sie tanzte ohne Partner, völlig sich selbst genügend. Sie war immens. Sie ragte auf allen Seiten heraus, beherrschend. Sie füllte die Tanzfläche mit ihrem Körper, schloß die Umgebung aus mit einer natürlichen Aura des Überflusses. Sie bewegte sich langsam, mit tiefster Empfindsamkeit, eingehüllt in die Melodie und den Rhythmus des Regens. Und sie bewirkte eine abermalige Veränderung in der Band, die jetzt nur für sie spielte, Musik und Stimmung wie Faltenwurf um sie legte.

Sie beobachteten, wie sie sich langsam verlor, den Kopf zurückgeworfen, um mit den Palmwedeln, den Bananenblättern oder dem anderen Blattwerk, das tropische Frische auf dem Fußboden vortäuschen sollte, eine noch engere, eine ganz persönliche Verbindung eingehen zu können. Der erste Trommler bewegte sich auf sie zu, zog gleichsam ihre Haut über seinen Trommelkörper. Regenbänder im Grün und Orange des Klubs fielen von den Rändern des Staatsschirmes, umrankten sie, deren Abbild sich in den vier Seiten der Spiegelsäule verzerrte. Von Zeit zu Zeit erhob sich ein leichter Wind und besprühte sie, doch sie tanzte weiter; der Trommler aber zog sich zurück, strich rasch über die Membran, rieb sie warm, um ihre Textur zu erhalten, doch seine Stimme wich nicht von ihrer Seite.

Ein langer Arm streckte sich aus der dunklen Ecke, lang, dünn, trügerisch zart, Bandeles. Er schnappte Lasunwon die Zeichnung weg, der sie gerade auf den nassen Boden flattern lassen wollte.

»Hättest du es ihn doch tun lassen«, sagte Egbo.

»Ja, sie gehört in die Pfütze«, sagte Lasunwon.

»Du noch eher als die Zeichnung. Und da wärst du auch gelandet.«

»So laßt ihn doch seine Meinung äußern«, sagte Sagoe.

»Da hab ich ja nichts dagegen«, versetzte Egbo, »aber er wollte zu weit gehen, er wollte ein Gefühl äußern.«

Bandele lachte: »Laß Lasunwon zufrieden.« Und Sagoe ergänzte: »Ja, laß ihn zufrieden. Der Mann kann nichts dafür, daß er so ist, wie er ist.«

Bandele reichte Egbo die Zeichnung, und der sagte: »Wie auch immer, der Scheich hat recht. Du bist ein gottverdammter Zyniker. Und jetzt hört den Musikern da zu.«

»Aber was stimmt denn nicht?«

»Abgesehen von dem Kropf und den überflüssigen Hausbooten da an ihren Füßen …«

»Wieso überflüssig? Guck dir doch den Fußboden an. Wie soll sie denn sonst in dem Teich da tanzen können?«

Angeekelt legte Egbo die Zeichnung beiseite.

»Jemand sollte dir das Hirn einrenken.«

Das Lied, Schrei und Legende der Vergangenheit, erinnerte ihn an seine eigenen Bindungen, und er straffte sich. Und dann lehnte er sich an die Wand zurück, wandte seine ganze Aufmerksamkeit der Tänzerin zu und verlor sich sogleich in ihrer Selbstversenkung. Doch Kolas Skizze schlich sich ein, ein Abzug davon haftete auf seiner Netzhaut, und im stillen verfluchte er Kola und dessen Schandtat.

»Auf jeden Fall ist es maßlos übertrieben. Die Frau tanzt in einem Stück und nicht Hinterbacke für Hinterbacke.«

Sie war noch immer allein, ihre Füße im Wasser, ihr schimmernd-samtiges Wickelgewand mit dem Muster einer ausgestandenen Modewut – Owolebi – schleifte mit einem Zipfel ehrfurchtslos im Naß. Also nannte Egbo sie Owolebi, murmelte den Namen immer wieder, Owolebi, Owolebi, bis Dehinwa es hörte und schrie: »Das ist es, ja, ich habe die ganze Zeit überlegt, wie das Muster hieß!« Doch Egbo hörte nicht hin. Er versuchte, durch die Lider der Tänzerin zu schauen, die sich langsam schlössen, bis ihre Augen die tropfenden Achselhöhlen im Herzstück des Schirms nicht mehr wahrnehmen konnten, und das Wasser rann durch sie hindurch, sanft, wie durch verborgene Hügel, geheiligt. Sie sollte, so bestimmte er insgeheim, *iyun* an den Handgelenken tragen, Ringe aus Antimon auf der Brust und leichte Ziernarben, einen vollen Kreis flacher Mulden, versunken in Antimon. In Nächten wie diesen, beim Klang der Eisengongs und beim leisen Ruf der Trommel, öffneten selbst alte Frauen ihre faltigen Schenkel dem Himmel. Die Tänzerin drehte den Kopf, und ihre Brauen wölbten sich wie Regenbogen, und ihre Hügel und Rinnsale gaben sich ganz seinem Blick preis.

»Wie ein Fluß, der um frische Yamshügel schwillt.«

Und Egbo schloß die Augen, entzog die Scheidelinien im Strom seinem Blick; feuchte Ufer, an denen sich auszuruhen seine Schultern begierig waren.

»Das ist nicht alles Regenwasser, was da an ihr runterläuft«, verteidigte Kola sich noch immer. »Schweiß, das meiste ist Schweiß. Innerlich leisten die Muskeln gehörige Arbeit, oder meinst du, in der massigen Gestalt läuft alles automatisch ab?«

Bandele schielte noch einmal zu dem Original hinüber.

»Dieses Licht«, beharrte Kola, »täuscht gewaltig. Ich gebe zu, das Gesicht ist friedlich, ruhig, aber …«

»Ruhig!« brüllte Egbo. »Ruhe, oh, Ruhe, die du jeglichen Verstand übersteigst, transzendente Ruhe der fernen Gottheit,

Sangos Maid ist ruhig nach der Besessenheit, das Bett ist ruhig nach leidenschaftlicher Liebe. Ruhe. Aus der tiefen, weiten Mitte der Liebe – Ruhe!«

»S-s-sag, was du willst, sie sie ist eine wwwwwundersch-schöne F-f-frau.«

»Ist das alles, was dir einfällt?« fing Egbo wieder an. »Vor deinen Augen steht der Triumph der Schwarzen Immanenz, und alles, was du dazu sagen kannst ...«

Kola hielt ihm ein geändertes Bildnis der Frau unter die Nase. Eine Zeitlang betrachtete Egbo es mit großem Ernst, dann sagte er feierlich: »Manchmal, du gottverdammter Schmierfink, möchte ich dich gerne umbringen.«

Und Kola warf seinen Stift weg.

»Was hast du denn jetzt schon wieder auszusetzen?«

»Es ist voller Fehler! Wo sind die dunklen, verschwiegenen Hügel, wo die Wolkenklüfte? Na, wo sind sie? Statt dessen hast du bloß Orangenspaltenzwillinge gemalt.«

Es stimmte. Und dazu dehnten sie sich auf dem Papier noch unabhängig vom Körper.

»Weißt du was? Nimm einen Stift und mal sie dir selber.«

»Ich kann doch nicht zeichnen«, sagte Egbo und drehte sich ganz und gar niedergeschlagen zur Seite. »Ich kann nicht zeichnen, und deshalb gehörst du ertränkt.«

Lasunwon mischte sich wieder ein: »Ich verstehe zwar nicht, was die Orangen da sollen, aber insgesamt hat sie doch ziemlich gewonnen.«

»Der Kronanwalt gibt seine Billigung!« verkündete Sagoe.

»Du brauchst auch nicht dauernd so zu sticheln«, antwortete Lasunwon, nun doch leicht verstimmt. »Was verstehst du überhaupt davon?«

»Genug, um zu sehen, daß Egbo ums Verrecken gern mit dem Original ins Bett gehen würde.«

»Mit der?« und auf Lasunwons Hohnlachen hin schnellten einige Köpfe in ihre Richtung. »Mit der ins Bett gehen?«

»Und warum nicht?« wollte Egbo wissen.

»Weil sie ekelerregend fett ist. Mein Gott, ich kann fast

hören, wie ihre Hinterbacken quatschen, so wie die Orangen in Kolas Zeichnung.«

»Du bist roh, ungehobelt.«

Egbo heftete seinen Blick auf die fast unmerkliche Unabhängigkeit der Hinterbacken. Auch Sagoe schaute hin.

»Sie erinnern mich an zwei Satelliten, die im Weltraum sacht aneinanderstoßen, sich dabei aber gerade nur eben berühren.«

Egbo stierte ihn wild an, also versuchte er ihn zu beruhigen: »Naja, eine weiße Frau von diesen Ausmaßen wäre völlig amorph. Einfach abstoßend. Aber schwarze Frauen, ehhh ...«

»Das«, warf Lasunwon ein, »ist wieder einmal eine von deinen unbegründeten Verallgemeinerungen.«

»Überhaupt nicht unbegründet! Ich habe beide Hautfarben in ihrer natürlichen Umgebung beobachten können, ich weiß also, wovon ich rede. Diese Frau zum Beispiel, sie ist stattlich, aber nichts an ihr ist überflüssig. Jedes Gramm ihres Fleisches weiß sie zur Geltung zu bringen, sie ist durch und durch weiblich.«

»Aber könntest du dir vorstellen, mit ihr ins Bett zu gehen?«

»Käm auf'n Versuch an.«

Dehinwa knuffte ihn hart in die Seite. Und Egbo, der seinen Blick nicht von der Tänzerin abwenden konnte, sagte: »Ich würde mein Haupt zwischen ihre Brüste betten und meine Ohren mit ihnen bedecken, und sollte Gott der Allmächtige persönlich mich rufen ›Egbo, Egbo!‹, so würde ich antworten: ›Ich kann dich nicht hören, ruf mich später wieder!‹«

Sekoni, entsetzt, würgte: »Nnnnein. Da-da-das darfst du nnicht! A-a-eine Fffrau ... sie sie i-st dddder Ko-ko-kör-per der Rrreligion. S-s-sie in Wwwwwiderspruch zuzu bringen mit ...«

Gereizt fiel ihm Sagoe ins Wort: »Nimm doch nicht alles so tierisch ernst, Scheich. Darf ein Mann denn nicht mal einen Witz machen?«

Sekonis Kopf zuckte mit wachsender Heftigkeit, und Bandele sagte ruhig: »Jetzt hast du's nur noch schlimmer gemacht.«

Sie warteten noch ein paar Augenblicke, bis Sekoni mit »Pppppppprofanität« explodierte.

Egbo, der seinen starren Blick noch immer nicht von der Tänzerin löste, fragte: »Ich weiß nicht, warum du annimmst, ich hätte einen Witz gemacht?«

Wieder blickte er auf die Brüste, die ihm wie riesige Naturdenkmale erschienen und zwischen denen sich zu vergraben er sich sehnlichst wünschte.

»Wie doch der Regen uns zu Einzelwesen macht«, murmelte er, »die Welt ausbootet; und man ergibt sich der Geliebten. Was«, und er sprach Sekoni direkt an, »findest du falsch daran, die Welt mit Hilfe der Früchte aus Gottes eigenem Füllhorn ausschalten zu wollen?«

Sekoni mühte sich mit der Antwort, dabei fiel sein Blick auf die Zeichnung, und erst jetzt sah er die Änderungen, die Kola vorgenommen hatte. Fast verzweifelt zog er das Blatt zu sich herüber, und die Erregung erstickte ihn beinahe.

»A-a-aber da da ... ich wwwwußte nnicht, da-daß du es vvverändert ha-hast. Es i-ist ehrlicher ...«

Kola starrte ihn mit offenem Mund an.

»Deine Reaktionen kann man wahrhaftig nicht vorhersagen.«

Lasunwon, genauso überrascht: »Also billigst du diesen Orangenkram?«

»O-or-orangen ... K-kuu-kürbisse ... a-alles dasssselbe ... a-alles Ku-kuppeln der Fffffeuchtigkkkeit ... ffemminin.«
Sagoe lachte: »Das ist aber nichts Feminines, was er da mit den Stoßdämpfern gemacht hat, nur typische Kola-Gehässigkeit, frag ihn nur.«

»Nnnein, nnein, K-kola hat recht. Schließlich Llleben, Lliebe, sie sie sind Wwwege zur U-u-u-u-universalkukupppppel. Kupppeln der Fffeuchtigkeit ... o-o-o-optimmmmmistische A-a-a-einstellung – S-s-s-sicht der Mmmmmenschschscheit. W-was Kola mit den Zzzeuzzzeugungsss-symbolen gemacht hat. Bedenkt, a-eine Fffrau ist die Ku-ku-kuppppel der Llliebe, sie ist die K-kuppel der Rrreligion …«

Sekoni, qualifizierter Ingenieur, hatte seinen Blick täglich über die Reling wandern lassen, als er mit dem Schiff nach Hause reiste. Die sprühende See baute ihm Brücken und Krankenhäuser, und die breite, schäumend nachziehende Bahn wandelte sich in einen ohrenbetäubenden Wasserfall, der sich menschlichem Zugriff widersetzte, bis Sekoni ihn zwischen seinen Fingern sammelte und das Wasser zwang, sich durch die Kanäle seiner Handflächen zu ergießen, sich zu den urzeitlichen Riesen am Waldrand hinleiten zu lassen. Er legte die Handflächen gegeneinander und hielt die Wogen der Antriebskräfte wie in einer Wiege geborgen.

Ein andermal saß er auf einer hohen Fontäne, weit über den Wipfeln der höchsten Bäume, gerade über den niedrigsten Wolken. Rundum in seinem Blickfeld bargen ins Endlose sich erstreckende Mammutwalzen, Felssäulen zu Stein gewordenen Götterdung der Ewigkeit. Wenn der Berg nicht kommen will, wenn der Berg nicht kommen will, dann lasset uns zum Berge gehen, im Namen des Propheten! So öffnete Sekoni seine Hände, in denen die Energien des stürmischen Gefangenen gurgelten; Energiewellen stupsten die Monolithen entlang ihrer Klüfte, kleine Seufzer organischer Ekstase, und Pfade taten sich auf. Die brütenden Stammesmütter lieferten sich ihm mit all den ihnen innewohnenden Kräften aus, lagen sauber und ordentlich ausgerichtet ihm zu Füßen. Sekoni mischte sie wie Karten, und sie verwandelten sich in Zauberformeln für die Hafenreinigung, zu Pulver zermahlen, pflasterten sie das Land von einem Ende zum anderen. Ein Rohr grub sich in die Erde, durchbrach die Erde tausend Meilen weit entfernt mit eisernen Katalogen unterirdischer Energien; Sekoni ließ seinen kundigen Blick auswählend darüberschweifen und prüfte sorgfältig. Kabbalistische Gleichungen emporschießender Bohrtürme verbesserten die Logik des natürlichen Wachstums, das Chaos der Schlangen und anderer Waldgefahren wurde zur Parallele für Schienenstränge, Straßensysteme, singende elektrische Leitungen. Sekoni eilte die Gangway hinunter, suchte die Hand verwandter Geister für das Leuchtfeuer seiner statischen Elektrizität, doch die Hand, schlüpfrig von Schmiermitteln, entglitt der seinen und wies ihm seinen Schreibtisch an …

»Bitte sehr. Lassen Sie mich wissen, wenn Sie noch etwas brauchen.«

»Hier ist die Klingel für den Botenjungen.«

Sogar eine Klimaanlage, Sekoni hatte keinen Grund zur Klage.

»Die Briefe zur Unterschrift, Sir.«

»Sehen Sie doch bitte diese Urlaubsanträge durch, und legen Sie eine Namensliste an.«

»Antrag auf ein Fahrrad? … Fahrradantrag … Moment mal, das müßte Akte C/S 429 sein. Ich will mal in der DV des GCI nachschauen. Könnten Sie in der Zwischenzeit wohl …«

»Darf ich Ihre Bestellung aufnehmen, Sir? Wünschen Sie morgens Tee, oder ziehen Sie Kaffee vor?«

»Bitte, finden Sie sich beim Ausschuß der Fünf zur Vorbesprechung ein. Es geht um die Bewerbung für den Posten des niederen Angestellten …«

»Vergessen Sie nicht die Kommissionssitzung. Schließlich sind Sie ex offizio Mitglied …«

Langsam stieg das Gas während der Sitzung, und plötzlich sprengte es Protokoll und Agenda der Kommission, und alle starrten ungläubig.

»Bitte halten Sie sich an die Geschäftsordnung!«

»Herr Vvvvorsitzender, i-i-ich ka-kkkann nicht länger Bbbbriefe und Bbbelllege unterzeichnen u-uund Ffffahrrad-a-anträge …«

Höllenspektakel, nur der abgeklärte Vorsitzende blieb ruhig und stellte bereits geheime Berechnungen an.

»Mr. Sekoni, würden Sie bitte einen Augenblick draußen warten?«

»Der ist ja wohl übergeschnappt!«

»Omo tani?«

»Warum stellen wir solche Besserwisser überhaupt ein?«

»Nein«, beruhigte der Vorsitzende. »Er braucht nur einen Klimawechsel. Er ist eben ein Heißsporn.«

Sie schickten Sekoni nach Ijioha. »Dort können Sie praktische Arbeit leisten, bis Ihnen der Rücken raucht.« Und Sekoni errichtete ein kleines Versuchskraftwerk. Der Vorsitzende lachte sich ins Fäustchen und sagte: »Ich wußte es, das ist mein Mann. Lassen Sie den expatriierten Experten eine Expertise erstellen.«

Noch erhitzt von der letzten lukrativen Beurteilung, kam der Experte. Im Land gebliebener Europäer – also unparteiisch.

»Konstituieren Sie sich zu einer Ein-Mann-Kommission, prüfen und beurteilen Sie die Errichtung eines Kraftwerkes in Ijioha, das ohne Kostenaufwand für Vorausberechnungen gebaut wurde.«

»Wäre die Inbetriebsetzung nicht gefährlich?« und der Expatriierte zwinkerte ein expertes Expertenzwinkern.

»Das ist wohl das Unverfänglichste. Aber kleiden Sie es in technische Fachsprache.«

Und der Experte kam, sah und verdammte. Der Vorsitzende las den Bericht.

»Dieser Experte enttäuscht mich nie«, wobei er sich an der Ausdrucksstärke delektierte: Vergeudung von Mitteln, höchst gefahrenträchtige Ausführung, ungeeignete Materialien, lebensbedrohend in der Handhabung.

»Bringen Sie mir die Akte ›Abgeschriebene Projekte‹«, frohlockte der Vorsitzende.

Das Projekt wurde abgeschrieben, und in der Fragestunde hallte das Parlament wider von den »Eskapaden des verrückten Ingenieurs«.

»Wir sollten ihn beurlauben. Bringen Sie mir die Akte S 2/7, Beurlaubung höherer Beamter, und die geheime Personalakte Sekoni, Chefingenieur in Ijioha.«

Und der Vorsitzende – denn seine Tochtergesellschaft, auf den Namen seiner erst zwei Monate alten Nichte eingetragen, war der einzige Vertragspartner für das Ijioha-Projekt – schrieb sich erst einmal einige Tausender als sofortige Kompensation gut und machte Ansprüche auf einige weitere Tausender geltend.

»Ich sage es immer wieder, die abgeschriebenen Projekte zahlen sich besser aus als die erfüllten Verträge.«

Dann, zu Sekoni: »Der Experte hat festgestellt, daß das ausgemachter Mist war, Herr Ingenieur, Mist!«

Sekoni, verwirrt, bestürzt, wiederholte: »Mmmmmist? Mmmmist ...?«

Die Zeitungen tönten laut über die »Eskapaden des verrückten Ingenieurs«.

Sekoni tauchte in den Straßen von Ibadan unter, schleppte sein gebeugtes Haupt in Kolas Kunstunterricht von Staffelei zu Staffelei, ohne sich seiner Aufdringlichkeit bewußt zu sein, ohne einen Kommentar zu geben, und wartete auf die Entscheidung, die die Vorstandsmitglieder auf ihrer nächsten Sitzung über sein weiteres Schicksal fällen würden. Oft hörte er das Wirren der Motoren, die er gebaut hatte, die Versammlung von Millionen von Teilen, zusammengeklaubt, als er die verschiedenen Außenposten besuchte, die unter seiner Aufsicht standen. Mehr Schrotthändler als leitender Bauingenieur, durchwühlte er Haufen verkeilter Autos, Lorries, Lastwagen und Traktoren, stöberte auf alten Rangierbahnhöfen, stibitzte und erschnorrte und – o ja, jener entgegenkommende Handelsbeauftragte, der sogar bereit war, ihm den Himmel zu beschaffen, ob eine staatliche Auftragserklärung vorlag oder nicht – Sekoni erinnerte sich seiner mit großer Zuneigung. »Mmmmmist?« Mist hatte es der Vorsitzende genannt, dabei war das Kraftwerk nie in Betrieb genommen worden. Größere Städte betrieben ihre Kühlschränke noch immer mit Kerosin, doch Sekonis Kraftwerk hätte die jungen Mädchen von Ijioha in Neonglanz getaucht. Der Dorfälteste hatte bei dem Gedanken gekichert, aber Sekoni, von seiner Erregung vorangetrieben, machte bereits Pläne für ein Wasserwerk, das gebaut werden sollte, sobald das Kraftwerk fertiggestellt war. Ungläubig stand der Älteste auf der Aussichtsplattform – und versprach Sekoni drei Frauen, darunter seine eigene Tochter.

Der Vorsitzende hatte es »Mmmmmist!« genannt, noch ehe man den Brennofen angeworfen hatte …

Hochgeschossenes Unkraut stand zwischen den Lehmziegelbauten des Kraftwerks in Ijioha. Ein Büschel Elefantengras wuchs schief hervor und kitzelte das Inspektionsfenster des Brennofens, als sei es das Ohr eines Geneckten. Für einen Moment glaubte Sekoni, ein rauhes Lachen von den Wänden widerhallen zu hören. Aus einem Versteck schaute ein schmutziges Gesicht, dann noch eins. Als sie merkten, daß sie entdeckt waren, rannten die Kinder weg. Stille ließ sich um ihn herum nieder, eine Grasschlange lag zusammengerollt auf dem verputzten Sims, Eimer verrosteten auf dem Förderband. Er folgte dem Förderband bis zur Kippe, von wo die Kohle auf eine Rutsche hätte gleiten sollen, die sie direkt in den Brennofen befördert hätte. Wie stolz war er auf die Anlage gewesen. Er ging zum Kontrollraum. Außer dem Schloß waren neue Riegel an der Tür angebracht worden, und mit weißer Farbe hatte jemand LEBENSGEFAHR – ZUTRITT VERBOTEN in zwei Sprachen an die Wand gekleckst. Er schaute sich nach einem schweren Gegenstand um, sah einen großen Stein und bückte sich.

»Ah, Sie sind es, Herr Ingenieur.«

Sekoni schnellte herum und stand dem Dorfältesten von Angesicht zu Angesicht gegenüber.

»Habe ich Sie erschreckt? Ein paar Kinder kamen zu mir und sagten, ein Fremder stöbere hier herum. Also wollte ich lieber mal nachsehen kommen.«

Ein Fremder! Es war erst zwei Monate her. Sekoni kannte die Kinder, und auch sie mußten sich an ihn erinnern. Der Chief schien seine Gedanken zu erraten.

»Es muß an Ihrem Bart liegen. Als Sie hier waren, trugen Sie noch keinen …«

Unwillkürlich fuhr Sekoni sich mit der Hand ans Kinn,

strich sich mit dem Handrücken über den Bart. Er hatte ihn ganz vergessen, oder nein, er war sich des Bartes nie ganz bewußt gewesen. Jetzt betrachtete er ihn als neues Problem, ein Grund für eine Entscheidung, erstaunt, weil er das Sprießen der Barthaare eigentlich nie recht zur Kenntnis genommen hatte.

Der Dorfälteste musterte ihn mit einer gewissen Besorgnis, tastete sich gleichsam an den Ingenieur heran; etwas, das er nicht zu benennen wußte, gebot ihm, auf der Hut zu sein.

»Sie haben sich nicht einmal von uns verabschiedet.«

»I-ich bbbin z-zurückgekommen.«

»Oh, ja, ja, viele Leute hier reden noch immer von Ihnen.«

»Ich bbin geko-ko-kommen, um das Kkkraftwerk in Bbbbetrieb zu setzen.«

Zuerst glaubte der Dorfälteste, nicht recht verstanden zu haben.

Er schaute Sekoni zweifelnd an, deutete auf das Kraftwerk, und Sekoni nickte bestätigend. Der Dorfälteste kleidete es noch einmal in Worte: »Sie wollen das Ding da anschmeißen?«

Sekoni nickte noch heftiger.

»Sie sie sie s-sagen, es ffffunktioniert nicht, a-aber da-das ist Quatsch!«

Der Chief zeigte jetzt unmißverständliche Feindseligkeit.

»Sie haben nicht gesagt, daß es nicht funktioniert. Sie haben gesagt, es wird in die Luft fliegen. Es wird hochgehen, und mit ihm das ganze Dorf!«

Sekoni geriet außer Fassung, eine Ader pulsierte auf seiner Stirn, seine Nackenmuskeln arbeiteten mit selbstzerstörerischer Kraft.

»Ggglauben S-sie ka-kein Wwwwort! Lllassen Sie mich die die Anllllage t-testen ...«

»Wenn Sie das komische Ding da testen wollen, mein Freund, dann reißen Sie es ab und nehmen Sie's mit. Testen Sie es irgendwo, im Busch oder in Ihrer Heimatstadt. Elektrizität ist eine Regierungsangelegenheit, jeder weiß das. Die

Weißen kennen sich mit dem Zeug aus, und einer von ihnen war hier und hat uns gewarnt. Die wissen, wovon sie reden.«

»Lllügen, nnichts als Lügen! S-s-sie ha-haben es Mmmmist genannt. A-aber der Mann ist doch o-ohne meine Pppppläne hierhergekkkommen.«

»Hören Sie, ich gebe Ihnen einen guten Rat. Verschwinden Sie schleunigst, bevor noch mehr Leute Sie hier sehen.«

Sekoni konnte es nicht fassen.

»Wwir brauchen nur Ffffeuerho-holz. Wenn sie die Ki-kinder bitten, wwelches zuzuzu sammeln. Ich ka-kann es statt Ko-kohle vverwenden.«

»Mein Freund, gehen Sie nach Hause.«

»Je-jedes Kind nnnur ein ppppaar Schscheite; Sie Sie werden ssehen, es fffunktionnniert. Bbringen Sie mmmir Holz, und Sie wwerden s-sehen, die Bbbirne da drüben auf dem Ppppfosten wird l-l-leuchten.«

»Besten Dank. Bisher sind wir mit unseren Petroleumlampen sehr gut zurechtgekommen. Wenn die Regierung soweit ist, wird sie auch uns ein anständiges Kraftwerk bauen.«

»Nnnur a-ein Vversuch! A-a-a-einer nur. Sie Sie Sie Sie mmüssen es ssselbst sehen.«

»Kommen Sie jetzt, ehe die Leute zusammenlaufen ...«

Als er ihm die Hand auf den Arm legte, riß sich Sekoni los und griff nach dem Stein. Der Chief schrie um Hilfe und rannte davon. Er sah nicht mehr, wie Sekoni anfing, die Tür mit dem Stein einzuschlagen. Sie brach aus den Angeln, das Schloß und die mit Zehnzentimeternägeln aufgehämmerten Verbarrikadierungen gaben nach. Als der Dorfälteste mit einigen Helfern zurückkam, fanden sie Sekoni ruhig die Maschinen ölen und die Meßgeräte prüfen. Er drehte sich um, und als er den Chief sah, fragte er: »Bringen Sie das Holz?«

Zur Überraschung aller ließ sich Sekoni widerstandslos von den Polizisten abführen. Doch als die zweite Prüfungskommission kam, lag Sekoni bereits in einer Psychiatrischen Klinik.

2

Gegen Morgen verließen sie das Lokal. Egbo rüttelte sie auf, denn er folgte der einsamen Tänzerin, die nach den Sängern aufbrach, und der Zauber um sie war gebrochen.

»Hast du ein Rendezvous im Weltraum?« fragte Sagoe.

»Verzieh dich!«

»Im Weltraum, ganz sicher, oder was meinst du, meine kleine Sekretärin?«

»Egbo ist wenigstens vernünftig. Ist für uns alle Zeit zu gehen.« Bandele erhob sich.

»Wann fährst du nach Ibadan zurück?« fragte ihn Sagoe.

»Sobald ich aufgestanden bin; ich fahre vor den anderen beiden los.«

»Das bezweifle ich. Scheich will jedenfalls früh los. Wenn du vor mir startbereit bist, kannst du ihn ja mitnehmen«, sagte Kola.

»Wie auch, wenn wir uns nicht mehr sehen, bevor du losfährst, laß einfach alles in der Obhut des Hausboys, er kümmert sich um alles.«

»Du wirst bestimmt nicht rechtzeitig dasein. Gute Nacht, Dehinwa. Laß ihn nicht ans Steuer.«

»Keine Angst, ich bin ja schließlich nicht lebensmüde.«

»Was soll das heißen ...«

Sagoe, schwer auf Dehinwa gestützt, ließ sich von ihr an den Pfützen vorbei zu dem kleinen Auto dirigieren.

»Bitte«, bat Sagoe, »fahr zum Strand. Ich muß mir vom Salzwind das Gehirn durchpusten lassen.«

»Für dich ist das gut und schön, du bist ein Zeitungsmensch. Aber vergiß bitte nicht, daß ich heute um acht im Büro sein muß.«

»Karrierefrauen, Karrierefrauen! Laß dich nie mit einer Karrierefrau ein!«

Eine Zeitlang fuhren sie schweigend. Als sich Dehinwa schließlich an Sagoe wandte, erkannten seine biergetrübten Sinne dennoch die Gefahr, die in ihrem Tonfall schwang.

»Was hast du eigentlich gemeint mit dem, was du vorhin zu Bandele gesagt hast?«

Er wußte nur zu gut, um was es ging, doch er fragte: »Mit was?«

»Du sagtest, falls du ihn und die anderen nicht mehr siehst, bevor sie losfahren.«

»Ja, und?«

»Was, ja und! Sie übernachten in deiner Wohnung, oder?«

»Ich habe ihnen meine Wohnung überlassen.«

»Du weißt, wovon ich rede.«

»Meine verehrte junge Dame, ich weiß nicht, wovon Sie reden.«

»Biodun, laß uns nicht wieder von vorn anfangen. Du kannst nicht bei mir bleiben.«

»Warum bist du bloß so mißtrauisch? Ich habe dich doch nur gebeten, mich zum Strand zu fahren.«

Um ihm einen Denkzettel zu verpassen, nahm sie die nächste Kurve sehr rasant. Sagoe schleuderte gegen die Tür, und sie sprang auf.

»So ist's recht«, sagte er. »Bring mich um. Bring mich nur um, auf bloßen Verdacht hin.«

Noch ehe sie den Strand erreicht hatten, war Sagoe eingeduselt. Als Dehinwa den Schlag öffnete – sie hoffte, er würde aussteigen und zu Fuß weitergehen –, plumpste er hilflos aus dem Wagen. Das weckte ihn auf, und er murmelte: »Sand, regnet es jetzt Sand?«

Ein kalter Schauer der Verlassenheit überlief Dehinwa; sie schaute sich um, hörte Diebe und Räuber in jedem Windhauch.

»Wo sind wir, Dehin?«

»Am Strand.«

»Am Strand? Um diese Zeit?«

»Du wolltest hierher.«

»Ich? Stell dir vor, mein Freund Sir Derin erhebt sich aus der See? Wohin soll ich mich flüchten?«

»Der Mann ist tot. Kannst du ihn nicht in Frieden ruhen lassen?«

»Was heißen soll, respektier die Toten, nehm ich an.«
»Laß uns gehen, Biodun.«
»Hoho – die Frau hat Angst vor Geistern.«
»Biodun, komm jetzt.«
»Von den Rumtreibern ganz zu schweigen. Wir könnten überfallen werden, hast du dadran gedacht? All diese Rumtreiber. Selbst in Hochform bin ich schließlich nicht Egbo oder gar Bandele mit seinen Gorillagliedern.«
»Daran hättest du vorher denken sollen.«
»Ich hätte daran denken sollen.« Er erhob seine Stimme gegen den Wind und brüllte: »Habt ihr die Meerjungfrau vernommen? Sie sagt, ich hätte daran denken sollen.«
Dehinwa stand auf und sah sich besorgt um.
»Laß uns gehen.«
»Nun hab ich sie verängstigt, allein wodurch, ich weiß es nicht zu sagen. Du hast Glück, was können sie dir schon rauben außer deinem wohlbehüteten Schatz? Aber ich, ich könnte mein Leben verlieren. Das mindeste wird sein, daß ich ein Ohr verliere, wie der Politiker, der zu einer Lustbarkeit hierherkam.«
»Sie war mit ihnen im Bunde.«
»Jaja, eine Lustbarkeit, was? Bei Lustbarkeiten weiß man eben nie! Woher soll ich wissen, ob du nicht auch mit ihnen im Bunde bist? Schließlich, hast du mir je gegeben, wonach mich verlangt? Mit Hoffnungen hältst du mich hin – warum?«
Sie packte ihn bei den Schultern, versuchte ihn hochzuziehen.
»Und noch dazu hast du mich hierhergebracht, wo ich in einem Zustand bin, in dem ich mich weder verteidigen noch meine Männlichkeit behaupten kann. Fünf Uhr morgens, allein am Strand, und doch wirst du unangetastet in dein Bett steigen ...«
Schließlich gelang es ihr, ihn ins Auto zu verfrachten. Sie drückte den Sicherheitsknopf auf seiner Seite runter und fuhr wie wild davon. Bis sie die Lichter der ersten Brücke auftauchen sah, trieb sie die Angst. Sagoe fiel gegen das Steuer, und

sie mußte seine verkrampften Finger einzeln vom Lenkrad lösen.

»Weißt du was? Diese *apala*-Band war demoralisierend.«

»Was stimmte denn nicht mit ihr?«

»Demoralisierend, das ist alles. Halb vier am Morgen, und dann der trübsinnige Regen – zu so einer Zeit kommt man nicht und versetzt den Magen eines Mannes in Schwingungen, oder?«

Wieder nahm Dehinwa seine Hand vom Steuer.

»Oder? Du bist doch ein kluges Mädchen, also sag mir, war das fair?«

»Nein, Sagoe, es war nicht fair.«

»Siehst du. Und deshalb habe ich so viel getrunken.« Woraufhin er prompt einschlief. Durch eine Folge von Stößen wachte er auf. Dehinwa war in eine Seitenstraße eingebogen und holperte nun von einem Schlagloch ins nächste.

»Vorsicht, Vorsicht! Was machst du denn?«

»Ich habe die Straße nicht gebaut.«

»Aber du verletzt meine Trinklappen.«

»Du zitterst ja schon wieder. Dreh die Scheibe hoch.«

»Ich hätte beim Bier bleiben sollen. Der Whisky hat meine ganze Negritude ausgebrannt.«

Beim nächsten Ruck stieß sein Kopf gegen das Wagendach.

»Bist du sicher, daß du auf der Straße fährst?«

»Freu dich, wir ham's gleich geschafft.«

Unvermittelt warf er die Arme hoch und schrie: »Ins Kämmerlein dein, holde Jungfer fein!«

Dehinwa stoppte den Wagen.

»Wir sind da.«

Sagoe verkroch sich im Sitz. »Wo?«

»Bei dir.«

»Ich steige nicht aus.«

»Biodun, sei vernünftig. Du kannst nicht mit zu mir kommen.«

»Meine Wohnung ist voll, da sind drei erwachsene Männer drin. Wo, glaubst du denn, soll ich da schlafen?«

»Warum ist denn keiner mit zu Lasunwon gegangen?«

»Bei der Frau und den zwei Kindern? Und außerdem, wer will sich schon bei der Buschfrau von dem niederlassen? Na, und Egbo fiel aus. Du hast die Frau ja selbst gesehen. Die braucht ja für sich allein anderthalb Doppelbetten.«

»Nein, Biodun, wirklich, du mußt jetzt aussteigen.«

»Wenn es *das* ist, weshalb du dir Sorgen machst, ich verspreche dir, ich werde ganz brav sein. Außerdem bin ich sowieso nicht in der Verfassung.«

Sagoe hatte wieder zu zittern angefangen. Dehinwa sah ihn besorgt an und fühlte seine Stirn.

»Biodun, du bist krank.«

»Nein, nein ... es ist nur die Feuchtigkeit.«

Wütend fuhr sie nach Hause, während er vor sich hinmurmelte: »Paß doch auf meine Trinklappen auf, dauernd verletzt du meine Trinklappen.«

Selbst als der Straßenbelag sich änderte, wachte er nicht auf, Dehinwa mußte ihn wachrütteln.

»Die Garage ist ein Stück weg. Steig hier aus und geh schon in meine Wohnung. Ich stelle das Auto ab und komme gleich nach.«

Sagoe stieg aus, schwankte und lehnte sich gegen den Wagen. Dehinwa öffnete die Tür, sprang rasch heraus und rannte zu ihm.

»Ich helfe dir lieber nach oben.«

»Nein, nein, es geht schon alleine.«

»Bist du sicher?«

»Natürlich. Obwohl, irgendwas ist mit meinen Trinklappen, sie sind nicht in Ordnung. Du weißt doch, wo die Trinklappen sitzen?«

Hastig sagte sie ja, denn sie fürchtete die Erklärung, die sie schon kannte und die zu geben er nicht mehr die Kraft hatte.

»Jeder wird damit geboren, aber man muß sie erst ausfindig machen, weißt du. Man entdeckt sie, wenn man ein Professioneller wird. Dann durchrieselt dich ein köstlicher Triller, und du weißt, du hast es erreicht. Beim ersten Mal, das ist wie eine Konfirmation ... ein wahrhaft religiöser Augenblick ...«

Sie hatte ihn sanft zu den Stufen hingeschoben.

»Stütz mich nicht dauernd wie einen lahmen Krüppel, ich kann alleine laufen.«

»Okay, ich bin gleich wieder da.«

Sie rannte zum Wagen und fuhr davon. Sagoe kletterte langsam die Stufen hinauf, blieb aber immer wieder stehen, um gegen den Schwindel anzukämpfen. Mühsam öffnete er die Tür, doch er traf auf Anzeichen der Besitznahme, denn das Licht aus dem Treppenhaus fiel auf eine Gestalt in einem Sessel. Einen Augenblick lang stand er starr, dann schlug er rasch die Tür zu und brummelte:

»'tschuljung, falsche Tür.«

Wie von künstlichen Antriebskräften bewegt, schoß er die Stufen hinunter und stieß beinahe mit Dehinwa zusammen.

»Was ist denn los?«

»Hab die falsche Tür aufgemacht.«

»Du bist eine elende Nervensäge. Inzwischen solltest du meine Tür wirklich kennen ...« Dann hielt sie inne, überlegte. »Du sagst, du hast die Tür aufgeschlossen?«

Er reichte ihr den Schlüssel und sagte: »Guck doch selbst. Eine schwarze Gestalt in einem Sessel, und ich glaube, im Hintergrund standen noch mehr. Ich stand ein paar Sekunden da, und dann zwang mich was, loszurennen. Also rannte ich.«

»Du bist wahrhaftig in schlechter Verfassung.«

Sie hatten den Treppenabsatz erreicht.

»Bist du sicher, daß es diese Tür war?«

»Mach sie doch auf. Sie sahen wie riesige Fledermäuse aus ..., wie Hexen.«

»Hör auf zu zittern.«

»Ich konnte nicht feststellen, was es war, aber die eine Gestalt habe ich deutlich gesehen. Sah aus wie 'ne Frau.«

Dehinwa stand einen Moment gedankenverloren, die Schlüssel in der Hand.

»Eine Frau? Bist du sicher, daß es eine Frau war?«

»Einen Augenblick lang sah es so aus, dann wieder wie ein geflügeltes Nagetier. Vor allem die im Hintergrund. Der Raum war wie eine Höhle.«

Sie murmelte: »Könnte meine Mutter sein. Sie und irgendeine Verwandte, ganz bestimmt. O Gott, und ich bin hundemüde.«

Als sie die Tür öffnete, erhob sich in der Dunkelheit eine Gestalt. Ein schwarzer Schleier glitt zu Boden, und ein ausladendes Kopftuch blitzte auf. Sagoe schwankte, fiel rückwärts und schlug mit dem Kopf an das Treppengeländer. Um ihn wurde es dunkel, doch Augenblicke lang hörte er noch Stimmen aus der Gehenna.

»Soso, Dehinwa. Das also tust du in Lagos ... Gehört es sich etwa für ein junges Mädchen, um diese Zeit erst nach Hause zu kommen?«

»O Mama ... und Tantchen, du auch? ... Es tut mir leid. Wartet ihr schon lange?«

»Was ist denn mit dem Mann da los?«

Denn Sagoe kreischte: »Laß sie nicht an mich ran! Sie sollen mich nicht anfassen!«

Und noch ehe sie ihn berührten, überkam ihn wonnevolle Schwäche, und er verlor die Besinnung.

»Ich wette, er ist betrunken.« Nur zu gut kannte Dehinwa diesen schneidenden Ton des Mißfallens von ihrer Mutter.

»Betrunken, aber du bringst ihn mit nach Hause. Glaubst du denn, du kannst so einem trauen?«

Schon öfter war Dehinwa mitten in der Nacht herausgeklopft worden. Wie waren sie bloß reingekommen? Natürlich, der Hausboy; sie wußten, wo die Dienstboten wohnten. Einmal war ihre Mutter hergereist, um sie zu besuchen, und war spät in der Nacht angekommen. Damals hatten Dehinwas Gedanken fieberhaft nach Gründen gesucht. Vernünftigen Gründen – Unglücks- oder Notfälle. Damals dachte sie an den Großvater, der schon seit geraumer Zeit im Krankenhaus lag. Aber es war nichts dergleichen. Damals nicht, diesmal nicht, auch sonst nicht.

»Also Mutter, was ist los?«

Die Mutter setzte sich zurecht und fragte, ob sie Tee im Hause habe, doch zuvor schloß sie die Tür zum Schlafzimmer ab, in dem Sagoe lag, besinnungslos oder schlafend. Sie kam nie allein. Vielleicht ahnte sie die Veränderung, spürte die Zeit der Entscheidung, bei der die moralische Unterstützung durch eine Tante viel zählte. Unvermeidlich eine empörte Tante oder Cousine, die augenblicklich nach Lagos gedrängt wurde, eine, die dann dasaß, seufzte und echote: »Zu deinem eigenen Besten. Kind, höre, was deine Mutter sagt, es ist nur zu deinem eigenen Besten. Wir hatten niemand, der uns gute Ratschläge gab, also schätze dich glücklich.«

Der Tee wurde zubereitet, und die Tante bat um Brot und Ölsardinen.

»Ich hatte keine Zeit mehr zu essen. Kann ich mich etwa gemütlich niederlassen und essen, wenn es um mein eigenes Kind geht? Ich nicht. Und was deiner Mutter Sorgen macht, das bereitet auch mir Sorgen. Ich betrachte dich als mein eigenes Kind. Oh, vielleicht etwas Fleisch und Gemüse, wenn du keine Sardinen im Haus hast ...«

Die Tante, die ihren dampfenden Tee wie durch einen Strohhalm schlürfte, machte den Anfang.

»In der *aladura* deiner Mutter hatte jemand eine Vision, die dich betrifft.«

Mehr noch als die Hitze trieb die Spannung große Schweißtropfen auf das Gesicht der Mutter. Die Tante schaufelte scharfe Pfefferschoten mit dem Brot und schwitzte aus Sympathie mit.

»Deine Mutter machte sich große Sorgen. Sie mietete ein Taxi und bat mich, sie zu begleiten. Wie du siehst, sind wir hier. Deshalb sind wir hergekommen.«

»Und was offenbarte die Vision?«

»Er sah, wie du zu Bett lagst. Du hast mir einen Enkel geschenkt.«

Dehinwa konnte sich ein Lächeln nicht verkneifen.

»Hat er auch den Vater gesehen?«

Unter dem Druck von Klatsch und Tratsch herrschte jetzt äußerste Spannung. Die Tante nahm Zuflucht zu einem Gejammer, das Ehrerbietung, ja Unterwürfigkeit vor der Gefährtin zeigte.

»Höre, was deine Mutter dir sagen wird. Ich weiß, was sie für euch Kinder gelitten hat. Du mußt jetzt auf sie hören, zu deinem eigenen Besten.«

»Ja doch! Aber wollt ihr mir nicht endlich sagen, wer der Vater gewesen sein soll?«

Die Mutter rüstete sich zum Kampf, denn das war der springende Punkt, der einzige Grund für den mitternächtlichen Besuch.

»Das hat er nicht gesehen. Aber man hat mir berichtet, daß du mit einem aus dem Norden gehst.«

»Es macht uns alle sehr unglücklich«, warf die Tante ein.

»Gibt es so wenig Männer in der Stadt, he? Dehinwa, ich bitte dich, sind gutaussehende, anständige Männer so schwer zu finden, daß du dich mit einem *gambari* einlassen mußt? Weißt du nicht, was du deinem Namen schuldig bist? Wie kannst du dich nur in aller Öffentlichkeit mit einem *gambari* zeigen?«

»Aber Mama, du solltest nicht auf das Geschwätz der Leute hören. Sag ihnen das nächste Mal, sie sollen sich um ihren eigenen Kram kümmern.«

Die Tante ließ den Mund mitten in der Kaubewegung offenstehen.

»Was hat das Kind gesagt? Den Leuten sagen, sie sollen sich um ihren eigenen Kram kümmern, wenn es die Liebe zu deiner Mutter ist, die sie veranlaßt zu sprechen.«

»Mit wem ich gehe, ist meine eigene Angelegenheit!«

»O nein, das ist nicht deine eigene Angelegenheit, und du gehst nicht, mit wem du willst, nicht, solange du meine Tochter bist. Ich glaube doch wohl, dabei ein Wörtchen mitreden zu dürfen. Ich habe mich nicht abgearbeitet und geschunden und alle Hebel in Bewegung gesetzt, um dich nach England zu schicken, damit du einen guten Posten im gehobenen

Dienst bekommst, nur damit du mir einen Enkel von einem Haussa anschleppst ...«

»Mama ...«

»Was hat dein Vater getan? Er hat nicht einen Finger krumm gemacht, um dir zu helfen. Alle seine Söhne hat er nach England geschickt, aber als du an der Reihe warst, du weißt noch, was er da sagte? Aber wie sollst du dich erinnern? Sisi, sag ihr, was ihr Vater sagte. Es war schließlich kein Geheimnis, er hat es ja in der ganzen Stadt herumposaunt.«

Das Tantchen nickte.

»Er sagte, er würde kein Mädchen nach England schicken, weil es doch nur innerhalb von drei Monaten schwanger würde.«

»Das waren seine Worte. Ich hatte nur meinen Kleinhandel, aber ich habe genug gespart, um dich selbst nach England schicken zu können.«

Zorn stieg in Dehinwa auf. Sie betraten vertrautes Gelände, und es langweilte sie.

»Schon gut, Mama, schon gut. Ich spare, so viel und so schnell ich kann, und ehe ich je heirate, zahle ich zurück, was du für mich ausgegeben hast.«

Nun kamen Tränen. Tränen wegen der Undankbarkeit, der Mißachtung der Arbeit und der Opfer. Zerknirschung, Rücksichtnahme, Zugeständnisse, Wiedererweckung der Liebe und ein wenig Boden verloren.

»Ich denke doch nicht einmal daran, zu heiraten oder so was.«

Immer ein Fehler.

»Siehst du nicht, daß es alles nur für dich ist? Wir sind für die Welt nicht mehr von Nutzen. Gott hat uns nur so lange verschont, damit wir uns um dich kümmern können.«

Der Ton wird leichter, alle weinen und sind voll seligen Unglücks. Als Dehinwa vor Monaten in einem ähnlichen Moment spielerisch dahinsagte: ›Aber wirklich, Mutter, du darfst keine solchen mitternächtlichen Reisen mehr unternehmen. Stell dir mal vor, ich hätte einen Mann bei mir‹, da gefroren die Tränen augenblicklich, vager Unglaube ersetzte die kurze Zufriedenheit. ›Was hast du gesagt?‹ Besorgt, alles wieder zu verpatzen, bereit, für die Sache des Friedens alles zu opfern: ›Aber Mama, ich habe doch nur einen Scherz gemacht.‹ ›Ich habe dich verstanden. Ich habe gehört, was du gesagt hast. Und du hast keinen Scherz gemacht. Stell dir vor, ich hätte einen Mann bei mir! Eeh, ist das das Leben, das dir vorschwebt? Gott schütze mich, was für eine Tochter habe ich geboren! Wenn ich je zu einer ungewöhnlichen Stunde einen Mann in deiner Wohnung antreffe, werde ich ihn wissen lassen, daß meine Familie den Namen Komolola trägt. Ein Mann, bei Nacht in diesem Hause? Ich werde ihm *ibosi* ins Gesicht schreien und ihn in aller Öffentlichkeit demütigen …‹

Doch heute nacht herrschte Taktgefühl. Durch stillschweigende Übereinkunft war Sagoe nicht existent, weggeschlossen vor sittsamen Blicken wie beschmutzte Leintücher. Nur, so ganz konnte ihn die Mutter nicht vergessen, und die Tante erwog im stillen die Risiken. Erwartete die Mutter, daß sie jene Tür öffnete?

Sie war der Sündenbock, aber in solchen Momenten war ihre Aufgabe unerträglich. Herrschte Waffenstillstand, oder sollte die Schlacht erst beginnen? Sie wischte die Brotkrumen vom Teller und vermied die Augen der Mutter. Und Dehinwa, die sich für den Schlußakt stählte, der den Bruch herbeiführen mußte, fühlte sich ausgelaugt von den mitternächtlichen Besuchen von Tanten und Müttern, die daherkamen und Liebe in sich trugen und durchsichtige Absichten und künstlich erzeugte Befürchtungen und, ganz einfach, blutige Grausamkeit …

3

Monica Faseyi war ein lebender Schandfleck. Und so blieb ihr Ehemann vor dem Eingang der Empfangshalle der Botschaft stehen und inspizierte sie gründlich. Zufrieden nickte er und prüfte rasch noch einmal den korrekten Sitz seiner Frackschleife. Er lächelte und küßte sie formell auf die Stirn.

»Würdest du jetzt bitte deine Handschuhe anziehen?«

»Was für Handschuhe? Ich habe keine dabei.«

Faseyi dachte, sie wolle ihn aufziehen, und obwohl das gar nicht seinem Charakter entsprach, dachte Monica ihrerseits, ihr Mann wolle sie necken.

»Also komm jetzt, zieh die Handschuhe an.«

»Nun hör doch auf mit dem Quatsch. Hast du schon jemals jemanden in Nigeria Handschuhe tragen sehen?«

Faseyi war jetzt todernst. Er riß ihr die Handtasche weg und stellte fest, daß wirklich keine Handschuhe drin waren.

»Willst du also behaupten, du hast keine mitgebracht?«

»Keine was mitgebracht, Ayo?«

»Handschuhe natürlich, was denn sonst?«

»Aber ich besitze keine Handschuhe; die, die ich hatte, habe ich verschenkt, kurz nachdem ich hierherkam.«

»Ich spreche nicht von den Handschuhen von vor zwei Jahren. Ich meine die Handschuhe, die du dir für heute abend gekauft hat.«

»Ich habe keine gekauft. Ayo, bitte, was soll das Ganze?«

»Was das soll, ja, das frag ich dich. Hab ich dir nicht vor über zwei Wochen die Einladung gegeben? Hab ich sie dir gegeben?«

»Ja, das hast du, aber …«

»Liebling, ich habe dir einen Scheck über fünfzehn Pfund gegeben, damit du dir alles kaufst, was du brauchst.«

»Ich dachte, ich sollte mir ein neues Kleid kaufen.«

»Verdammt noch mal, wo hast du die Handschuhe?«

»Aber du hast nichts von Handschuhen gesagt.«

»Wieso sollte ich denn auch, es steht doch hier auf der Karte, schwarz auf weiß!«

Er nahm die Einladungskarte aus der Tasche, riß sie aus dem Umschlag und hielt sie ihr unter die Nase.

»Lies! Da steht es, lies!«

Monica las die letzte Zeile auf der Einladung.

»Aber Ayo, da steht, daß nur die, die den Exzellenzen vorgestellt werden ... Wir werden doch nicht, oder?«

Ayo hielt sich den Kopf.

»Wir *werden* vorgestellt.«

»Davon hast du mir nichts gesagt. Und wie sollte ich wissen ...«

»Ja, wie solltest *du* wissen? Zwei volle Wochen habe ich gebraucht, um das zu deichseln, und jetzt fragst du, ›wie sollte ich wissen ...‹. Ja, was für einen Sinn hätte es denn hierherzukommen, wenn wir *nicht* vorgestellt würden?«

»Es tut mir leid«, sagte Monica. »Ich habe wirklich nicht daran gedacht ...«

»Du denkst nie an irgend etwas!«

Bandele und Kola schmiegten sich enger in die Schatten, unfreiwillige Lauscher; sie waren nach draußen gegangen, um frische Luft zu schnappen, und nun war es zu spät, sich unbemerkt zu entfernen.

»Kennst du die?«

»Ayo Faseyi. Lehrhospital.«

Faseyi verlagerte das Gewicht der Sache und sagte: »Du hättest aber doch wenigstens deine Vorstellungskraft bemühen können. Selbst wenn wir nicht hätten vorgestellt werden sollen, wußtest du doch, daß die Exzellenzen anwesend sein würden.«

»Es tut mir leid.«

»Liebling, wenn die Queen eine Gartenparty mit ihrer Anwesenheit ehrt, gehst du dann ohne Handschuhe hin?«

»Ich habe gesagt, es tut mir leid, Ayo. Wirklich. Vielleicht sollte ich lieber nach Hause gehen. Sag mir, ob du das tun würdest?«

»Ich habe dich etwas gefragt. Beantworte meine Frage. Würdest du ohne Handschuhe zu einer Gartenparty gehen, bei der die Queen anwesend ist?«

»Ich weiß es nicht, Ayo. Wirklich nicht. Ich habe mich nie in diesen Kreisen bewegt.«

»Liebling, du überraschst mich. Dies sind doch die einfachsten gesellschaftlichen Regeln, die jeder intelligente Mensch beherrscht.«

Er sah auf die Uhr, dachte fieberhaft nach und biß sich verägert auf die Unterlippe. Dann faßte er einen kurzen Entschluß.

»Natürlich, Mammy kann uns aushelfen. Sie muß ein Paar zu Hause haben.«

Das junge Mädchen mit der milden Stimme sagte: »Nein, Ayo, es ist viel besser, wenn ich einfach nach Hause gehe.«

»Aber was für einen Sinn soll es denn haben, wenn ich ohne meine Frau vorgestellt werde? Komm, laß uns die Handschuhe holen.«

»Der Empfang ist vorbei, bis wir zurückkommen.«

Dieser Gedanke gebot Faseyi endgültig Einhalt.

»Also gut, komm. Aber du hältst dich im Hintergrund, wenn wir aufgerufen werden.«

»Natürlich. Es tut mir wirklich leid, daß das passiert ist, Ayo.«

Sie gingen hinein, und Bandele und Kola konnten das Sperrgebiet endlich verlassen.

»War 'ne schöne Familienszene.«

Bandele seufzte: »Und ich kriege das Ganze morgen noch mal ausführlich erzählt.«

»Von wem?«

»Faseyi. Ich kenne ihn ganz gut.«

»So? Triffst du ihn regelmäßig?«

»Zumindest bei allen gesellschaftlichen Anlässen. Manchmal auch bei ihm zu Hause.«

»Es wird Regen geben«, sagte Kola und wischte sich einen Tropfen vom Arm.

»Wann hat es je aufgehört?«

»Was ist eigentlich passiert? Früher war die Regenzeit viel korrekter. Höchstens vier Monate, vielleicht fünf.«

»Bommmmmben«, Bandele in seinem tiefsten Baß.

»Letzte Woche hungerte mich plötzlich nach einem Aufflackern von Farben, also bin ich früh aufgestanden, um den

Sonnenaufgang zu sehen. Und da war er, mein Gott, ja; eine riesige aufgehängte Portion *ewedu.*«

»Komm, gehn wir wieder rein.«

Sagoe, mit dem Botschafter ins Gespräch vertieft, ganz Tugendhaftigkeit im Dienst der Pflichterfüllung, war in einer geborgten Smokingjacke untergetaucht – nichts an seiner Erscheinung verriet den Journalisten. Sagoe verzweifelt. Zwischen ihm und einer »exklusiven Äußerung« lagen Jahre trainierter Vorsicht, und sie ließen sich nicht einlullen.

»Damals las man überall die Propagandasprüche: ›... das Geheimnis des Lebens von Stalins Ärzten entdeckt.‹ Ein besonderes Plasma, aus lebenden Kindern gewonnen, und jede Injektion machte Stalin um zehn Jahre jünger. Stalin würde ewig leben – hieß es.«

»Nun«, der Botschafter sprach langsam, »ich würde dem, in gewisser Weise, zustimmen. Stalin verfolgte in der Tat, wie andere Diktatoren, Langlebigkeit durch menschliches Leben. Auch Hitler. Es liegt nun einmal in der Natur der Diktatoren ... ziemlich ... räuberisch mit menschlichen Wesen umzugehen.«

»Dem stimme ich zu, Sir. Und trotzdem glauben Sie, daß eine Diktatur oft die vernünftigste Regierungsform für ein Land ist?«

»Das hängt, wie ich bereits sagte, von dem Land ab.«

»Wenn ich Ihr Land als Beispiel nehmen darf, würden Sie mir dann nicht zustimmen, Sir, wenn ...«

»Eh, würden Sie mich bitte einen Moment entschuldigen, Mr. Sagoe. Ich muß die neuen Gäste begrüßen ...«

Sagoe stürmte Hals über Kopf davon und stieß gleich hinter der Tür mit Bandele und Kola zusammen.

»Dem ist wohl 'ne Laus über die Leber gelaufen.«

»Er kann doch unmöglich seine Story gekriegt haben. He, Sagoe, wart doch mal ...«

»Wir sehen uns später bei mir zu Hause«, rief er über die Schulter.

»Der muß ganz schön frustriert sein. Er hat ja nicht mal gewartet, bis er betrunken war.«

Der Botschafter kam auf die Faseyis zu, begleitet von einem Kellner, der ein Tablett mit gefüllten Champagnergläsern trug. Monica schüttelte den Kopf, und wieder verriet Faseyis Blick äußerste Unzufriedenheit. Der Botschafter war ganz gastfreundschaftliche Skepsis.

»Sie trinken überhaupt nicht, Mrs. Faseyi?«

»Nein, nur ab und zu ein Glas Palmwein, wenn unser Hausboy uns freundlich gesonnen ist.«

Der Botschafter lachte und gestikulierte entschuldigend.

»Es tut mir leid. Ich wünschte, wir hätten Palmwein hier.«

Einer der Kellner ging mit einem neuen Tablett vorbei und schnappte den Gesprächsfetzen auf. Faseyi schlenderte davon und suchte den Zeremonienmeister. Als er zurückkam, hatte Monica ein Glas Palmwein in der Hand, und ein Kollege von Faseyi fragte sie: »Was trinken Sie denn da, Monica? Aufgelösten Bolus alba?«

»Wo hast du das her?« zischte Faseyi.

»Einer der Kellner hat ihn mir gebracht. Im Vorbeigehen hat er gehört, daß wir von Palmwein sprachen, und da hat er mir schnell welchen geholt. Ist doch sehr nett von ihm.«

Faseyi wühlte sich zu Bandele hinüber.

»Siehst du, da fängt sie schon wieder an.«

Bandele trug seine Maske unendlicher Geduld.

»Was hat sie denn jetzt schon wieder angestellt?«

»Es war schon schlimm genug, daß sie völlig grundlos den Champagner abgelehnt hat. Ich meine, schau dich doch um, wie viele der Frauen hier rühren ihr Glas an? Sie halten es einfach in der Hand und geben sich ungezwungen. Was ist daran auszusetzen?«

»Nichts. Sicher nichts«, sagte Kola.

Faseyi sah ihn voll Liebe und Dankbarkeit an.

»Aber siehst du, das ist ja nicht alles. Das hat ihr ja nicht genügt. Nein, sie muß hergehen und bei einem Cocktailempfang nach Palmwein verlangen. Hat man je so was gehört? Palmwein!«

Bandeles ernste Miene tröstete ihn nicht im mindesten.

»Wenn sie ein ungebildetes Gör aus einem Londoner Slum wäre, könnte ich es verstehen. Aber sie hat doch Bildung, sie hat sich in der Gesellschaft bewegt. Warum muß sie mich bloß in aller Öffentlichkeit derart blamieren und Palmwein trinken?«

»Oh«, Kola zeigte Interesse, »sie hat ihn also bekommen?« Faseyi schoß herum.

»Da guck doch hin, wenn du's nicht glaubst. Da drüben steht sie und trinkt, bitte schön, Palmwein. Jemand kam vorbei, als ich sie gerade erwischt hatte. Ich wette, er quatscht die Sache schon in die Runde.«

»Ach, vielleicht hat er gar nicht gemerkt, daß es Palmwein ist.«

»O doch, er hat sogar hämisch gegrinst und gefragt: ›Ist das aufgelöster Bolus alba?‹«

»Hättest du doch ja gesagt«, sagte Kola, »schließlich wär's doch verständlich, daß sie sich nicht ganz wohl gefühlt hat und um ein Mittel bat.«

»Ja, ich glaube auch ... Ich hätte rechtzeitig schalten sollen. Aber Monica ist ja der ewig unberechenbare Faktor. Sie hätte sich sicher verplappert, und alles wäre aufgeflogen. Bandele, du bist doch mein Freund. Wenn du irgendwelche bissigen Bemerkungen hörst, dann laß es mich bitte wissen. Es ist besser, wenn man rechtzeitig weiß, was die Leute so reden, dann kann man was dagegen unternehmen. Und auch wegen ihrer ...«, Faseyi kam näher und flüsterte, »Kleidung.«

Bandele fragte: »Wovon redest du?«

»Siehst du denn nicht, daß sie unvollständig gekleidet ist?«

»Ist mir nicht aufgefallen.«

Ein plötzlicher Hoffnungsschimmer in Faseyis Augen.

»Ich fürchte, du täuschst dich«, sagte Kola.

»Oh, ist dir was aufgefallen?«

Kola kostete die Gelegenheit aus.

»Mir nicht, ich versteh nichts von Kleidung. Aber ich habe zufällig ein paar Leute belauscht, die über sie sprachen.«

»Siehst du!« wandte sich Faseyi wieder an Bandele.

»Ich würde allerdings nichts drauf geben«, fuhr Kola fort. »Solche Lästerzungen trifft man überall, und die waren« – ein trauriges Kopfschütteln – »na ja, da brauch ich doch nichts zu sagen, du weißt doch, wie gehässig Menschen sein können.«

»Nein, nein, das ist keine Gehässigkeit. Die Leute haben völlig recht. Was genau haben sie denn gesagt?«

Bandele schob sich dazwischen und manövrierte Faseyi zu seiner Frau hinüber. Sie standen noch nicht ganz neben Monica, als Faseyi schon explodierte: »Siehst du, wie du uns hier verdächtig machst? Sieh dich nur um und schau selbst. Sogar die Damen in einheimischer Tracht tragen Handschuhe.«

Bandele zog sich bei der ersten mit Anstand zu vertretenden Gelegenheit zurück, um einen unreuigen Kola ins Gebet zu nehmen.

»Wozu sollten denn die Lügen gut sein?«

»Och, der Mann macht sich gern Sorgen, und ich hab ihm ein bißchen Material geliefert.«

Bandele schüttelte den Kopf.

»Verschwende deine Sympathien nicht an Monica. Ich kenne sie beide ganz gut.«

»Es ist keine Frage der Sympathie.«

»Sie wirkt sehr sanft, aber der Schein trügt. Im Gegenteil, mir ist noch kein zäheres Persönchen begegnet.«

»Sie sieht sehr jung aus.«

Der Zeremonienmeister bewegte sich mit einer Liste unter den Gästen, pickte die wenigen Auserwählten heraus und führte sie ihrer kurzen Bestimmung zu. Faseyi folgte ihm mit Blicken, und anhand der alphabetischen Reihenfolge schätzte er ab, wann er dran sein würde, und ging wieder zu Bandele hinüber. Monica durchschaute die List, senkte den Kopf in ihren Palmwein, als bemerke sie nichts.

»Aah, da sind Sie ja, Mr. Faseyi. Würden Sie bitte Ihre Gattin holen und mir dann folgen?«

»Oh, meine Frau ist äh … äh, sie ist sehr schüchtern. Ich werde allein gehen müssen.«

»Unsinn, das kommt überhaupt nicht in Frage. Ich werde mit ihr sprechen.«

»Nein, nein, nein, nein. Das hat gar keinen Sinn, glauben Sie mir. Schon den ganzen Abend habe ich versucht, sie zu überreden, vergeblich. Gehen wir und bringen wir's hinter uns.«

Ein paar Augenblicke später zupfte Bandele Kola am Ärmel.

»Sieh mal da!«

»Exzellenzen, darf ich ... aah, wie nett, Sie haben also doch noch Ihren Mut zusammengenommen ... Ich bitte um Verzeihung. Exzellenzen, darf ich Ihnen nun Mr. und Mrs. Faseyi vom Lehrhospital vorstellen ...«

Kola verzog überrascht das Gesicht.

»Was ist denn an deinem Freund so Besonderes?«

»Man behauptet, er sei der beste Röntgendiagnostiker des ganzen Kontinents.«

»Und das soll von Bedeutung sein?«

Bandele zuckte die Schultern.

Sobald die Zeremonie vorbei war, stapfte Faseyi hinaus, Monica folgte ihm auf dem Fuß. Fünf Minuten später kam er allein zurück, Monica kam kurz danach erst wieder herein. Äußerlich gefaßt, schien sie sich nach Faseyi umzusehen.

Bandele nahm sie beim Arm.

»Komm, unterhalte dich ein wenig mit uns.«

»Wo ist Ayo? Hast du ihn gesehen?«

»Er muß hier irgendwo stecken ... ja, da drüben. Er unterhält sich mit Senator Okot. Soll ich ihn holen?«

»Nein danke, nicht nötig.«

»Übrigens, habe ich dir Kola schon vorgestellt?«

Es lag deutlich Feindlichkeit in ihrer Stimme, als sie sagte: »Ich bin Ayos Frau.«

»Kola unterrichtet Kunst. Im Institut.«

»O ja, natürlich. Mein Mann erzählte mir gerade, Sie hätten zufällig ein paar Leute belauscht, die sich über meine Halbnacktheit mokierten. Stimmt das?«

Kola bewunderte ihre Direktheit, und im Augenblick fiel ihm nichts ein, das er hätte sagen können.

»Habe ich Ayo in Schwierigkeiten gebracht?« Ihre Stimme verriet jetzt aufrichtige Besorgnis.

Bandele lachte: »Mach dir keine Sorgen. Wo hast du denn dein Glas gelassen? Ich brauche selber auch einen Drink.«

Monica gestikulierte, und Bandele schlenderte davon.

»Wie lange kennen Sie Bandele schon?«

»Bandele ist ein guter Freund von uns. Wenn Ayos Mutter nicht in der Nähe ist, muß er sich Ayos Klagen anhören.«

»Klagen? Ich verstehe Sie nicht.«

»O doch, Sie verstehen mich sehr wohl. Er hat sich doch gerade erst wieder über mich beklagt. Oder wie sonst kommen Sie dazu, zu erwähnen, was Sie über mich gehört haben.«

Kola schwieg.

»Oder sind Sie auch ein Gewohnheitstratscher? Die meisten Freunde meines Mannes sind das nämlich, und sie geben es freimütig zu. Allerdings ist Ayo der einzige, der verstimmt ist, wenn ich das sage.«

»Das will ich hoffen. Ein Ehemann hat doch wohl das Recht, ein wenig Respekt für seine Freunde zu verlangen.«

»Aber sie sind alle Tratschmäuler. Und das meiste entspringt ihrer Einbildung. Natürlich würden Sie das nicht zugeben, aber sicherlich wissen auch Sie es.«

»Wie lange sind Sie schon hier?«

»Zwei Jahre. Oder glauben Sie, daß das nicht lange genug ist, um seine Schlüsse zu ziehen?«

»Doch, doch! Manchmal genügt schon eine Woche.«

»Was in meinem Fall zutrifft. Ich war ganz entsetzt, als ich herkam, aber dann habe ich mich daran gewöhnt. Und jetzt, um ehrlich zu sein, jetzt macht es mir sogar Spaß, den Kollegen meines Mannes zuzuhören. Wissen Sie, ich habe nie in einer Universitätsatmosphäre gelebt. Vielleicht hatte ich erwartet, daß alles meinen Horizont übersteigt. Statt dessen stellte ich fest, daß es genauso ist wie in meiner guten alten Lehrerbildungsanstalt.«

»Sie glauben also, wir sind nur eine Bande von britischen Schulmeistern?«

»O nein, ich wollte nicht unhöflich sein.«

Bandele kam mit den Getränken.

»Soll ich Ihnen sagen, was man über Sie redet?« fuhr sie fort.

»Nein, es interessiert mich nicht.«

»Aber ja doch! Jeder will gern wissen, was die Leute über ihn reden. Fragen Sie Ayo.«

»Also gut. Was haben Sie über mich gehört?«

»Sehen Sie! Zunächst einmal haben Sie einen Freund, von dem alle glauben, daß er verrückt ist.«

»Wir wollten doch von mir reden.«

»Aber das tue ich doch. Sie arbeiten gerade an einer enormen Leinwand, auf der Ihre sämtlichen Götter dargestellt werden sollen. Ich würde gern kommen und mir das anschauen.«

»Da gibt es nichts zu sehen, ich habe gerade erst angefangen.«

»Aber Sie haben doch nicht gerade erst angefangen! Hat nicht neulich erst eine verärgerte Mutter fast Ihr ganzes Atelier zertrümmert, weil ihre Tochter Ihnen Modell stand? O ja, ich habe genaue Informationen.«

»Ja, ich fürchte, Sie sind bestens informiert.«

»Also, kann ich kommen und es sehen?«

»Ehrlich gestanden, nein! Es ist noch nicht in dem Stadium, wo es irgendeine Aussagekraft besitzt.«

»Na gut, vielleicht später.«

»Ja, später.«

»Ich sollte mich nach meinem Mann umsehen. Entschuldigt mich bitte.«

Bandele wartete, bis sie gegangen war.

»Was war denn los? Klang nicht so, als wärt ihr sehr freundlich miteinander gewesen.«

»Nein, es war nichts.«

»Du warst aber ziemlich kurz angebunden.«

»Nein. Weshalb?«

»Das mußt du wissen. Wie auch, sollen wir morgen zum Essen zu ihnen gehen? Faseyi hat mich gerade eingeladen.«

»Und was hat das mit mir zu tun?«

»Er hat dich eingeschlossen, das heißt, er hat eher dich als mich eingeladen. Du kennst Fash noch nicht. Er muß wissen, was du noch alles gehört hast, und er duldet keinen Aufschub.«

»Aber ich hab doch gar nichts gehört, also kann er's vergessen.«

»Seine Mutter kommt – du wirst das Strickmuster bald kennen. Nach einem solchen Auftritt schickt er immer nach seiner Mutter, damit sie Monica ins Gewissen redet. Die beiden verstehen sich sehr gut – Mutter und Schwiegertochter, meine ich. Na, wie auch, ich lasse mich gern ab und zu mit einem guten Essen verwöhnen – und Mrs. Faseyi ist ein Dämon der Küche.«

»Dann viel Glück. Geh und stopf dich voll.«

»Irgendwas nagt doch an dir, Kola.«

»Und was sollte das ein? Hör auf mit dem Getue, es ist nichts.«

Am folgenden Nachmittag öffnete Monica ihnen die Tür. »Ich hoffe, ihr seid ordentlich hungrig«, sagte sie. »Meine Schwiegermutter kocht nämlich.«

Faseyi blieb nur einen Augenblick, sagte: »Kola hat Mammy noch nicht kennengelernt ... Mammy ...« und verschwand in der Küche.

»Ich hole das Bier«, sagte Monica, und, indem sie sich an Kola wandte, »es muß doch immer Bier sein in Nigeria, nicht wahr? Ehe ich hierherkam, habe ich überhaupt nicht getrunken; aber dann probierte ich Palmwein, und jetzt trinke ich nichts anderes mehr.«

Faseyi kam aus der Küche zurück.

»Tut mir leid, aber Mammy sagt, sie kann ihre Töpfe jetzt nicht im Stich lassen. Ich hab ihr gesagt, daß du da bist, Bandele.«

»Das heißt doppelter Einsatz«, sagte Monica. »Bandele ist Mutters Liebling, müssen Sie wissen. Sie kann keinen anderen von Ayos Freunden ausstehen.«

»Aber Liebling, wie kannst du nur so eine Lüge verbreiten.«

»Schon gut. Warten wir, bis Mutter kommt. Dann werde ich sie fragen.«

»Schluß jetzt mit dem Unsinn. Ich habe dir gesagt, ich will nicht, daß du und Mutter meine Freunde durchhecheln.«

Aus der Küche hörte man eine volle Stentorstimme: »Mord!«

»Ich glaube, Mutter braucht meine Hilfe«, und Monica verschwand in der Küche.

Augenblicklich machte der kribblige Faseyi Bandele ein Zeichen, zog ihn zum Balkon, und erst im letzten Moment fiel ihm noch ein: »Dauert nur eine Sekunde, Kola, mach's dir inzwischen bequem.«

Sofort drang es durch die Balkontüren: »Hat er dir noch mehr erzählt? Was hat er sonst noch gehört? Hast du rauskriegen können, wer sie waren?«

Kola zwang sich, seine Gedanken vor den Stimmen zu verschließen. Er hörte nichts mehr. Eine Weile war er allein. Einmal kam Monica herein und fragt: »Wo sind sie?«, und er deutete zum Balkon. Sie sagte: »Oh«, als verstünde sie und sei von der Tatsache zugleich überrascht und niedergeschlagen. Sie blieb einen Moment lang in der Tür stehen, zögerte, schließlich ging sie wieder in die Küche.

Sie ließen sich Zeit zum Reden, und Kola spürte bald die Wirkung des Bieres; langsam wurde er schläfrig. Und dann hörte er, wie sich sacht die Vorplatztür öffnete, eine weiche, pelzige Bewegung in seinem Rücken. Eine warme, gelbe Motte streifte seine Wange, zwängte sich zwischen ihn und den niedrigen Tisch. Kurzsichtig blinzelte sie in das Glas in seiner Hand, trank daraus, verzog das Gesicht wegen des bitteren Geschmacks. Dann preßte sie ihr Gesicht gegen Kolas entspannte Finger, aus denen die Nüsse fast zu Boden fielen. Mit dem Rücken zu ihm, sein Gesicht mit kurzen, geflochtenen gelben Haaren streichelnd, stand ein Albinomädchen. Sie war sanft und unsicher, ein zerbrechliches, verwirrendes Kind des Zwielichts.

Monica war hereingekommen.

»Usaye! Mein Gott, wo sind deine Manieren? Komm her!«

Kola blinzelte ungläubig.

»Usaye ist die Tochter unseres Kochs«, erklärte Monica.

»Ist er ein Albino?«

»Nein. Das ist ja das Geheimnisvolle. Weder er noch seine Frau. Beide sind so schwarz wie Sie. Oh, Sie haben doch nichts gegen schwarz, oder?«

»Ich habe was gegen dunkel, farbig, pigmentiert oder ähnlich idiotische Euphemismen.«

»Das dachte ich. Man muß hier so vorsichtig sein. Warum sind die meisten Leute so empfindlich? Oh, ich fange schon wieder an. Aber ich wollte ja von Usaye sprechen. Sie hat vier Brüder und Schwestern, und drei davon, das heißt drei mit ihr, sind Albinos. Jetzt erwartet die Mutter schon wieder ein Kind, und der arme Mann ängstigt sich zu Tode.«

»Sie sieht so verletzlich aus.«

»Usaye hat die schlechtesten Augen von allen. Sie ist sehr kurzsichtig.«

»Das habe ich bemerkt.«

»Ich glaube, sie kommt wegen mir hierher. Rassenvorurteil, wissen Sie.«

»Sie ist so ein flauschiges Ding ... wie ein frisch geschlüpftes Küken. Usaye, komm her und trink noch einen Schluck Bier.«

»O nein, das dürfen Sie nicht!«

»Es wird ihr schon nicht schaden ... Brandy wäre natürlich viel besser. Mal sehen, ob es ihr Farbe auf die Wangen treibt.«

Usaye nippte mit demselben Widerwillen das Bier. Dann schaute sie ihm genau ins Gesicht und ließ ihre Augen, nur einen Zoll entfernt, über seine Kleidung wandern. Und plötzlich überkam ihn Furcht für sie.

»Wie um alles in der Welt überquert sie die Straße?«

»Sie müßte eine Brille tragen. Ich habe schon einen Termin beim Optiker ausgemacht.«

Usaye zog ihn an und stieß ihn ab.

»Wie ein frisch gelegtes Ei«, sagte er. »Wenn die Schale nicht hart genug ist ... Oder die weiche, pulsierende Mitte am Kopf eines Säuglings ... ah, hören Sie nicht hin. Ich leide manchmal unter flauschigen Gefühlen.«

Sie sah ihn fragend an, und er fühlte sich unwohl.

»Sie haben flauschige Gefühle, sagen Sie?«

Er versuchte die Bemerkung wegzuwischen, und sie sagte: »Kommen Sie ans Fenster.«

Das Fenster ging zum Hinterhof hinaus.

»Da drüben, sehen Sie den Baumstumpf? Sie ist so kurzsichtig, daß sie mit ihm spricht.«

»Aber warum hat man die ganze Zeit nichts unternommen?«

»Ayo hat es immer wieder versprochen. Das Problem ist, ich habe kein Auto, oder vielmehr, ich kann nicht einmal fahren.«

»Na gut, ich ... ich werde was arrangieren.«

»Wollen Sie sie zum Optiker bringen?«

»Ja, natürlich. Ich werde sie persönlich abholen.«

»Vielen Dank«, sagte sie.

»Hab ich Sie gestern abend beleidigt?« fragte sie nach einer kurzen Pause.

»Mich beleidigt – wieso?«

»Nun, ich meine, Sie waren ein wenig ungehalten. Gehören Sie zu denen, die nichts von Mischehen halten? Ich weiß, daß einige von Ayos Freunden mit mir nicht einverstanden sind.«

»Ist das nicht Ihre eigene Angelegenheit – Ihre und die Ihres Mannes?«

»Ich freue mich, daß Sie Usaye zum Optiker bringen wollen. Ich hoffe, Sie glauben nicht, daß ich Sie ausnutzen will.«

»Natürlich nicht, machen Sie sich nicht lächerlich.«

Er starrte auf den Baumstumpf, während Usayes Wimpern seine Handflächen streiften, als sie sie genau betrachtete. Kola bemerkte nicht, daß Monica den Raum verließ. Plötzlich kam wieder Bewegung in ihn. Er sah das Kind genauer an und stieß einen leisen Ruf aus. Unter den Nachbarskindern hatte er lange verzweifelt nach einem Gesicht gesucht, das zu Obaluwaiyes Dienerin paßte. Und nun schienen die Götter selbst ihm Usaye zugespielt zu haben. Farbe und Züge entsprachen ganz seiner Idealvorstellung. Er sah Usaye zu Füßen Obaluwaiyes sitzen, ihre Haut – reiner Mondstein – spiegelte die Experimentierphasen der Gottesgeißel und ging doch immer wieder klar und ungezeichnet hervor.

Und dann war da das andere, der schleichende Beginn eines großen Verlangens ... noch hatte es nicht die Gestalt des Gärstoffes einer Empfindsamkeit, die die Gesetze seiner eigenen Schöpfung entkräften konnte ... dann hörte er, wie sich die Balkontür öffnete und Bandele ihn rief. Er drehte sich auf dem Absatz um, erlaubte sich keinen weiteren Gedanken und flüchtete aus dem Haus.

4

Selbst Kinder wußten von Simi! Ehefrauen knieten nieder und beteten, mögen unsere Männer sündigen, mit hundert Frauen, doch mögen ihre Füße sie nie zu Simi führen, zu Simi mit den trägen Lidern. Denn dann waren Männer hoffnungslos verloren; ihr Heim, ihre Kinder wurden Geister einer vergangenen Illusion – Simi lehrte sie, das Leben, die Liebe neu zu sehen, versunken in kannibalische Wirklichkeit. Simi brach Männer und Freundschaften. So unschuldig war Simi, daß sie nie der Weisheit der Reife teilhaftig wurde, und jeder Mann glaubte, daß er sie betrüge, nie aber, daß sie ihm Unrecht tue. Und er beschützte sie vor der Raserei der Frauen, in deren Augen Simi nicht unschuldig war. Natürlich gab es Gesänge über die verschiedenen Episoden ihrer Liebschaften, Preislieder, aber auch Lieder, die Schmähungen spannen – nicht um Simi, niemals um Simi –, doch um die Frauen, die wagten, die Göttin der Gelassenheit zu profanieren, Simi, die Bienenkönigin mit der Haut aus pastellheller Kanoerde, durch die Luft herangetragen. Simi zahlte nie dafür, daß man ihr Preislieder sang, die Männer taten es. Meist aber waren es spontane Huldigungen – der Dichter sah, und der Gesang brach aus ihm hervor.

In Gesellschaften saß Simi bewegungslos, ruhig, unzugänglich, gleichgültig gegenüber dem Schwarm schmachtender Männer. Und doch, sie bemerkte sie, und wenn sie gegangen waren, das Prahlgetöse verebbt, die Taschen ausgemangelt, die Männlichkeit geschändet – denn Simi hatte es mit ihnen aufgenommen, Glas um Glas, und doch ihr Geheimnis bewahrt, während die Männer ausgehöhlt davonschlichen, schlaff oder heiser, trauriger, doch niemals klüger –, dann traf Simi ihre Wahl, und ihre frostigen Lider verrieten nichts.

»Komm her! Komm her, Egbo, mein Junge!«

Der Geographielehrer, der einzige, der während Egbos klippenreicher Karriere einen Funken Gutes in »diesem Egbo« entdeckt hatte, packte ihn bei seiner neuen Schuluniformjacke und zerrte ihn zum Klassenzimmer. Er inspizierte den blauen Stoff und das Schulwappen, Zeichen der in Sicht kommenden Freiheit, denn nur Schüler der höheren Klassen kauften sie, und auch Egbo hatte gewartet, bis das Ende der Schulzeit herannahte.

»Egbo, mein Junge«, sagte der Lehrer, »du bist so was wie ein Wunder. Weißt du, daß du sechsmal kurz vor dem Rausschmiß gestanden hast? Sechsmal! In einer einzigen Gymnasiallaufbahn. Da drüber stell ich dir eine Bescheinigung aus, Egbo, denn so was muß jeden rechtschaffenen Menschen zutiefst beeindrucken.«

»Ja, Sir«, druckste Egbo, denn nur dieser Lehrer besaß die Macht, ihn in Verlegenheit zu bringen.

»Ja, du hast einen Rekord aufgestellt. Und jetzt hör mir gut zu. Ich erkenne einen sexbesessenen Typen, wenn er vor mir steht, und genau in diesem Moment steht einer vor mir. Hüte dich vor den Weibern, hörst du? Und nun hebe dich von mir, elender Menschenwurm. Mir aus den Augen!«

Er griff nur zu gern zu übertriebenen Redewendungen, dieser Lehrer; Egbo war für seine Weiberscheu verschrien. Bis vor einer Woche, dann sickerte die Geschichte von der in der Stadt durchzechten Nacht bis zu den Lehrern durch. Eine Eskapade, an der Egbo nicht nur teilhatte, sondern die bald wegen der besonderen Rolle, die er darin spielte, in die Annalen einging. Trunken von der Harmattaneuphorie herannahender Freiheit, hatten sechs junge Waghälse, kaum der Tyrannei der Abschlußprüfungen entkommen, zum ersten dreisten Sturm auf die Nachtlokale angesetzt. Es dauerte eine Zeitlang, bis seine Kumpane merkten, daß Egbo weder zum Tanzen aufgestanden war noch ein Wort gesprochen hatte, seit sie das Lokal betreten hatten. Unablässig hatte er in eine Richtung gestarrt.

»Seht euch Egbo an, eeh. Hast du noch nie 'ne Frau gesehen?«

»Man erkennt sie halt auf den ersten Blick, *omo alufa,* der größte Weiberheld weit und breit.«

Nach dem Abschlußexamen, der letzte Prüfungsbogen war dem bevollmächtigten Quälgeist hingeschmissen worden, lag für sie eine gewisse Lässigkeit in der Zeit selbst; die Jahreszeit, kalt, trocken, spröde, erweckte in ihnen ein Gefühl der Leichtigkeit, ein Ende des Sichbewußtseins in Raum und Zeit, eine allgemeine Unbekümmertheit selbst in der Natur, im Staub, in den Büscheln verkohlter Halme. Am frühen Morgen und am Abend lud sich die Luft auf, und man ahnte den scharfen Stachel, am Nachmittag dann rüttelten die Turmfalken über dem Rauch, warteten auf das fliehende Eichhörnchen oder die Ratte. Doch es war vor allem dieses Prickeln der Nacht, das die Haut aufreizte. Wenn man über den Buschpfad ging, durch die kitzelnden Wogen des *ekan*, dann wirkte die Luft wie schwerer Palmwein nach einer zehntägigen Fastenkur. Mit trockener Kehle und aufgesprungenen Lippen fühlte sich Egbo nach dem Dreimeilenmarsch wie in einem tiefen Rausch.

Er saß am Tisch, alle Verlegenheit verflogen, denn seiner eigenen Fremdartigkeit gegenüber war er blind. Simi, in ihrer unsterblichen Lebensperiode, saß inmitten einer Menge, die auch er nur zu bald kennenlernen sollte, und verschwendete ihre Gunst an niemanden. Ihr Tisch schwankte unter dem Gelächter, viel Hohlheit, wohl wahr, doch Simi blieb unberührt davon. Sie hat die Augen eines Fisches, murmelte Egbo, und die Jungen sagten, sieh an, der Mann vom Delta hat seine *Mammy Watta* gefunden.

Einmal blickte Simi auf und sah ihn. Es erschien ihm absurd, albern, daß er beim Blick in ihre Augen an frische Leber auf dem Metzgersbrett dachte, an kalte gelatine-glibbrige Tiefe. Einen Augenblick lang ließ Simi ihre Augen in seinen ruhen, und Egbo, verwirrt und verloren, erhob sich langsam. Das Blut wirbelte durch seinen Kopf; er konnte diesen Blick nicht erklären, nichts mit ihm beweisen, er wußte nur, Simi hatte aufgeblickt und ihn angesehen. Seine Hände waren klamm, und er stolperte auf die Straße. Blind taumelte er durch die Stände mit Kolanüssen und gebratenem Fleisch, und die Verkäufer lachten und riefen, schon wieder so einer, blind betrunken. Die Erinnerung an den Heimweg war ein abklingendes Fieber verstummender Laute, wie ein fernes Echo von Grillen, wie das verstohlene Rascheln einer schwarzen Nacht. Egbo wankte unter dem launischen Biß der Schlange und hieß das Gift in seinen Adern willkommen.

Am nächsten Tag erklärte Egbo im Klassenzimmer die Sache.

»Hätte ich sie vor der Zoologieprüfung gesehen, dann hätte ich das Thema ›Bienenkönigin‹ gewählt, nur um die Lehrbücher ein für allemal zu widerlegen.«

Immer belauschte irgendein Lehrer solche Gespräche.

»Egbo, mein Junge, komm mal hierher, du frühreifer Casanova …«

Später gab Egbo Simi gegenüber zu: »Es war meine erste aufrichtige Tat und meine letzte.«

Er verließ die Schule, nahm eine Arbeit an und sparte. Und seine Selbstverleugnung, so dachte er, könne ihm, sollte er die Profession eines Küstenheiligen erwählen, ein wertvolles

Training sein. Er aß nur knapp unter der Hungergrenze, sein einziges Laster war die Bibliothek. Achtzehn Pfund in der Tasche, auf drei Zoll hohen Kreppsohlen – für mehr Größe und Selbstvertrauen –, in einem Kammgarnanzug, gestreift, mit Krawatte – der gestärkte weiße Kragen hatte eine messerscharfe Kante –, so stürmte Egbo nach Ibadan, wo Simi noch immer hofhielt. Die Frage nach der Bleibe war natürlich wichtig, und Egbo erinnerte sich schließlich an einen Studenten seines Alters. Der erschien ihm ideal, bis Egbo an der Tür des nichtsahnenden Gastgebers zögerte angesichts einer Visitenkarte, die mit einer Reißzwecke an die Tür geheftet war: E. Ayo Dejiade. Sekretär der Christlichen Studentenbewegung. Klopf an, tritt ein, lass Gott herein.

Er wollte sich gerade auf dem Absatz herumdrehen, als Dejiade die Tür öffnete.

»Ja, so was, Egbo! Was machst du denn hier?«

Aber Egbo lächelte nicht einmal.

»Was soll das bedeuten?« und er klopfte mit dem angewinkelten Zeigefinger an die Karte. »Sag bloß nicht, daß du das Familienbanner hochhältst.«

»Ich wünschte, du würdest das auch tun.«

Dejiade, Sohn eines Kollegen seines toten Vaters. Reverend Dejiade hatte dafür gekämpft, für den Sohn seines toten Freundes Sorge tragen zu dürfen, zumindest wollte er ihn im Schoß der Gemeinde behalten. Doch Egbos Tante wollte davon nichts wissen. Weder du, sagte sie, noch dieser Teufel von einem Großvater wird ihn bekommen. Ich werde mich selbst um seine Erziehung kümmern.

Dejiades Studentenbude zeigte die Schrecken eines sündigen Lebens in Form gerahmter Sprüche rundum an den Wänden, und bald erkannte Egbo, wie sinnlos die Hoffnung war, Dejiade könne ihm bei seiner geplanten Unternehmung eine moralische Stütze sein.

»Es wäre eher eine unmoralische Stütze«, sagte Dejiade. Auch ein Appell an seinen Kameradschaftsgeist fruchtete nicht.

»Ich beweise meine wahre Kameradschaft, indem ich zu Hause bleibe und für dich bete.«

»Du darfst deine Studien aber nicht vernachlässigen«, sagte Egbo. »Kümmre dich also nicht um mich.«

»Ich bete immer, ehe ich anfange zu pauken«, versicherte ihm Dejiade. »Um elf mache ich eine Teepause. Wenn mein Gebet erhört wird, so wirst du das Licht erkennen und um elf zum Tee zurück sein.«

Und Egbo fühlte tiefes Entsetzen bei dem Gedanken, daß Dejiades Gebet erhört werden könnte und er frustriert nach Hause zurückkäme. Als er über den Campus lief, nahmen seine Ängste noch zu. Mit einemmal schienen ihm Dejiades Argumente vernünftig, gerecht, freundlich. Wieder war Egbo von der Frömmigkeit des Freundes überwältigt, die Angst vor der magischen Kraft der Heiligen Schrift trieb ihm den Schweiß aus allen Poren. Voll Verzweiflung stellte er seine Gebete gegen die Dejiades.

»Heute nacht, o Herr, laß mich das verlorene Schaf sein. Vergiß meine erbärmliche Person und segne meinen lerneifrigen Freund. Mach ihn zum leuchtenden Beispiel, o Herr. Lieber Gott, laß mich in Ruhe, damit sein Beispiel um so strahlender leuchten kann.«

Auch in der Selbstopferung, so räsonierte er, lag doch Frömmigkeit – und was anderes war denn sein Gebet?

Im dritten Nachtlokal fand er Simi. Egbo entdeckte sie nicht sofort, aber die Menschentraube war unverkennbar. Simi erfüllte den offenen Hof, zurückgezogen und unberührt, unbewegt wie eh und je. Diejenigen, die prahlten, Simi schenke ihnen ihre Liebe, lebe nur für sie, konnten die Welt davon nicht überzeugen, denn die Form, aus der Simi gegossen war, hieß Distanz, und das machte sie unschuldig. Als hätte zwischen ihr und der Welt nie eine Verbindung bestanden, und die Männer, mit denen sie schlief, erlebten nichts außer Verzweiflung, denn immer mußten sie hinterher erkennen, daß sie sie nicht einmal berührt hatten. Und den Akt wiederholen, trotz Simis leberkaltem Blick – ein Sakrileg. So wurden die Männer, die sie doch nie besaßen, ihrer nie überdrüssig; die Illusion machte sie toll, erweckte eine Begierde, die nie gestillt werden konnte.

Sie *ist* die Bienenkönigin, dachte Egbo. Sie läßt die Männer tanzen und sich für sie zum Narren machen. Und er blieb stehen, noch nicht bereit, sich festzulegen, sich an einen Tisch zu setzen, ein Getränk zu bestellen. Egbo blieb stehen, sammelte Kräfte für den Akt der Unterwerfung unter die Bestie, die auf der Lauer lag, ihn zu verschlingen. Wie er einst auf dem Flughafen von Warri gestanden hatte, in jenen frühen Tagen der zivilen Luftfahrt, an dem stoppeligen, vernachlässigten Rollfeld, und darauf gewartet hatte, daß der unkeusche Vogel ihn verschlang. Egbo und seine Tante. Egbo grübelte über die Tollkühnheit dieser abgehärteten Fliegerin nach, die selbst mehr an ihren Tuchhandel dachte als an die Gefahren, denen sie sein Leben auszusetzen gedachte. Er rief sich Mutter und Vater, deren übernatürlichen Tod, ins Gedächtnis zurück. Reverend Johnson und seine Frau, Prinzessin Egbo. Auf sein erstes Schulheft hatte die Tante »Egbo« gekritzelt, und bei Egbo war es geblieben, denn als er älter wurde und verstand, da hatte er gemerkt, daß er ohne den Namen Johnson auskommen konnte. ›Und zur Schule mußt du gehen‹, sagte die Tante, ›in Lagos mußt du zur Schule gehen, wie es sich für einen zivilisierten Menschen gehört. Dein heidnischer Großvater würde dir nur Weiberzählen beibringen und wie man Schmuggelgewinne einstreicht.‹ Oben in der Luft, nachdem er erst einmal über dem Geruch und der dumpfen Feuchtigkeit der Küste schwebte, verflog auch die Angst. Den ganzen Weg die Gangway hinauf hatte er noch gekämpft, getreten, gebissen, sich am Geländer festgekrallt, und in der Kabine dann hatte er versucht, ein Fenster aufzumachen, und die anderen Fluggäste hatten gelacht. Die Motoren dröhnten, und das Vibrieren beruhigte ihn ein wenig, doch schon brüllte er wieder los. Dann kamen die Flügel der Maschine plötzlich in Sicht – sie hatte Höhe gewonnen und lag jetzt horizontal –, so wie er es machte, wenn er Flugzeug spielte. Egbo beruhigte sich. Er schaute hinunter und sah den Fluß und die dichten ausgedehnten Mangroven, und er hüpfte auf seinem Sitz. Dann gewahrte er den Himmel, der sich über ihm erhob, ein unermeßlich weites Pfauenrad, und Egbo wandte sich seiner neuen Mutter zu und sagte: »Mama, hier wohnt doch Gott, nicht wahr?«

Die Angst verflog gänzlich, stürzte wie ein toter Vogel in die entschwindenden Flußarme unter ihnen. Während der restlichen Reise schlief Egbo tief und fest.

Egbo hatte sich gesetzt. Bang befühlte er seine Taschen, doch die Dicke des Geldbündels beruhigte ihn. Ein kleiner Junge kam an seinen Tisch, ein kleines scharfgeschnittenes Gesicht mit riesigen Ziernarben. Er stand eine ganze Weile da, ehe Egbo begriff, daß er diesen Tisch bediente.

»Whisky. Oder nein, Brandy. Und Limonade. Eh ... einen Doppelten, bitte, und Limonade.«

Der Junge verschwand, Egbo erhob sich. Jetzt, jetzt, noch ehe er den ersten Schluck getrunken hatte, jetzt war die richtige Zeit, den Schritt zu tun. Jetzt, jetzt, ehe sie noch ihre Augen erhob, ihn erkannte und ihn so mit nicht mehr abzuschüttelnder Verzweiflung erfüllte.

Erstaunlich, wie einfach es war. Er fragte, und Simi stand auf, ohne zu zögern, und kam mit ihm. Sie erhob sich so beiläufig, ohne etwas preiszugeben, ohne dem Bedeutung beizumessen, sie stand einfach auf und ging mit, als habe sie darauf gewartet, aufgefordert zu werden, als ob noch viele kommen würden, um sie aufzufordern. Egbo, der sich für seine klammfeuchten Hände entschuldigte, führte sie bei dem anmutigen Foxtrott – schließlich war er begeistertes Mitglied eines Tanzvereins, und er tanzte besser als der Durchschnitt. Er dachte, es sollte mir genügen, daß ich sie halten darf, er wagte nicht, auch nur den geringsten Druck auszuüben; er dachte nur, mehr zu verlangen hieße, den Abend verderben. Er hatte es falsch angefangen, er war zu hastig vorgegangen. Eine langsame Eroberung hätte es sein müssen, Stufe um Stufe aufgebaut, bis zu dem Punkt, der die Frage überflüssig macht. Sie vielleicht zu Hause besuchen, wenn er erst in ihren ehrenvollen Kreis aufgenommen war.

Er fragte sich, woher er wußte, daß er zu sagen hatte: »Was darf ich dir an den Tisch schicken lassen? Whisky? Oder möchtest du lieber Gin?«

»Du bist sehr jung«, sagte sie. »Fang nicht damit an, dein Geld zum Fenster rauszuwerfen.«

Alle Luft war aus ihm raus, als er sie zu ihren Männern zurückbrachte. Dann bemerkte er, daß Alkohol nicht gläser-, sondern flaschenweise auf dem Tisch stand. Und er hatte ihr einen erbärmlichen Tropfen angeboten.

Der Rest des Abends war verschleiert, Egbo hielt lange Wacht. Männer kamen, gedemütigt gingen sie wieder. Geschäftsleute, Juristen und Ärzte waren am meisten von sich überzeugt, denn sie hatten erstklassige Berufe, Zeichen höchster Intelligenz, sie waren in die Mysterien, in das innerste Wesen des Wissens der Weißen, eingedrungen. Doch Simi blieb der Dornbusch in der Nacht, und die Glühwürmchen schwirrten von Anfällen geschüttelt um sie herum, verglommen zu ihren Füßen.

Und die klettenklebrigen Schmarotzer, sie duldete sie, denn sie bedeuteten Schutz. Sie machten Botengänge für sie, dichteten ihr Launen an, ließen sich für ein »Ich rede mal mit deiner Schwester« allerhand Pflichten auferlegen und tranken vom Überfluß ewiger Hoffnung. Egbo saß abseits, zerfressen von Eifersucht und Haß, schluckte gedankenlos seinen Brandy und hielt den Atem an, wenn das scharfe Getränk ihm Brust und Eingeweide verbrannte. Langsam beruhigte er sich etwas, und er überlegte, ob er sich nach Lage der Dinge nicht zurückziehen solle, ja, er sah dem mitternächtlichen Tee bei Dejiade schon mit freudiger Erwartung entgegen. Dejiade, ja, bei ihm lag wahrer Trost.

»Mein Wechselgeld, schnell«, und der Boy rannte davon. Der Brandy verschleierte Egbo den Blick, ein Harmattanmorgennebel, und er erkannte, daß er auf Vollendung aus war, wenn es sein mußte auch auf Selbstzerstörung, denn Egbo erinnerte sich, daß er schließlich noch jungfräulich war. Und warum nicht Simi? Warum sollte nicht Simi ihn ein für allemal und gründlich in diese Mysterien des Lebens einweihen? Doch das, sagte er sich, ist es nicht allein. Es ging bereits viel weiter; die Wahrheit hatte seine Hoffnung auf Rückzug schon im Keim erstickt. Wie ein Verrückter sprang er auf, als ihn die Ungeheuerlichkeit klar durchzuckte. Deshalb also folgte er ihr – er war gekommen, um sie von hier, von all dem wegzuholen. Sie zu seiner Frau zu machen. Er dachte an seine Zielstrebigkeit, sein früheres Einsiedlerdasein, sein Desinteresse an anderen Frauen. Und das alles nur für diese eine Nacht? Nur für diese Nacht? Nein, hier und so konnte er es nicht zu Ende bringen. Simi mußte mitkommen, mit ihm mitkommen, mit ihm einen Hausstand gründen.

Wieder stand er neben ihr, und wohl schon ein dutzendmal mußte sie »Nein« gesagt haben. Egbo wollte es nicht hören. Nein, ich möchte nicht tanzen; doch Egbo war taub. Wirklich, ich bin müde, und außerdem mag ich diesen Tanz nicht. Das nächstemal, ja? Aber wie konnte sie jetzt nicht tanzen wollen, jetzt, wo er ihr etwas so Wichtiges zu sagen hatte und wo sie schon im nächsten Augenblick spurlos verschwunden sein konnte. Er wußte von Simis plötzlichen, fast mysteriösen Abgängen. In diesem Augenblick noch stand Simi unverwechselbar im Mittelpunkt, im nächsten Augenblick war sie verschwunden, doch mit wem? Und es konnte wochenlang sein, daß Simi in ihrer Zurückgezogenheit verharrte.

Wie konnte Simi es nur über sich bringen, seine Pläne derart grausam zu durchkreuzen und zu sagen »Diesmal nicht«, wenn es bis zum nächstenmal vielleicht einer noch längeren Wartezeit bedurfte, als die Vorbereitungen für dieses Mal beansprucht hatten. Seine Füße, Saugnäpfe am Boden neben ihr; er spürte, daß er hartnäckig versuchte, sie von ihrem Stuhl zu zerren.

»Aber ich muß dir etwas sagen.«

»Kannst du's nicht hier sagen?« Ihre Stimme war sanft, nicht geduldig, aber auch nicht ungeduldig.

Egbo, bewegungsunfähig ... Ist es nicht ein Wunder? Dein Gesicht ist so glatt wie der ebene Schlick nach der Gezeitenwäsche, keiner Krabbe ist es je eingefallen darüberzulaufen, kein übermütiges Kind war auf den Gedanken gekommen, über die Tochter des Flusses zu krabbeln, während sie badete ... *ayaba Osa ... omo Yemoja ...*

»Hören Sie, junger Mann, gehen Sie an Ihren Tisch zurück, Sie hören doch, daß die Dame nicht zu tanzen wünscht.«

Ein Fremder, ein Mann, den er nicht kannte, der ihm nichts bedeutete, stand auf, um statt ihrer zu antworten. Ich werd nie wieder so einfältig sein ... nie ... gegen all diese Männer, reich, wichtigtuerisch, was hab ich bloß gedacht ...? Aber auf diese Art und Weise erledigt zu werden, ohne Chance für eine Revanche. Und einer von den Schmarotzern spricht für sie, legt seine whiskyfeuchte Hand auf sein Handgelenk, stößt ihn zurück ...

Egbo hörte, wie seine Stimme die Musik übertönte.

»Nehmen Sie Ihre Hände weg!«

Gott sei Dank kennt mich hier niemand, sagte er sich, aber wenn ich den Kerl nur einmal durch die Kotze eines Betrunkenen wälzen könnte ...

»Komm, verzieh dich, Freundchen«, und er zerrte wieder an Egbo. »Was glaubst du denn, wer du bist, daß du hier so rumbrüllst.«

Und noch zwei Leibwächter erhoben sich, der Gefahr zu begegnen. Simi mischte sich ein.

»Nein, nein, laßt ihn doch. Warum belästigt ihr den Jungen?«

Junge! Das war es, ja, Junge! Irgendwie kam er zu seinem Platz zurück. Es war näher als bis zur Tür, und außerdem wäre es der falsche Moment gewesen zu gehen. Das Warten bedeutete keine Qual, denn er sah nichts, hörte nichts. Er sah nicht einmal, daß sie ging.

Stunden später, oder vielleicht nur Minuten, näherte sich ihm zum siebentenmal ein scharfgeschnittenes, genarbtes Gesicht.

»Ja, ja. Bring noch einen. Aber diesmal Whisky.«

»O *ti sah.* Madame *ni npe yin.*«

»He?«

»Madame. *Won ni npe yin wa.*«

Egbo blickte wild um sich, er wagte es nicht zu glauben. Simi war nicht mehr da. Ärgerlich packte er den Jungen am Ohr, zwickte ihn ins Ohrläppchen.

»Willst du mich auf den Arm nehmen?«

Der Junge wand sich vor Schmerz, protestierte.

»Na los, sag schon, welche Madame? Wo? Wohin?«

»Nta. Won wa nnu taxi.«

Egbo ernüchterte mühsam, entschlossen, die Wahnvorstellungen abzuschütteln. Doch der Junge stand noch immer neben ihm, es war ganz klar, er meinte, was er sagte.

»Ihr Wechselgeld, Sah!«

Aber er konnte Egbo nicht mehr zurückrufen …

Der Schlag des Taxis stand offen, Simi saß auf der anderen Seite, Egbo stand wie angewurzelt.

»Na, willst du nicht einsteigen?«

Mit bleischweren Gliedern sank Egbo in den Sitz. An diesem meinem Festtag, an diesem meinem Festtag … Warnungen der erfahreneren Kameraden schossen ihm durch den Sinn, Angstzustände wegen der verhängnisvollen Möglichkeit … Schlaff! Herrgott, in dieser Stunde meiner Bewährung verhöhne mich nicht mit einem unreifen Baumwollstengel …

»Du solltest dich nicht mit erwachsenen Männern anlegen. Da ziehst du doch nur den kürzeren.«

Egbo konnte sie nicht einmal anschauen. Er suchte nur nach einem Fluchtweg, überall sonst wollte er sein, nur nicht hier. Dejiades Zimmer erschien ihm ein Hort der Glückseligkeit, der ewigen Sicherheit. Lieber Dejiades' geistliche Prüfungen als diese Aussicht auf Demütigung. War er denn wirklich so ein Narr? Zu ihr zu gehen, zu ihr, mit keiner anderen Erfahrung als den Prahlereien anderer Jungs und einer Sonderstunde in der sechsten Klasse, die nun im Angesicht der äußersten Wahrheit und Wirklichkeit schlicht obszön wirkte.

Als das Taxi anhielt, langte er rasch in die Tasche, aber Simi hielt ihn zurück, legte die Hand auf die aufgewölbte Tasche, und Egbo zuckte zusammen.

»Spar's lieber«, sagte sie. Im Haus verriegelte sie die Tür und drehte sich zu ihm um.

»Nur keine Bange. Du hast noch wenig Erfahrung, das heißt, du hast überhaupt keine Erfahrung.«

... wenn ich jetzt spreche, werde ich zerbersten. Wenn ich spreche, wird der aufsteigende Stolz wieder sinken. Sind denn alle Frauen so, daß sie einen Mann auf den ersten Blick erkennen, daß sie ihn in- und auswendig kennen ...? Sie war in einen anderen Raum gegangen, und Egbo schaute sich um, unfähig, irgend etwas aufzunehmen außer Simis Allgegenwart.

... in dieser Stunde meiner ...

Simi war wieder hereingekommen, und er versuchte, den aufsteigenden Taumel zu unterdrücken.

... Gott, o Gott, wenn dies Sünde ist ... Gott, ein Jahr lang will ich mein Haupt nicht erheben, aber heute nacht, in dieser einen Nacht hier laß mich Anbetung halten, laß mich niemals mehr ein anderes Licht sehen als die Offenbarung ihrer verwobenen Lichter ...

»Du bist noch nicht ausgezogen? Nein, laß nur, ich mach es für dich.«

Zuerst fühlte er nichts. Seine Kiefer waren in einen Schraubstock gespannt.

»Du bist jung«, sagte sie. Sie kniete vor ihm, hob ihr Gesicht zu ihm auf, der er über ihr stand. Egbo vergaß sich selbst. Als er sie anschaute, überkam ihn solche Traurigkeit, daß er um sie fürchtete, und er fragte sich, ob das wohl Liebe sei. Doch der Augenblick ging vorbei, denn nun wurde sie verspielt, ihre Miene aber blieb ernst, obgleich sie ihn neckte: »Dein Herz klopft ja wie wild. Du mußt keine Angst haben.«

Und ihre Hand glitt über ihn, und Egbo fühlte sich emporgehoben, es war kein Boden mehr unter seinen Füßen. Egbo erahnte die Bedrohung, und wie um sich vor der Wunde zu retten, die er fürchtete, fragte er: »Liebst du niemals einen Mann?«

»Pssst!«

Luft drängte sich durch seine zusammengebissenen Zähne, preßte unergründliche Wörter aus ihm heraus, Stützpfeiler, an die er sich aus Selbsterhaltungstrieb anklammerte.

… Ich bin der pralle Luftsack in der steifen Brise, ich reite hoch überm Gras am Flugfeld von Warri, als es noch brachlag …

»Mein Liebster, was sagst du?«

… praller Luftsack in steifer Brise, hohes Gras auf dem Flugfeld, als es brachlag …

»Was ist, mein Liebster?«

Denn auserlesen und köstlich, wie es war, bedeutete es doch Schmerz, und er, der so lange bereit gewesen war und nun bereit war, erkannte, daß der Kampf darin bestand, den Augenblick aufzuhalten, an den Fingerspitzen an scharfkantigen Klippen zu hängen, während ihm das Blut süß in den Mund strömte. Und sein Leben flog in Gedanken an ihm vorüber. Er fragte sich, was dies im Innersten bedeutete, was er einst war oder sein würde.

… Herr, mein Gott, laß in der Dunkelheit mich harren …

»O Liebster, was ist?«

Denn Lust muß Sünde sein, und übermäßige Lust ist Verdammnis. Und Dejiade, Dejiade, morgen würde er es ihm sagen, Dejiade, dein Leben ist einfach, so einfach, so tot.

… durch verborgene Fluten stößt das Kanu, zerteilt das hohe Schilf. Nicht vergeht, o Gott, nicht vergeht der moderne Hulk …

»Aber mein Liebster …«

… und eine einsame Hülse überschritt den Baobab auf sich verjüngendem Schenkel, blattentkleidet, und hohe Nebel umwirbeln ihn, dunstspaltende Stürme, doch stützte ihn der Stamm …

»Mein Liebster, sag doch, was ist los?«

… als überflutet es lag, als überflutet es lag. Da sind Quasten für den Mann, süße Wurzeln für das Kind, und das Wolkengerinnsel in der Höhe erwartet den Auserwählten Gottes …

… durchteile der Nebel Tiefen im dunklen Kanu … laß ruhen mich in Dunkelheit, in Dunkelheit wehklagen …

5

Einen günstigeren Morgen, das Mädchen zu behelligen, hätte er gar nicht finden können, aber Sagoe hatte gerade seine erste Begegnung mit dem Kleiderschrank – bisher hatte er das Schlafzimmer noch nie betreten –, und während Dehinwa von Tante und Mutter heimgesucht worden war, hatte er bewußtlos gelegen. Dehinwa hatte sie schließlich zur Bushaltestelle gebracht, und jetzt fegte sie durchs Zimmer, zog sich an, um rechtzeitig ins Büro zu kommen. Der Lärm weckte ihn, und seine blutunterlaufenen Augen machten aus den zwei Griffen des Kleiderschrankes vier.

Schließlich fragte er sie: »Hast du den selbst gekauft?«

»Wen?«

»Den Kleiderschrank. Hast du den selbst gekauft?« Er brüllte, um den Regen zu übertönen, der wieder eingesetzt hatte. Die Anstrengung spaltete ihm den Schädel, aber er gab nicht auf.

»Ich laß mich nicht aushaken, wenn du das meinst.«

»Jedenfalls nicht von mir.«

»Du könntest dir's auch nicht leisten.«

»Da drauf brauchst du dir gar nichts einzubilden.«

»Jetzt hör mir mal gut zu. Ich habe die ganze Nacht kein Auge zugetan, und jetzt muß ich zur Arbeit gehen, spar dir also deine Beleidigungen auf, bis ich zurückkomme.«

»Alle Weiber in diesem gottverdammten Land sind so verdammt scharf drauf, beleidigt zu werden.«

Als sie sich in das hautenge Kleid zwängte, zappelte sie wie ein Fisch in der Falle, und Sagoe konnte nicht lachen, weil ihm die Anstrengung den Schädel spaltete. Dehinwa langte nach dem Griff des Kleiderschrankes und stieß die Tür auf – Sagoes Blicke waren ausgeschaltet. Die Tür schwang auf ihn zu, und er krümmte sich vor Ekel zusammen.

»Du hast meine Frage nicht beantwortet. Hast du für dieses abscheuliche Ding Geld bezahlt?«

»So ist's recht! Streck du dich nur aus und zieh über mich her.«

Erst jetzt fielen Sagoe die Frauen wieder ein. Langsam stieg das Bild wieder vor ihm auf, bis zu dem Moment, als er hintenüberfiel und die Welt um ihn sich verdunkelte. Sein Verstand konnte den Augenblick nur langsam zurückholen, und er fragte sich jetzt, ob er Dehinwa wohl in Schwierigkeiten gebracht habe, und er fühlte sich ein wenig schuldig. Sehr vorsichtig sagte er: »Ich nehme an, das waren deine Leute?«

»Nein, das waren blutsaugende Hexen aus meinem Heimatdorf. Was um alles in der Welt hattest du bloß so rumzuschreien?«

»Ich … weiß nicht … sie haben mir wirklich Angst eingejagt, besonders die mit dem außerweltlichen Fahrgestell.«

»Das war meine Mutter. Und jetzt halt die Klappe.«

»Oh, ich wollte nur sagen …«

»Schon gut, spar's dir.« Und sie klatschte sich die Puderquaste ins Gesicht, statt es nur leicht zu betupfen. Der Puder flog hoch auf, verfing sich in ihrem Haar, setzte sich dick auf das graue Kleid.

»Da siehst du, was du angerichtet hast!«

»Ich habe gar nichts angerichtet, aber wenn's dir hilft – es tut mit leid.«

Etwas freundlicher fragte er dann: »Hat's großen Ärger gegeben?«

Sie antwortete ihm nicht. Er lehnte sich aus dem Bett, versuchte sie mit der Hand zu erreichen, aber sie wich ihm aus.

»Na gut. Aber sag mir doch wenigstens, ob sie dir einen Tanz gemacht haben.«

Sie ging zum Schrank und schloß die Tür. Sie schabte leicht an seinem ausgestreckten Arm entlang. Die Heftigkeit, mit der er zurückschauderte, überraschte sie, sie blieb verdutzt stehen.

»Was ist bloß los mit dir?«

»Nichts! Es ist bloß dieser gottverdammte Schrank.«

»Was hat dir der Schrank um Himmels willen denn getan?«

»Was er mir getan hat? Gütiger Himmel! Ja, siehst du das denn nicht?«

»Ich muß jetzt ins Büro.«

»Nein, halt! Warte noch! Oder ich schwör dir, ich trag das Ding raus und verbrenne es, ehe du zurückkommst.«

»Nur zu. Bei dem Regen brennt sowieso nichts.«

»Bei dem ganzen Öl, das von dem Ding tropft? Komm, sag die Wahrheit. Du bist gezwungen, mit dem Monstrum zu leben, stimmt's? Es war ein Geschenk von deiner Tante oder von deiner Großmami, und du traust dich nur nicht, das Ding wegzuschmeißen.«

»Ich habe ihn selbst gekauft!« Sie war völlig außer sich. »Und wenn er dir nicht gefällt, dann behalte deine Meinung gefälligst für dich.«

»Die Frau ist blind ... Aber du kannst doch wenigstens fühlen. Du machst doch die Tür von dem Ding da auf, oder? Du mußt doch den Griff schon hundertmal angefaßt haben. Ekelst du dich denn nicht vor der Haut einer Eidechse?«

»Oh, danke schön. Jetzt kommt wohl wieder die alte Leier, damit wir nur ja nicht vergessen, daß der Herr in Amerika war und dort die Möbel der Zukunft gesehen hat.«

»Aber das hat doch mit Stil oder Design nichts zu tun. Ich frage mich nur, wie du es ertragen kannst, diesen Griff anzufassen.«

»Den Griff? Aber das ist doch das Beste dran!«

»Dann sind deine Sinne genauso eingegossen wie dieses ekelhafte Ding. Wozu um alles in der Welt hast du dir Griffe aus plastiküberzogenen Blumen gekauft? Und guck dir den Lack an – au, mir wird kotzübel.«

»Ja, du hast 'ne Menge getrunken gestern.«

Zur Strafe schlug sie die Tür hart zu, und er spürte den Kater, merkte, wie in seinem Obergeschoß der Motor tief im Innern seiner aufgestörten Trinklappen auf Touren kam. Aber das war jetzt nicht so schlimm, der Horror des Kleiderschranks hatte sie ohnehin teilweise gelähmt.

Es war in Seattle gewesen, in den Morgenstunden nach einer turbulenten Sauftour. Sagoe beobachtete, wie ein Kiesel vom Auto vor ihm hochgeschleudert wurde und dann langsam auf ihn zuflog. Instinktiv duckte er sich, doch der Stein durchschlug die Windschutzscheibe seines Wagens und streifte ihn an der linken Schläfe. Augenblicklich überzog sich sein Kopf mit feinen Rissen, so wie zuvor die Windschutzscheibe. In Todespein erwartete er, daß nun das ganze Gebilde zerbröckeln würde, doch sein Schädel blieb heil, er löste sich nur ab und schwirrte um sein Hirn, als warte er darauf, die grauen Teilchen einzufangen, sollten sie auseinanderfliegen. Es war dieses Warten, das Sagoe so unmenschlich fand. Wie der Mann im Untergeschoß, der auf das Fallen des zweiten Stiefels wartet. Er schlief ein und wachte im Straßengraben wieder auf.

Sagoe machte sich steif und wartete, bis der wirklich schlimme Augenblick vorüber war ... der wirbelnde Sog zum schlammigen Flußbett, den er früher ausschließlich nach Bourbonnächten erlebt hatte ... ich werde enden, wie ich begonnen habe, murmelte Sagoe ... on the rocks ... Und was diesen Schrank anlangt, der muß von einem ganz einfallsreichen Ghul entworfen worden sein.

Das ihn verfolgende Möbel war herzförmig. Billiges Holz, mit einem Lack überzogen, der aussah, als rinne er wie ein Wasserfall. Das Oberteil war schlau konstruiert. Nur die Türen folgten der normalen Herzkurve, wenn man sie öffnete, zeigte sich dahinter das ebene Oberteil des Schrankes, auf dem sich Koffer und Hutschachtel verbergen ließen. An diesem Morgen stand eine Hutschachtel drauf, und Sagoe verlagerte seine Konzentration von seinem verschwitzten Kopf auf eben jene Schachtel. Das brachte ihm Erleichterung. Komischerweise erinnerte ihn die Hutschachtel an einen Sir

Soundso, und er zog die Augenbrauen zusammen, als er versuchte, sich ihn ins Gedächtnis zu rufen.

Von der Anstrengung wurde ihm ganz schwindlig, er fiel auf das Kissen zurück, Schweißperlen standen ihm auf der Stirn. Hätte ihn Dehinwa doch nicht allein gelassen; manchmal konnte sie einem schon gehörig auf die Nerven gehen, aber sie hatte so sanfte Hände ... Ach, jaaa, Sir Derinola, jetzt fiel ihm der Name seines Vorsitzenden wieder ein. Er drehte den Kopf zur Hutschachtel rüber und zwinkerte ihr zu. Sir Derinola, natürlich, Sie sind's.

Der Raum schloß sich enger um ihn, völlig niedergeschlagen erkannte Sagoe, daß er den Blick wohl senken und die abstoßende Haut des Kleiderschranks würde anschauen müssen. *Salaam*, Sir Derinola, *salaam*. Oh, aber Sie sind ja eine Eidechse, Sir Derin, und Ihre Haut ist harmattanschuppig, obgleich Sie unendlich viel ranziges Öl darauf sprenkeln. Ganz klar, das war der Moment, den toten Ritter festzuhalten. Oh, er war endlich tot, Hut und Perücke, Sir Derinola war tot. Der Vorhang wurde hereingeweht und stand über Sagoe wie ein volles Segel, von feuchtem Wind gebläht. Sagoe stand nicht auf, um das Fenster zu schließen; der Regen war kühl, und er erwischte ein paar Tropfen mit den Lippen. Er leckte sie behaglich ab. Eine Ecke des Vorhangs flatterte, neckte die Hutschachtel, die fast herunterfiel. Und dann entsann sich Sagoe der Bilder in den Zeitungen, Sir Derinola im Zylinder, aufgenommen, als er durch den St. James Park schlenderte, um den Ritterschlag von der Königin zu empfangen.

»Nein«, sagte Sagoe laut, »die konnten sie Ihnen nicht nehmen, Sir Derin. Man wird Sie mitsamt Ihrer Ritterwürde begraben. Aber der Zylinder, tja, der Zylinder, was machen wir bloß mit dem Zylinder? Oder wollen Sie lieber Ihre abgelegte Perücke tragen?«

Und Sagoe kicherte in sich hinein, als ihm einfiel, wie Sir Derin zu seinem Spitznamen Sir Morgue gekommen war.

Der Wind und das Gewicht von Dehinwas Morgenmantel trugen schließlich den Sieg davon. Die Hutschachtel blieb zwar an ihrem Platz, aber die Tür des Kleiderschranks öffnete sich langsam, sehr langsam, und der ehrbare Ritter persönlich kam hervor, nackt, bis auf einen von Dehinwas Büstenhaltern, den er vor der Brust trug. Sagoe fühlte sich plötzlich peinlich berührt, und er übertönte den Regen: »Sir Derin, was wünschen Sie? Sie sehen höchst anstößig aus.«

Sir Morgue war von feierlichem Ernst.

»Oh, Sie täuschen sich, Sie täuschen sich sehr, mein Herr. Ich nehme an, Sie meinen *das*, nicht wahr? Ich kann Sie beruhigen, es ist nur ein Wurm.«

»Ich protestiere, Sir Derin. Benehmen sich denn alle Aufsichtsratsvorsitzenden so? Und wenn man gar bedenkt, daß Sie einmal Richter waren.«

»Erinnern Sie mich nicht daran. Diese Politiker, man kann ihnen einfach nicht trauen. O ja, sie haben mich betrogen und verraten.«

»Tatsächlich?«

»Ihr jungen Leute wißt doch gar nichts. Aber das macht nichts, macht nichts. Wenn ihr an die Reihe kommt, das Land zu regieren ... ach, lassen wir das. Ham Sie 'ne Vorstellung, wie ich begraben werde? Natürlich kennen Sie meine Einstellung.«

Sagoe beharrte: »Sie müssen zurückgehen. Ziehen Sie wenigstens etwas an, bedecken Sie sich. Oder sehen Sie zu, daß Sie diesen Wurm da loswerden.«

»Aber welchen Wert hätten Kleider für mich jetzt noch, junger Mann?«

Sagoe nickte. »Das ist wahr, Sir Derin. Sie hatten nie große Verwendung für Kleider.«

»Nein, nie! Und auch jetzt kann ich meine Prinzipien nicht ändern. Kleider machen keine Leute. Ist Ihnen schon aufgefallen, daß die Zeitungen diesen Ausspruch von mir immer noch zitieren?«

Sagoe steckte sich die Finger in die Ohren.

»Bitte nicht weiter. Sie vergessen, daß ich dabei war.«

Sir Morgue nickte bedauernd.

»Ja, natürlich. Aber ich sehe so viele von euch, wie kann ich mich da auch nur einen Tag lang erinnern, wen ich beleidigt habe. Aber ich hoffe, Sie hegen keinen Groll gegen mich. Ich tat meine Pflicht, nach dem beschränkten Maße meiner Kenntnisse.«

Sagoe musterte ihn und summte vor sich hin.

»Und außerdem, habe ich nicht bezahlt? Als die andere Partei an die Macht kam, haben sie mich gefeuert. O ja, ich weiß, ich bin freiwillig zurückgetreten, aber was hätte ich tun können, mit all diesen jungen Schnöseln, die mir vorgezogen wurden.«

Und Sir Morgue lachte ein merkwürdig ausgehöhltes Lachen, das Sagoes geschundenen Trinklappen eine gewisse Linderung verschaffte.

»Aber sehen Sie, einen guten Mann kann man nicht niederhalten. Ich habe meine Ritterwürde. Darum behalte ich auch diesen Büstenhalter an.«

Sagoe gab zu, daß er den Zusammenhang nicht ganz begriff.

»Für die Orden, junger Mann. Die Orden. Sie stecken dir was an, wenn sie dich zum Ritter schlagen. Und die Ritterwürde bin ich entschlossen zu behalten.«

»Sir Derin, hier muß ich Sie aufs schärfste zurechtweisen. Wie können Sie einen Orden losgelöst von der Kleidung betrachten?«

»Nun mal langsam, junger Mann. Versuchen Sie nicht, mich mit juristischen Spitzfindigkeiten aufs Glatteis zu führen. Ich kenne die Gesetze. Meine Richterkollegen haben mir das immer bestätigt. Wenn mich nur diese Politiker nicht verleitet hätten ...«

»Sie mißverstehen mich, mein bester Ritter. Ich meinte Ihre Philosophie; zum Beispiel – war es die Perücke, die Sie zum Richter machte?«

Sir Morgue zog sich zurück, und feine Sandkörnchen tanzten in den blinden Höhlen der Augen der Gerechtigkeit.

Sagoe verfolgte ihn, liebenswürdig unbarmherzig: »Also bitte, zu was würde ein Orden Sie machen?«

Sir Morgue stand lange stumm, fummelte an den Körbchen des Büstenhalters unter seinem Kinn herum. In diesem Augenblick entsprach er genau seinem Spitznamen, den ihm sein trauervolles Gehabe eingebracht hatte, wenn er, der Schrekken des Gerichtshofes, die Brille auf die Nasenspitze klemmte und darüber den Gefangenen anblickte. Seine Stimme klang traurig wie das Grab: »Aber sie haben mir alles sonst genommen, alles ...«

»Sie haben Ihre Wahl getroffen«, sagte Sagoe.

Ganz plötzlich war Sir Morgue in Alarmbereitschaft, jede Pore bebte einer feindlichen Erscheinung entgegen.

»Oh, oh, oh, wir werden beobachtet.« Und er tauchte in den Kleiderschrank.

Sagoe sah, wie Dehinwa die Tür aufstieß.

»Mit wem hast du gesprochen?«

»Ich habe gebetet.«

»Es hörte sich aber an, als hättest du mit jemandem gesprochen.«

»Vielleicht mir mir selbst.«

»Du bist krank.«

»Ich weiß. Der Schrank macht mich krank.«

Sie wühlte in einer Kommode herum. Sie war triefnaß, und überall bildeten sich kleine Pfützen. Er folgte ihr mit den Augen und fragte sich, was sie wohl so fuchste. Unvermittelt zog sie das Bett zu sich her und lehnte sich über ihn. Erschrokken, wirklich zu Tode erschrocken, kreischte er: »Rühr mich nicht an!«

Sie beugte sich über ihn und lugte in den Zwischenraum zwischen Bett und Wand. Sagoe zog sich zu einem Knoten zusammen.

»Lieber Gott – muß es denn so plötzlich sein?«

Aber sie schob nur wortlos das Bett zurück, und der Zusammenprall mit der Wand schleuderte ihn hart ins Bettzeug.

»Mörderin!«

Sie stand jetzt neben ihm, sah nur auf ihn hinunter.

»Du solltest doch besser zum Arzt gehen.«

»Es fehlt mir nichts. Bitte geh.«

»Warum hast du dann so geschrien? Hast du gedacht, ich wollte dir was antun?«

»Gedacht? Ja, was tust du denn anderes? Den ganzen Morgen lang reitest du schon Attacken gegen mich. Sieh dir meine Hände an, he, da, guck.« Und er hielt sie ihr ausgestreckt entgegen.

»Ja, die zittern. Was kannst du auch anderes erwarten, nach den Ausschweifungen der letzten Nacht.«

»Das hat nichts damit zu tun. Du schmetterst das Bett gegen die Wand, du wartest, bis ich meinen Kopf durch die Türöffnung stecke, und dann schlägst du die verdammte Tür zu, du trampelst mit deinen verdammten Holzclogs auf meinen Trinklappen herum ... Warum nimmst du kein Beil, um mir damit den Schädel zu spalten, du Jael, du!«

Er klang zutiefst verletzt, und Dehinwa dachte, Männer sind doch wie Kinder. Sie können wirklich kaum Schmerz ertragen. Sie setzte sich neben ihn aufs Bett und nahm seinen Kopf in ihren Schoß, mit einem Mal sehr zärtlich. Sagoe, zuerst völlig ergeben, schämte sich seiner Schwäche.

»Laß mich«, und er riß seinen Kopf zur Seite. »Warum bist du überhaupt zurückgekommen? Und wenn du mich schon umarmen mußt, dann trockne dich gefälligst vorher ab.«

Ihre Reaktion überraschte ihn, denn sofort standen ihr Tränen in den Augen. Um es zu verbergen, fing sie wieder an, im Zimmer herumzusuchen, mit einem Grimm, den sie vorher nicht gezeigt hatte.

»Könnte ich vielleicht gesehen haben, wonach du suchst?«

»Einen Ordner. Ich habe ihn gestern mit nach Hause gebracht.«

»Einen Aktenordner?«

»Nein, einen Saalordner!«

»Sei doch nicht so verdammt sarkastisch. Sag mir lieber, ob ›Vertraulich‹ draufstand.«

»Hast du ihn gesehen?«

»Nein, aber ich bin Hellseher.«

»Bitte, Biodun ...«

»Unterm Vordersitz in deinem Auto.«

»Aber ...«

»Ich habe ihn selbst dahingelegt. Hab kurz drin rumgeblättert, als ich vor dem Laden auf dich wartete. Fast hättest du mich erwischt, da hab ich ihn schnell unter den Sitz geschoben.«

Sie sah ihn an, als überlegte sie, welches wohl die effektvollste Art sei, ihn umzubringen.

»Ich konnte aber nicht viel drin entdecken«, spottete er, »jedenfalls nicht genug, um 'ne gute Skandalgeschichte draus zu machen.«

Und Sagoe machte sich von Kopf bis Fuß steif, aber es half ihm nichts. Sie öffnete die Tür, so weit es nur ging, und weidete sich an seinem Anblick, denn sie ließ ihn warten und warten und warten, und dann, indem sie all ihre Kraft zusammennahm, knallte sie die Tür mit aller Wucht zu und trickste Sagoes Kopf zwischen die Puffer eines rangierenden Zuges.

So ein Weib ... das muß man totschlagen ... und Sagoe vergaß seine Schwäche, sprang hinter ihr her, stolperte aber schon beim ersten Schritt gegen den Kleiderschrank. Er mußte sich an ihm abstützen, sonst wäre er gefallen. Seine Hände berührten die plastiksteifen, abgekanzelten Augen seines Abscheus. Es schleuderte ihn hart zurück, und er wunderte sich, wie ein Körper, den er so gut zu kennen glaubte, einen solchen physischen Verrat an ihm üben konnte. Sonst war es immer nur der Kopf, der Verwirrung stiftete. In dem Zustand, in dem er auch jetzt zu sein hoffte, war er einmal, als Student, zu einem Fenster im dritten Stock hinaufgeklettert und dann von Fensterbrett zu Fensterbrett, bis ihn die dunkle Revolvermündung des unverständigen New Yorker Polizisten hinunterzwang.

»Ich versuche doch nur, in mein Zimmer zu kommen«, sagte er, und der Bulle lächelte, »na, klar doch, aber jetzt kommst du ganz brav runter, Nigger.«

Noch einmal erschien Sir Derinola an diesem Morgen. Sagoe war kurz eingeduselt und fühlte sich jetzt noch mieser. Er sah, wie Sir Derin rückwärtsgehend hervorkam, und die wellige Hinterseite des erhabenen Ritters war so komisch, daß er schrill auflachte. Sofort hatte sein Kopf die Strafe zu zahlen, er verwandelte sich in die haarrißüberzogene Windschutzscheibe.

»War das Ihr Mädchen?« fragte Sir Morgue.

Sagoe hatte aber keine Lust mehr, sich zu unterhalten, und stellte sich schlafend. Der Ritter fragte voll Selbstmitleid: »Wollen Sie nicht mit mir sprechen? Wissen Sie, daß Sie mein einziger Freund sind?«

»Ich, Ihr Freund?«

»Ja. Ach, machen Sie sich nichts aus der Vergangenheit, oder vielmehr, hüten Sie sich auf alle Fälle vor der Vergangenheit. Sie *waren* mein Freund. Sie sagen mir wenigstens die Wahrheit, und das ist neuerdings sehr wichtig, wissen Sie. In jenen Tagen hat man nicht viel Zeit gehabt für die Wahrheit, hab ich recht?«

»Ich fürchte, ja.«

»Nun habe ich nichts anders mehr als die Wahrheit. Das ist alles, was mir jetzt noch bleibt: die anderen Tag und Nacht zu beobachten. Deshalb ... einen Moment, ich will das nur ablegen.«

Er zog den Büstenhalter aus. »Nun, sind Sie jetzt zufrieden?«

»Was geht mich das an? Es war doch schließlich *Ihre* Philosophie. Ich mag Kleider zufällig ganz gern.«

»Sie hatten recht. Jetzt bin ich zufrieden. Man soll mich nicht anders begraben, als ich jetzt bin. Nicht mal ein Sterbehemd ...«

»Ich glaube, ich verstehe Sie. Sie meinen, ein Sterbehemd macht noch keine Leiche.«

Sir Derin nickte weise, zwinkerte mit den Augenhöhlen und entschwand im Schrank.

Gar nicht so leicht, sich Sir Derinola tot vorzustellen. Als er das erstemal vor ihm stand, Bewerber vor dem Einstellungskomitee, hatte der Richter ihn ganz gehörig auf die Palme gebracht, durch und durch Ehrenmann. Unglaublich, daß er den Job nicht nur bekommen hatte, sondern bis heute dabeigeblieben war. Es war ja nicht nur Sir Derinola, sondern der ganze *Independent Viewpoint*, der sich seiner Bereitschaft zur Anwesenheit – unter gewissen Vorbedingungen – widersetzte. Mathias, der Bürobote, natürlich ausgenommen. Ja, Mathias. Wenn es je einen Augur gegeben hat, dann war Mathias einer. Und nachdem er den Job angenommen hatte, vollbrachte Mathias auch das Wunder, ihn immer wieder an seinem Schreibtisch festzunageln; er war wie ein Apportierhund, der Sagoe immer wieder geschickt zu Füßen der Ausgewogenheit ablieferte. Oder, um ganz korrekt zu sein, Sagoe nahm Mathias, sperrte ihn ein und sagte: »So, du alter Gauner, setz mich wieder zu Füßen der Ausgewogenheit ab.«

Zur Feier seines Einstandes, denn schließlich war es Mathias zu danken, daß er überhaupt gewartet hatte, bis er zum Einstellungsgespräch hineingebeten wurde, schickte Sagoe ihn an seinem ersten Tag im Büro nach Bier.

»Schließ die Tür zu, Mathias.«

Er nahm ihm die eine Flasche ab und füllte seinen Krug.

»Hier, die ist für dich.«

Mathias, völlig außer Fassung, sagte: »Danke, Sir.« Er drehte sich um und wollte gehen.

»Aber wo willst du denn hin? Komm, setz dich. Ich fürchte nur, du mußt aus der Flasche trinken, ich hab nur einen Bierkrug mitgebracht.«

»Oga, ich lieber gehn trinken Bier in Kantin.«

»Warum denn? Ich möcht gern, daß du mit mir trinkst. Oder verdirbt dir meine Gegenwart den Genuß? Ich weiß, du bist eine empfindliche Natur.«

Mathias bestätigte ihm nachdrücklich, wie angenehm ihm Sagoes Gegenwart sei.

»Wenn das so ist, dann rutsch doch nicht so auf der Stuhlkante rum. Entspann dich, Mann, was ist denn los? Ich möcht mich doch nur gern mit dir unterhalten.«

»Oga, die in andere Büro mich manchmal rufen. Job für Bürobote mit Zeitung nix hat Zeit für hinsetzen.«

»Ich bin neu hier, jemand muß mir doch zeigen, wie der Laden läuft, oder?« Mathias nickte. »Na also, aus diesem Grund werde ich dich heute morgen völlig in Beschlag nehmen. Trink, Mathias.«

»Yessah.« Und Mathias gehorchte pflichtschuldig.

»Und bitte sag nicht immer ›Yessah‹.«

»Yessah. Oh, tut mir leid, Oga.«

»Schon gut, aber vergiß es nicht.«

»Yessah.«

Sagoe fuhr zusammen, aber Mathias lachte ungehemmt heraus: »Aahh, Sie viel Geduld haben mit mir, Oga. Das nix schnell gehn.«

Sagoe zog seine Aktentasche vor und entnahm ihr ein gebundenes Manuskript.

»Weißt du, Mathias, du bist die erste erfreuliche Sache, die mir begegnet ist, seit ich wieder zurück bin. Wenn du nicht gewesen wärst, hätte ich den Job hier nie angenommen, und wenn ich länger hierbleibe, ist es allein dein Verdienst.«

»Wieso, Oga?«

»Das wollte ich dir gerade erklären. Siehst du, du und ich, wir sind verwandte Geister.«

»Geister? Oga, ich nix verstehn.«

»Mathias, ich kann dich nicht bitten, Biodun zu mir zu sagen, schließlich halte auch ich ein Minimum von geschäftlicher Etikette für nötig, aber dieses Oga-Getue ist genauso unmöglich wie Yessah.«

Mathias zeigte einen Anflug von Ungeduld.

»Aber Oga, wie solln wir machen? Was ich Sie nennen?«

»Mr. Sagoe reicht völlig.«

»Gut, Sah.«

»Also, wie ich schon sagte, Mathias – ach ja, du wolltest wissen, was verwandte Geister sind. Nun, das sind einfach, sagen wir, ja, eeh, wart mal, ja, das heißt, wir sind ein Herz und eine Seele.«

»Aha, ich schon kapieren.«

»Weißt du noch, als ich zu meinem Einstellungsgespräch hierherkam?«

»Wann, Oga?«

Sagoe antwortete nicht sofort, und da riß Mathias die Augen weit auf.

»Aah, isses Sie vielleicht meinen Geschicht mit Latrin?«

»Genau.«

Sagoe öffnete das Manuskript, das vor ihm lag.

»Und um dir zu erklären, was ich meine, schlage ich vor, ich lese dir einen Teil einer äußerst bedeutsamen Rede vor, die ich aufgesetzt habe zu Zeiten, als ich meine Tage noch mit Philosophieren zubrachte. Solange ich hier tätig sein werde, will ich dir jeden Tag einen kleinen Abschnitt vorlesen, und wenn es Unklarheiten gibt, dann frage mich. Und sollten wir Konvertiten gewinnen, dann können wir Diskussionsgruppen bilden.«

»Yessah.«

»Eigentlich sollte das Teil meiner Dissertation sein, aber unglücklicherweise konnte sich mein Professor mit der Thematik nicht befreunden. War ihm wohl zu esoterisch. Ich brauche einen Freund, Mathias, denn siehst du, daß ich diesen Job hier angenommen habe, damit, so scheint mir, habe ich mein Leben in die Hand genommen. Aber wenn wir jeden Tag einen Abschnitt lesen, ich meine, wenn wir das hier zu unserer Bibel machen, du verstehst mich, dann wird es uns Kraft und Trost geben. Du bist, dessen bin ich sicher, genauso ein religiöser Mensch wie ich.«

Mathias nickte ernst und feierlich, uns Sagoe deutete auf seine Flasche.

»Trink, Mathias, das hilft. Es versetzt dich in eine aufnahmebereite Stimmung.«

Mathias trank gehorsam und schielte dabei unruhig zur Tür. Sagoes Stimme zitierte ihn zurück: »Mathias, weißt du, daß du ein instinktiver Leeriker bist ...«

»Sah?«

»Ein Leeriker ... ach, schon gut. Nach einigen Sitzungen

wirst du alles wie von selbst verstehen. Wir brauchen nichts zu überstürzen. Du bist ein Naturtalent. Es geht nur darum, die Grundlagen des Systems zu begreifen. Unbewußt, mein Freund, hast du das längst erreicht …«

»Oga, Sie was warten, ich schon ganz verdreht.«

»Es ist überhaupt nicht kompliziert, Mathias. Hör nur zu, und du wirst die Philosophie der Scheiße mühelos verstehen.«

Mathias grinste breit, und Sagoe räusperte sich.

»… Mit diesem Tag grabsinge ich allen anderen -ismen, vom homöopathischen Marxismus bis zum Existentialismus. Wenn ich hier meine eigene Person einbringe, dann deshalb, weil die Übermittlung meiner Geschichte nicht mehr und nicht weniger ist als die Enthüllung des Wunders meiner philosophischen Entwicklung, handelt es sich hier doch um einen Ritualismus, für den ich keinem anderen Vorläufer zu Dank verpflichtet bin als der gesamten Menschheit selbst, handelt es sich hier doch um eine Erkenntnis, für die ich keinen anderen Urgrund anerkennen kann als die unveränderlichen Gesetze der Natur. Wenn ich hier meine eigene Person einbringe, dann deshalb, weil es sich hier um die innerlichste aller nach innen gekehrten Philosophien menschlicher Existenz handelt. Funktionell, spirituell, kreativ oder rituell, der Leerizismus bleibt die einzig wahre Philosophie des wahren Egoisten. Als Definition, meine Damen und Herren, genüge uns dies: Leerizismus ist keine Protestbewegung, aber er protestiert; er ist unrevolutionär, aber er revoltiert. Leerizismus, so möchten wir sagen, ist die unbekannte Größe. Leerizismus ist die letzte auf keiner Karte verzeichnete Fundgrube schöpferischer Kräfte, in seinem Paradoxon liegt der Kern der kreativen Liturgie – in der Freigabe liegt das Erzeugnis. Ich bin kein Messias, und doch kann ich nicht umhin zu glauben, ich wurde geboren, diese Rolle zu übernehmen, denn die Natur meiner kongenialen Leiden barg in sich bereits die ersten Anzeichen meines späteren Martyriums und der unvermeidlichen Apotheose. Ich wurde mit einem emotionellen Magen geboren: War ich ärgerlich, revoltierte er; war ich hungrig, schlug er Krawall; wurde ich getadelt, reagierte er prompt; wurde ich enttäuscht, geriet er aus dem Häuschen; er drehte sich um bei Furcht, verkrampfte sich in Momenten der Spannung, er war mißtrauisch in Examenssituationen und gänzlich unberechenbar während des Liebesakts. Meine lieben Freunde, einem Propheten gebührt die Ehre ... Oft verdächtigte man mich der Drückebergerei und war mit der Strafe rasch bei der Hand; doch gerade die Begleiterscheinung des stark ausgeprägten Gerechtigkeitsgefühls ist ein Zeichen für die Feinfühligkeit des emotionellen Magens. Weiteren Einfluß auf die Entwicklung meiner Leerungsintroversion nahm die Tante einer Freundin aus Kindertagen, die manchmal zu uns zu Besuch kam. Sie furzte wie Beelzebub. Doch eine noch viel größere Erleuchtung war meine eigene Mutter, die, obschon Opfer des gleichen Leidens, doch zugleich eine tief religiöse Furzerin war. Sie prahlte damit – selbst als sie schon mit einem Fuß im Grabe stand –, daß Gottes Stimme ein Wind sei und daß Gott es keinen Tag verabsäume, nach dem Abendgebet zu ihr zu sprechen. Alle Haushaltsmitglieder trommelte sie als Zeugen zusammen, und alle sagten – Amen. Meine Vorstellung vom rechten Ort für das Gebet formte sich daher wohl in jenen Tagen, als ich erkannte, daß der Grund, die Toilette aufzusuchen, weniger in der physiologischen Notwendigkeit als vielmehr in einem psychologischen und religiösen Druck lag. Bereits in dieser Lebensperiode begann ich mich dem Problem zu widmen, dem ich später in systematischen, objektiven Forschungen weiter nachging, dem Problem des digestiven Behaviorismus beim sensiblen Kind. Ich sprach zwar auf die wohlbekannte Pose des Schnell-fertig-und-Weg gut an, doch mitunter erfuhr ich eine Selbstbesinnung, eine Entschlossenheit, einen Glauben, einen inneren Frieden; ich entwickelte eine geistige Fühlungnahme mit einer Welt der Spannungen und Widersprüche ...«

Sagoe hielt inne und blickte Mathias an, der mit offenem Mund dasaß. Er klappte das Manuskript zu und sagte: »Das war's für heute, Mathias. Die erste Lektion ist vorbei.«

Mathias würgte ein »Yessah. Dankschön, Sah« hervor und ließ Sagoe mit seiner Dissertation allein. Beim Hinausgehen schwenkte er die Bierflasche übertrieben lässig, um zu kaschieren, wie froh er war, endlich wegzukommen.

... Während Sagoe darauf wartete, daß das Einstellungskomitee vollzählig zusammentrat, machte er seine erste Runde durch das Bürogebäude. Laut Mathias hatte man die Gegend aus rein politischen Erwägungen gewählt. Jede laute Stadt hat ihre Slums, und mit dieser einen Erscheinungsform der Zivilisation symbolisierte Isale-Eko den Sieg des jungen afrikanischen Unternehmertums über die europäischen Nationen. Die paar fremden Besucher, die das extravagante Lokalkolorit suchten, wurden in Isale-Eko nie enttäuscht; wagten sie sich in das dunkle Labyrinth, dann, so mußten sie zugeben, war das Erlebnis einmalig. Zwischen den Müllhaufen konnten sie Hickelkreis spielen, und den Feiglingen wurde der Rückzug immer durch einen Schwapp Spülwasser abgeschnitten. Der *Independent Viewpoint* war Eigentümer eines riesigen Gebäudekomplexes in diesem Slum; die Zeitung selbst war ein Parteiorgan, deren Unterbringung hier im Slum für die ansässigen Halsabschneider ergiebige Begünstigungen mit sich brachte. Und Isale-Eko war eine fette Brutstätte.

Mathias erläuterte: »Maurer von Gegend hier kommen, machen Umbau für innen. Wände schon ganz verfallt, dann er bringen sein fett Frau sich lehnen an Wand. War private Haus davor, und jetzt Wände abgereißt und Bürohaus gemacht. War dem Maurer sein eigen Frau, die hat mit fette Hintern umgestoßt Wände«, und eine volle Minute lang brüllte er vor Lachen.

Sagoe schaute aus dem Fenster nach hinten hinaus. Die Wand fiel steil zu einem Kanal hin ab, der das Abwasser zur Lagune leiten sollte, aber das Wasser stand, der Kanal war verstopft. Dicke, sich zersetzende Kothaufen trieben auf dem Wasser, stießen gegen die Hauswand. Er drehte sich zu Mathias um.

»Wie könnt ihr in diesem Gestank arbeiten?«

»Aaach, das jeder fragen zuers, aber Sie mich ansehn, ich von Gestank schon mächtig zugenomm.«

Sagoe fragte nach der Kantine. Er kaufte sich einen Kaffee, konnte ihn aber nicht trinken. Angesammelter Dreck in einem tiefen Sprung hielt die beiden Hälften der Tasse zusammen. Auch war es schwierig auszumachen, was dem Geruch in der Kantine seine besondere Qualität verlieh. War es das schmierige Wasser, in dem das Geschirr von gestern weichte, oder war es das verschwitzte Mädchen, das die Angestellten wie im Tran bediente? Sie war höchstens achtzehn, und ihre Bewegungen ließen einen bis zu den Knien reichenden Pakken Monatsbinden vermuten, der sie die vollen achtundzwanzig Tage ihres Zyklus dicht abschottete. Ihre Augenlider, so schien es, waren mit Gelatine an ihren Nabel geheftet. Das Äußerste, was sie sich an Bewegung leistete, war ein gelegentliches Heben des Armes, wobei sie eine Achselhöhle mit abwechselnd schwarzen und weißen Streifen zur Schau stellte. Puder und Schweißschmier. Ihr geweißtes Gesicht bestätigte es: zur täglichen Hygiene wurde Puder, niemals Wasser benutzt.

Einem Impuls folgend, fragte Sagoe: »Haben Sie schon mal das Telefon hier bedient?«

»Hää?«

»Ich fragte, ob Sie hier manchmal auch als Telefonistin arbeiten.«

»Wer? Ich?«

»Ja, bedienen Sie manchmal auch … ach, schon gut.« Und er winkte resigniert ab. Wie sollte er ihr auch erklären, daß ihn das träge Schlagwasser, das beide Male, als er die Zeitung anrief, an den Hörer zu schwappen schien, an das patschige Quatschen ihrer Klaviertastaturachselhöhlen erinnerte.

An der Eingangstür stieß er mit Mathias zusammen.

»Oga, Sie jetz nix weit weggehn.«

»Ich hau ab, Mathias, ich kann nicht länger auf die Herren vom Komitee warten.«

»Ah, Oga, Sie das nich machen. Die jetz gleich sofort

komm … Chief Winsala soga schon da. Nach ihm nur noch ein fehln.«

Sie schreckten beide zusammen, als das Summen der Maschinen durch ein plötzliches H-r-r-r-r- mißtönend ergänzt wurde, und ein erstickter Laut ließ Sagoe erstarren. Der Laut war aus der Ecke der Empfangsdame gekommen, aber es waren keine Empfangsdame und kein Empfangstisch mehr da. Statt dessen sah Sagoe ein Zelt aus *ankara*-Tuch mit der Aufschrift *Nigerian Independence 1960.* Überrascht schaute er Mathias an, der ihm wohl den Zaubertrick enthüllen würde, doch Mathias war zu sehr damit beschäftigt, in sich hineinzulachen. Wieder hörte man das Geräusch, ein reißender Laut, und diesmal sah Sagoe die Klinge eines Brieföffners, die einen gehörigen Riß in das straffe Tuch schnitt. Ein weiblicher Kopf stieß durch das getürkte Zelt und japste schwach: »Hilfe, er erwürgt mich.«

Mathias, der mit einem Tablett mit zwei Tassen Kaffee drauf dastand, rief: »O-ko-ko-ko-o!«

Und wie eine zu Boden stürzende Maske wurde das Zelt ruckartig umgeworfen, und eine *ikori*-Mütze, der lange Zipfel schief über einer hohen Stirn, schwang gut zwei Meter hoch über dem Boden.

»Wo ist das Weibsstück?« wollte Chief Winsala wissen. Seine weite *agbada* flappte über den Schreibtisch. »Eben war sie noch da, ich hab sie doch gehabt.«

Er wühlte in seinem Gewand nach ihr, konnte die eingehüllte Empfangsdame aber nicht erhaschen. Wieder kämpfte das Mädchen wie wahnsinnig mit den Stoffmassen, ängstlich bedacht, den Kopf im Freien zu behalten. Wieder ein H-r-r-r-r-r, lauter und länger als vorher. Die Hände hatten den ersten Riß gefunden, und ein Ärmel von Winsalas Unabhängigkeitsagbada machte sich selbständig.

»Da ist sie, das schlüpfrige Weibsstück. Jetzt komm her, mein Mädchen.«

Aber er kriegte die Empfangsdame nicht zu fassen. Als die Stoffmassen sie wieder zu verschlingen drohten, duckte sie sich unter den Schreibtisch und tauchte dann glatt zwischen seinen Beinen durch. An diesem Tag wurde sie im Büro nicht mehr gesehen.

»Wer ist dieser Riese?«

»Is Chief Winsala, wo ich gesagt hab grad vorhin. Der un sein Flasche sin wie David und Goliath.«

Er befand sich in einem Zustand höchst alkoholisierter Amourösität, aber für einen Mann in einem solch fortgeschrittenen Stadium der Bläue hielt Chief Winsala erstaunlich gut die Balance. Als er rückwärts taumelte, bog er sich nach hintenüber, so tief, daß es einem *igunuko* bei einem öffentlichen Auftritt Ehre gemacht hätte, und sein Gewicht machte diese Vorführung nur noch eindrucksvoller. Mathias war zu ihm hingegangen.

»Chief, Chief, ich zuers gar nix wissen es Sie sein ...«

Ein schwerer Schlag auf den Rücken schnitt ihm das Wort ab, und der Kaffee spritzte im hohen Bogen übers Tablett.

»Was ist los mit der Frau heute, he?« fragte der Chief, als er sich von seiner Schadenfreude über Mathias' Überraschung erholt hatte.

»Chief, das doch neu Empfangsdam, die Sie nix kenn.«

»Neue Empfangsdame? Na, kein Wunder.«

Und wieder bekam er einen Schaukelstuhlkrampf. Mathias schaukelte mit, denn er erkannte die Gelegenheit.

»Oga, Kaffee hier ganz verschütt. Was ich Korrektor sagen?«

Er kannte seine Pappenheimer. Chief Winsala grub seine Pranken in die Tiefen seiner Taschen und zog eine Handvoll Münzen hervor.

»Du bist ein elender Schurke, Mathias. Geh und hol Kaffee für alle Männer und alle Frauen hier im Haus. Kauf den Frauen zwei Kaffees, und Wurstbrötchen. Los, hau ab!«

Eine halbe Stunde später kam er an die Reihe, und Sagoe dachte, wie recht doch Dehinwa manchmal hat, wir verachten nur die kleinen Kriminellen. Der Raum, in den man ihn geleitete, hätte ein Festsaal sein können. Ein Plüschteppich schluckte selbst drei Zoll dicke Schuhsohlen und widersprach dem Gebäude selbst, das eilig abgestützt worden war, um der zweiten Prüfung durch einen geschmierten Bauinspektor standzuhalten. Der Sitzungssaal war im Vergleich zu den anderen Büroräumen eine andere Welt. Hier stand die einzige Klimaanlage des Gebäudes, und die Wände waren holzgetäfelt; hinter der Täfelung bröckelte der Putz zu Staub. Kleine Vorhänge, genau passend zu den Holzwänden, verbargen die Kühlmaschine, wenn sie nicht gebraucht wurde.

Die Sitzmöbel waren schwere Drehsessel mit verstellbaren Rückenlehnen, der Tisch war aus bestem Mahagoni, auf dem jeder Stecknadelkratzer sich wie ein Bleichfleck ausgenommen hätte. An jedem Platz lag eine goldumrandete Schreibunterlage, wie mit dem Winkelmaß zur Tischkante ausgerichtet. In einer Ecke eine apoplektische Musiktruhe, aber keine Schallplatten; man benutzte nur das Radio, und auch das nur für die Nachrichten. Das Radio hatte neun Signallichtchen, alle blinkten in einer anderen Farbe, doch bisher hatte noch niemand herausgefunden, welchem Zweck sie dienten. Die Musiktruhe war der ganze Stolz des geschäftsführenden Direktors. In Deutschland, bei seiner elften im Auftrag ausgeführten Weltreise, war ihm das Ding aufgefallen, und die prächtige Ausstattung stach ihm ins Auge. Er konnte nur noch stammeln: »Das Ding hat Klasse.«

Die junge Verkäuferin beglückwünschte ihn zu seinem guten Geschmack, und er zahlte auf der Stelle mit Travelerschecks.

»Übrigens«, sagte er, »kommen Sie doch zu mir ins Hotel und erklären Sie mir, wie die Anlage funktioniert.«

»Sollen wir die Musiktruhe denn nicht in Ihre Heimat verschiffen, Sir?«

»Ja, natürlich, natürlich«, sagte der Direktor. »Ich meinte, kommen Sie mit der Bedienungsanleitung und erklären Sie mir alles. Ich kann nämlich kein Deutsch, wissen Sie.«

»Aber es liegt auch eine in Englisch bei«, sagte die Verkäuferin, »und in Französisch, in Spanisch und Arabisch.«

Der Direktor, der auch hier die Schleppe des traditionellen

Prunks hinter sich herschleifte, drehte sich zu seinem Privatsekretär um und flüsterte: »Mein Gott, was sind diese deutschen Mädchen begriffsstutzig.«

Sagoe stand vor der halboffenen Tür und schaute in den Raum. Er drehte sich um und kehrte auf den Gang zurück, auf dem noch fünf weitere Bewerber warteten, und ließ einen anderen an seiner Stelle vor. Er suchte Mathias und fand ihn im Kabuff des Korrektors.

»Wo ist die Toilette?«

»Aah, Oga, Sie noch nich dran sein?«

»Noch nicht, bitte zeig mir die Toilette.«

Und er überlegte, ob er das wirklich über sich ergehen lassen sollte; diesen analphabetischen, schleimigen, entnervenden Kröten an einem Tisch gegenüberzusitzen. Sie krochen aus den Tümpeln der vergangenen Regenzeit und hetzten einen nieder, verwandelten einen in einen trägen Klumpen, in ein reines Ausstattungsstück, in bloßes Matyrial. Matyrial, das war es, und er ließ sich das Wort auf der Zunge zergehen, während Mathias ihn rasch zur Toilette führte und dabei sagte: »Wenn nur pissen wolln, da is Lagun für, hinten raus. Wir immer Lagun nehm für normal Piß.«

»Nein, Mathias, ich will einen anständigen Sitzstreik machen.«

»Sitzen was? Ich nix kapiern … ooh …«, und er bog sich ganz krumm vor Lachen, »Oga, Sie zuuu komisch, Gottogott, ich sowas nie hörn vorher.«

Mathias ging voran, doch Sagoes Nase kam als erste an, und der Anblick von uringetränkten, durchweichten Zeitungsfetzen bestätigte seine Ahnung. Seit seiner Rückkehr war nur die Toilette im Funkhaus gleichermaßen wirkungsvoll abstoßend gewesen. Diese Jauchegrube hier war verbacken und verkrustet, die Wasserspülung wurde nie benutzt, und die Wände konnten es mit denen des Funkhauses aufnehmen – der gleiche verdächtige Schmierakel. Sie waren am Ende ihres Marsches, und Sagoes Eingeweide machten augenblicklich dicht. Er drehte sich um und wollte gehen.

Mathias war verblüfft. »Ich denken, Oga sagen scheißen wolln?«

»Nee, nee, hat sich verzogen.«

»Eeh? Sie meinen, Bauch machen Streik?«

Und die Pointe machte Sagoe so hilflos, daß er um seine Gesundheit fürchtete, weil er beim Lachen tiefe Atemzüge tat.

»Gehn wir«, und er zog Mathias mit Gewalt fort, »gehn wir und lachen wir woanders.«

»Komm ja schon, Oga. Aber Sie schnell bißen sitzen. Manchmal Druck wiederkomm.«

»Sitzen? Wo?«

»Sitzen wo? Oga selbs sagen, wollen sitzen auf Latrin?«

»Schon gut«, denn er spürte, daß er unter Umständen einen Freund verlor, wenn er die Wahrheit gestand. »Manchmal mein Bauch verrückt spielen – der halt nix Verstand.«

Aber Mathias ließ sich nicht täuschen. Das Entsetzen, das in Sagoes Stimme schwang, verriet die Wahrheit.

»Aah, Sie Latrin nix mögen. Schade, wir gut auskomm damit.«

»Es gibt also keine andere Toilette?«

»Nur die für Fraun, die is Trepp rauf.«

»Gut, probieren wir's.«

Mathias lachte in der schicksalsergebenen Art eines Menschen, der endlich erkannt hat, daß sein Kumpan ein unverbesserlicher Scherzbold ist, und führte Sagoe weiter.

»Eingtlich«, sagte er, »noch ein Klo da, aber das nur für Aufsichsrat un Manager unso. Chefreakteur hat da Schlüssel für. Putzer sie benutzen, blöder Kerl. Ich ihn immer warnen, sagen Tag noch kommen, wo Chefreakteur ihn erwischen.«

»Also nur drei Toiletten, ja?«

So war es. Eine maskuline, eine feminine und eine für das Neutrum Aufsichtsrat.

Die Vorstellung war hilfreich. Nach Sagoes Weltbild konnte ein Aufsichtsrat, dessen Mitglieder mit der wahren Pietät der Leeriker eine Toilette unter Verschluß hielten, um dort persönliche Selbstbesinnung zu üben, nicht völlig seelenlos sein. Mit neuer Achtung vor den Amtsgenossen näherte sich Sagoe wieder dem Raum, in dem, wie in allen Sitzungszimmern, ein Entschädigungsrat versammelt war.

Verlorene Wahlen, nicht erfolgte Ernennungen, Anheuern von Schlägertrupps, Vetternwirtschaft unter Ministern, Zuhälterei eines Ministers, die allgemeine Arschleckerei, die Konkubinage eines Ministers ... Sagoe versuchte zunächst, den Gesichtern die jeweilige Entschädigungsart zuzuordnen, und stellte fest, daß ein Gesicht deutlich von den anderen abstach. Ein Ritter der ovalen Tafelrunde wies nicht die Züge der Ausdruckslosigkeit und Wertverachtung auf. Dieses Gesicht überragte den Tisch am anderen Ende, und ein Paar gelber Augen musterten Sagoe über den Silberrand einer altmodischen Brille. Der Person haftete etwas Eigentümliches an. Es war die Mütze. Eine einfache *abetiaja*, doch so aufgesetzt, daß die Ohrklappen über Stirn und Nacken hingen. Dieser eigentümliche Weise hatte einen schmalen Kopf, der sich nach hinten verjüngte wie der geschnitzte Kopf einer *ibeji;* ein Paradestück für die Sammlung eines Phrenologen. Sagoe starrte unverwandt hin. Er war ja gerade erst wieder ins Land gekommen, und so hatte er noch nichts von dem berühmten Schädel von Sir Morgue gehört und von dem ständig wachsenden Katalog von Mythen, die sich um diesen Schädel rankten. Niemals war dieser Schädel unbedeckt, und, so sagten einige, er ende in einem Loch. Andere behaupteten, er laufe in einen Dreizack aus und sei ein eingebauter Blitzableiter. Die ganz Neugierigen versuchten, den Friseur ausfindig zu machen, um ihn auszuhorchen. Das Wunder aber war, Sir Derin war kein Idiot – wenn er auch eine ganz durchschnittliche Kretinbirne hatte.

»Bitte, nehmen Sie Platz.«

Sagoe grübelte noch immer darüber nach, warum Sir Derin wohl Gefallen daran fand, seine *abetiaja* quer zu tragen, und so wurde er von der ersten Frage regelrecht überrumpelt.

»Warum bewerben Sie sich um diese Stelle?«

Sie kam von einem Mann neben Chief Winsala, der seinerseits ein Whiskyglas mit seiner mächtigen Pranke umfaßt hielt. Sagoe sah den offenen Barschrank, doch Chief Winsala war der einzige, der sich dieser Annehmlichkeit des Sitzungszimmers bediente. Sagoes Augen begegneten denen des Chiefs, und das alte Schlitzohr zwinkerte ihm zu. Sagoe verstand; Chief Winsala würde für jeden stimmen, dessen Hand ihm die Whiskyflasche reichte.

Sagoe schlotterte, und er fragte sich, ob diesen Leuten wohl bekannt war, daß man eine Klimaanlage auch regulieren kann. Er blickte den Fragesteller an.

Wie die zwei Hälften einer dicken Bohne – die dickhäuterhafte Musiktruhe und der geschäftsführende Direktor. Den Zwillingsbruder zu enteignen erwies sich als sinnloses Unterfangen, trotz des hauchzarten Porzellanservices, aus dem alle – außer Chief Winsala – Tee nippten. Dieses Teeservice hatte der Direktor von seiner zehnten Wirtschaftsmissionsreise aus Taiwan mitgebracht; er überreichte es dem Aufsichtsrat mit den Worten: »Wissen Sie, daß Shanghai Scheck haargenau das gleiche Service besitzt?«

»Nun?« und der geschäftsführende Direktor blickte in die Runde. Die anderen nickten bestätigend, man habe jetzt lange genug gewartet.

»Beantworten Sie meine Frage. Warum haben Sie sich um diese Stelle beworben?«

»Ich weiß es nicht«, sagte Sagoe.

Die Reaktion war ein Unisonolaut äußersten Unglaubens. Während ihrer mehrjährigen Aufsichtsratstätigkeit war noch keinem von ihnen eine solch sagoeske Einfältigkeit untergekommen.

»Sagten Sie, Sie wissen es nicht?«

Und Sagoe nickte. Es sah so aus, als sei das Gespräch beendet, noch ehe es begonnen hatte. Das normale Köderverfahren war außer Kraft gesetzt, die Prozedur ins Lächerliche gezogen, Groll und Unmut machten sich im Raum breit. Nur Chief Winsala war unbeeindruckt.

»Naja«, sagte er, »so was nennt man eine ehrliche Antwort.«

Sir Derin strafte diese Leichtfertigkeit mit einem Blick von solch unerbittlicher Mißbilligung, daß Winsala sich rasch zur Freundschaft des Barschrankes flüchtete. Der geschäftsführende Direktor faselte: »Ja, also, wenn der Bewerber nicht weiß, warum er sich bewirbt, dann, eh, denke ich, können wir auch nicht wissen, warum er eigentlich hier ist.«

Und dann sprach Sir Derin: »Junger Mann, ich hoffe, Sie sind nicht hier, um uns die Zeit zu stehlen.«

»Nein, Sir.«

»Lassen Sie ihn doch gehen, Herr Vorsitzender. Wie kann man denn ein Einstellungsgespräch mit jemandem führen, der die Angelegenheit nicht ernst nimmt?«

»Einen Moment noch. Junger Mann, Sie sind doch, nehme ich an, ein gebildeter Mensch?«

»Ich hoffe es, Sir.«

»Und ich glaube, Sie sind sogar ein intelligenter Mensch, oder?«

Sagoe schwieg.

»Sie brauchen nicht so bescheiden zu sein. Ich bin davon überzeugt, daß Sie sich für einen intelligenten Menschen halten.«

»Es kommt darauf an, in wessen Gesellschaft ich mich befinde.«

Sir Derins Sicherheit hatte einen Knacks weg, aber er entschloß sich, die Sache durchgehen zu lassen.

»Sagen Sie mir also offen und ehrlich, als intelligenter Mensch, der Sie sind – wenn Sie hier an meiner Stelle säßen, und ich säße da, wo Sie jetzt sitzen, was würden Sie dann denken, wenn ich, gefragt, warum ich mich um die Stelle bewerbe, antworten würde: Ich weiß es nicht?«

»Ich würde vielleicht denken, Ihnen dämmert, daß Sie einen Fehler gemacht haben.«

Vom gedunsenen Kadaver des geschäftsführenden Direktors spritzten schmierige Kügelchen aus der schon in Verwesung übergegangenen Haut. Ein unverständlicher Wortschwall brach aus der geborstenen Kehle.

»Glauben Sie vielleicht, daß wir uns Ihre hochnäsigen Dreistigkeiten noch länger gefallen lassen? Du kommst hierher, du, du Dreikäsehoch – kommst hierher und bettelst um einen ...«

»Ich kam nicht her, um zu betteln.«

»Fall mir nicht ins Wort oder scher dich raus! Wir brauchen hier Leute, die ihre Vorgesetzten respektieren, und nicht solche eingebildeten Fatzken, wie du einer bist. Selbst wenn du nicht um diesen Posten bettelst, wen interessiert denn das? Da haben schon ganz andere gebettelt, Freundchen. Bleib sitzen!«

»Wenn Sie mich entschuldigen wollen.« Sagoe schickte sich an zu gehen.

»Ja, gehn Sie mir aus den Augen«, und er gab einen langgezogenen Zischlaut von sich. »Diese jungen Hüpfer, bilden sich ein, wir würden uns um sie reißen, nur weil sie irgendeinen akademischen Titel haben ...«

Und Sir Derin unterbrach ihn mit ernster Stimme: »Ein Titel macht noch keinen Akademiker.«

Es hatte die beschwichtigende Wirkung eines Orakels. Der Direktor verstummte, und der Raum war still und voller Aufmerksamkeit.

»All diese jungen Kerle machen diesen Fehler, aber ein Titel macht noch keinen Akademiker.«

In dieser neuen Atmosphäre entfaltete Chief Winsala seine schöpferische Ader, die Ältestenweisheiten kamen zu Ehren, und da war er zu Hause. Auch schien er ängstlich darauf bedacht zu gefallen, denn zwischen den beiden schien ein Verhältnis zu bestehen wie zwischen einem Weisen und seinem Jünger.

»Der Vorsitzende hat es genau getroffen«, sagte er. »So, wie auch der Baum noch keinen Wald macht.«

Der geschäftsführende Direktor nickte zustimmend, aber der Vorsitzende schnitt dem Chief das Wort ab, wobei er zwar nachsichtig lächelte, doch heftig seinen konischen Kopf schüttelte.

»Nein, das ist nicht ganz das gleiche, Chief Winsala. Ich

wollte sagen, daß der Schein trügen kann. Als er hereinkam, war ich überzeugt, das ist der Mann, den wir brauchen.«

»Ah, Sie sind eben kein Menschenkenner, Herr Vorsitzender.«

Und Sir Derin zuckte unter diesem heimtückischen Schlag zusammen, doch der Direktor war von seinem plötzlichen Geistesblitz noch so benommen, daß er nicht sah, wie das Abbild schmerzlicher Erinnerungen auf Sir Derins Antlitz fiel. Er, kein Menschenkenner? Was wohl hatte er erworben in seiner jahrelangen Tätigkeit als Richter, wenn nicht die Fähigkeit, die Zauberkraft, einen Menschen unabhängig von seiner Kleidung, seiner gespielten Demut, seiner vorgegaukelten Zerknirschung zu beurteilen? Was war er denn, wenn nicht das göttliche Orakel, das die Herzen der Menschen durchdrang und ihre verborgensten Ängste und Leidenschaften bloßlegte? Denn er war untadelig. Außer seinem gab es nur noch Gottes Wort, und manchmal, ... ja, manchmal, hoch über dem gemeinen Volk schwebend, das vor ihm zitterte, das in der Tiefe der Hoffnungslosigkeit manchmal kurz aufbrauste und lächerliche Angriffe gegen seine Würde wagte, das er aber niederstreckte, niederschmetterte mit seinem leidenschaftslosen Blick, das er niederzwang mit seiner erhabenen Objektivität, ja, in solchen Augenblicken hatte er sich manchmal gefragt, ob Gott selbst wohl mehr vermöchte. War nicht der erste junge Hahn heute morgen mit gesträubtem Gefieder vor seiner Gegenwart geflohen, vor ihm, Sir Morgue! Waren das etwa vergangene Zeiten? ... Und Sir Derin zog die Ohrklappe der *abetiaja* tiefer in den Nacken, und das Kitzeln des Zipfels spendete ihm Trost. Die Anwälte kannten diese Geste, wenn Sir Morgue die Perücke in den Nacken zog und seinen Hals langsam dagegen rieb, dann standen die Zeichen auf Sturm. Denn Sir Derin war verwirrt, und dann schlug er wütend aus, dann ließ er Beleidigungen auf die Häupter derer regnen, die gewagt hatten, seine Brillanz zu überschatten ...

Als Sagoe den Gang entlanglief, fühlte er wieder den Druck in den Eingeweiden, die erneut ihren Entleerungsdrang bekundeten. Ein Mann lief hinter ihm her, rief ihn beim Namen, aber Sagoe beschleunigte nur seinen Schritt. Mathias, der allgegenwärtige Mathias, kam knapp zwei Meter vor ihm aus einer Tür und zwang ihn stehenzubleiben.

»Oga, wasn los? Is Krach?«

Sein Verfolger holte ihn schnaufend ein.

»Mr. Sagoe, mein Gott, Mr. Sagoe, sind Sie Berufssprinter? Man könnte ja meinen, der Teufel ist hinter Ihnen her.«

Er hielt inne, um wieder zu Atem zu kommen, und streckte Sagoe die Hand hin.

»Ich bin Nwabuzor, der Chefredakteur.«

Sagoe schüttelte ihm schweigend die Hand.

»Es tut mir leid. Was da drin passiert ist, meine ich.«

»So?« Und Sagoe versuchte das Gesicht einzuordnen. Nwabuzor kam ihm zuvor.

»Nein, nein, ich war nicht dabei, das stimmt, aber ich habe alles mitgehört. Ich muß eben lauschen, verstehen Sie. Kommen Sie noch mit in mein Büro?«

Sagoe versuchte, den Druck in seinem Gedärm zu bezwingen, hatte aber nicht sofort Erfolg. Nwabuzor mißverstand Sagoes nervöse Unruhe.

»Wenn Sie wollen, können wir uns natürlich auch später unterhalten. Ich muß sowieso wieder zurück, damit ich höre, was sie sagen, und weiß, mit wem ich später Verbindung aufnehmen muß. Sie verstehen schon. Lassen Sie mir also Ihre Adresse und Ihre Telefonnummer da, falls Sie eine haben.«

Mathias erbot sich eilfertig: »Ich aufschreiben, Oga.«

Sagoe sagte: »Ich wohne im Hotel – bin gerade erst aus dem Ausland zurückgekommen – Hotel Excelsior.«

»Gut, gut. Machen Sie sich nichts aus dem, was da drin passiert ist. Dieser Aufsichtsrat, mit dem ich geschlagen bin, vergrault die besten Leute. Ich bin zwar angeblich der Chefredakteur, aber bei den Einstellungsgesprächen muß ich draußen vor der Tür stehen und lauschen und dann meine eigenen Schlüsse ziehen. Und dann geht das Gerangel in der Lobby erst richtig los. So muß es halt gehen.«

Sagoe murmelte: »Versteh schon.«
Er drückte ihm wieder die Hand.

»Ich will Sie nicht länger aufhalten. Spätestens morgen werde ich Sie anrufen, und vielleicht können wir uns dann treffen.«

Sagoe hörte nur noch mit halbem Ohr hin, die Lage in seinem Innern war kurz vorm Explosionspunkt.

»Um ehrlich zu sein«, gestand er, »ich war auf dem Weg ins nächste Hotel. Ich muß ganz dringend aufs Klo.«

»Du liebe Zeit, und da halte ich Sie hier mit meinem Geschwätz auf. Aber warum denn bis zum nächsten Hotel? Mathias ...!«

Sagoe fuhr rasch dazwischen: »Nein danke! Die hier kenne ich schon.«

Nwabuzor verzog das Gesicht. »Ich wollte die Unbill nicht noch durch eine Beleidigung vergrößern. Mathias wird Ihnen die zeigen, die unter Verschluß gehalten ist.«

»Danke.«

»Und ich rufe Sie ganz bestimmt spätestens morgen abend an. Mathias, du weißt ja, wo der Schlüssel in meinem Büro hängt. Zeige Mr. Sagoe die Toilette, die *du* benutzt.«

»Sah?«

»Die du benutzt, ich hab dich schon ein paarmal erwischt. Hol den Schlüssel und zeig ihm die Örtlichkeit. Ich muß zurück zu den hohen Tieren.«

Mathias' Niederlage war wirklich erschütternd. Er seufzte schwer, wie ein zutiefst mißverstandener Mann, und als eine unter der Resignation gebeugte Gestalt führte er Sagoe zur Neutra-Toilette. Seine Bloßstellung drückte ihn so nieder, daß er schnurstracks auf den Raum zumarschierte und sogar von der guten Ausflucht, erst den Schlüssel aus dem Büro des Chefredakteurs zu holen, keinen Gebrauch machte. Er zog eine lange dünne Kette aus der Tasche, und erst als der Schlüssel schon im Schloß steckte, erkannte er seinen Fehler. Und da grinste er dümmlich.

»Ohohoh, Gott mich erwischen viel heut. Aber ich ehrlich

sagen, ich da nix gehn scheißen, ich das nix könn. Putzer das auch sagen. Wenn er sich da setzen, Bauch gleich ganz zu, kommt nie nix raus. Wie Mensch kann scheißen in Zimmer wo aussehn wie Ballsaal?«

Er stieß die Tür auf und gestikulierte geziert. »Da, Sie sehen?«

Sagoe nickte, und Mathias steigerte sich weiter in sein Argument: »Sie sehen wir groß Problem? Wie Mensch kann scheißen in Zimmer, wo Teppich liegen un Lackholz an Wände? Ich das nie nix können.«

»Wofür hast du dann einen Zweitschlüssel?«

»Na, ich doch da immer Zeitung lesen! Das doch einzige Raum in ganz Büro, wo Mensch krieg mal was Ruh! Un riechen da drin viel mehr gut als ganz Isale-Eko. Tatsach! Sogar Sitzungszimmer nix riechen mehr gut.«

»Danke, Mathias.«

Aber Mathias gab die Tür noch nicht frei. »Oga, is Sie wo kriegen Job, Sie sehen. Ich wissen, wenn er jemand mögen, und er Sie mögen mächtig viel!«

»Danke, Mathias.«

Und Sagoe machte endlich die Tür hinter sich zu und knallte den BESETZT-Riegel vor. Augenblicklich umfächelte ihm eine geisterhafte, wohlriechende Brise den Nacken und erfüllte den luxuriös ausgestatteten Vorraum mit ihrem Duft. Es war ein automatischer Luftreiniger, den der geschäftsführende Direktor von seiner siebten Wirtschaftsmissionsweltreise aus Schweden mitgebracht hatte … und Sagoe sprintete über den dicken Teppich zu dem rosa Bakelitsitz in dem eingebauten Alkoven und seufzte mit Bedauern, denn er dachte, an dem geschäftsführenden Direktor und an Mathias seien zwei Geniusse verlorengegangen.

Später dann das unvermeidliche Nachspiel.

Chief Winsala, ganz Herzlichkeit und Wärme, kam ins Hotel Excelsior. Er hatte es sich in einem tiefen Sessel bequem gemacht. Als Sagoe die Halle betrat, tat er zunächst so, als erkenne er den Chief nicht, doch Winsala fand das nur ausgesprochen belustigend.

»Haha, da sind Sie ja, Sagoe. Kommen Sie, setzen Sie sich. Was denn, erkennen Sie mich nicht wieder?«

»Ich fürchte, ich kenne Sie wirklich nicht. Vielleicht, weil ich gerade erst von einem langen Auslandsaufenthalt zurück bin …«

»Hahaha, ja das sieht man. Ihr ganzes Auftreten und Gehabe ist jung, sorglos, vorlaut, hallo-Johnny-is-wieder-da, hahaha.«

»Ich verstehe Sie nicht.«

»Aber Sie werden mich verstehen. Lassen Sie mich Ihr Gedächtnis ein wenig auffrischen. Sie waren vorgestern früh unser Kandidat.«

»Ich war Ihr was?«

»Unser Kandidat! Ich bin Mitglied des Aufsichtsrates, bei dem Sie sich wegen der ausgeschriebenen Stelle vorgestellt haben.«

Er hob sein Glas – es war leer.

»Übrigens, ich trinke Schnaps!«

Sagoe entschuldigte sich und rief nach dem Kellner.

»Morgens trinke ich Whisky, abends trinke ich Schnaps, nachmittags trinke ich gar nichts, da schlafe ich, hahaha.« Sagoe wartete geduldig.

»So, nachdem wir uns nun ein wenig beschnuppert haben, muß ich Ihnen was sagen. Neulich morgens warst du ein ungezogener Junge, ein sehr ungezogener Junge. Aber es ist halt immer das gleiche mit euch Burschen, wenn ihr aus England zurückkommt oder aus Amerika, wie in Ihrem Fall. Wie auch, ihr bildet euch dann 'ne ganze Menge auf euch ein.«

Er blickte sich in der großen Empfangshalle um und schnalzte dann mit der Zunge.

»Ihr Vater muß ja ein reicher Mann sein, daß Sie in einem so piekfeinen Hotel wohnen können.«

»In der Tat. Er ist Millionär.«

»Ach, wirklich, ich wußte gar nicht, daß es in Nigeria überhaupt Millionäre gibt.«

»Er läßt's nicht ausrufen.«

»Sehr klug von ihm, sehr klug. Und auch, daß Sie einer Arbeit nachgehen wollen, ist sehr klug. Junge Männer müssen sich von ihren Vätern unabhängig machen, sie müssen ihren eigenen Weg gehen.«

Bis der Schnaps kam, lauschte Sagoe weiter den abgedroschenen Gemeinplätzen. Längst war klar, worauf das Ganze hinauslaufen sollte, und Sagoe wartete gefügig. Kaum war der Schnaps serviert, änderte sich Winsalas Verhalten schlagartig.

»Mr. Sagoe, ich bin gradeheraus. Ich sehe es gern, wenn junge, energische Leute Erfolg haben. Unglücklicherweise liegen die Dinge aber oft schwieriger, als man es sich wünscht. Sie selbst haben doch gesehen, daß eine Unmenge von Bewerbern für die Stelle da waren?«

»Waren es so viele?«

»Aber ja! Und gestern kamen noch mehr. Es stimmt schon, nach der Unabhängigkeit haben wir alle *oyinbo* rausgefeuert, aber das ist lange her. Früher, ja, da war ein akademischer Titel noch was. Aber heute hat doch jeder 'n Titel, 'n Titel gibt's doch für 'n Appel un 'n Ei, also rennen alle hin, wenn irgendwo eine Stelle ausgeschrieben wird. Ein akademischer Titel ist heute kein Passierschein mehr.«

Winsala war in der Kunst schon sehr geübt, und so bemerkte Sagoe das Zeichen nicht, das er dem Kellner gab, der kurz darauf einen weiteren Schnaps servierte.

»Jedenfall, die Sache ist die, Sie wissen ja selbst nur zu gut, daß Sie für den Posten viel zuwenig Erfahrung haben. Außerdem sagte uns der Chefredakteur bei der späteren Sitzung, daß Sie eigentlich als ... äh ... naja, daß Sie mit Bauwesen zu tun haben oder so, als ... ach ja, Bauinspektor.«

Und er gestattete sich eine lange Pause – ein Zeichen seines fachmännischen Geschicks –, eine Geringschätzungspause, lang genug, um dem Opfer seine Unzulänglichkeit so recht deutlich werden zu lassen. Wo er bloß die Idee von dem Bauinspektor aufgeschnappt hatte ...? Sagoe zuckte die Achseln; es spielte ja ohnehin keine Rolle.

»Und außerdem haben Sie natürlich auch den Aufsichtsrat sehr verärgert, besonders den Vorsitzenden. Aber … äh … die Sache läßt sich wieder ausbügeln …, es liegt ganz in Ihrer Hand, Sie verstehen doch, was ich meine?«

Winsala gab dem Kellner wieder ein Zeichen, dann breitete er die Hände aus und grinste. *»Se wa s'omo fun wa?«*

»Wieviel?«

»Wir sind vier, die … versorgt werden müssen. Wenn es sich nur um mich selbst handelte …«

»Wieviel?«

Er kippte den Schnaps und lachte. »Von der Diplomatie der Engländer ist ja nicht viel bei Ihnen hängengeblieben. Sie sind eher wie die Amerikaner, gleich geradeaus. So bin ich auch, wissen Sie, ich mag die Amerikaner, die sind nicht wie die Engländer, nicht so verschlagen und immer diplomatisch. Engländer sind arglistig, auch wenn sie ›Ja, bitte‹ und ›Nein, danke‹ sagen, hahahaha. Mir sind die Unkomplizierten lieber, weil ich selbst so bin.«

Wie in einigen seiner Altersgenossen war auch in Sagoe ein traumatisches Rizinusölreservoir verborgen, und da Schnaps diesem widerwärtigen Kolloid so ähnlich war, erschien er ihm als das ekelerregendste Getränk, das er kannte. Schnaps mochte bei den zeitlos Alten des Nigerdeltas als Geheimtip gegen Sumpfrheumatismus gelten – aber die Vorstellung, wie er durch die alten Gedärme rollte! Als Einreibung für die rachitischen Gelenke schien er besser geeignet. Sagoe drehte es jedesmal den Magen um, wenn Winsala genüßlich mit den Lippen schmatzte.

»Also, sagen Sie schon, wieviel?«

Winsala hörte sofort auf, seine Zunge über die Schnapsspur auf seinen Lippen laufen zu lassen, und wurde wieder geschäftlich.

»Weil Sie noch neu hier sind, reicht's, wenn's für ein paar Flaschen genügt … Sagen wir, fünfzig Pfund?«

Es gab viele Möglichkeiten, ihn hinzuhalten, die Hoffnung wie zähen Sabber von einem senilen Kinn tropfen zu lassen.

In Gedanken ging Sagoe alle Möglichkeiten durch und verwarf sie alle wieder, denn der Schnapsgeruch überwältigte ihn.

»Was sagen Sie dazu, daß mich der Chefredakteur vor knapp einer Viertelstunde angerufen hat und mir sagte, daß mir die Stelle schon sicher ist?«

Winsala sackte in sich zusammen, seine Zuversicht schwand. Oder doch nicht? Es konnte durchaus eine Täuschung sein. Und richtig, schon verwandelte sich Winsala in den lachenden Helden seiner amourösen Episödchen; die Augen geschlossen, den Sessel auf die beiden hinteren Beine gekippt, verharrte er volle sechzig Sekunden.

»Mein Junge, deine Ältesten kannst du nicht zum Narren halten. Wenn ein Leopardenjunges der Antilope den Vortritt läßt, dann schau dich erst um, ob nicht Papa Leopard hinterm nächsten Baum steht. Ich werd Ihnen ein Geheimnis verraten, und wenn Sie wollen, können wir eine Wette abschließen und sehen, wer recht hat. Am Montagmorgen ruft Sie der Chefredakteur wieder an und teilt Ihnen mit, daß der Aufsichtsrat Ihre Einstellung abgelehnt hat. Sehen Sie, wir haben nun mal das letzte Wort. Und glauben Sie denn, ich bin so blöd und komm hierher, ohne vorher mit Nwabuzor gesprochen zu haben? Ich weiß längst, daß er Sie angerufen hat. Der Job ist da – aber Sie müssen ihn sich sichern.«

Diesmal blickte Sagoe dem Mann so aufmerksam gespannt ins Gesicht, daß er das Schnapssignal bemerkte. Der grünbewestete Kellner kannte seinen Mann und kümmerte sich schon um Nachschub, kaum daß Winsala seinen Kopf in die spezielle Schräglage brachte. Einmal mehr war Sagoe verwirrt, Winsala war tatsächlich nicht so leicht aus der Fassung zu bringen. Aber Sagoe konnte das Rizinusöl des Mannes nicht länger verkraften. Er erhob sich, als der Kellner kam.

»Ich will mal nachsehen, wieviel ich auf dem Zimmer habe.«

»Das ist vernünftig. Wenn der Gesundheitsinspektor unters Bett schaut, sucht er nach *kola* und keine *tanwiji.*«

Der Geruch der letzten Bestellung verfolgte Sagoe bis nach draußen, und er sehnte sich nach dem kräftigen Geschmack einer Zitronenschale.

Sagoe trat auf den Balkon hinaus und sog die Lagunenluft in tiefen Zügen ein. Es dämmerte schon, und die Straßenlaternen zeigten flackernd an, daß sie den Kampf mit der ewig unzuverlässigen Stromversorgung aufgenommen hatten. Dieser Kampf konnte wohl die halbe Nacht dauern, dann entdeckte der diensttuende Ingenieur vielleicht die schadhafte Sicherung und schraubte sie raus. Damit war dann die Straße für Monate, oder auch länger, in Dunkelheit getaucht.

Ein langer amerikanischer Schlitten parkte fast unmittelbar unter dem Balkon. Irgendwie kamen Sagoe die Chromlinien bekannt vor … nein, es war noch mehr. Die orientalischen Kissen auf dem Sims unter der Heckscheibe waren vertraute Symbole üppig-vulgären Wohlstands. Dann fiel Sagoe der Ort wieder ein – der *Independent Viewpoint.* Er hatte sich zwischen der Stoßstange dieses Wagens und der Hauswand durchquetschen müssen, als er das Gebäude verließ. Chief Winsalas? Sagoe schaute genauer hin, um den vagen Umriß auf dem Rücksitz erkennen zu können. Zunächst hatte er ihn für den Chauffeur gehalten. Der Mann schlief, der Kopf war ihm nach vorn auf die Brust gesunken. Die Mütze war unverkennbar – der dreieckige Ohrzipfel der *abetiaja* hing unorthodox im Nacken. Sir Derinola – Vorsitzender des Aufsichtsrates.

Sagoe brachte ihn nicht sofort mit dem Kollegen in der Hotelhalle in Verbindung, aber das Mosaik fügte sich unbarmherzig zusammen. Heftig empfand er die Peinlichkeit, zum Zeugen dieser grausamen Bloßstellung von Menschen geworden zu sein, denen er ihres Alters wegen eigentlich Respekt zollte. Sir Derinola schlief friedlich, und Sagoe fühlte, wie ihn Scham überkam. Er war der Schuldige, denn er war in Geheimnisse eingedrungen, die nie offengelegt werden sollten. Aber wie, wie hatte das angefangen? Winsala hatte schließlich nur fünfzig Pfund verlangt. Für ihn war das ein schöner Batzen, sicher, aber Sir Derin – hatte der das nötig? Vielleicht zwanzig für Winsala und dreißig für Sir Derin? In Gedanken überschlug Sagoe die kalte Wirklichkeit dieser Zahlen. Wahrscheinlich gab es noch andere Aufsichtsratsfunktionen, noch andere Möglichkeiten – vielleicht zweimal im Monat? Kleiner Nebenverdienst, sechzig im Monat, steuerfrei. Das hatte Hand und Fuß. Dafür lohnte es sich schon, inkognito auf dem Rücksitz eines vollklimatisierten Wagens zu dösen, während ein frechdreister Clown wie Winsala drin den Handel abwikkelte. Heute nacht stand wohl noch ein Besuch auf dem Programm. Der Schnaps schien wie in Sagoes Kleider gesogen, und der listige Kopf in dem Wagen da unten bereitete ihm aufs neue Übelkeit. Winsala war eigentlich der ehrlichere von beiden, er war Sagoe mutig entgegengetreten und hatte sich frei zu dem bekannt, was er war und wollte. Aber Sir Morgue da unten ...

Sagoe ging wieder ins Zimmer, legte sich aufs Bett und starrte an die Decke. Dann rief er den Zimmerkellner an und bestellte Gin und Tonicwater und eine frische Zitrone extra.

Vor langer, langer Zeit wurde ihm mit einem Mal nach der allwöchentlichen Dosis Abführmittel sogar die Zitrone verweigert. In der Sonntagsschule diskutierten er und Egbo das Problem, das heißt, sie kritzelten mit einem Bleistiftstummel aufs Pult.

»Bereite dich gut vor. Meine Mutter kommt euch heute besuchen. Seit einiger Zeit läßt sie mich keine Zitronen mehr auslutschen.«

»Warum nicht?«

»Weiß nicht. Heißt für dich aber auch, keine Zitronen mehr.«

Lange Pause. Egbos Ziehvater hatte kürzlich wieder geheiratet, und Sagoes Mutter machte es sich zur Aufgabe, die junge Frau über alle Kinderkrankheiten aufzuklären. Vorbeugung war ihre Spezialität. Das wöchentliche Abführmittel war eine solche Vorbeugungsmaßnahme. Der Samstag war für Sagoe immer eine Tortur, und jetzt drohte ihm das Rizinus auch noch ohne den Trost der Zitrone. Ein Horror unaufhörlicher Übelkeit, eine Zunge, die noch zwei Tage später glitschig wie eine Nacktschnecke im Mund lag.

»Wie wär's mit Alaun?« schrieb Egbo. Er war nicht sehr beunruhigt, denn die Frau des Lehrers hatte ein wenig Angst vor ihm. Aber Sagoes Mutter war immer in der Nähe, und sie hatte ihr eingeredet, daß Egbo als Versuchskaninchen ein Geschenk des Himmels sei. »Probier's nur an dem kleinen Monster aus, und du wirst sehen, wie gut das wirkt.«

Sagoe dachte noch über das Alaun nach, dann schrieb er: »Ja, müßte gehn. Wo kriegen wir welches her?«

»Wir haben welches. Lehrer hebt's im Medizinschrank auf.«

»Ist genug da?«

»Jede Menge.«

Das Pult war voll, und sie hatten keinen Radiergummi. Aber es war ja bereits eine Lösung gefunden. Doch dann fiel Sagoe eine Frage ein, die ihn schon lange beschäftigte, und nun duldete es keinen Aufschub mehr. Er riß eine Ecke aus dem Schmutztitel von seinem *Pilgrim's Progress* und schrieb darauf: »Was ist mit Gott?«

Der Lehrer erwischte sie.

»Sagoe, Egbo! Aufstehn! Bewegt eure infinitesimalen Körper hierher und bringt diese Epistel mit.«

Er war deutlich enttäuscht. »Was ist mit Gott?« – selbst der schwachsinnigste Sonntagsschüler hätte wohl eine sinnvolle und sogar löbliche Erklärung für diese Frage gehabt, also ging der Lehrer dieser Sache nicht weiter nach. Doch das Papier sah verdächtig aus, und deshalb verlangte er, ihre Bücher zu sehen. Dehinwa, Banknachbarin der beiden, weigerte sich entschieden, die Bücher zu tauschen, trotz der für Schulschluß angedrohten Höllenqualen. Die Strafe für die beiden fiel allerdings leicht aus, bis zur nächsten Woche mußten sie zwei Seiten aus *Pilgrim's Progress* auswendig lernen.

Nach Schulschluß nahmen sie die Frage wieder auf.

»Du meinst, ob Gott auch Rizinusöl nimmt?«

»Ja.«

»Er ißt nicht, also wird er wohl keins brauchen.«

»Aber wenn ich 'ne ganze Woche lang nix essen würde, bekäm ich von meiner Mutter trotzdem meine Dosis verpaßt. Sie würde mir höchstens noch die doppelte Portion geben, weil sie glauben würde, ich hätte die letzte nicht genommen.«

Dehinwa hatte sie eingeholt, aber sie ließen sie links liegen. »Chenopodium ist noch schlimmer. Ich bin nächsten Sonntag wieder dran. Egbo hat's gut, bei dem geht's nicht nach Fahrplan.«

»Nur wenn ich Bauchschmerzen habe oder die Luft zu sehr verpeste. Und sogar dann muß sie sich erst bei deiner Mutter Rückenstärkung holen.«

Dehinwa fragte: »Bist du sicher, daß du es bist, der die Luft verpestet? Bei denen mußt du nämlich ganz schön aufpassen. Meine Tante zum Beispiel pupst dauernd, und dann schiebt sie's immer auf uns Kinder. Aber ich fall nie drauf rein. Ich weiß immer schon vorher, wann sie wieder ein' fahrn läßt. Sie verlagert das Gewicht auf die eine Hinterbacke, und dann – flüchtet jeder in eine andere Richtung.«

Sagoe fühlte sich mächtig überlegen. »Meine Mutter hält auf Regelmäßigkeit. Jeden Abend nach dem Nachtgebet – sehr laut und lang. Wenn das Bombardement vorüber ist, sagt sie ›Dem Herrn sei Dank‹, und wir alle müssen ›Amen‹ sagen.«

Dehinwa sagte: »Deine Mutter hat keinen Funken Schamgefühl, nicht mal vor Gästen.«

Sagoe holte aus und schlug mit seiner Bibel nach ihr, aber sie hüpfte geschickt beiseite. Sie waren an Egbos Haus angelangt.

»Vergiß das Alaun nicht.«

Egbo blieb stehen.

»Jetzt fällt's mir wieder ein. Weißt du, was mir der Apotheker neulich erzählt hat? Er sagt, es gibt jetzt Rizinus in Kapseln, kleine runde Kapseln.«

»Ehrlich?«

»Er hat's mir gezeigt. Fast rund, wie Eidechseneier.«

Einen Augenblick lang strahlte Sagoe übers ganze Gesicht, dann schüttelte er den Kopf.

»Nützt mir ja doch nix. Mama wird sagen, das Zeug kann gar nicht so gut sein wie das flüssige.«

»Aber wenn der Apotheker doch sagte ...«

»Der Apotheker wird meiner Mutter nach dem Mund reden, alles Augendienerei!«

Und Dehinwa warf höhnisch den Kopf in den Nacken und ging weiter. Die beiden Jungen blieben noch eine Weile gedankenverloren stehen, von der Hoffnungslosigkeit ihrer Lage völlig niedergedrückt.

»Vergiß das Alaun nicht!« Und Sagoe legte einen Schritt zu und überholte Dehinwa. Sie trottete hinter ihm her und rief vorwurfsvoll: »Bloß weil ich mein Buch nicht gegen deins tauschen wollte ...«

Ein Fremder weckte ihn kurze Zeit später, und Sagoe sprang erschrocken auf.

»Du lieber Himmel, wie spät ist es?«

»Halb acht.«

»Ach erst, ich dachte, ich hätte länger gepennt ...«

Er fuhr mit einem Ruck herum, und Bandele lachte leise. Sagoe tastete an der Wand nach dem Lichtschalter. Eine volle Minute standen sie wie angewurzelt und starrten sich an. Dann packten sie sich wortlos bei den Armen. Kola platzte herein, und Sagoe, überwältigt, fiel ihm in die Arme und hörte sich die bekannte Floskel sagen, von der er geglaubt hatte, daß er sie nie benutzen würde: »Du hast dich überhaupt nicht verändert!«

»Du auch nicht«, antwortete Kola.

Ganz außer sich vor Freude schlang Sagoe seine Arme um Bandeles Hüften und hob ihn hoch, so daß sein Kopf fast an die Zimmerdecke stieß. Dann ließ er ihn fallen und schrie: »Himmel noch mal, wenn das nicht der Riese Alakuku ist! Keinen Zentimeter kleiner geworden und immer noch feierlich ernst wie die britischen Majestäten!«

Bandele setzte sich aufs Bett.

»Du bist als letzter zurückgekommen. Sekoni hat dich um drei Monate geschlagen.«

Kola fragte: »Warum hast du dich versteckt? Gesteh's!«

»Ich werd's euch später erklären. Woher wißt ihr denn, daß ich zurück bin?«

Kola lachte: »Über dich gibt's 'ne Akte, oder wußtest du das nicht?«

»Eine Akte? Was soll denn das heißen?«

»Im Auswärtigen Amt. Man hält dich nämlich für einen Kommunisten.«

»Ach so ...«

»Egbo arbeitet im Auswärtigen Amt. Er hat uns erzählt, daß du zurück bist.«

»Warum, verdammt ...« Und er schlug sich auf die Schenkel und lachte. »Und ich hab mich hier heimlich rumgedrückt, fest davon überzeugt, daß niemand weiß...«

»Dein Dossier füllt 'n ganzen Aktenschrank – Egbo wird dir mehr über dich erzählen.«

Sagoe kratzte sich den Kopf: »Ja, wo steckt er denn eigentlich? Er hätte mich doch wenigstens anrufen können.«

»Wir haben halt alle gedacht, du hast schon deine Gründe, weshalb du dich versteckt hältst, also wollten wir erst mal ein oder zwei Wochen abwarten.«

»Ach, eigentlich ist es nichts Ernstes. Ich wollte nur nicht, daß meine Familie weiß, daß ich zurück bin. Ich wollte mich erst mal in Ruhe einrichten, einen Job suchen – oder auch nicht. Dann ein kurzer Anstandsbesuch zu Hause, und Schluß. Jeder soll sich um seinen eignen Kram kümmern.« Bandele schüttelte den Kopf. »Das ist aber gar nicht so leicht.«

»Vielleicht nicht, aber ich will's trotzdem versuchen.«

»Ist Egbo immer noch nicht hier?«

»Nein, ich hab ihn noch nicht gesehen.«

»Wir wollten uns nämlich um sieben hier treffen, um dich zu überraschen. Aber auf der Straße von Ibadan war ein Stau wegen einem scheußlichen Unfall.«

»Kommt, laßt uns runter an die Bar gehen. Habt ihr schon was vor heute abend?«

»Der Abend gehört dir, schlag was vor.«

Als sie die letzten Stufen herunterkamen, spürte Sagoe, daß in der Halle eine ungewöhnliche Stille herrschte. Mit ihrem ungestümen Auftritt brachen sie in diese Stille ein, und Sagoe hielt die Freunde zurück, denn Chief Winsala fiel ihm wieder ein. Sie platzten mitten in die elende Szene. Die Bar war am anderen Ende der Halle, und eine Traube Grünbewesteter lenkte ihre Aufmerksamkeit dorthin.

»Was'n da los?«

»Wartet's ab.«

Chief Winsala schien zu schlafen, und ein Kellner strich in Erwartung des Stichworts um ihn herum. Plötzlich passierte es. Der weite Ärmel der *agbada* flatterte auf, und Winsala schlug nach dem Kellner. Der hatte das offensichtlich erwartet. Er zog sich zurück und murmelte: »Aber Oga, Sie mir jetzt endlich antworten.«

Die anderen Kellner mästeten ihre Langeweile an dem Spielchen und lachten laut. Es war klar, daß das schon eine Weile so ging. Winsala lallte mit belegter Stimme: »Kommir nich su nah wenndu mir kein Schnaps brings.«

»Aber Oga, Sie erst zahlen für Schnaps Sie schon trinken.«

Eine umgefallene Halbliterflasche lag vor Winsala.

Die Rolle einer Hotelschmeißfliege, die zahlungsunfähige Betrunkene umsurrt, lag dem Kellner, also näherte er sich Winsala erneut.

»Oga, ich Sie bitten ... ich jetz Feierahmd.«

Winsala brüllte: »Frechheit! Wenn du mir frech komms, laß ich dich feuern! Ich hab dir doch gesach, ich wart noch aufn Freund. Un jetz hau ab!«

Bandele, der Sagoes Gesicht beobachtete, fragte: »Kennst du den?«

»Wart's ab.«

In einem düsteren Winkel seines Innern vertraute Winsala darauf, daß Sagoe mit den fünfzig Pfund kommen würde oder mit der Hälfte und dem Versprechen, den Rest nachzuliefern. Diese Sicherheit hatte ihn veranlaßt, die Gelegenheit beim Schopf zu ergreifen und eine Flasche Schnaps zu bestellen, war dann aber großzügig bereit, mit einer halben vorliebzunehmen. Aber Sagoes Rückkehr hatte sich hinausgezögert.

Ein Tablett auf dem ausgestreckten Arm, näherte sich der grüne Schmeiß, kreiste um Winsala, doch der schien endgültig eingeschlafen.

»Enh? Ob er schlafen?« und der grüne Schmeiß versuchte, die unter der Mütze verborgenen Augen zu sehen. Winsalas Geduld wurde schließlich belohnt; behend schoß seine Pranke empor, das Tablett flog in die Luft, schlug Schmeißfliege gegen den Rüssel und fiel klirrend auf die Fliesen.

Schmeißfliege zog sich verletzt zurück und machte mehrere Häßlichkeitsmetamorphosen durch. Das Summen seiner wütenden Kollegen blähte den Vorfall unverhältnismäßig auf. Das einzige Geräusch, das man hörte, war das immer lauter werdende Summen des Schmeißfliegenschwarms, von der fauligen Frucht aufgescheucht. Die feinen Herrschaften in der Hotelhalle kehrten der Szene peinlich berührt den Rücken, um nicht Zeuge der nun unweigerlich folgenden Demütigung werden zu müssen. Die Schmeißfliegen hatten feine Fühler, ein hohes Tier würde durch die Jauche gezogen werden, und sie warteten begierig auf den ersten Schwall von Beschimpfungen aus dem Mund des grünen Schmeißes. Der Ball der Empörung war ihm zugespielt worden, und er nahm sich Zeit, sich langsam aufzuheizen. Er war kein Neuling, er wußte genau, wann die Triebkraft nachließ und die Empörung nur noch hohle Vorspiegelung war.

»Ich mir sowas von kein Mensch nich gefallen lassen. Ich hier arbeiten, sonst nix. Is niemand hier, wo kann mich treten wie Pferd.«

In seinem Rücken Summen der Zustimmung.

»Ich gehen, das bei Polizei melden! Kunde darf mir nix Tablett in Gesicht schmeißen. Ich hier in das Lokal schon Kunde bedient viel mehr fein. Niemand darf schmeißen Tablett in mein Gesicht.«

Chief Winsalas gewaltige Gestalt war zusammengesunken, seine Selbstsicherheit geschwunden; in tiefem Nebel erwartete er geduldig die beschämende Szene, die einen Mann seiner Stellung demütigen mußte. Nur für ihn selbst hörbar, strömte ein Schwall Sprichwörter über seine Lippen, ganz leise gemurmelt, während er vor Selbstmitleid mit dem Kopf wackelte ...

»*Agba n't'ara* ... Ein Kind hat keinen Grund zu frohlocken, wenn es den Vater nackt sieht, *l'ogolonto. Agba n't'ara.* Der weise Eunuch hält sich von den Frauen fern. Der hungrige Schreiber zieht die Jacke über den enggeschnallten Gürtel, und keiner wird sagen, sein Bauch ist flach. Wenn man *elegungun* auf dem Marktplatz die Maske herunterreißt, kann er dann noch *egbe* bitten, ihn in die Sicherheit des *igbale* zu entrücken? Wird man ihm nicht sagen, der Hain ist dem Träger des Geheimnisses vorbehalten? *Agba n't'ara.* Wenn der *Bale* sich einen Pferdeschweif leihen will, schickt er einen Knecht, denn wenn der Diener mit leeren Händen zurückkommt, kann er sagen: ›Habe ich dich geschickt?‹ Der Ehebrecher, der sein Stelldichein in einem Raum mit nur einer Tür hat, fordert der nicht heraus, daß man seine Hoden Oguns Fischen vorwirft? *Agba n't'ara* ...«

»Soll keiner sich nix aufspieln vor mir. Tut so, als wär Chef von mir, wo zahlt für mein Essen. Feiner Mann, wo nix Respekt vor sich selbst, nix kriegen Respekt von ...«

Sagoe merkte, daß er unwillkürlich hinübergegangen war und das Tablett aufgehoben hatte. Als er sich wieder aufrichtete, sah er aus dem Augenwinkel flatternden Stoff, und er drehte sich abrupt um. Neben der jungen Palme in dem halbierten Benzinfaß stand Sir Derinola. Nie, niemals würde Sagoe diesen Gesichtsausdruck wieder vergessen. Er spiegelte Entsetzen und verletzte Würde und die Qual der Unentschlossenheit. Sir Derin war hereingekommen, um nachzusehen, wo der Chief so lange blieb, und hatte die ganze peinliche Szene mit angesehen. Zuerst empfand er eine eigenartige

Faszination, als sähe er in Chief Winsala sein eigenes Schicksal, als erkenne er die abschüssige Logik des Verlustes seiner Selbstachtung. Viel zu spät erst hatte er den Augenblick der Rettung erkannt, und da er immer länger zögerte, verstrich noch mehr Zeit. Jeden Schritt vorwärts nahm er sogleich wieder zurück bei dem Gedanken, daß Sagoe auftauchen und ihn mit Chief Winsala sehen könne. Vor allem aber fühlte sich Sir Derin durch den Anblick seiner eigenen Zukunft wie gelähmt, er konnte Chief Winsala nicht zu Hilfe kommen. Jetzt sah er Sagoe vortreten und versuchte rasch, sich hinter dem Palmstrunk zu verbergen. Sie starrten sich gegenseitig an, jedes Verstecken war sinnlos. Sagoe senkte zuerst den Blick.

»Was war denn los?« fragte er und drückte dem Kellner das Tablett in die Hand.

»Er nix wollen zahlen!«

»Dann hättest du den Geschäftsführer rufen sollen.«

»Der nix da. Ich mir sowas nie nich bieten lassen. Kommt Generalgouverneur selbst persönlich, ich mir das nix gefallen lassen, er mich schlagen, wenn ich nix tun als was mein Pflicht is.«

»Weißt du nicht, daß er mein Gast ist?«

»Was ich machen? Is schon lang Zeit mein Dienstschluß für heut. Ich ihm sagen, ich sagen …«

»Schreib die Getränke auf meine Rechnung und hör gefälligst auf, mich so anzubrüllen.«

Er legte Chief Winsala die Hand auf die Schulter.

»Wollen wir gehen, Sir?«

Demütig stand Winsala auf, die ganze Luft war raus. Bandele sprang hinzu und wollte Winsala auf der anderen Seite stützen, doch Sagoe drehte den Chief ruckartig in die andere Richtung.

»Wir nehmen lieber den anderen Aufzug.«

Und aus dem Augenwinkel sah er, wie Sir Derin erleichtert aufatmete, sich umdrehte und zu dem anderen Aufzug hastete.

Am nächsten Morgen rief ein sehr skeptischer Nwabuzor bei Sagoe an.

»Haben Sie aus Amerika irgendein Zaubermittel mitgebracht? Der Vorsitzende sagte mir, daß Sie die Stelle bekommen. Nu mal ehrlich: Was haben Sie mit ihm gemacht? Sagen Sie schon, was haben Sie bloß mit ihm angestellt?«

6

»Mathias! Mathias! Komm her, Mathias!«

Der Bürobote lugte um den Türpfosten.

»Sie mich rufen, Sir?«

»Mathias, bist du noch immer mein Jünger?«

»Oga?«

»Ich bin pleite. Wie gut kennst du den Burschen am Kantinenausschank?«

»Ha, is doch mei Landsmann!«

»In diesem Fall sollte es ja nicht schwierig sein, bei ihm Kredit zu kriegen.«

»Oga, ich bitten. Das schon sehr anders. Wenn Geld im Spiel, niemand nix wissen, wer Landsmann.«

»Mathias, geh jetzt und komm nicht ohne das Übliche zurück. Zwei!«

»Oga, ich Ihnen sagen …«

»Mathias, heute ist Bibelstunde. Also geh jetzt.«

»Schon gut, Oga, ich gehn versuchen.«

Seine Unterredung mit dem Chefredakteur war schmerzlich kurz. Nwabuzor rief ihn in sein Büro und sagte: »Ich möchte, daß Sie mithören.«

Er hielt einen Stoß Blätter in der Hand, Sagoes Artikel über Sekoni. Er hatte ihn »Wer organisierte die Eskapade?« betitelt. Die Fakten waren ordentlich recherchiert und zusammengetragen, es gab nichts herumzudeuteln. Während Nwabuzor auf sein angemeldetes Gespräch wartete, sagte er: »Übrigens, Ihr Freund, der weiße Experte, ist weg. Der, dessen Expertise das Projekt platzen ließ.«

»Was heißt das, weg?«

»Einfach weg. Der Ausschuß für persönliche Ausgleichsforderungen hat seine Schadenersatzforderungen anerkannt – wegen im Dienst erlittener Verletzungen. Raten Sie mal, wieviel er rausgeschlagen hat.«

Sagoe zuckte die Achseln.

»Achttausend Pfund, plus runde zweitausend als Entschädigung für die Auflösung seines Vertrages.«

»Ach nee!«

»Aber verlieren Sie die Hoffnung nicht. *Das* macht Ihre Geschichte nicht nutzlos. Das ganz sicher nicht ... Es gibt ja noch andere Wege und Möglichkeiten, die Sache zu verifizieren – sofern wir das wollen.«

»Aber Sie wollen nicht?«

»Kommt drauf an ... Ich werd's Ihnen gleich erklären ... Hallo?«

Sagoe stand auf.

»Ich möchte lieber keine Erklärungen hören. Es waren zwei Wochen mörderische Arbeit.«

»Bleiben Sie doch sitzen, Mann! Sie haben offensichtlich wenig Geduld. Hallo ... hallo ... ja, hier Nwabuzor, ich möchte gern den Vorsitzenden sprechen.«

»Es wäre mir aber wirklich lieber, die Sache bleibt so, wie sie ist, oder fliegt gleich in den Papierkorb. Wissen Sie, es war eine ziemlich persönliche Angelegenheit.«

»Das ist schlechter Journalismus, mein Freund. Das werden Sie bald lernen. Wie auch, Sie haben Ihren Teil geleistet, Sie haben uns die Story geliefert, der Rest ist unsere Sache. Sie sollten sich diese Einstellung zu eigen machen ... ja, hallo ...«

Er bedeckte die Muschel mit der Hand.

»Schnell, nehmen Sie das Ding da und hören Sie mit.«

Vom anderen Ende der Leitung kam Sir Derinolas unverwechselbare Stimme: »Sind Sie's, Nwabuzor?«

»Ja, Sir. Wegen der ›Enthüllungen‹, Sir. Können wir's jetzt bringen?«

»Nein! Legen Sie's zu den Akten.«

»Sie meinen, wir sollen's auf Eis legen?«

»Nein. Wir haben das Material schon verwendet.«

»Aah ja, ich verstehe, Sir.« Und offensichtlich, um Sagoe einen Gefallen zu tun, fügte er hinzu: »Dann haben die sich also, wie ich annehme, auf den Handel eingelassen, Sir?«

»Darüber möchte ich am Telefon nicht sprechen.«

»Natürlich nicht, Sir. Entschuldigen Sie die Frage.«

»Übrigens, wer hat den Artikel bearbeitet?«

»Der neue Mann, Sir.«

»Sie meinen, der ... eh, der junge Mann, der gerade aus Amerika zurückgekommen ist?«

»Ganz recht, Sir.«

Sir Derin schwieg lange. Schließlich sagte Nwabuzor: »Er hat gute Arbeit geleistet, nicht wahr?«

»Ja, es war zufriedenstellend.«

Zu Sagoes Überraschung spöttelte Nwabuzor ganz offen: »War doch ein Glück, daß wir ihn schließlich doch noch gekriegt haben, nicht wahr, Sir?«

Sir Derins Stimme klang schroff: »Sie vergessen, daß Sie ihn auf meine Anweisung hin eingestellt haben.« Dann knallte er den Hörer auf die Gabel.

Sagoe legte die Zweitmuschel bedächtig zurück und blickte Nwabuzor an. Der Chefredakteur bedeutete ihm, noch sitzen zu bleiben.

»Ja, so ist das. Jetzt wissen Sie's.«

»Jetzt weiß ich was?«

»Nun, hältst du deinen Mund, halt ich meinen – schlicht und einfach. Sie haben dem Vorsitzenden aus einer elenden Klemme geholfen.«

»Ich habe *was*?«

»So geht das eben. Wissen Sie, das ist ein Teil des gegenseitigen Schutzabkommens. Ehe wir irgendwelche Enthüllungen wie diese hier veröffentlichen, geben wir die Sachen an unsere Anwälte. Und die wiederum setzen sich mit dem Vorsitzenden in Verbindung. Damit ist die Sache aus unseren Händen.«

»Weiter, weiter. Ich bin ganz Ohr.«

»Naja, er läßt dann die Gegenseite wissen, was er über sie rausgebracht hat. Wenn die meinen, sie können's verkraften, dann kriegen wir grünes Licht. Wenn nicht, dann sagen die: Veröffentlicht nur, aber wir haben da gewisse Dinge über Soundso in der Hand … und sie schicken uns eine Kopie ihrer Sache. Ich kann mir ganz gut vorstellen, in welchen Schlamassel sich Sir Derin gebracht hat, naja, und da kam Ihre Sache ganz genau zur rechten Zeit. Jetzt herrscht erst mal wieder Waffenruhe …«

»Und was ist mit meinem Freund?«

Nwabuzor zuckte die Achseln, was wohl heißen sollte: Da kann ich auch nichts machen.

Sagoe stand auf.

»Ich hoffe, Sie haben nichts dagegen, wenn ich den Artikel einer anderen Zeitung anbiete.«

»Hörn Sie zu, Sagoe. Ich bin seit dreißig Jahren in dem Geschäft. Auch ich hatte eine Zeit, wo ich noch die Ideale hochhielt. Ich ging von einer Zeitung zur anderen. Immer wieder habe ich voll gerechter Empörung fristlos gekündigt. Aber sehen Sie, Mann, Journalismus ist hier ein Geschäft wie jedes andere. Man tut, was der Arbeitgeber befiehlt. Sie können mir glauben, Sagoe, ich weiß, wovon ich spreche.«

Sagoe nahm das Manuskript an sich.

»Ich werde es einer anderen Zeitung anbieten.«

Nwabuzor schüttelte den Kopf im Wissen um die Hoffnungslosigkeit dieses Vorhabens.

»Aber Biodun, Sie sind bei uns angestellt. Sie haben unsere Zeit in Anspruch genommen – das da ist unser Eigentum.«

»Nicht, wenn ich kündige.«

»Das ist auch gar nicht nötig, denn sehen Sie, die andern Zeitungen werden den Artikel nicht anrühren, ich sag's Ihnen. Es wird genau dasselbe passieren wie hier. Sie werden rauskriegen, daß über den Artikel ein Gentlemen's Agreement geschlossen wurde.«

»Wenn das so ist, dann …«

»Nein, nein, nein, nun machen Sie die Sache doch nicht

noch schlimmer für sich. Vergessen Sie's einfach. Ich weiß, Sie glauben, daß Sie Ihrem Freund Loyalität schulden, aber glauben Sie mir, Sie schulden ihm keine! Eines Tages werden auch Sie dahinterkommen, daß jeder für sich selbst sorgen muß.«

»Das ist wahrhaftig eine großartige Lebensanschauung!«

»Es ist eine großartige Anschauung – und die einzig sinnvolle. Sehen Sie, Ihr Freund wird bald einen neuen Job gefunden haben, und Sie werden die Sache im Handumdrehen ver ...«

Die Tür krachte ins Schloß, und Nwabuzor wendete sich wieder seiner Arbeit zu und dachte, der wird sich auch noch eingewöhnen.

Sagoe holte sein quartformatiges gebundenes Manuskript hervor und schlug es ziellos auf.

»Komm rein, Mathias. Na, hat's geklappt?«

Mathias kam herein, in jeder Hand eine schwitzende Flasche.

»Er sagen, er nix warten bis Monat Ende. Nur bis Wochenend er geben Kredit.«

»Ist schon in Ordnung. Setz dich.«

»Ich erst Flaschen aufmachen, Oga.«

»Danke«, und Sagoe wartete, bis das Bier in seinen Krug gurgelte, dann reichte er Mathias das Buch.

»Schlag es auf – irgendwo, wo's dir gefällt.«

Eilfertig, wie jemand, der sich letztlich an eine aufgezwungene Vergnügung gewöhnt hat, gehorchte Mathias.

»Mhm, gut. Jetzt trink, und dann können wir anfangen ...

... Und das Schweigen ist für den Leeriker wie der Opiumrausch für den Mystiker des Orients. Die Ruhe in der Toilette eines englischen Vorstadthaushalts, wenn der Gastgeber und die Nachbarn zur täglichen Arbeit gefahren sind und der Gast alleine leerifizieren kann, dies ist ein Schweigen zum Anfassen. In Frankreich verflacht dieser Mythos der geistigen Vertiefung natürlich zu einer seichten und unangenehmen Pose – wie laichende Kröten. Dort suchte ich den Opiumrausch des Schweigens vergeblich, bis ich mich schließlich, um dem seelenentwürdigenden Zustand der Studentenheimtoilette zu entfliehen, mit Buch und Schaufel in die nahen Wälder zurückzog, wo ich wenigstens diese eine Erfüllung fand, denn die Wälder dehnten sich kilometerweit. Hier errichtete ich mir eine kleine Laube, in der ich regelmäßig meditierte, las oder einfach dem Gezwitscher gallischer Vögel lauschte. Ich gestehe, es war ein verkrampfter Leerizismus, er ließ die tiefe Befriedigung vermissen, die völlige Muskelentspannung. Schlimmer noch: streifte mich plötzlich inmitten meiner Andacht ein nasser Grashalm, so sprang ich in Panik auf, fürchtete ich doch, eine Schlange züngle mir um die Eier. Doch das feuchte, schwere, vogelgezwitscherdurchsetzte Schweigen stellte eine mystische Erfahrung dar, der gegenüber sich das Risiko der Entmannung als unbedeutende Farce ausnahm. Nun freilich, meine Freunde, muß ich von einer schmachvollen Episode berichten. Zwei Wanderstudenten folgten mir eines Tages, neugierig herauszufinden, wohin die tägliche Kombination von Buch und Schaufel führe. Noch immer empört sich alles in mir bei dem Gedanken, daß ich wahrhaftig bei dieser allerintimsten der menschlichen Verrichtungen beobachtet wurde. Doch sie erwiesen sich als interessierte Schüler. Sie reinigten sich von dem Tabubruch, indem sie die Geldration von drei Tagen an einem einzigen Nachmittag im Bistro ausgaben. Ich erteilte ihnen die Absolution, und da der Wein mich großzügig machte, initiierte ich sie in die Mysterien der Leerizismus. Doch gelang es ihnen, in die Tiefen der Lehre vorzudringen? frage ich mich heute. Sie waren, soweit ich mich erinnere, zu etwas konvertiert, das mir als bloße Entspannungsfähigkeit erschien. In feuchter Erde und in nassem Unterholz, so behaupteten sie, in klammheimlicher Handhabung von Rankengewächs und niederem Buschwerk läge die wahre Leerifizierung. Das ist ›Zurück-zur-Wildnis-Kram‹, schrie ich, die wahre Leerifizierung bedarf der Kunst und Wissenschaft. Indirektes Licht muß gedämpft dem Auge schmeicheln; für den Luftreiniger – denn das ist der Weihrauch – muß mit Hingabe die richtige Duftnote gewählt werden, es bedarf der rechten Bücher und Gemälde, so daß der Wunsch, die Gedanken schweifen zu lassen, nicht in Frustration endet. Lautsprecheranlagen für eine sorgfältig ausgesuchte musikalische Untermalung – nicht die Launen der natürlichen Jahreszeit. Drei Tage lang schwelgten wir in der Dialektik des Leerizismus. Du bist ein Bourgeoisleeriker, kreischten sie – Sie wissen, wie sehr die Franzosen die Polemik lieben –, und ich antwortete, ihr seid leerifizierende Pseudonegritudinisten! Ihr abtrünnigen Schwachköpfe, begreift ihr denn nicht, daß eine Kirchenatmosphäre geschaffen werden muß! Meine Buch-und-Schaufel-Unternehmung war doch lediglich eine zweckdienliche Notlösung. Aber sie schleuderten mir Andrew Marvell entgegen, bombardierten mich mit *green thoughts to a green shade!* Gegenüber ihrer Vision von der jungfräulichen Natur und der Laubenleerifizierung erwiesen sich meine Warnungen vor der Schlangenbedrohung als ineffektiv. Es war ein befriedigendes Gefühl, den Samen des Leerizismus auf dem Kontinent gesät zu haben, doch zugleich war es auch eine kleine Niederlage, denn ich war machtlos gegenüber dieser verdammten Regression ...«

Feierlich schloß Sagoe das Buch, und beide verharrten in nachdenklichem Schweigen.

»Ich wußte es, Mathias, du bist ein Naturtalent. Du bist sogar so was wie ein Hellseher. Nicht viele Menschen haben ein Fingerspitzengefühl, das genau auf ihre Psyche abgestimmt ist.«

»Wenn Sie sagen, Oga ...«

»Ich weiß es, Mathias. Schweigen, das war es. Schweigen. Du hast das Manuskript beim Stichwort Schweigen aufgeschlagen, ein genialer Akt. Mathias, mein Busenfreund, du warst auserwählt, mich vor dem Irrenhaus zu bewahren. Ich hatte mehr Glück als mein Freund Sekoni, denn er, er wanderte ins Irrenhaus ...«

»Gott verhüt!«

»Gott verhütet nichts, Mathias. Weißt du, daß ich selbst nicht wußte, daß ich mich mit Leib und Seele an den Sir Vorsitzenden dieses Ladens hier verkauft habe? Jetzt, nach zwei Wochen sanktgeorgshaftem Kampf mit dem Drachen, sagt man mir, nein, man sagt mir nicht, man stößt mich mit der Nase hinein, ganz seelenruhig, man sagt mir: du bist Eigentum von Sir Morgue – jetzt geh, und setz dich wieder an deine Arbeit.«

»Sie alles nix so schwarz sehen, Oga.«

»Weil der edle Ritter gerettet werden muß, rösten sie den Scheich. Kümmer dich nicht um mich, Mathias. Ich weiß, ich bin voll Selbstmitleid – und wegen nix und wieder nix. Leute wie Sekoni enden sowieso auf dem Scheiterhaufen, aber verdammt noch mal, ich hätte nicht mithelfen dürfen, die Reisigbündel aufzuschichten.«

Mathias leerte seine Flasche bis zum letzten Tropfen.

»So ist, wie Leben sein, Oga.«

»Das Schweigen, Mathias, das Schweigen. Ich habe schon die verschiedensten Arten von Schweigen kennengelernt, doch jetzt ist die Zeit reif, noch mehr dazuzulernen.«

Und das Gelübde des Schweigens. Mehr noch als alle anderen muß das Gelübde des Schweigens eingehalten werden. Gegen die Liebe, gegen die Notwendigkeit und gegen den Wunsch zu geben. Und gegen die Gewissensqual; selbst die Gewissensqual erwies sich als machtlos gegenüber dem Schweigen bis zum Tod, das Sekonis Vater gelobt hatte. Ein christliches Mädchen! Diese Sünde, so verrucht, so pflichtvergessen, so gotteslästerlich – längst schon brannte sie nicht mehr in Alhadschi Sekonis Erinnerung, doch ein Gelübde ist ein Gelübde, und der Stolz stützte das dürstende schwache Fleisch, das der Liebe nachgeben wollte. Vor fünf Jahren hatte er vor der Tür des Standesamtes gestanden und den Zorn aller Wirbelstürme auf diesen Verrat seines Blutes herabbeschworen. Sein Pilgermantel flatterte um seine Schultern wie Lears Mähne auf asphaltierter Heide. Die elende Verlassenheit gleichermaßen tief empfunden, gleichermaßen ungelöst.

»Nie, niemals wieder werde ich meinen Mund öffnen, um

mit dir zu sprechen. Möge Allah in seiner Allmacht mich tot zu Boden strecken, wenn ich je wieder ein Wort an dich richte!«

Und jetzt trat er mit männlich aufrechtem Rücken der Qual der Trennung entgegen; Alhadschi Sekoni, selbst vor Kummer und Sorgen schier von Sinnen, richtete sich auf der Türschwelle des Arztes häuslich ein. Wie geht es ihm, Sir, sagen Sie mir, wie es ihm geht? Wird er gesund werden? Und bitte, lassen Sie es ihm an nichts fehlen. Wenn Sie ihn nach Übersee zu einer Spezialbehandlung schicken wollen ... Nein? Ich habe gehört, in der Schweiz sollen die besten ... Aber Doktor, es muß doch irgend etwas geben, das ich tun kann. Ich muß etwas tun! Was spricht er? Von wem spricht er? Nennt er Namen? Nein, nein, ich wollte nur wissen ... Hat er den Wunsch geäußert, irgend jemand, eine bestimmte Person zu sehen? Nein? Ich habe nur gehört, daß sie manchmal den Wunsch haben, jemand zu sehen. Es ist ständig eine Krankenschwester bei ihm? Aber es sollte ... ich meine, es wäre doch nicht gut, wenn er einen Freund sehen will, oder – eh – einen Verwandten, und wir wissen es gar nicht ... nein, nein, er hat keine Geschwister ... Also, wenn es irgend etwas gibt ... vielleicht eine Luftveränderung? Sie sind der Arzt, was meinen Sie? Eine Luftveränderung, ein Ferienaufenthalt, ist das nicht immer gut ...?

Der Arzt begriff, wer hier eigentlich in innerer Not war, und der ältere der beiden Patienten war schließlich schon auf dem Wege der Besserung. Die Zeit der Pilgerreisen war nah, und Alhadschi Sekoni erlebte wider all seine Hoffnungen die Genesung, als sein Sohn das Gesicht wandte, nicht gen London für eine Sommerreise, nicht gen Venedig für einen Vierzehntagetrip, sondern gen Mekka.

Sekonis fragenerfüllte, wundersuchende Hände erwogen sorgsam die Hoffnung und die Geschichte, als sie die Ruinen Alt-Jerusalems berührten und nicht den Heiligen Stein ... doch was wußte Alhadschi davon? Durch die Bazare mit den gefälschten Reliquien und Souvenirs flüchtend, ließ Sekoni die wie toll flatternden weißen Umhänge der Tausenden weit hinter sich, die vierzigmal um den kompakten schwarzen Schrein hasteten und dabei drei oder vier zu Tode trampelten. Die Finger in die bröckelnden Mauern Alt-Jerusalems gekrallt, stand Sekoni erbarmungslos vor seinem Erbe, vor der verwirrenden Offenbarung – plötzlich bedeutungsvolle Beziehungen …, und er wurde von scheuer Ehrfurcht ergriffen; eine heilige Ehrfurcht jenseits allen weltlichen Zugriffs erfüllte ihn.

Sofort nach seiner Rückkehr begann Sekoni zu bildhauern. Seine erste Plastik, eine aufwühlende Holzskulptur, nannte er ›Der Ringer‹. Er hatte weder Bandele noch sonst jemanden gebeten, ihm Modell zu stehen, doch Gesicht und Gestalt der Hauptfigur, ein Protagonist in Pilgerrobe, waren unverwechselbar Bandeles. Fast qualvoll gestraffte Sehnen in außerordentlicher Anspannung; eine gerollte Python im Augenblick der Entspannung eingefangen: Strangulation und Lockerung im Gleichgewicht, war die Skulptur ganz Elastizität und Kraftanstrengung. Und das Übrige, wie der Schöpfungsakt selbst, der ihn einen Monat und mehr gekostet hatte, war wahnsinniges Wüten und Verzweiflung, als stünde die Zeit ihm im Weg. Kola hatte ihm an der Außenwand seines eigenen Ateliers einen Verschlag anbauen lassen und beobachtete mit wachsendem Respekt, wie Sekoni das Holz in einen willigen Geist verwandelte, dessen Zähmung ein energieumschließendes Wunder war. Die Meidung von Bandeles Gesichtszügen war offensichtlich Absicht, doch es war unausweichlich – nur Bandeles einmalige Gestalt willigte stillschweigend in die Formgebung eines so biegsamgeschmeidigen Körpers. Kola rief Joe Golder, der ihm für das Pantheon Modell saß, nach draußen, und Golder, der Amerikaner, starrte lange schweigend auf die Skulptur, dann bot er an, sie zu kaufen. Sekoni schüttelte nur den Kopf und arbeitete weiter. Es blieben nur noch die Feinheiten, und er arbeitete jetzt mit kompromißloser Konzentration, flüssig, mit einem Zartgefühl, das in scharfem Kontrast zu dem früheren Aufruhr stand, und mit solcher Sicherheit, daß Kola zu zweifeln begann, ob er den Mann überhaupt kannte. Er fragte sich, ob Sekoni je etwas anderes im Leben getan hatte, als zu bildhauern.

»Komm, Joe«, sagte Kola, »gehn wir wieder zum Pantheon.«

»Aber wird er denn auf keinen Fall verkaufen?« jammerte Joe Golder. Und ungeduldig, mit einem Anflug von Neid in der Stimme, fauchte Kola: »Du mit deiner verdammten amerikanischen Sammelwut!«

Und Kola erkannte, daß er tatsächlich eifersüchtig war. Wenn der Ringer nicht eine singuläre, nur einmal im Leben gelingende Verschmelzung von Erfahrung und Wiedergabefähigkeit war, dann war Sekoni ein Künstler, der sich lange Zeit genommen hatte, sich selbst zu finden, jetzt aber keinen Raum mehr für irgendwelche Zweifel in sich hatte. Und in Sekonis Händen fand sich wahrhaftig kein Selbstzweifel, und es zeigte sich auch keiner in diesem ersten künstlerischen Versuch. Joe Golders Urteil hatte das nur bestätigt. Kola kämpfte eine Weile vergeblich mit seiner Leinwand, dann steckte er es auf. Er gab zu: »Sekonis Ringer hat mich umgehaun. Morgen geht's weiter.«

»Umgehaun? Wieso? Identifikationsprobleme?«

»Ich wünschte, es wär so. Nein. Schlichte Eifersucht?« Und dann explodierte er: »Verdammt, du weißt selbst, wie lange ich schon an diesem Ding hier rummurkse.«

»Aber du bist noch nicht fertig.«

»Darum geht's nicht. Du hättest Sekoni bei der Arbeit beobachten sollen – und dann das Ergebnis. Guter Gott, wenn man sich vorstellt, daß der Mann sein Lebtag nichts anderes gemacht hat, als sich mit Kraftwerken rumzuschlagen ...«

»Nun sei aber nicht albern. Du bist ein hervorragender Maler, Kola ...«

»Komm mir jetzt nicht damit!«

Joe Golder stand auf und kam zur Staffelei herüber, aber Kola vertrat ihm den Weg.

»Du kannst es jetzt noch nicht anschaun. O ja, ich weiß, einiges ist ganz gut gelungen, aber siehst du, Joe, das gewisse

Etwas, das, was dir wie ein ganz gemeiner Schlag in den Leib fährt, genau unterm Gürtel … Wie oft bin ich mitten in der Nacht hierhergekommen, um es auf dieser Leinwand zu finden, wenigstens eine Ahnung davon …«

»Aber wie stellst du dir das vor, Kola? Das hier hast du selbst geschaffen, wie kannst du erwarten, daß du darauf reagierst wie auf das Werk eines anderen?«

»Das weiß ich selbst. Aber irgend etwas hat mich aufgewühlt, als ich dieses stotternde schwarze Pferd bei der Arbeit beobachtete.«

»Oh, ich glaub wirklich, du bist nur eifersüchtig.«

»Hab ich das je geleugnet?«

Zuerst noch halber Scherz, machte Joe Golders weibische Gier nach Sekonis Skulptur Kolas schwermütige Ängste nicht leichter erträglich. Die ersten Erpressungsversuche waren noch zaghaft, dann, als er sah, welche Schwierigkeiten Kola zur Verzweiflung trieben, wurde Golders Verhalten verantwortungslos, gefährlich selbstsüchtig.

»Wenn du nicht dafür sorgst, daß ich sie kriege, sitze ich dir nicht mehr.«

»Ich bin nicht zu Scherzen aufgelegt«, sagte Kola, und Golder antwortete: »Ich mache auch keine Scherze.«

Am nächsten Tag kam Joe Golder nicht ins Atelier, und Kola raste zur Bibliothek und dann zum Klub des Lehrpersonals, doch Joe Golder war weder hier noch da. Er erwartete nicht, ihn zu Hause anzutreffen, trotzdem fuhr er hin. Schließlich fiel ihm der Musiksaal ein, und das volle Tremolo einer Tenorstimme bestätigte Joe Golders Anwesenheit.

Sobald er Kola sah, hielt er inne.

»Ich habe Probe«, sagte er.

»Aber gestern hattest du keine!«

»Nein, aber heute, wie du siehst.«

Und Kola brüllte: »Hör auf mit den blöden Witzen, du weißt verdammt gut, was ich meine!«

Die Engländerin, die Joe am Flügel begleitete, schaute von einem zum anderen, sammelte dann ihre Notenblätter ein und sagte: »Wir waren sowieso fast fertig. Wenn Sie mich bitte entschuldigen wollen.«

Und Kola knirschte mit den Zähnen, denn er wußte nur zu gut, was die Frau von ihm dachte, da jeder wußte, was mit Joe Golder los war.

»Also, was ist? Kommst du Modell sitzen?« fragte er, als die Engländerin gegangen war.

»Bring deinen Freund dazu, mir die Skulptur zu verkaufen, und ich sitz dir.«

Kola ließ sich in einen Stuhl fallen.

»Himmel, Arsch und Zwirn, was ist bloß los mit dir? Merkst du denn nicht, daß dein Gesicht so schnell heilt, daß es bald völlig wertlos für mich ist?«

Joe Golder, Amerikaner, drei Viertel weiß, haßte sein Gesicht und setzte es einer Tortur nach der anderen aus. Erinle in Kolas Pantheon, kam er eines Tages ins Atelier, das Gesicht wie mit zerknitterten Zeitungsschnitzeln verklebt – Lohn dafür, daß er sich einen Nachmittag lang der sengenden Sonne ausgesetzt hatte.

»Und was, bitte schön, soll das wohl für eine Maske sein?« Kola war fast hysterisch vor Wut.

»Eure Sonne ist stärker, als ich dachte.«

Kola warf die Palette verzweifelt von sich.

»Glaubst du allen Ernstes, ich kann dein Gesicht in diesem Zustand malen?«

Und er hielt inne, denn noch während er sprach, sah er Joe Golders Züge viel klarer hervortreten, sah eine neue, andersartige Wildheit in ihrem eben entdeckten Charakter.

In seiner Häßlichkeit durchlief Joe Golder alle Stufen der Verwandlung. Seine Augen zeigten sich in unerwarteter Größe und standen unproportional weit auseinander. Manchmal schien es, als zügelten unsichtbare Sehnen unter der glatten ledrigen Haut den Kopf wie ein erschrecktes Pferd vor einem epileptischen Anfall. Joe Golder war häßlich aus Wut, aus Selbstverachtung, weil er die Sonne nicht wie ein richtiger Afrikaner vertragen konnte.

Kola hatte, schon bevor er sein Pantheon in Angriff nahm, erkannt, wie ausgezeichnet sich Golder in eine der Götterfiguren umsetzen ließ, und als er schließlich mit dem Mammutwerk begann, bot sich Joe Golder fast genauso selbstverständlich für Erinle an wie Egbo für Ogun. Und jetzt, mit dieser knisterkrausen Haut, die sich von seinem Gesicht schälte, sich in kleine Löckchen kräuselte und klare Placken ariden Landes zurückließ, jetzt zeigte Joe Golder sich in aller Grimmigkeit des Nachopfers; Federn des Opferhahns klebten in seinem Gesicht. Kola ergriff den Pinsel und drückte Farbe auf die Palette; er arbeitete wie rasend.

»Du darfst dir auf keinen Fall das Gesicht schrubben, hörst du«, flehte er.

»Ich kann nicht mal leicht dranfassen. Du hast ja keine Ahnung, wie weh das tut.«

»Wann wirst du auch endlich den Versuch aufgeben, schwarz werden zu wollen?«

»Wenn ich drei Viertel schwarz aussehe. Ich fühle mich wie Esau, betrogen um mein Erstgeburtsrecht.«

»Du siehst aber eher aus wie Jakob, mit den Fellfetzen im Gesicht.«

In den kommenden Tagen war er der Verzweiflung nah. Joe Golders Gesicht schälte sich viel zu rasch. Eine leichte Brise wehte durchs Atelier und hob Hautfetzen ab, die wie zum Hohn sanft über die Staffelei schwebten, in dreifachem Wirbel durch die Luft segelten und schließlich durchs offene Fenster entglitten. Joe Golder sah ihnen amüsiert nach, Kola beobachtete es hilflos. Und als ein gierig großer Fetzen sich vom Wangenknochen löste, ein Fetzen, lebensnotwendig für die Collage des Gesichtes, ein riesiges Stück gekräuselte Sepia, wie ein türkischer Schnabelschuh geformt, da verlor Kola die Beherrschung, griff den Hautfetzen an, spießte ihn auf den Pinsel und klatschte ihn auf die Leinwand – ein Auswuchs an Erinles Ohr.

Dann zankten sie sich wegen der Vaseline. Joe Golder benahm sich kindisch aus Angst vor dem Schmerz. Doch sein

Gesicht war grausam ausgetrocknet, und die Vaseline hätte den Abschälprozeß aufgehalten.

»Das tut so weh!« Und er schützte sein Gesicht vor Kolas Fingern.

»Natürlich tut das weh! Wer zum Teufel hat dir denn auch befohlen, dein Gesicht rösten zu lassen?«

Und jetzt das. Kola starrte die spröde Haut an und merkte, wie sein Appell an Golders freundlichere Seite nur seinen eigenen Jagdinstinkt weckte. Joe Golder setzte sich auf den nun leeren Klavierhocker und klimperte die Melodie des Negro-Spirituals, das er gerade geprobt hatte. Kola schlich rasch hinüber und ließ den Klavierdeckel auf seine Finger fallen, hart, doch ohne ihm wirklich weh zu tun.

»Kommst du jetzt?«

»Nein!«

»Also gut. Aber ich warne dich. Wenn du es wagst, dich nach all dem in irgendeinem Nachtlokal in der Stadt blicken zu lassen, dann wird dir dein letztes Erlebnis im Vergleich dazu lächerlich erscheinen.«

Joe Golder erinnerte sich nur zu gut und zuckte zusammen, und Kola trieb genußvoll sein Spiel mit Golders Angst vor jeder Form der Gewaltanwendung.

»Denk dran, ich kenn mich hier aus, du nicht. Welches Nachtlokal auch immer – ich warn dich!«

Er drehte sich auf dem Absatz um und ließ Golder allein. Joe Golder zögerte. Ibadan ohne die Musik in den Kaschemmen … Er folgte Kola ins Atelier.

7

Und nun war Sir Derin tot. Sagoe probierte, ob seine Beine ihn tragen würden, und fragte sich, warum er diesen Zwang fühlte, zur Beerdigung zu gehen. Natürlich erwartete man einen langen Artikel von ihm, aber das allein war es nicht. Sein Fotograf war ja dabei, und der Leichenredner würde ihm sicher gern eine Kopie seiner Rede zur Verfügung stellen. Sagoe konnte die Titelkolumne füllen, ohne sich vom Bett zu erheben. Aber er fühlte das Bedürfnis, persönlich hinzugehen. Er stützte sich auf die Ellenbogen und schaute aus dem Fenster. Das Wetter war auch keine Hilfe. Der Regen hatte den letzten Lebensfunken der Außenwelt ausgelöscht. Die Luft war tot. Durch die Tür hörte er das Klappern von Pfannen, und er wußte, daß Dehinwa von der Arbeit zurück war. Dieses Weib, dieses gottverdammte Weibsbild! Sie veranstaltete dieses Spektakel mit den Pfannen absichtlich, um ihn zu wekken, da war er ganz sicher. Doch er fühlte sich besser, der Schlaf hatte auf wunderbare Art heilsam gewirkt.

Die Tür ging auf.

»Oh, du bist also doch nicht tot?«

»Wie spät ist es?«

»Gleich vier. Willst du was essen?«

Er stand auf, belastete erst vorsichtig das eine Bein, dann das andere.

»Ich kann stehen!« verkündete er.

»Ich hab dich gefragt, ob du essen willst.«

»Wenn du es empfiehlst, ja. Aber erst muß ich mich einmal duschen.«

Sagoe saß lange in der Badewanne und grübelte über nebelhaft verschwommene Unzufriedenheiten. Er hörte, wie Dehinwa ihn mehrmals rief, wollte aber nicht antworten. Und dann dachte Dehinwa, du lieber Himmel, er ist wieder ohnmächtig geworden, rannte zur Tür und riß sie auf. Sagoe saß in der leeren Wanne und starrte schwermütig auf den Plastikschlauch in seiner Hand, der in der Brause endete. Sie kreischte und schlug die Tür zu, und Sagoe lachte in sich hinein.

»Warum bloß eine Badewanne, warum ist in einem solchen Apartment eine Badewanne und keine Dusche, Dehinwa?«

»Aber du hast doch die bewegliche Brause in der Hand!«

»Dieses Ding? Diesen Sprinkler, diesen Tröpfler, dieses Geheimnis eines Eunuchen? Weißt du nicht, was eine Brause ist? Ich hab gedacht, du hättest ein Internat besucht!«

»Ich hab' dieses Apartment nicht gebaut.«

»Gestern hast du die Straße nicht gebaut, heute hast du das Apartment nicht gebaut, und ich nehme an, für diesen Alptraum von einem Kleiderschrank bist du auch nicht verantwortlich.«

Sie schwieg, und das verdroß ihn.

»In jedem neuen Wohngebäude, das hochgezogen wird, diese schwabbligen Dinger, die nie halten, was der Hahn verspricht. Das ganze Wasser spritzt an der Seite raus. Siehst du, ich wußte es. Und dann ist ein Knick im Schlauch, und der freie Wasserlauf ist blockiert. Und außerdem ist der Schlauch zu kurz. Wie kann ich mich anständig waschen, wenn ich mich hinhocken muß. Ich brauche einen kräftigen Wasserstrahl, der mir aufs Haupt trommelt, der mir die Trinklappen wieder an Ort und Stelle peitscht.«

Er schwieg einen Moment lang.

»Weib, hörst du mir überhaupt zu?«

»Ich stelle mir gerade vor, wie du im Alter sein wirst. Ein unerträglicher Meckergreis.«

»Naja, dann weißt du ja, was auf dich zukommt.«

»Nur keine Angst – ich weiß es.«

»Und das andere, das auf dich zukommt. Ich hoffe, dir hat der Anblick gefallen.«

»Wovon sprichst du?«

»Das, was dich zu Tode erschreckt hat, als du die Tür aufgemacht hast.«

Und er ließ einen gellenden Freudenschrei los und spürte durch die Wand Dehinwas verbissenes Schweigen.

»Warum ein zivilisiertes Mädchen wie du sich einer so gesundheitsgefährdenden Unterdrückung unterwirft, kann ich überhaupt nicht verstehen ...«

»Mit dieser Phrase konntest du deinen amerikanischen Schulmädchen kommen.«

»Du solltest nicht über sie spotten. Sie haben ihre Verlobten jedenfalls nicht dazu verurteilt, sich die edelsten Teile in Schmerz bedecken zu müssen.«

»Und offensichtlich nicht nur ihre Verlobten – oder hast du ihnen allen die Ehe versprochen?«

»Na und? Aber paß du bloß auf. Eines schönen Tages wirst du merken, daß du zu weit gegangen bist. Und dann wirst du ganz einfach vergewaltigt. Vergewaltigt, auf die gute alte klassische Art. Was glaubst du, wird deine Mutter dazu sagen?«

Sagoe delektierte sich an dem Gedanken und lachte sekundenlang.

»Ogottogottogott – ich kann's mir genau vorstellen – ich bin schwanger, Mama, aber es ist nicht meine Schuld. Ich bin vergewaltigt worden. Und deine liebe Mama wird sagen, geschieht dir, verdammt noch mal, ganz recht. Hab ich dir nicht gesagt, du sollst nicht mit diesem Kerl aus dem Norden gehen? – Ach, übrigens, du hast mir noch gar nicht gesagt, was das für ein Typ aus dem Norden ist, mit dem du angeblich gehst.«

»Ein stattlicher, sehr nobler Minister und Besitzer einer Yacht.«

»Red keinen Quatsch, er kann nicht alles zugleich sein.«

»Irgendeine Tratschtante, deren Haussakenntnisse bei *sai gobe* enden, hörte deinen Namen und dachte, du bist aus dem Norden.«

»Ich wünschte, ich wär's, dann würde sie alle der Schlag treffen, wenn wir heiraten.«

»Nu is gut!« sagte Dehinwa, »ich zieh ja auch nicht so über deine Familie her.«

»Tu dir nur keinen Zwang an, Mädchen. Ich kann meine Leute nicht ausstehen und laß es sie verdammt auch wissen.«

»Trotzdem, laß bitte meine Mutter in Frieden.«

»Dann sag du ihr, sie soll mich auch in Frieden lassen.«

»Was hast du denn mit ihr zu tun?«

»Sie ist extra aus Ibadan hierhergekommen, um gegen mich Protest einzulegen. Das ist Einmischung aus eigennützigen Interessen. Übrigens, ich hoffe doch, daß du sie nicht aufgeklärt hast?«

»Nein, warum sollte ich?«

»Bei dir weiß man nie. Überwältigt von ihrer Seelenpein wärst du glatt imstande, genau das Zugeständnis zu machen. Wenn Mamas Tränen fließen, wirst du zum Riesensäugling, weißt du das? Ich glaube wirklich«, fuhr er nach einer längeren Pause fort, in der er vergeblich gewartet hatte, daß sie den Köder nahm, »ich sollte deine Großmutter dazu bringen, mal ein ernstes Wort mit dir zu reden. Denn sie, sie ist genau die Frau, die die Reife des Alters hat.«

»O ja, das glaub ich gern, daß sie bei dir Anklang findet.«

Die Großmutter hatte Dehinwa gründlich, mit besorgtem Blick angesehen.

»Warum bist du so dünn? Du warst mollig, als du vom *ilu oyinbo* zurückkamst.«

Sie blickte auf, bohrte ihre Augen in Dehinwa, dann schüttelte sie erleichtert den Kopf, war aber doch etwas unglücklich.

»Nein«, rief sie aus, »das glaube ich nicht. Aber hör zu, mein Kind, ich kenn diese albernen Sitten der modernen Mädchen – du hast das nicht nötig, diesen Blödsinn mitzumachen. Wenn du ein Kind erwartest, dann ist es gut. Ein Kind ist eine wunderbare Sache. Wichtig ist, daß man den Vater kennt. Wir haben uns niemals unserer Kinder geschämt, was immer auch deine Mutter sagen mag. Und du bist alt genug.«

Verlegen zeigte Dehinwa auf Sagoe.

»Großmutter, doch nicht vor ihm, bitte.«

»Warum nicht, er ist doch dein Mann, oder? Er muß es sein, wäre er sonst den ganzen Weg bis nach Ifo mitgekommen? Junger Mann, ich hoffe, Sie sind vernünftiger als sie. Wenn ein Kind unterwegs ist, dann schicken Sie nach mir, damit ich komme und es segne.«

Sie schwieg und schaute beide scharf an.

»Worauf wartet ihr eigentlich noch? Warum seid ihr nicht längst verheiratet? Nein, nein, weicht mir nicht aus, ich will es wissen ... Ihr solltet heiraten und mir Enkel schenken ...«

Sagoe kam aus dem Badezimmer, ein Handtuch um die Hüften gewickelt.

»Dein Essen ist fertig«, sagte Dehinwa.

»Tut mir leid, aber ich glaube, ich bring noch nichts runter. Stell's mir warm, bis ich von meinem Spaziergang zurück bin.«

»Na gut.«

Sagoe küßte sie auf die Schulter, schmiegte sein nasses Gesicht in ihren Nacken, zwickte sie kräftig, und sie schrie gellend auf.

»Du bist die Geheimsekretärin mit dem strammsten Arsch, den ich je …«

»Den du je was?«

»… gesehen habe, du verdammter Geizkragen.«

Vier Tage schon hielt sich die Sonne versteckt.

»Ich könnte ein wenig Negritude vertragen«, jammerte Sagoe, »oder sonstwas, was warm hält.«

Es fiel ihm wieder ein, daß er ja zur Regenzeit aus Amerika und Europa zurückgekehrt war. Statt Wärme erhielt er Elektroschocks – einmal, als er einen Wasserhahn von der Wanne aus mit dem Fuß bedienen wollte, das andere Mal, als er eine Telefonnummer wählte. Als er Mathias davon erzählte, meinte der: »Klar, sin Sparmaßnahm von Regierung, wo will drei Ministerien zusammentun in ein: Arbeits-, Energie- un Nachrichtenwesen«, und er kriegte sich gar nicht wieder ein vor Lachen.

Und Sagoe machte die Idee zum Gegenstand einer seiner Kolumnen, forderte sogar dazu auf, Wetten abzuschließen, welcher Minister die beiden anderen aus dem Feld räumen würde im Kampf um das neue Drei-in-einem-Portefeuille. Es brachte ihm den ersten Besuch einer Familienabordnung ein, eine kluge Auswahl von Vettern elften Grades, die er nicht kennen konnte. Sie beschworen Sagoe, vorsichtig zu sein. Bitte, mach dir keine Feinde, sagten sie.

Es wurde Zeit für Sir Derins Begräbnis. Vielleicht war die Messe schon gelesen, und die finstere Prozession hatte schon begonnen. Sagoe entschloß sich, zu Fuß zu gehen. Selbst wenn er zu den Feierlichkeiten am Grab zu spät kam, konnte er noch immer die Totengräber beim Auffüllen des Grabes beobachten und seine Handvoll beitragen.

Etwas versetzte ihm überraschend einen Schlag, eine nasse Hand kroch ihm über die Hose bis zur Hüfte – eine derbe Ladung Matsch.

»Ratte, du stinkende Ratte!«

Er empfand gerechten Zorn, erschien ihm die Tat doch als ungeheurer Verrat. Sagoe war am fünften oder sechsten verlassenen Auto vorbeigekommen und hatte schon wie immer den Regen als den Großen Gleichmacher begrüßt, als dieser Bus ihn bespritzte.

»Dreckige, komplizenanschmierende Ratte!«

Der Impuls, hinter dem Bus herzurennen und mit ihm zu fahren, brachte ihm einen Rückfall ein. Hundert Heuschrekken schwärmten in seinem Schädel, und er lehnte sich an einen Laternenpfahl und wartete, bis sich die Tierchen wieder setzten. Der Anblick seiner ruinierten Hose machte ihn leichtsinnig. Als er den Fußmarsch fortsetzte, stapfte er mutwillig durch den Matsch und stieß sich die Knöchel an den überschwemmten Randsteinen.

»Das ist ein Tag, um sich zu ersäufen«, murmelte er vor sich hin. »Gott veranstaltet Frühjahrsputz im Himmel und spült seine verdammte Latrine aus.«

Was da so in den Fluten der Wolkenbrüche einherschwamm, bestätigte die Vermutung durchaus. Ein Ölfilm – Palmöl – überzog eine braune Lache, die zuvor den Stand einer Essensverkäuferin überflutet hatte. Doch Sagoe wußte es besser – es konnte nur Rizinusöl sein.

Es war erst kurz vor fünf, doch schon begegneten Sagoe die Latrinenmänner. Außer dem Tod, so sagte er sich, vermittelt nur noch die Scheiße dieses heimatliche Gefühl für unser geliebtes Land. Es war kaum einen Monat her, als Mathias ihm eine Sache berichtete, die er zunächst nicht glauben konnte.

»Oga, Mund nix kann sagen, Sie komm, Sie sehn mit eigene Augen.«

Und Sagoe war zusammen mit einem Fotografen hingegangen. Mathias hatte auf seinem Weg zur Arbeit morgens vom Bus aus die Stelle gesehen. Der Busfahrer hatte sie mit einem mörderischen Ausweichmanöver noch rechtzeitig umfahren. Es war gleich um die Ecke bei der Renascent High School, nur ein paar Meter von der Bushaltestelle nach Abule Ijesha entfernt. Zuerst sah Sagoe nur den verlassenen Wagen und den Anhänger, etwas weiter weg verteilte sich dann die Ladung auf der Straße. Zur Rekonstruktion des Unfalls – die ungeheuer große Ladeklappe hatte sich unvermittelt geöffnet, und der Fahrer hatte nicht schnell genug angehalten. Über eine Strecke von zwanzig Metern verteilten sich die riesigen Eintopfhügel, zwanzig Meter fester und flüssiger Plebejer- und Politiker-, Einheimischen- und Fremdenscheiße. Mitten auf der geteerten Straße. Nwabuzor strich die Bilder aus nebelhaften Gründen und sagte, sie beleidigten das Gefühl der Leser.

»Aber sie liegt da«, protestierte Sagoe, »diese Scheiße liegt noch immer da, mitten auf der Hauptstraße, vor einer Schule, in einem Wohngebiet!«

Und fünf Tage später kehrte der Flagellantenpilger Sagoe noch einmal an den Ort zurück, machte noch mehr Aufnahmen, um sie Nwabuzor zu zeigen, der nicht überredet werden konnte, selbst hinzugehen. Noch immer hatte die Scheiße tyrannisch die Oberherrschaft, zwar vermindert, zugegeben – Hunde haben einen sehr eigenen Geschmack, und so mancher Autofahrer reagierte nicht schnell genug und schlidderte hindurch –, doch typhös wie zuvor war sie da, vereinheitlicht in monochromatischem Braun.

Auf leisen Sohlen trotteten sie durch die Nebenstraßen, bückten sich zu den kleinen Öffnungen tief unten in den Wänden der Hinterhäuschen, die Latrinenmänner von Yaba, gesichtslose Hausmeister, kübelgekröntes Schweigen, handfegerbewehrte Hüllen, huschten sie zwischen Dämmerung und Morgengrauen, jene zärtlich geliebten Verkörperungen des köstlichen Duftes. Und Sagoe schwelgte in der Vorstellung, wie Sir Derinola unter einem Triumphbogen kurzer Besen seiner Gruft zuschritt, doch die Vision verflüchtigte sich, denn Sagoe erkannte, daß der Anblick dieser Männer den wahren Leerizismus profanierte.

Es nieselte wieder. Sagoe fühlte sich mit einemmal müde und hielt ein Taxi an. Er lehnte sich gerade entspannt zurück, als sein Blick den Nacken des Fahrers einfing. Die Muskeln glitzerten vor Nässe, gebündelt wie schmierölglatte Kabel auf einem Isolator. Für welche Partei führte er wohl schurkische Aufträge aus, wenn er nicht Taxi fuhr? Eine Ahnung durchzuckte Sagoe, und seine Hand flog zur Brusttasche. Keine Brieftasche! Er erinnerte sich, sie auf Dehinwas Kommode liegen gesehen zu haben; er wollte sie einstecken. So unauffällig wie möglich tastete er sämtliche Taschen ab, eine nach der anderen. Nichts – nicht ein müder Penny.

»Wohin soll's gehn, *Obalende?*«

»Zur Polizeiwache.«

Er kannte diese egoistischen Taxifahrer. Sie zogen es immer vor, die Sache persönlich zu regeln, statt bei einem Polizisten zu halten und Anzeige zu erstatten. Der Taxifahrer schaute sich rasch um und zog den falschen Schluß. Augenblicklich benahm er sich servil und schmeichlerisch. »Aah, Oga, warum Polizei von Nigeria nix einfach verhaften diesen blöden Regen?«

Um ein Haar hätte sich Sagoe verraten, rechtzeitig begriff er und wurde ganz ruhig.

»Was«, und es schwang der Anflug einer Drohung in seiner Stimme, »ist mit Ihrem Scheibenwischer los?«

Das war die Bestätigung.

»Sah? Sie meinen mein Scheibenwischer, Sah?«

Sagoe ließ sich nicht dazu herab, seine Frage zu wiederholen.

»Oga, is Schuld von diese blöde Werkstatt. Ich heut erst Wagen von Inspektion holen, dann wieder Regen anfangen, jetz Sie sehn, was los! Das Ding nix tun, einfach nix tun!«

»Ihr Tachometer ist auch kaputt.«

»He, Oga? Aaah, Sie sehen, wie Mensch wie ich leiden? Sechzehn Pfund zehn ich zahlen für Inspektion. Ich immer sagen, wenn wir nix rausschmeißen diese ausländische Firmen aus unser Land ...«

»Halten Sie an.«

»Eeeh, Oga? Sie sagen, ich anhalten?«

»Ja, halten, anhalten!«

»Oooh Oga, Sie jetzt nix Ärger machen. Ich Sie bitten vielmal, Oga, ich noch Verfahren bei Gericht für wegen fahren mit kaputte Licht ...«

»Sind Sie taub? Sofort anhalten!«

Der Fahrer stoppte, ein wabbelnder Gelatinepudding, dem nun klar war, daß sein Zögern, dem Befehl des Polizeioffiziers nachzukommen, alle Hoffnung auf Milde zunichte gemacht hatte. Er warf sich gleichsam im Wagen zu Boden und rang die Hände. Das mindeste, was er erwartete, war der augenblickliche Führerscheinentzug. Diese verfluchten Bullen trugen die Formulare dafür ja dutzendweise mit sich herum.

Sagoe stieg aus, stand lange da und betrachtete den Fahrer, der sich in seinem Wagen so eigentümlich erniedrigte. Wortlos drehte er sich schließlich um und stolzierte davon. Der Fahrer wartete einen Moment, dann brauste er los in dem Gefühl, ihm sei ein Wunder geschehen. In der Hand hielt er noch immer den Fünfschillingschein, den er vorbereitet hatte, um ihn im gegebenen Augenblick in dem oft geübten Händedruck weiterzureichen.

Um die Ecke war das Möbelgeschäft, das Sagoe ins Auge gefallen war, als der Wagen vorbeiflitzte. Der Laden lag gleich gegenüber des aufgegebenen Friedhofs von Algomeji, eine ungeteerte Straße verband sie. Dieser Kunsttischler war Königlicher Hoflieferant Ihrer Empfindlichen Hoheit Prinzessin Dehinwa – dafür wollte Sagoe die Hand ins Feuer legen. Die Griffe der Kleiderschränke – die gleichen plastiküberzogenen Blumen.

»Was darf es sein, junger Freund?«

»Nein, danke, ich möchte nichts kaufen.«

»Wir führen alles, Möbel jeder Art. Wir nehmen auch Bestellungen entgegen.«

»Nein, nein, ich wollte mich nur ein wenig umschauen.«

Seite an Seite mit Schränken, Tischen und Vitrinen standen Särge; einige flach übereinandergestapelt in hölzernen Regalen, zwei hochkant gestellt, damit man die Bronzeverzierungen auf dem Deckel sehen konnte. Sagoe schaute zu dem Friedhof hinüber und sah die gläsernen Kränze, viele mit Sprüngen oder ganz zerbrochen, die in Betonplatten eingelassen waren. Dann blickte er wieder auf die Acrylgriffe der Kleiderschränke, die mit den toten Blumen drin, und er erkannte, woher der Tischlermeister seine Inspiration zog. Gleichzeitig hatte er das Gefühl, an einer Teufelsaustreibung teilzunehmen. Nichtsdestotrotz entschloß er sich, etwas gegen Dehinwas Geschmack zu unternehmen.

Sagoe hatte die gesamte Länge der Carter Bridge zu Fuß hinter sich gebracht, ehe ihm der Wandel auffiel. Seine Müdigkeit war verflogen. Heute zeigte sie sich nicht als Postkartenlagune mit Haaröl-Nat-King-Cole-schmierigen Ondulierwellen, heute zeigte sie nicht ihre versteinerten Palmen und glasierten Strände. Die Lagune schien wie mit geschlagener Shea-Butter verhangen, und die Kakerlakenhütten aus *Ako*-Stengeln umzingelten die Uferkante in unsicheren Häppchen. Die Brücke war menschenleer, wie er mit Erleichterung feststellte, und wieder dachte er, wie doch so ein Tag recht dafür geschaffen ist, sich zu ersäufen. Und instinktiv schaute er hinunter ins Wasser und erwartete, den aufgedunsenen Körper treiben zu sehen.

Und dann riß der Himmel auf wie ein Wunder. Oder es hatte auf der Insel selbst schon vor langer Zeit aufgehört zu regnen. Als er die Brücke verließ, wurde die Luft rasch leichter, der Himmel öffnete sich für einen Touristen-Sonnenuntergang, öffnete sich laut und aufrührerisch, und der Tod ging auf Sagoe los, recht wie ein patziges Kind, das seine klebrige Zunge rausstreckt. Als er vor dem Laden stand und im Schaufenster die Auswahl französischer Weine sah und sich noch wunderte, wie um alles er ein solch reiches Angebot unbewegt anstarren konnte, da erhaschte er die Spiegelung des Todes in der Glasscheibe. Er drehte sich um, rief: »Das ist doch ein Witz!«

Ein klappriges Vehikel – sah aus wie ein Vauxhall Baujahr 45 – fuhr so langsam, daß die beiden unmittelbar dahinter gehenden Figuren sich immer wieder die Schienbeine an der Stoßstange stießen. Es war die dollste Posse, die je im Angesicht des Todes aufgeführt worden war, denn der Wagen fuhr mit offenem Kofferraum, und der Haufen, der da so abscheuerregend heraushing, war der Sarg. Die Prozession bestand – er fühlte einen zwanghaften Drang zu zählen – aus ganzen elf Männern. Sie wirkten unbeholfen, ihre Trauer war aufrichtig. Es war unglaublich, schließlich waren alle elf Männer, aber Sagoe konnte schwören, daß sie alle Tränen vergossen hatten, und tatsächlich weinten einige noch immer. Die zwei, die die Prozession anführten, waren unnötigerweise besonders linkisch, ihre Schienbeine hielten fast ständig Kontakt mit der Stoßstange. Sie liefen rechts und links neben dem herausragenden Sargende. Der Sarg, eine grobe, ungehobelte Arbeit, roher zusammengezimmert als alles, was er zuvor im Algomeji-Möbellager gesehen hatte, war mit billigstem Goldflitter überladen, und die Wachspolitur glänzte in tollwütigem Rot. So sah wohl die ideale Zunge eines Kolanußsüchtigen aus.

»Ihr gottverlassenen Idioten«, murmelte Sagoe immer wieder, »warum habt ihr den Sarg nicht wenigstens aufs Dach geschnallt? Nicht daß es dem Toten viel ausmacht, aber müßt ihr den Tod denn zu solcher Unwürde herabsetzen?«

In weißen Jacken und Hosen, jedes Teil übereinstimmend schlecht sitzend, mit Tennisschuhen ohne Schnürsenkel und mit verknautschten Kragen, blickten die Trauernden verstohlen um sich, schuldig, als säße ihnen die Gewißheit im Hinterkopf, nicht genug für den Toten getan zu haben. Sie waren selbst beredter Ausdruck dieser Einsicht, eine beschämte, sich mühselig zum Ikoyi-Friedhof schleppende Marschkolonne. Und der Tote streckte ihnen die Zunge raus, wankte und schaukelte ins Leere und riskierte, daß die Trauernden ihn fallen ließen.

Sagoe kniff die Augen halb zu. Am Steuer schien ein Weißer zu sitzen. Sagoe fiel in den Trott der komischen Hintermänner ein, ohne zu denken, und zusammen bewegten sie sich die Moloney Bridge Street hinunter, auf die kurze Brücke zu, jene Brücke, die ihrer Lage wegen Sinnbildcharakter hatte, trennte sie doch die Lebenden von den Toten. Und zu den Toten rechnete Sagoe auch die Bewohner der Vorortsiedlung Ikoyi, die weißen Überreste genauso wie die neuen schwarzen *oyinbo,* die hier in kolonialem Vakuum vereint lebten.

Nur eine Minute noch trennte sie von der Rotte der eigentlich von Sagoe adoptierten Prozession. Das Rumpeln der Räder des Leichenwagens war unverkennbar, und das Stampfen von tausend Füßen ließ die Erde zittern. Sagoe spürte das Vibrieren in den Füßen, und er fragte sich, ob auch die anderen es fühlten. Vor allem der Fahrer, der so begräbnismäßig fuhr. Sagoe überlegte, ob er einen Schritt zulegen und ihn vor dem anderen Zug warnen oder ihn drängen solle, schneller zu fahren. Er unternahm nichts, zog es vor, zu warten und zu beobachten, was passieren würde, sollten die beiden Züge zusammenstoßen. Und sie stießen zusammen. Und mit dem eingefleischten Respekt der Armen vor der Opulenz hielt Sagoes Kortege an, während die anderen, ein kilometerlanger Treck von Autos und Trauernden, langsam vorbeidefilierten. Mindestens vierzig Autos folgten dem handgezogenen Leichenwagen, und auf allen Wagendächern türmten sich blutrünstig rote Nelkengebinde. Der Leichenwagen selbst ächzte unter der Last von Kränzen, und die Trauernden trugen weitere Gebinde in ihren Armen. Gott sei Lob und Dank, ging es Sagoe durch den Kopf, für unsere orgiastischen Begräbnisse. Sollte er je freiberuflich tätig werden, dann wußte er, wo er seine mageren Tage verbringen würde. Hochzeiten waren auch nicht übel, und Taufen und Verlobungen und Cocktailpartys. Aber Begräbnisse mit ihrer Nachtwache, dem Ausflug zum Friedhof, dem nach vierzig Tagen gefeierten Wenden des Körpers, dem Gedenkgottesdienst einige Monate später, dem zweiten Wenden des Körpers, den plötzlichen und völlig unsinnigen Erinnerungsfeiern ... Ein Mann konnte sein ganzes Leben damit zubringen, sich am Tod eines anderen zu laben. Und viele taten es.

In einem der ersten Wagen ein in schmerzlicher Konzentration verzerrtes Gesicht über einem dünnen Stapel Papier, der Grabredner – ohne Zweifel. Einmal mehr fühlte sich Sagoe von seinen Kofferraumsargtrauernden im Stich gelassen. Wenn sie zuvor idiotisch ausgesehen hatten, dann sahen sie jetzt schwachsinnig aus. Zweifellos in ihre Trauer versenkt, brauchte es doch mehr als diese, um still abzuwarten, bis eine fünf Kilometer lange Kohorte im Vier-Kilometer-pro-Stunde-Tempo in sich immer wieder neu reproduzierender Glorie vorübergezogen war. Sie konnten diesem prunkenden, protzenden Gepränge gegenüber nicht gleichgültig sein, ihre Verlegenheit drückte sich in deutlichem Unbehagen aus. Jeder nahm Zuflucht zu den Tennisschuhfersen seines Vordermannes, die verbeulte Stoßstange tat den ersten beiden diesen Dienst.

Doch genausowenig wagte man bei dem anderen Maskenspiel, bei Sir Derinolas letzter Zumutung für seine Landsleute, den Blick von der Heckscheibe des Voranfahrenden zu lösen oder die Gedanken von der Hoffnung auf das eigene Begräbnis. Daß es diesem hier an Ehre, die einem aufrechten Sohn des Landes erwiesen wird, mindestens gleichkommen möge, besser noch, daß man statt Sir Derins dreistündigem einen sechsstündigen Verkehrsstau bewirken möge. Die Hälfte von Sir Derinolas Zug war vorbeigezogen, ehe ein Polizist den Kofferraumsärglern zur Hilfe kam, die Menge aufhielt und das spärliche Gefolge mitten hindurchtröpfeln ließ. Auf dem Friedhof, durch hundert oder mehr Gräber getrennt, sahen die beiden Körper einem gleichgearteten Schicksal entgegen, beide mußten die endgültige Tilgung durchmachen.

Sagoe folgte Sir Derinolas Zug und boxte und knuffte sich einen Weg bis zu den aufgehäuften Kränzen frei. Ganz offen nahm er einen Glaskranz und zwei frische Kränze und murmelte: »Der gläserne für den Heiligen Geist, die beiden anderen für Papa und Filius; das wenigstens schulden Sie mir, Sir Morgue. Ich bin sicher, es macht Ihnen nichts aus.«

Mit Mühe kämpfte er sich seinen Weg zurück durch die Menge und kam gerade rechtzeitig, um zu beobachten, wie die anderen sich abmühten, den Sarg aus dem Kofferraum zu zerren. Schweigend übergab Sagoe dem, der ihm am nächsten stand, die Kränze. Erst jetzt bemerkte er, daß der Fahrer kein Weißer war, sondern ein Albino. Sagoe blieb noch ein paar Minuten stehen, doch dann überkam ihn Ekel vor seiner Rolle, denn es ging ihm plötzlich auf, daß er hier herumlungerte, weil er eine Story witterte. Er drehte sich um und ging, genau in dem Moment, als der Albino auf ihn zukam – vielleicht, weil er ihm für die Kränze danken wollte.

Er ging sehr rasch, fast rannte er aus dem Friedhof. Überall aus den Lautsprechern dröhnten die Worte des Grabredners, der vor den Tausenden, die hier in tiefer Trauer versammelt waren, seinen Panegyrikus verlas. Sagoe flüchtete, verfolgt von dem Schweigen, das der Welt nur den Lärm hinterläßt, der da tönt ...

»... sein Leben, unsere Inspiration; sein Idealismus, unsere Hoffnung; das Überleben seines Geistes in unserer Mitte ist die Hoffnung des künftigen Nigeria auf moralischen Irredentismus und nationale Rejuveneszenz ...«

8

Lauf, armer Neger, lauf – dieser Refrain eines miserablen Gedichtes, das Sagoe in irgendeiner Zeitschrift der Schwarzenbewegung gelesen und längst wieder vergessen hatte, schoß ihm jetzt durch den Kopf und tönte als rhythmische Untermalung der hysterischen Menschenansammlung unter seinem Balkon im Excelsior. Hinter Oyingbo-Market hatte die Sache ihren Ausgangspunkt, wo Berufstagediebe raschen Unterschlupf vor dem Regen suchten und sich im Gedränge durch die unvorsichtig ausgestellten Waren treiben ließen, um so die nackte Existenz zu sichern. Die wilde Jagd riß sie mit. Dann folgten die Marktschreier. Und die fliegenden Händler mit den Uhren im Bauchladen stopften ihre verdächtigen 17-Juwelen-Instrumente tief in ihre Gewandtaschen und stürzten sich in den schwellenden Schwarm – lauf, armer Neger, lauf –, auch jener Verseschmied hatte aus seinem Flüchtling einen Christus gemacht, und dieser Auswurf vom Oyingbo-Market schien kein übler Ersatz. Pontius Pilatus zögerte nur einen Augenblick, dann gewann sein Pflichtbewußtsein – er drehte der Menge seine gestärkte Kehrseite zu und wusch seine Hände weiter im Verkehrsstrom. Ungehindert wälzte sich der Mob an ihm vorbei, schwärmte über den Parkplatz, schlidderte über den nassen Asphalt, türmte sich matschig und grau, angelte sich hier, grapschte sich da eine Handtasche, einfach weil die Gelegenheit so günstig war, und verdunkelte den Platz vor jener gedrungenen, massigen Fabrik, dem Hotel Excelsior.

Sagoe sprang vom Bus ab und drängte sich in das Gewühl – lauf, Barabas, lauf –, ganz Sympathie für den Getretenen, Verfolgten. Lauf, kleiner Dieb, oder die großen Diebe werden ein Gesetz gegen dich erlassen, werden deine Existenz verbieten, weil du eine Gefahr für die Gesellschaft darstellst. Sagoe folgte ihnen ... Lauf, Barabas, lauf davon vor diesem Mob, der sich schon morgen wieder zusammenrotten wird, um den großen Dieb mit Hochrufen zu empfangen, der von seiner zwanzigsten Wirtschaftsmissionsreise zurückkehrt und sich sein Gefolge wie ein Hund aus dem Dreck zwischen den Zähnen des Mobs zusammenscharrt.

Der Jugendliche, den sich ein unwiderstehlicher Trieb ausgewählt hatte, stürzte mit gewaltigen Sätzen auf die zweifelhafte Sicherheit der Lagune zu.

Ole! Ole-e-e-e-e-e-e-e!

Lagos führte täglich solche Verfolgungsjagden auf – der Unglücksrabe Taschendieb und die gelangweilte Menge. Immer war es eine moralische Demonstration, und die Aussicht auf eine wahllos vorgenommene Züchtigung wirkte anspornend.

Der Junge, der Mann – er war eigentlich weder das eine noch das andere – schien zu sprechen. Er hatte schon mehrere Versuche unternommen, sich Gehör zu verschaffen, doch jedes Mal, wenn er in seiner Kopfüberflucht kurz stehenblieb, schien eine neue Menge hinter seinen Fersen aus dem Boden zu wachsen, und die Angst trieb ihn weiter. So schrie er jetzt zur Lagune hinaus: »Aber ich hab nix genommen, ich schwör's, ich hab nix geklaut.«

Er war das trügerische Symbol der Reinheit des Morgens – in Abwesenheit der Sonne wallten sein weiches, seidenes *dansiki* und seine um die Knöchel engen Hosen in schmerzhaft strahlendem Weiß, das von dem grauen Morgenregen abstach. Und er sah gut aus. Als sie ihn zurückbrachten, nackt bis auf die schwarze Unterhose, sah man den hager-geschmeidigen Torso des weniger heiligen Kumpans der Agonie. Sagoe wälzte den Vergleich nicht weiter aus. Mit seiner weißen *dansiki* bekleidet, wäre er in jeder Gesellschaft über jeden Verdacht erhaben gewesen, doch in der Flucht bot er ein beschämendes Bild der Ungerechtigkeit. Er war allerdings auch ein linkischer, ungeschickter Läufer – oder war es die Angst? Doch die Weiher weißer Seide, die unter seinen Achselhöhlen Strudel bildeten, waren Ausgleich genug, sie trieben seine staksigen Beine der eingebildeten Rettung zu. Selbst seine Rückkehr war alles andere als schmählich. Er hatte sein seidenes Gewand verloren, aber er war ruhig, die Furcht war aus seinem Gesicht gewichen, und seine hagere Figur war lebender Vorwurf für die gewichtige Gestalt, deren behaarte Pranke sich so plump in seine Diebsfischerunterhose krallte.

Die auf Verdacht inszenierte Jagd hätte blutig enden können. Barabas hatte einen guten Vorsprung vor seinen Verfolgern gehabt, doch ein Autofahrer, dessen Wagen die Bahn des Flüchtigen kreuzte, bot bereitwillig seine Hilfe an. Die grimmig konzentrierten Züge des Mannes ließen keinen Zweifel, er war wild entschlossen, dem Dieb die Beine zu zerschmettern, sowie er ihm vor die Kühlerhaube rannte. Barabas machte einen Sprung. Die neue Bedrohung durch den Motorenlärm mischte sich unter sein diffuses Entsetzen. Dies mochte Lagos am hellichten Tage sein, aber er konnte gelyncht werden.

»Der Fahrer wollte ihn umbringen!« schrie Sagoe ganz unwillkürlich.

»Bringt ihn um, den Dreckskerl!« brüllte ein Mann neben ihm.

Durch irgendeine eigentümliche, unabgesprochene, gedankenlose Übereinstimmung konnte der flüchtende Jugendliche zu Tode kommen. Die Fahrlässigkeit ärgerte Sagoe, und sie erregte ihn zugleich. Und es war nicht nur, daß er diesem Mob eine Lektion wünschte – es war ohnehin zweifelhaft, ob die Masse fähig war, etwas zu lernen –, vielmehr hatte er sich eine Beobachtungsweise angeeignet, die gerade die verborgenen, unbeachteten Probleme scharf und grausam ins Visier nahm. Wie diese zufällige Barbarei der Masse, dieser Verrat an einem von ihnen, der für den Augenblick in der täglichen Entwürdigung noch etwas tiefer gerutscht war als sie selbst.

Sagoe rannte ins Hotel, stürmte die Stufen hinauf auf seinen Balkon. Jetzt konnte er über die Köpfe der Verfolger hinwegsehen, konnte sehen, wie sich Barabas eines Angreifers entledigte. Dessen Schultern berührten zunächst kurz den Boden, ehe auch der Rücken und die verdrehten Beine auf festen Grund prallten. Sagoe jubelte, doch obgleich es auch für die Menge ein sportliches Ereignis war, verschwendete sie ihre Hochrufe nicht für die Ausweichmanöver des Diebes. Barabas' Beine hatten alle Unsicherheit überwunden. Wie die Sandelfen in *Ogboju Ode* nahm die Menge nach jedem seiner Sprünge, nach jedem Steinwurftreffer immer neue Gestalt an, oder ließ ihn das Pfeifen des gerade noch vorbeisausenden Steins das gnädige Ende ersehnen?

»Aber was hab ich denn getan? He, was hab ich getan?«

Es war nach diesem vergeblichen Versuch, seinen Fall vorzutragen, daß er sich dem Verdikt seiner Peiniger ergab und Kurs aufs Meer nahm. Der Mob verstellte Sagoe jetzt die Sicht, doch ihm fiel der Dachgarten ein. Völlig außer Puste, schnaufend – er hatte vier Stockwerke hoch jeweils mehrere Stufen auf einmal genommen –, versuchte er, seinen Atem sofort unter Kontrolle zu kriegen, als er das Dach erreichte, denn da stand ein Mann, die Hände lässig auf das Geländer gestützt. Und was Sagoe stutzig machte, genau dieser Mann hatte auch im ersten Stock nicht weit von ihm auf einem Balkon gestanden. Ein Irrtum war ausgeschlossen. Nicht nur, weil der Mann ein Albino war, Sagoe erkannte auch den Kaftan, den Fez, die dunkle Sonnenbrille.

Von unten ... »Laßt ihn nicht ins Wasser kommen ... er darf das Wasser nicht erreichen!«

Ein Dieb, das heißt, nur ein gewöhnlicher Dieb, ist ein Superman. Unbeschadet kann er vom sechsten Stock eines Gebäudes springen, er kann mit angehaltenem Atem unter Wasser eine ganze Lagune durchschwimmen, also bezweifelte niemand, daß er entkommen würde, sollte er es bis zum Wasser schaffen.

Barabas hüpfte den ausgewaschenen Abhang zum Wasser hinunter und rutschte die letzten paar Meter sehr unelegant auf seinem Arsch. Sofort war er wieder auf den Beinen, lief um die Lagune herum, wo ein Überhang ihn zehn Meter lang vor allen Blicken schützte. Aller Augen waren zur anderen Seite hin gerichtet, wo er eigentlich hätte auftauchen sollen. Als er wieder in Sicht kam, blieb er stehen und zog in aller Ruhe sein Märtyrergewand aus. Eine kleine Sandbank, gerade groß genug, einem einzelnen Mann Raum zu bieten, ragte aus der Wasseroberfläche, etwas vom Strand entfernt. Barabas packte sich die Kleider auf den Kopf und watete hinüber. Dort saß er, außer Reichweite. Seine Absicht war klar. Beim ersten Anzeichen von Gefahr würde er ins Wasser springen.

»Der Junge könnte tatsächlich unschuldig sein.«

Die Stimme war so nah, daß Sagoe hätte aus der Haut fahren mögen. Der Fremde war näher gekommen und stand jetzt neben ihm. Sagoe zögerte, dann entschloß er sich, höflich zu bleiben.

»Das glaube ich nicht.«

Der Albino schwieg einige Augenblicke, dann sagte er: »Ich glaube, Sie erinnern sich nicht an mich.«

Sagoe schaute ihn an, schüttelte schließlich den Kopf. Der Albino hatte sich wieder dem Spektakel in der Lagune zugewandt.

»Wir können alle zur Angst getrieben werden, wenn wir fälschlich angeschuldigt werden. Es kann jedem passieren. Sollten wir diese Tatsache nicht immer bedenken?«

»Die Menge kennt im allgemeinen ihre Pappenheimer, aber er mag wirklich unschuldig sein.«

Die Menge teilte sich jetzt, um einen Mann durchzulassen. »Vielleicht ein Polizist«, sagte der Albino. »Der Dieb hofft darauf, sonst wird er den Platz da nicht verlassen.«

Irritiert von der penetranten Gegenwart des Mannes sagte Sagoe: »Sie scheinen sich mit den Gewohnheiten von Dieben ja ganz gut auszukennen.«

»Oh, ja«, bestätigte der Albino.

Zwischen dem Neuankömmling und dem Dieb war offensichtlich ein Handel im Gange. Dann brüllte der Mann der Menge etwas zu, sagte ihnen, sie sollten sich verziehen, sich um ihren eigenen Kram kümmern. Es folgte ein enttäuschtes Gemurmel, und der Mob trat ein, zwei Schritte zurück. Barabas beobachtete die Bewegung eine Zeitlang. Von der Autorität des Mannes überzeugt, verließ er seine Hühnerstange und kletterte vertrauensvoll in dessen Obhut.

Die Menge ließ sie durch. Die Hand des Mannes war in die Unterhosen des Jungen gehakt, der einzige sichere Halt an einem schweißschlüpfrigen Körper. Seine vormaligen Verfolger hatten schon das Interesse verloren; in ein paar Grüppchen fielen höhnische Bemerkungen, aber sie fanden keinen Anklang; die Gefahren der ursprünglichen Jagd hatten sich in unterdrückte Neugier verwandelt. Die meisten konnten erst jetzt den ersten flüchtigen Blick auf den Dieb werfen.

Sagoe konnte das Gesicht des beinzertrümmernden Fahrers nicht vergessen, und er erkannte es jetzt inmitten der Menge. Es war offensichtlich, es wurmte den Mann noch immer, daß sein blutrünstiger Plan vereitelt worden war. Mit den Ellenbogen kämpfte er sich in die vorderste Linie und pflanzte sich so auf, daß Barabas genau bei ihm vorbeikommen mußte. Als das Paar mit ihm auf gleicher Höhe war, schrie er »*Omo ole*« und schlug Barabas mit einem Knüppel ins Gesicht. Sofort war alle Zurückhaltung vergessen, und Barabas, von seinem Beschützer getrennt, war der Gier Hunderter ungezielter Schläge ausgesetzt. Ohne zu denken, wirbelte Sagoe herum und eilte zur Treppe, in der vagen Hoffnung, irgendwas für den Jungen tun zu können. Erst jetzt merkte er, daß der Albino verschwunden war. Am nächsten Treppenabsatz blieb Sagoe stehen. Plötzlich hatte er ein ganz sicheres Gefühl, unerklärlich, aber er stieg zurück auf den Dachgarten und wartete, bis er den Albino in der Menge auftauchen sah.

»... Ich hab ihn erwischt! Ha, das war ein Schlag – genau ins Gesicht ...«

»*Ole! E fi'gbati fun yeye!*«

»Haste das gesehn? Mann, das war ein Magenschlag, weiß Gott.«

»Leih mir mal deinen Knüppel. Da, *Alakori!*«

Es dauerte keine Minute, bis der Albino auftauchte und den Jungen schnappte. Zusammen mit dem anderen Mann schützte er ihn vor der aufgebrachten Menge, wobei er mit Flüchen, Beleidigungen und Beschimpfungen nicht sparte. Auch seine Widersacher waren nicht maulfaul.

»Beschützer von Diebsgesindel!«

»Solches Pack hält doch immer zusammen!«

»Genierst du dich? Setz deine dunkle *gaga* ab, damit man dich erkennen kann.«

Lautes Hohngelächter begleitete jede Beleidigung, doch keine berührte ihn.

»Habt ihr nicht genug Feuerholz zu Hause gehabt? Deine Mutter hat dich nicht lang genug backen lassen ...«

Er schubste Barabas in den Aufzug und schlug die Türen zu, wobei er sie wissen ließ, was er von der Beschäftigung ihrer Mütter hielt und ihren eigenen Geschlechtskrankheiten, die sie zweifellos von ihren Schwestern gefangen hatten. Die besiegte Autorität fing einen letzten einsamen Schlag gegen Barabas ab, dann fuhr der Aufzug nach oben. Sagoe rannte in die Empfangshalle hinunter und wartete vor dem Aufzug, um zu sehen, wohin sie den Jungen brachten. Der Mob blieb draußen und jaulte Enttäuschung. Bald würde er in Zweier- und Dreiergrüppchen zerschmelzen, die auf dem Markt rumlungerten, gelangweilt, bis sich neue Zerstreuung bot – ein Hochzeitszug, oder ein Autounfall.

Er trat zur Seite, als der Aufzug hielt und die Männer ausstiegen. Wieder zögerte Sagoe, denn er erinnerte sich, wie der Albino sich ihm aufzudrängen versucht hatte, und da kam er auch schon auf ihn zu und redete ihn leutselig an: »Ich komme mir sehr undankbar vor, denn ich habe mich noch gar nicht für Ihr Geschenk für unseren Bruder bedankt.«

»Ich erinnere mich nicht …«

»Auf dem Friedhof. Vor zwei Wochen. Sie haben Kränze zu seinem Begräbnis gebracht.«

Natürlich. Der Albino am Steuer.

»Ich wollte mich bedanken, aber Sie schienen es sehr eilig zu haben.«

»Sie müssen ein gutes Gedächtnis für Gesichter haben.«

»Nicht eigentlich. Aber ich kannte Ihr Bild von der Zeitung, für die Sie schreiben. Ich habe Sie auf dem Friedhof erkannt.«

»Ah, so?«

»War er Ihr Freund? Unser toter Bruder, meine ich.«

»Nein. Ich kannte ihn überhaupt nicht.«

Der Mann war verdutzt.

»Sie kannten ihn nicht? Ja, aber …«

»Bitte, ziehen Sie keine falschen Schlüsse. Ich hab sie bei einem anderen Begräbnis weggenommen, wo das Zeug in Unmengen rumlag.«

»Ach so. Sie sind ein Mann Gottes.«

»Bin ich?«

»Ja. Aber bitte, Mr. Sagoe, ich würde gern einmal in Ihr Büro kommen und mit Ihnen sprechen.«

»Jederzeit. Sie wissen, wo es ist?«

»Jaja. Ich würde gerne eine wichtige Sache mit Ihnen besprechen.«

Der Mann schüttelte ihm die Hand und ging, und Sagoe fragte sich, was geht in dem vor? Seit er ihn das erste Mal sah, hatte er nicht ein einziges Mal gelächelt, nichts verriet sich durch die dunklen Sonnengläser. Wer waren sie überhaupt, die Brüder des verbeulten Vauxhall und der raushängenden Leiche? Was den Beitrag des Albinos zur Rettung des Diebes anlangte, so hatte er dabei eine kühle Geschäftsmäßigkeit zur Schau gestellt, die kalte Schauer durch Sagoes Nerven jagte. Albinos hatten auf ihn immer eine beunruhigende Wirkung, schienen sie doch keine normale physikalische Beschaffenheit mit ihm gemein zu haben ... Sagoe beobachtete, wie der Mann sich in die Empfangshalle zurückzog, sich instinktiv die dunkelste Ecke des Raumes suchte, bis Sagoe nur noch das weiße Fleisch im Nacken des Albinos sah, als der sich einen Sessel zurechtrückte. Der Nacken verschwand kurz und richtete sich dann gemütlich über der Rückenlehne ein, flatterte, als der Mann sprach; eine blasse Fledermaus in der Düsternis der Ecke. Sagoe brachte seine wuchernde Vorstellungskraft jäh zum Schweigen und nahm sich vor, nicht mehr an den Mann zu denken, bis er bei ihm auftauchte.

9

In der besinnlichen Geborgenheit von Bandeles Haus verwandelte sich Osa jedesmal in einen unsinnigen und doch unvermeidlichen Wallfahrtsort für Egbo. Umgeben von beruhigenden Geräuschen und einer Atmosphäre, die ihm weniger abverlangte, in der seine Hilfsquellen weniger ausgebeutet wurden, die ein Mann aber gleichwohl anbohren mußte wie risikoreiche Öllagerstätten. Vielleicht waren sie schon erschöpft, und er würde es erst dann feststellen, wenn seine Erwartungen ihrer am dringendsten bedurften. Da bot zum Beispiel das plärrende Grammophon, das ihn auf seinem Weg zur Arbeit verfolgte, schon mehr Zerstreuung, oder das sinnlose Gehupe der Taxis, die Flüche der zornigen und der feilschenden Händler und die bürokratische Replik all dessen in den Ordnern, den Aktennotizen, dem Diplomatenjargon.

Gewohnheitsmäßige Gabenverteilung an den Deszendenten-Verein von Osa ... Botschaften zwischen dem alten Mann und ihm ... all das hatte Bande geknüpft, heimlich und unerlaubt ... und Abordnungen, ihm nachzuspüren, von Egbo Onosa geschickt, wie er nur zu gut wußte – Schicksal, sagten sie immer, es war dir vorherbestimmt ... all das und mehr ... sein eigenes überwältigendes Verlangen, die Verbindung mit dieser Existenz außerhalb des gewohnten Trotts aufrechtzuerhalten ... das unzulässige Vergnügen bei dem Gedanken, daß ein Königreich auf ihn wartete, wann immer er es übernehmen wollte, ein Königreich, über eine Tochter vererbt, deren Gesichtszüge er sich nie wieder ins Gedächtnis zurückrufen konnte, und er fragte sich, ob sie wohl ein wenig wie seine Tante gewesen war, rastlos wie der Wind, den die Bucht gebar ... der feine Schauer der Macht. Das alles half ihm nichts. Das Innerste hatte er kaum berührt, und schon spürte er, wie es sich ihm entzog. Und das war keine Frage des Bewußtseins, sondern eine des sich erweiternden Wissens, und weil er nun selbst ein Mann war, blieb ihm nur die Frage des Ertrinkens, die für Egbo immer in der Wahl zu ertrinken zerfloß ... wie die Dunkelheit des Hains und dann des anderen Wassers, des Wassers unter der Hängebrücke; für einen kurzen Augenblick sah er dieses Wasser tatsächlich schweben, eine Brücke aus klarem, schwebendem Wasser. Und er tauchte einmal mehr in die uralte Seelenlüge der reglos stillen Ablagerung und murmelte: »Wie lange wollt ihr eifersüchtigen Toten noch unter uns verweilen?«

»Warum brütest du denn schon wieder?«

Bandele wußte immer, wann er sich über der Osa-Entscheidung das Hirn zermarterte.

»Du hast dich zu dem Punkt manövriert, wo du eine Entscheidung fällen mußt. Das mußte doch kommen.«

»Selbst diese Entscheidung ist ein Grad der Tyrannei. Das Geschenk des Lebens sollte eine ganz eigene, losgelöste, an nichts gebundene Sache sein. Jede Entscheidung sollte aus dem Innern des Menschen kommen, nicht aus den Einflüsterungen der Vergangenheit.«

»Du redest dauernd von der Vergangenheit, als gäbe es für sie bei uns keinen Raum.«

»Sie sollte tot sein. Und ich meine nicht nur einfach körperlich ausgelöscht. Nein, was ich meine, ist dieses lebende Fossil innerhalb unserer Gesellschaft, die toten Zweige am lebenden Baum, tote Ausläufer eines Baumstammes. Wenn Leute gestorben sind, im einen wie im anderen Sinne, dann sollte es egal sein, was sie uns bedeutet haben. Sie sind es den Lebenden schuldig, daß sie schnell und gründlich vergessen werden, das wäre nützlich. Glaub mir, die Toten hätten besser keine Gesichter.«

»Du und Sagoe, ihr solltet euch zusammentun«, sagte Kola.

»Er ist Politiker.«

»Na und? Nenn mir einen einzigen jungen Afrikaner, der nicht ständig Politik ausspuckt.«

»Siehst du? Du weißt überhaupt nicht, wovon ich eigentlich spreche. Geht das denn überhaupt nicht in deinen Hirnkasten rein, daß deine ganze globale und nationale Politik keinen Heller wert ist, solange du nicht kurzen Prozeß machst mit dem Gefüge der Vergangenheit?«

»Also, über was beschwerst du dich eigentlich?« fragte Kola.

»Nichts, über gar nichts – soweit mein Verstand reicht.«

»Und ansonsten ...?«

Jetzt riß ihm der Geduldsfaden, und Egbo schrie: »Ist es denn so unmöglich, die Vergangenheit abzuschalten, rauszuhalten? Soll sie doch in ihrer harmlosen, anachronistischen Zelle bleiben, damit wir ab und zu, wenn's uns gefällt, mal hineinlangen können, sie aber sonst ohne Verpflichtungen und ohne uns auferlegte Lasten hinter uns lassen können. Als Mann braucht man das, besonders wenn die Gegenwart, gleichermaßen aussichtslos und nichtig, sich nur durch eines unterscheidet: durch den besonders verachtenswerten Mangel an Mut.«

»Womit wir wieder in Osa wären, nicht wahr?« warf Bandele ruhig ein.

»Ich rede jetzt ganz allgemein.«

»Ja, natürlich«, und lachend erhob er sich und ging zur Tür und reagierte damit endlich auf das schon länger anhaltende laute Klopfen. Augenblicke später war er zurück und schwenkte einen Stoß DIN-A4-Blätter.

»Seht mal, ein Geschenk von meinen Studenten. Gestern war letzter Abgabetermin, aber das sind die ersten Referate, die eintrudeln. Tja, jeder Mensch möchte sich das Universum so einrichten, daß es seinen Grillen und Launen gerecht wird, aber wo bleibe ich dabei, der andere Mensch?«

»Da brauchst du mich gar nicht anzugucken«, sagte Kola, »ich hab uns nicht zu dieser Mungo-Park-Expedition den Kannibalenfluß hinunter eingeladen.«

Und Egbo sagte: »Aber ich sage doch nur, daß die Toten besser gründlich verstaut werden sollten. Man sollte sie in Frieden ruhen lassen, denn sonst kommen sie hervor, um den Lebenden fürchterliche Knüppel zwischen die Beine zu schmeißen. Sie haben aber kein Recht, uns Pflichten aufzuerlegen.«

»Aber von auferlegten Pflichten kann doch gar keine Rede sein.«

»Und ich behaupte, doch. Zu einer Entscheidung gedrängt zu sein – ganz egal durch welche Kräfte oder Umstände, ganz egal, wie schwach diese Kräfte sein mögen ...«

Kola fiel ihm ins Wort: »Du streust hier doch ganz bewußt deinen eigenen Groll in alle vier Winde, statt dir mal an den Kopf zu langen, was gescheiter wäre!«

Wieder unterbrach ein Student sie mit lautem Türklopfen, und Bandele stöhnte: »Noch mehr Referate, nehme ich an. Übrigens sollten wir uns jetzt besser auf die Socken machen, sonst kommen wir zu spät zu Joes Auftritt.«

»Wieviel Uhr soll's denn anfangen?«

»Um neun. Scheich, kommst du mit?«

»Scheich?« Egbo schaute sich um und entdeckte Sekoni, der bewegungslos neben dem Plattenspieler saß.

»Also weißt du, Scheich, manchmal bist du der inexistenteste Mensch der Welt.«

»Wie spät ist es jetzt?«

»Neun.«

»Also, gehn wir. Wir können unsere Diskussion ja während der Pause fortsetzen.«

Aber Sekoni mühte sich bereits; vor der drohenden Beendigung des Gesprächs sammelte er mit Anstrengung alle Kräfte und platzte heraus: »In der Ku-ku-kuppel d-d-d-des Ko-o-osmos ist vvvölllige A-A-Einheit des Llllebens. Lieben ist w-wie d-die G-gottheit, die P-p-p-p-p-plu-pluralllität ihrer Mmmmma-manifes … tationen ist b-bloße Illusion. D-die G-g-gottheit ist a-eines. S-s-so a-auch das Llleben u-und der T-tod. Beide s-s-sind i-in der einen Ku-ku-kuppel der E-e-e-exis … tenz u-u-u-mmmmschlossen …«

Er hielt inne, um Atem zu schöpfen, und Kola stand auf: »Schon gut, Scheich, laß uns auf dem Weg weiterreden.«

»Nein, nein«, rief Egbo, »er ist noch nicht zu Ende.«

»Aber der Liederabend wird's sein, wenn wir uns nicht beeilen.«

Bandele kam zurück und warf einen weiteren Stoß Referate auf den Tisch.

»Gehn wir? Ach so, was machen wir denn mit Simi?«

»Ich werde hier auf sie warten«, sagte Egbo.

»Das heißt, ihr werdet zu spät kommen.«

Egbo lachte: »Das hängt davon ab, wann Simi kommt.«

»Und ich nehme an, du wirst ausharren bis zum bittren Ende?«

»Aber da bin ich doch praktisch schon. Hab mich seit Wochen keiner Frau mehr genähert.«

Bandele erinnerte ihn sanft: »Und was ist mit Owolebi mit den quatschenden Orangen? Das war doch erst vor vierzehn Tagen.«

»Die hatte ich ganz vergessen«, gab Egbo zu.

Und Kola brüllte: »Vergessen, schon vergessen, sie, deren Wälle wogten ...«

»Hau ab!«

»Vielleicht hat Egbo festgestellt, daß es keine Frau war.«

»Ja, wenn ich jetzt so drüber nachdenke – du hast sie nie wieder erwähnt.«

»Du hast recht, sie war keine Frau, sie war ein matriarchalisches Symbol ... und wenn ihr euch jetzt bitte verziehen wollt.«

»Versuch wenigstens zum zweiten Teil dazusein. Joe singt zum Schluß immer *Sometimes I feel like a motherless child* ...«

»Bandele, schaff diesen unfähigen Künstler hier raus, ehe ich ihm ...«

»Ich geh ja schon, aber sieh zu, daß du noch kommst.«

»Tu ich doch immer.«

Owolebi? Einer von vielen Zufällen, und das Resultat seiner Heimreise hatte ihn gänzlich aus seinem Gedächtnis verdrängt. Nicht aber Simi. Doch Egbo zweifelte, ob es überhaupt für ihn einen wachen Moment geben könne, in dem Simi nicht irgendeinen Raum in seinen Gedanken einnahm. Denn der Verlust seiner Waisenjungfernschaft – so setzte er es von dem normalen Verlust der Unschuld ab – »Weib, du nahmst mir meine Waisenjungfernschaft, was begehrst du mehr!« –, dieser Verlust brachte ihm das erste Bewußtsein für und die erste Angst vor der Sünde ein. Und Furcht. Er glaubte, die Furcht einst unter den Wolken zerstreut zu haben, bei seinem ersten Flug; und niemals wieder fühlte er diese Furcht, bis zu jener Nacht in Simis Schlafzimmer, als er ein Entsetzen aller Sinne spürte. Niemals wagte er, die Enthüllungen dieser Nacht noch einmal zu durchleben, denn sein Körper war in jenem Augenblick mit Gelatinefäden an Himmel und Erde zugleich geheftet gewesen, und die Zugkraft des Lebens, die aus dem Innern seiner Sinnlichkeit erwuchs, hatte er wie das Bersten aller Himmelsgewölbe und wie Vulkanausbrüche aus dem Kern der Erde empfunden. Kein einziger Mann hatte das Recht zu fühlen, was er gefühlt hatte; nur er gebot dem Aufruhr des geordneten Kosmos im Hinwelken seines prahlerischen Aufstiegs inmitten gepuderter Dornsträucher. Und er war doch noch ein Schuljunge, dem noch der Schmutz vom Unkrautzupfen unter den Fingernägeln saß ...

Egbo regte sich im Schlaf, aber er hatte nur kurz geschlafen.

»Mein Liebster ...«

Ruckartig hellwach, fragte er: »Wer hat mich berührt?«

»Was?«

»Irgend jemand hat mich berührt.«

»Du bist ein komischer Junge«, sagte Simi.

»Komisch? Glaubst du an Gott?«

Egbo konnte seine phantasierende Zunge nicht im Zaum halten. Er bewegte sich ganz wissentlich auf die große, unausweichliche Herausforderung des Lebens zu; er forderte heraus, obwohl er zurückwich und sich verkroch, durch seine mutwillige Blasphemie, diese vergangene Stunde zu bejahen, forderte er die göttliche Rache heraus.

»Warum stellst du eine solche Frage?« wollte Simi wissen.

»Glaubst du an Gott?«

»Natürlich. Tut das nicht jeder?«

»Manche nicht. Während des letzten Jahres in der Schule habe ich fast nicht mehr geglaubt. Und dann habe ich festgestellt, daß immer, wenn ich etwas ganz fest wollte, ich zugleich mit nackter Angst erwartete, daß diese Macht sich mir in den Weg stellen würde.«

»Hast du dennoch auf deinen Wünschen beharrt?«

»Aber ja. Sonst wäre ich ja jetzt nicht hier.«

Nach einer Weile verstand Simi und streichelte seinen Hals mit noch größerer Zärtlichkeit.

»Doch was ich eigentlich sagen wollte ... eine Tugend ist von mir gewichen ... Und nun verdiene ich es, wenn Gott sich erhebt und mich tot niederstreckt.«

»Aber warum?«

»Warum? Willst du sagen, du weißt nicht, wer diese Worte gesagt hat?«

»Wer hat sie gesagt?«

»Nein, ich will dich da nicht hineinziehen. Obwohl ich glaube, es würde nichts ausmachen. Die Worte waren mir ohnehin schon in den Sinn gekommen, und der Gedanke ist so sündig wie die Tat. Sie auszusprechen ist die geringere Übeltat, lehrt man uns das nicht?«

»Ich weiß nicht.«

Alles, was Egbo im Augenblick ersehnte, war, zu seinem Gastgeber zurückzukehren. Er hatte keine Ahnung von diesem Reich der Sinne gehabt und konnte sich nicht vorstellen, diese Qual noch einmal zu durchleiden, diese Abgründe, die sich unter seinen Füßen auftaten, diese drohende Auflösung. Verlangen war ihm fremd, Egbo konnte sich nicht erinnern, es je verspürt zu haben. Er sehnte sich nach Lagos, nach dem einsamen gemieteten Zimmer, nach den Geschäftsbüchern im Büro, nach den auf Kredit gekauften altbackenen Rosinenbrötchen. Am besten aber wäre jetzt das Gerempel und Gedrängel der gefährlichen Radtour über die Carter Bridge zum Büro.

»Was machst du denn?«

»Ich ziehe mich an.«

»Aber warum?«

»Warum? Weil ich nach Hause will natürlich.«

Beim letzten Wort war seine Stimme dünn, denn sie nahm ihm sanft die Kleider ab.

»Du meinst ... du, ööh, du erwartest, daß ich die ganze Nacht bleibe?«

»Wenn ich hätte allein schlafen wollen, warum hätte ich dich dann mitbringen sollen?«

Er war total ausgepumpt und winselte um Gnade: »Aber ich bin erschöpft.«

»Ich hab dir gesagt, du sollst dich nicht überanstrengen.«

»Jetzt ist es zu spät. Ich muß mich ausruhen.«

Mit weicher Stimme neckte sie ihn: »Was ist denn los? Das war doch erst der Anfang. Wir müssen uns doch erst noch richtig kennenlernen. Wir haben noch die ganze Nacht –

und morgen. Vor morgen nachmittag brauchst du nicht nach Lagos aufzubrechen.«

»Wer hat so viel Zeit? Also, du willst sagen … du erwartest also allen Ernstes mehr von mir? Und wo in aller Welt, denkst du, nehme ich die Kraft her?«

»Was bist du nur für ein komischer Junge. Ja, denkst du denn, du schläfst nur einmal mit einer Frau und verziehst dich dann, einfach so? Weißt du denn nicht, daß das für sie erst der Anfang ist?«

»Aahsoo, du willst mich also ganz und gar umbringen. Es interessiert dich überhaupt nicht, daß mir wahrscheinlich für ein ganzes Jahr nichts als ein winziger Knubbel bleibt.«

»Och, wo ist denn mein praller Luftsack vom Flugfeld von Warri, hm? Jaja, du weißt gar nichts, siehst du … Komm. Komm, ich zeig dir alles, siehst du, du hast eben einfach noch keine Ahnung. Du mußt dich ganz in meine Hände geben, siehst du …«

Und Egbo, erstaunt über sein Fleisch, konnte nicht glauben, daß irgendwo aus ihm heraus erneut eine Säule der Kraft erwuchs, in der gleichen Nacht, nur knapp zwei Stunden nach seiner ersten Initiation. Und danach, nach dem zweiten Mal, fühlte sich Egbo wie der Steinbruch bei Abeokuta, nachdem die Granitbrocken auseinandergesprengt sind und nichts als brackiges Regenwasser die riesigen unterirdischen Höhlen füllt.

Die lange, langsame Zugreise nach Lagos, Egbo klammerte sich an sie in der Hoffnung auf Wiederherstellung. Irgendwas in seinem Leben war aus dem Gleichgewicht geraten, und mit dem bestimmten Gefühl, ausgehöhlt zu sein, bestieg er an diesem Sonntagnachmittag den Zug, schwach, nervös, empfindsam. Irgendeiner mußte es wissen, irgendeiner mußte Zeuge dieser Nacht des Wachtraums gewesen sein, in der die Zauberin Simi ihn bei der Hand genommen und über alle Pfade und Seitenwege qualvollster Ekstase geführt hatte. Und Egbo blickte in die Gesichter der Mitreisenden, in eins nach dem anderen, und fragte sich, wer wohl seine Wandlung bemerke. Aber sie starrten nur zurück, und eine Frau mit vier Kindern in Sonntagsschuluniformen hörte nicht auf, ihn zu nötigen, doch von den gekochten Yams und dem Mais zu nehmen, und er lehnte mit schrumpfender Höflichkeit ab. Und der Schaffner kam und verlangte die Fahrkarte, aber nicht einmal er schien es zu bemerken.

Egbo erschauerte jedesmal, wenn hinter Olokemeji die Räder dumpf über die Brücke rumpelten und er auf die weit entfernten, vom Ogunfluß überspülten Felsen hinunterblickte. Die Brücke überspannte den Ogun dort, wo die Felsbrocken aussahen wie die runzligen Ältesten von Egba in einer Ratssitzung. Sie waren die weit ausgestreckten Zehen des unnachgiebigen Gottes, Olumo-Schwärze der Egba. Egbo schien es immer, als dehne sich der Gott von seinem Sitz in Ikereku durch den Wald hin aus, als habe er seine gewaltigen Füße durch den weichen Unterleib der Erde gebohrt, denn er war gekommen, sich auszuruhen, und sein müder Fuß willfahrte dem lindernden Lauf der Wasser des Ogun. Egbo stieg in Olokemeji aus, der likörsüße, schwere, dunkle Geruch des Kohlenrauchs hatte ihn schläfrig gemacht, und Lagos war weit, und die schalen Büroräume hatten keinen Platz in diesen neuen Lebensverhältnissen.

Heute wollte er unter der Brücke dem Rumpeln lauschen. Er ging an den Gleisen entlang, während der Zug Wasser und Ballast aufnahm; er schlidderte den Abhang zum Flußufer hinab, verfolgt von losen Steinen und Moosbrocken und der Last des Wissens um Verlust und Gewinn, geschwächt von den Mysterien des Festes.

Vielleicht konnte Simi doch weinen, denn die lichtgefüllten Wasser der Felstümpel waren das Gewebe von Simis Augen. So legte Egbo sich denn auf die Felsen und wartete, daß der Zug mit seinem dumpfen Rumpeln über ihn hinwegführe. Hier unten würde es sich anhören wie das Gelächter der Götter oder ihre unergründliche Drohung.

Schläfrig bestätigte er sich selbst mit unzusammenhängendem Gemurmel, daß er immer noch einen LKW nehmen könne, um den Zug bei einer späteren Station wieder zu erreichen, oder gleich per Laster bis nach Lagos fahren könne. Die Bahnfahrt machte im Dunkeln ohnehin keinen Spaß; er entschloß sich, den Rest der Reise im LKW zu machen ...

Er schüttelte den Schlaf ab und zog sich aus. Es tat gut, in Simis Tränen zu baden, jetzt, wo er es konnte, denn jene Augen sahen aus wie Augen, die niemals weinten. Er schwamm nur kurz, denn nie zuvor hatte er solche Mattigkeit empfunden. Er zog sich zu einem Felsen hinauf und streckte sich aus, um sich trocknen zu lassen. Kurze Zeit später fuhr der Zug über ihn hin, doch der chaotische Donner der Räder, der, von Träger zu Träger, von Felsen zu Felsen geschleudert, die Teiche aus Simis Kummer erzittern ließ, war schon Teil der wilden Träume, in denen er sich auf den Felsen hin und her warf. Der Zug entschwand in der Ferne, und Egbo blieb allein zwischen den Felsen und dem näher rückenden Wald, nackt in der einfallenden Dunkelheit.

Mitten in der Nacht wachte er auf und wußte nicht, wo er war. Mitten in der Nacht, im Nichts tastend, keine Sterne, keine Glühwürmchen, die er sehen konnte, bestimmte das andere Ufer den Kurs der hineilenden glänzenden Wasser, die jetzt schwarz waren, schwarz wie die tief eingelassenen Kessel der Färberinnen und wie die Indigoströme, die von den zum Trocknen aufgehängten *Adire*-Tüchern tropften wie das Blut im *oriki* des Ogun, *to to to to to.* Und dort war das Licht von Simis Haut, und dort waren die Schlehen auf dem Flußbett, und dort waren Lichtspuren im Zehengriff von Olumos massigen Nägeln. Jetzt, zum ersten Mal, seit er in seiner Kindheit in die Domäne des Gottes emporgestiegen war, empfand Egbo Furcht, und er gestand es sich ein; und er stand starr, ehe er wiederum hier eindrang. Denn dies war keine menschliche Wohnstatt – und was war er, eine kaum gereifte Frucht einer Gattung, die eben erst die Freisetzung des Mannes gefeiert hatte ...

Und er erinnerte sich an die qualvoll hervorgepreßten Schreie im Liebesakt ... laß ruhen mich in Dunkelheit ...

doch jetzt lachte er. Im großen Gähnen des Landes trieb der Strom träge dahin, wandelte sich in eine schwarze, erstikkende Zunge; er lachte, denn noch waren die Worte nicht trocken auf seiner Zunge … laß ruhen mich in Dunkelheit … und wehklagen … in Dunkelheit wehklagen; hatte nicht sein Lehrer immer gesagt, worüber ein kleiner Junge lacht, darüber wird er noch weinen?

Er hatte die Dunkelheit geliebt, den schweigenden Stillstand, doch nicht dieses Tosen der Leblosigkeit und die Blindheit ihres Pfades. In den Höhlen, den dunklen Wohnstätten eines rächenden Gottes die Zeit verschlafen? Nach wessen geheimem Plan? Dessen Sirene raubte den Hauch zahnender Brisen!

Bis er dreist wurde aus Furcht und zornig, wirklich zornig. Was für ein hinterhältiger Trick war das? Wer spionierte seine Not mit dunkel verhülltem Gelächter aus? Und sein Zorn wuchs, denn er erkannte die Erpreßbarkeit durch Furcht.

Wenn dies Sünde ist? – und er wußte, daß seine Schwäche nur daher kam, also brachte er es zu Ende. Wenn dies Sünde ist, so mochte kommen ihr Sold: Tod!

Und er legte sich zurück auf die Felsen und schlief ein.

Und der Morgen kam und entblößte die Adern im Felsen, spannte ein Netzwerk in der Ferne, einen Regenbogen aus glattem, grauem Stahl und felsumsponnenen Trägern, die sich auf Säulen aus den Eingeweiden der Erde erhoben. Egbo stand auf und schaute sich um. Verwundert badete er im Leben, denn ihm war, als sei er neu geboren; die Nacht schien ihm nun wie der Mutterschoß der Götter, wie ein Übergang für Reisende … Denk an dein Gelöbnis, betete er, denk an dein Gelöbnis, denn ich habe diese Nacht überlebt. Denke an meine Schrecken dieser Nacht.

Und er ging fort mit jenem unbestimmbaren Geschenk auf seinem Körper, denn welcher Reisende wagte sich in die Höhle der Götter und ginge ohne göttliche Gabe davon? Erkenntnis nannte er es, Macht über das Schöne oft auch, eine

Bewußtheit, die ihn in gefährliche Nähe einer Steinsalzpsyche führte – ein Plünderer der Natur.

Er machte den Platz zu seiner Pilgerstätte, seinem Reich.

»Komm«, sagte Egbo, »ich will dir ein Wunder zeigen.«

Er war allein im Haus. Bandele war zu seinen Vorlesungen gegangen, und ein schüchternes Mädchen stand an der Tür. Sie war vielleicht neunzehn, sie hielt Blätter linierten Papiers in der Hand, mit einer riesigen, unweiblichen Schrift bedeckt. Ohne ihr die Blätter abzunehmen, fragte sich Egbo, wie ein so zartes, fast zerbrechliches Geschöpf wohl zu einer so monströsen Handschrift komme.

»Ich wollte nur mein Referat abgeben.«

»Ich weiß zufällig Bescheid. Es hätte schon gestern abgeliefert werden müssen, stimmt's?«

»Kann ich's bitte dort auf den Tisch legen?«

»Dein Dozent ist nicht im Hause.«

»Ich weiß.«

»Ah, du hast also nur gewartet, bis er fort ist, was?«

Das Mädchen versuchte, sich um ihn herum ins Haus zu drängen, aber Egbo füllte den Türrahmen mit seinem Körper aus.

»Na gut, nehmen Sie es mir dann bitte ab, wenn ich nicht selbst ins Haus darf?«

»Nein, vielen Dank. Ich bin nicht hier, um saumselige Studenten zu unterstützen.«

»Ihr Freund ist selbst nicht besser. Wir kriegen diese Arbeiten bestimmt nicht vor Ende des Semesters zurück.«

»Oho, auch noch aufmüpfig, was? Ich werde ihm sagen, er soll dich durchfallen lassen.«

»Bitte, tun Sie sich nur keinen Zwang an. Er weiß, daß ich recht habe. Wenn er könnte, würde er sein Bett mit in die Vorlesungen bringen und im Liegen dozieren.«

Egbo verbeugte sich feierlich.

»Ich muß gestehen, dieser treffenden Charakterisierung meines Freundes kann ich nur zustimmen.«

»Darf ich jetzt bitte mein Referat dahin legen?«

»Nach dieser Bemerkung, selbstverständlich.«

Egbo beobachtete, wie sie ihre Arbeit auf den Tisch legte, wartete, bis sie wieder auf der Schwelle stand, und sagte dann: »Bleib da und unterhalt dich mit mir.«

Sie blieb stehen, runzelte die Stirn.

»Oder darfst du das nicht?«

»Es geht nicht darum, ob ich darf oder nicht. Aber ich kann nicht bleiben, vielen Dank.«

»Warum nicht? Ich trinke allein vor mich hin, das ist schlecht, und ich bin einsam, das ist noch schlechter.«

»Verschwenden Sie Ihre Kräfte nicht mit dieser Tour, die zieht bei mir nicht.«

Sie war plötzlich ganz erwachsen.

»Du lieber Himmel, seid ihr Studentinnen alle so spitzzüngig?«

»Wir sind nur nicht total bekloppt, wissen Sie.«

»Schon gut, schon gut.«

Sie winkte fröhlich. »Also tschüs dann. Lassen Sie sich Ihren Drink schmecken, aber betrinken Sie sich nicht.«

Egbo sah ihr nach, und plötzlich fühlte er sich beraubt. Er war halbbetrunken eingeduselt, weil Simi doch nicht mehr aufgekreuzt war. Dann war er hochgefahren und hatte sich gefragt, ob Simi seine wachsenden Bedürfnisse eigentlich befriedigen konnte, ob Simi nicht völlig unverändert blieb, während er … Er stand vom Bett auf und starrte die Stoppeln an seinem Kinn an. Er hatte Falten auf der Stirn, und erst vor einem Monat hatte Simi ihm fünf weiße Haare ausgezupft. Das hatte ihn gehörig beeindruckt, und er hatte die Haare auf schwarzem Karton ausgebreitet. Wie war er nur so schnell gealtert? Zweiunddreißig, und weiße Haare auf dem Kopf!

Egbo eilte dem Mädchen nach.

»Wart mal. Du hast mich gar nicht gefragt, was für ein Wunder ich meinte.«

»Was für ein Wunder?«

Sie blickte ihn spöttisch amüsiert an.

»Erinnerst du dich nicht? Als ich die Tür aufmachte und dich da stehen sah ...«

Sie blieb stehen.

»Ach ja, Sie sagten, ›Komm, ich will dir ein Wunder zeigen‹ ... oder so ähnlich.«

»Und du hast nicht mal gefragt, was ich damit gemeint habe.«

»Ich hab zuerst gedacht, Sie sind verrückt.«

»Wirklich?«

»Oder daß Sie gerade irgendwas auswendig lernen.«

»Das klingt schon nachsichtiger. Also was ist, kommst du jetzt mit, um zu sehen, was es ist?«

»Nein, danke! Wofür halten Sie mich?«

»Eine Koinzidenz.«

Sie runzelte die Stirn.

»Was soll denn das schon wieder heißen?«

»Nichts weiter, als daß ich gerade vorhatte, einen selbstgeschaffenen Schrein wieder zu besuchen. Seit ich heute morgen aufgestanden bin, habe ich an nichts anderes gedacht. Es ist schon einige Zeit her, seit ich das letzte Mal dort war.«

»So? Und was habe ich ...?«

»Warte, Kindchen, ich erklär's dir doch.«

»Wo, bitte, ist hier ein Kindchen?«

»Bitte, unterbrich mich jetzt nicht ... Siehst du, ich habe mir gerade gewünscht, daß ich mit jemandem zusammen dort hingehen könnte. Bis jetzt bin ich immer alleine hingegangen, hab das Geheimnis eifersüchtig gehütet. Vor einer Woche noch wäre allein der Gedanke ein Sakrileg gewesen, aber jetzt ... Naja, ich kann es nicht so einfach erklären. Ich weiß nur, daß ich, genau bevor du gekommen bist, den Wunsch hatte, jemanden mitzunehmen.«

»Und warum ausgerechnet mich?«

»Warum nicht? Du bist so gut wie jede andere Person.«

»Ooh«, sie knickste spöttisch, »danke für das Kompliment.«

»Also gehn wir? Ich muß nur rasch den Wagen holen.«

»Ooh, eine Fahrt im Auto – das soll wohl Eindruck auf mich machen?«

»Verdammt noch mal, Mädchen, du mit deinen eingebimsten Antworten.«

»Danke, lieber Wolf, für die spontanen Einfälle.«

Egbo stand da, unfähig, sein Entzücken zu verbergen.

»Das muß man dir lassen, geistreich bist du. Wirklich, ich glaube, du bist eine ganz entzückende Person. Die meisten Studentinnen, die ich kenne, können das nicht von sich behaupten.«

Das Mädchen setzte sich wieder in Richtung Lehrgebäude in Bewegung.

»Also, kommst du jetzt?«

»Ich muß arbeiten. Die Examen stehen bevor.«

»Schlußexamen?«

»Noch nicht. Aber genauso wichtig, jedenfalls für mich.«

»Du bist eine ernsthafte junge Dame.«

»Das muß man wohl auch sein, in dieser Atmosphäre.«

»Komm trotzdem mit. Ich versprech dir, wir bleiben nicht lange.«

Sie war jetzt sehr ernst. Sie schien andere Dinge zu erwägen, bei denen er keine Rolle spielte, und sie schien besorgt.

»Vielleicht traust du mir nicht?«

Sie schüttelte den Kopf, ohne aufzuschauen.

»Nein, das ist es nicht.«

Es war der Drang, ein Sakrileg zu begehen – das vor allem, darüber war sich Egbo im klaren. Insgeheim hatte er vielleicht schon lange den Wunsch gehegt, jemandem diesen Zufluchtsort zu zeigen, jenes letzte Bollwerk seiner Initiation, damit er die Schicksalsprüfung jener Nacht in menschlicher Zuwendung mit ihm teile. Und Simi konnte es niemals sein. Ihre Reaktion würde zu profan ausfallen, sie würde die wechselnden Phasen im Wesen des Ortes nicht erkennen, den Wechsel von den hellglänzenden, rasch dahinfließenden Wassern zur Grabstätte der Götter, den riesigen Grabsteinen aus Granit über blaugrauen Wasserwiesen. Einmal hatte sie ihn befremdet, und da hatte er begriffen; er hatte gelernt, Simi in ihrer Umgebung zu belassen, denn da war sie unfehlbar, die einzige, ewige Königin. Simi brauchte vier Wände, eine Musiktruhe, einen dicken kurdischen Teppich, aber nicht splitternde Piniennadeln neben hohen Ameisenhügeln in einer Waldschonung, wo der Wind durch konisch aufgehäufte Pinienzapfen pfeift und nasse, überwachsene Kügelchen des Regenbaums goldbraune, gummiartige Kristalle absondern. Einmal hatte er Simi aus diesen getrockneten Kristallen eine Halskette gemacht, und sie sagte nur: »Du bist ein komischer Junge.«

Das Mädchen fragte ihn: »Was arbeiten Sie?«

»Auswärtiges Amt. Und die stellen nur Leute mit Sterling-Charakter ein.«

»Und was ist das, ein Sterling-Charakter?«

»Tja, das ist nicht so einfach, aber es läuft im Grunde auf folgendes hinaus – man darf seine Nächte in einem Bordell zubringen, vorausgesetzt, es ist ein einheimisches, aber mit der Tochter eines ausländischen Botschafters sprechen, das darf man nicht.«

Sie fuhren die zwölf Meilen nach Ilugun auf einer Straße, die sich ringelte und streckte, und Egbo sagte sich immer wieder, ich zeige es ihr als einer Fremden, und nur dieses eine Mal, dann nie wieder. Er gab auch zu, es überrascht mich nicht, daß ich Gesellschaft brauche, Offenheit ohne Hintergedanken. Und das suchte auch sie, nur das impulsive Beisammensein; sie war von eigenwilliger Unabhängigkeit.

»Das ist eine Bedingung«, wiederholte sie, »Sie dürfen nicht versuchen, mich wiederzutreffen.«

»Natürlich nicht.«

Sie blickte rasch auf, sie glaubte der Zustimmung nicht.

»Sie sollten das nicht so leicht nehmen. Aber wie kann ich von Ihnen was anderes erwarten? Sie haben Ihren Titel, also kann's Ihnen egal sein, ob ich meine Zeit vertrödle oder nicht.«

»Das ist nicht fair.«

»Meinen Freundinnen ist es so gegangen, ich weiß, wovon ich rede.«

»Schon gut, schon gut. Tu, was dir gefällt.«

In Ilugun hielten sie an, und Egbo kaufte frisch über kleiner Flamme gebratenes Wild. Unter seinem Sitz kam sein ständiger Begleiter hervor, ein leeres Fäßchen. Dann kroch er umher und schaute auf allen Seiten in den Busch.

»Sind wir hier mit jemandem verabredet?«

»Ja, aber er weiß es nicht. Ich warte nur, bis er runterkommt.«

»Von wo runterkommt?«

»Vom Hals des Gottes, des Herrn der Spiralrippe, der Palme.«

Sie fand das so lustig, daß sie nicht aufhören konnte zu lachen.

»Lach ihm besser nicht ins Gesicht, rat ich dir«, warnte Egbo, »es sei denn, du willst nichts von seiner Milch trinken.«

»Ich lache doch über Sie«, sagte sie, »und die Art, wie Sie dieses Faß hier rumschleifen.«

»Bereit sein ist alles! Sei immer bereit für die Herabkunft des Gottes. Auf diesen Pfaden hier weiß man nicht, was Wasser ist, hier rinnt der pure Palmwein von den Bäumen. In den Städten, da hat man das Wasser entdeckt, und leider auch in den Dörfern. Aber in diesen unberührten Regionen steht der Palmweinzapfer allein, nichts außer der Luft ist zwischen ihm und seinem Gott. Er wagt es nicht, das Sakrament zu verwässern.«

Sie klatschte Beifall.

»Eine wunderbare Vorlesung, höchst erleuchtend … Halt, halt, da ist einer.«

»Ein Fäßchen Wein, gebratenes Wild, ein Buch wie das änigmatische *thou beside me in my wilderness* …«

»Sie mögen Omar Kajjam?«

»Ich mag und kenne nur dieses eine Tetrastichon – so nennt man das doch, oder?«

»Was meinen Sie mit änigmatisch?«

»Wenn ich das wüßte, würde ich dich wohl nicht so nennen.«

Der Pfad war jetzt so gut wie verschwunden, aber Egbo schlug die Sträucher und Schlingpflanzen beiseite, indem er das schwere Fäßchen hin- und herschwenkte.

»Geschieht Ihnen recht, wenn es Ihnen ausrutscht und zerbricht.«

»Palmwein verrät die Seinen nicht, glaub mir.«

Er blieb stehen.

»Schau!«

»Wir sind nahe am Fluß, nicht wahr?«

»Der ist ein paar Schritte weit zur anderen Seite hin. Aber ich will dir erst das hier zeigen.«

Er schien die Entfernung zwischen sich und einem Baum zu schätzen, zufrieden teilte er den Busch an einer bestimmten Stelle.

»Komm. Aber vorsichtig, ich möchte keinen Trampelpfad hinterlassen.«

»Was gibt's da?«

»Gleich!«

Immer fühlte er sich der Selbstsucht schuldig. Hundertmal schon hatte er gedacht, ich sollte Sekoni mitnehmen, damit er sich dieses Wunder ansehen kann, und sich fest vorgenommen, das nächste Mal tu ich's bestimmt. Sie kamen in einen Teil des Buschs, der unberührt schien von menschlichem Atem, und hier zeigte er ihr die verlassenen Kathedralen, die jetzt unbeachtet blieben von den fetten weißlichen Ameisen, die sie einst errichtet hatten. Neue wuchsen langsam aus dem Boden empor, gleichsam vor ihren Augen bauten sich die Gebilde auf, durchwimmelt von Hunderten weicher, weißer Zuckungen, die geschäftig kleine Hügel ins Leben säugten.

»Wie ein Haufen emsiger Mönche«, sagte sie.

»Es scheint so sinnlos, denn am Ende verlassen sie sie doch nur wieder. Komm hier rüber, ich zeig dir ihr Meisterwerk.«

Ein paar Schritte weiter teilte er die Blätter. Er stand da und wartete auf ihren Beifall, als enthülle er der Welt ein Werk seiner eigenen Schöpfung.

»Nicht wahr«, fragte er fast ängstlich, »das ist die Madonna mit dem Kind.«

Gebaut wie eine Blütenscheide, überdachte eine weite Kapuze zwei Figuren, so unheimlich realistisch wie flüssige Gesichter am Himmel; der Wind hatte dem Gebilde einen rauhen, körnigen Verputz verliehen, und inmitten des tauigen Grüns erhob es sich als brauner Reliquienschrein. Die Kapuze bildete eine Nische, und darin war die Madonna mit dem Kind. Eine dritte Ebene reckte sich hinter den beiden, obeliskengleich, hoch aufragend gegenüber der Ehrerbietung quastiger Blütenstauden im zartesten Lufthauch.

»Vielleicht bringe ich jetzt auch den Scheich hierher.«

»Wen?«

»Den Scheich. Eigentlich heißt er Sekoni. Er ist Bildhauer.«

»Ja, das sollten Sie tun.«

»Wenn du keine Angst hast und wenn du noch bleiben kannst, dann sollten wir warten, bis die Schatten länger werden. Man sieht dann, wie es hinter dem Paar dunkler wird, und das verleiht der Nische mehr Tiefe.«

Sie gingen zum Fluß, wateten durch die Felstümpel zu einem glatten Delphinrücken, Egbos Lieblingsbett. Egbo schaute hinüber zu dem Ort, an dem Olumo brütend saß, verborgen hinter zwanzig Meilen dazwischenliegendem Wald.

»Schnick nicht mit deinen verdammten Zehen«, sagte er, »ich habe einen Gast.«

Sie schnitt eine Grimasse, während sie aß, und sagte: »Das Fleisch ist nicht durch.«

Egbo trank in tiefen Zügen vom Wein und hielt das Fäßchen für sie, als auch sie sich Wein durch die Kehle gurgeln ließ.

»Langsam, langsam!« warnte er, »das Zeug ist unberührt von Hand und Wasser.«

Sie spürte, wie ihr der Wein vom Kinn auf die Brust tropfte und das Kleid auf der Haut festklebte, und Egbo wandte seinen Blick rasch von ihren kleinen Brüsten ab und fühlte ein Zittern im Herzen.

»Ich habe noch nie solchen Palmwein getrunken.«

»Den kriegt man auch nicht, wenn man nur in der Bibliothek rumhockt.«

Und das machte sie wieder ernst.

»Wenn mir gestern, nein, wenn mir heute morgen jemand gesagt hätte, daß ich jetzt hier gemütlich im Ogun sitzen, Palmwein trinken und halbrohes Wild essen würde ...«

Egbo schaute sie lange an, und endlich sagte sie: »Wie haben Sie diesen Platz nur ausfindig gemacht?«

Und Egbo erzählte ihr von seiner Nacht des Schreckens unter der Brücke. Sie saß da, zog langsam ihre Füße durchs Wasser und hielt den Kopf gesenkt, während die Worte aus ihm herausströmten und er seinen nächtlichen Übergang noch einmal erlebte.

»Und Sie haben nie jemand mit hierhergenommen? Nicht einmal diese Frau – Simi?«

»Nein. Es war eine Nacht der Entdeckungen, und ich machte sie allein. Es war das Erwachen am Morgen, ich fühlte, mir war ein großes Geschenk gegeben, und ich nahm es an, ohne es deuten zu wollen. Ich komme oft hierher, berufe mich auf dieses Geschenk, um erneuten Aufschub zu erwirken. Ich habe das Gefühl, ich brauche das mehr als meine Freunde; sie sind alle mit irgendwas beschäftigt, aber ich scheine nur von einem Ereignis zum nächsten zu stolpern. Als sei das Leben nichts weiter als Erfahrung. Wenn ich hierherkomme, entdecke ich: das ist genug. Ich komme her, wie soll ich sagen, um wieder gerechtfertigt zu werden, wieder und immer wieder. Eines Tages werde ich vielleicht feststellen, daß einmal genug gewesen wäre.«

»Was ist diesmal geschehen, daß Sie sie brauchten ...«

»Die Rechtfertigung? Nein, es ist noch zu früh, um darüber zu sprechen.«

»Glauben Sie nicht, daß ich dafür kein Verständnis habe. Manche Menschen wenden sich an andere Menschen, um sich ermutigen zu lassen.«

»Bis zu einem gewissen Grad ist es das. Doch deren Unvollkommenheit ist größer als meine.«

»Sie sind nicht unvollkommen.«

»Du hast eine liebenswürdige Art, aber du bist im Irrtum. Wer wagt es, vollkommen zu sein?«

»Man kann es, man muß es sein!«

»Nicht mal, wenn du deine Examina mit Auszeichnung bestehst, nicht mal, wenn du die Bildung, die du dir angeeignet hast, so verinnerlichst, daß sie ein Teil von dir wird.«

»Dann am allerwenigsten. Man muß ganz auf sich selbst vertrauen.«

»Ja, ich glaube, in dir spüre ich das. So wie du auch mit mir hierhergekommen bist. Du hast dich so bewußt, so eigenwillig, im wahren Sinne des Wortes, entschieden, hast deinen ganz natürlichen Verdacht, dein Unbehagen über Bord geworfen.«

»Nein, nein. So dürfen Sie das nicht sehen.«

»Stimmt es etwa nicht? Oh, es ist ein Merkmal der Einsamen, und ich hatte große Achtung.«

»Nein, bitte reden wir nicht mehr davon. Es gefällt mir nicht, wie Sie die Dinge darstellen.«

»Schon wieder ein Schuß ins Schwarze, siehst du! Dein Instinkt sagt es dir ganz deutlich, wenn wir so weitermachen, werden wir am Ende doch noch zuviel voneinander enthüllen.«

»Ja, wir müssen von etwas anderem reden, über was Sie wollen. Erzählen Sie mir vom Auswärtigen Amt, von Ihren Diplomatenakten, erzählen Sie mir irgendwas, irgend etwas ...«

Egbo zog sie an sich. Der Widerstand war nur eine äußere Kruste, nur die spröde Haut ihrer Selbsterhaltung und gab seinen verlangenden Händen nach. Aus der Mitte ihrer Unschuld rann reines, rotes Blut und spritzte über die Zehen des Gottes, und als er es ihr später im Fluß abwusch, protestierte sie verschämt. Und Egbo gestand, seit jener Nacht bei Simi bin ich nie wieder so scheu, so ängstlich gewesen.

Sie sagte: »Ich habe nächsten Monat Examen. Bitte, versuchen Sie nicht, mich wiederzusehen.«

10

Bandele blieb stehen, den Hausschlüssel in der Hand.

»Ich hab vergessen, dich zu warnen. Ich habe einen Gast, und du wirst ihn vielleicht nicht mögen.«

»Für das Privileg, Lagos zu entfliehen«, sagte Sagoe, »lasse ich jede andere Folter über mich ergehen. Wer ist es?«

»Irgendein Journalist, der sich als Anhalter durch Afrika schlägt. Er hat die imposanteste Fotoausrüstung, die ich je gesehen habe.«

»Engländer?«

»Nein, Deutscher. Aber er hält sich für einen Amerikaner.«

»Ooh!«

»Du wirst ihn genauso unerträglich finden wie ich.«

»Wenn's Spitze auf Knopf geht, kann ich immer noch bei Kola unterkommen.«

»Würde ich dir nicht raten. Er wütet über seinem Pantheon und ist als geselliges Wesen ganz und gar unausstehlich.«

Die Treppe hinunter Elefanten in panischer Flucht, ein Schrei – Bist du's, Bändili? Sie spürten den Sprung über fünf Stufen abwärts und den Aufschlag direkt hinter der Tür. Sekundenlanges Fummeln am Türknopf, dazwischen Geräusche, Ermunterungen, Geduld zu haben – Moment noch, was 'n bloß los miter verdammten Tür? – dann sprang die Tür plötzlich auf, ein rosa Oval grinste sie an, ein behaarter rosa Schwengel pumpte ihre Hände, schlug ihnen auf die Schulter – wo hasn gesteckt, du elender Hund, du? – riß ihnen die Reisetaschen aus den Händen – das dein Freund vom A. A.? – schob sie ins Wohnzimmer und drückte jedem ein Bier in die Hand.

Dann jagte der Zoo die Treppe wieder hinauf und brüllte: »Hab schon gedacht, du komms heut ahmd nich zurück wie hattn deim Freund 'märrika gefalln würd mich gern mit ihm unterhaltn isser auch nach Schikahgo gekommn?«

»Will uns der Kerl auf den Arm nehmen?« wollte Sagoe wissen.

»Ich weiß nicht.«

»Was heißt, du weißt nicht?«

Bandele zuckte nur die Achseln und schlürfte sein Bier.

»Das ist doch dein Haus, oder? Also mußt du doch wissen, ob du dir einen persönlichen Hofnarr hältst.«

»Hab ihn auf dem Unigelände mit Joe Golder getroffen.«

»Und wer zum Teufel ist Joe Golder?«

»Oh, Entschuldigung! Amerikanischer Lehrbeauftragter, Geschichte. Wird dir bestimmt eines Tages über den Weg laufen. Naja, jedenfalls machte sich Joe Golder wieder mal dünne und überließ mir den Clown.«

»Und du hast ihn eingeladen, bei dir zu wohnen?«

Bandele schüttelte traurig den Kopf. »Daran kann ich mich nicht erinnern. Aber er ist hier.«

Peter kam auf ganz ähnliche Art wie vorher wieder runter. Diesmal stellte er sich in aller Form vor: »Ich bin Piederr, hü.«

»Bist du Amerikaner?« fragte Sagoe, der sitzen bleiben mußte, denn Peter hatte seine Hände auf die Armlehnen des Sessels gestützt und sein Gesicht in Sagoes geschleudert. Dann war er vollauf beschäftigt, seinen alkoholverwaschenen deutschen Akzent mit etwas zu mischen, das er für Amerikanisch hielt.

»Yeah, well, nich wirklich. Bin Deutscher, hab aber 'n 'märrikan Passport. Ich mix mirn Drink. So sorry, daß ich nich nach Lagos komm könnt, hattn Date mitm Minister. Ich bin Journalis, weißdu, nehm an, Bändili hats dir schon erzählt. Habt ihr ein drauf gemacht gesern? Phantasischer Junge, euer Miniser, wirklich, 'n Pfundsknochen. Hamich gleich zum Weekend in sein Landhaus eingelahn.«

»Und gehst du hin?« Bandeles geheuchelte Interesselosigkeit amüsierte Sagoe maßlos.

»Klar – fühl mich schwer geehrt.«

»Welcher Minister war's denn?« fragte Sagoe.

»'s doch egal. Eimfach bißchen Gratispublicity nach Übersee.«

»Bis zum Ergebnis natürlich, dann stellen sie fest, daß man sie falsch zitiert hat.«

»Und dann heißt's – schmeißt sie raus, schmeißt sie raus! Wer zum Teufel glauben sie denn, wer sie sind, daß sie es wagen, unsere unumschränkte Integrität zu beleidigen mit ihren neokolonialistischen, neokapitalistischen, reaktionären Fehldarstellungen, deportiert diese Schweine; Heil dir, Nigeria …«

Der Kühlschrank schüttelte sich mit unbekannter Heftigkeit, und Sagoe fiel ein, daß Peter ja noch immer da war.

»Dein Freund issja irre komisch. Was hat er da ehm gebrüllt?«

Und Sagoe flüsterte: »Daß du mir wie die hohle Nichtigkeit erscheinst, aufgepfropft auf den Abschaum der zermalmten arischen Bestialität.«

Peter lachte: »Ers schreiste so laut, dasses ganze Haus wakkelt, dann flüserse, daß kein Mensch 'n Wort verstehn kann.«

»Das ist meine Natur«, gestand Sagoe.

»Un wie gehtso im Auswärting Amt?«

»Lange keine Spione mehr gehabt, aber wie wär's mit dir?«

In gewisser Weise erinnerte ihn Peter an Chief Winsala, die Art, wie er lachte.

»Bändili, dein Freund is der ulkigse Knochen, der mir bisjez in Afrika begengt is. Glaubssu, daß ich 'n Spion bin, Bändili?«

»Nein, ich glaube nicht, daß du ein Spion bist, Peter.«

»Der is nich so wie du. Bändili is so ernst, aer dein Freund is eimfach Klasse. Hätt im ganzen Lem nich gedacht, daßer im Diplomaischen Diens is.«

»Ich bewundere deine Einbildungskraft. Ich arbeite nicht im Auswärtigen Amt.«

»Bändili, kapierste? Mann, wenn das nich der smarteste Typ is, den ich …«

»Du unterliegst einem Irrtum, Peter. Das ist Sagoe, und er arbeitet bei einer Zeitung.«

»Aer ich dachte, du erwartes dein Freund vom Auswärting Amt.«

»Sein Flugzeug hatte Verspätung. Er wird erst später kommen.«

Sagoe war verdutzt. Er schaute Bandele an, aber der brachte

ihn mit einer Geste, die spätere Erklärung versprach, zum Schweigen.

»Also bisdu vom Fach!« Und Peter kam rüber und pumpte wieder seine Hand. »Also, ich mussang, jez fühl ich mich ganz wie suhause.«

Bandele zuckte zusammen.

»Du mit deinen verdammten spontanen Bekanntschaften«, grummelte Sagoe und drehte den Kopf beiseite, denn der Kompostduft aus Peters Rachen schlug ihm entgegen. Er schnellte aus dem Sessel hoch und sagte: »Ich geh kurz rauf duschen.«

»Was machmer heut ahmd, Bändili? Laß uns die Bekanntschaft mit deim Freund alsm Kolleng feiern.«

»Eigentlich bin ich zu einer Art Party eingeladen.«

»Na prima, dann gehmer doch alle hin.«

Bandele blickte ihn sehr traurig an. »Aah, du kennst unsere Familien hier nicht. Und es handelt sich wirklich eher um eine Familienangelegenheit.«

»Aer da kanns mich doch mitnehm, ha? Ich mag Familien, ich fühl mich schon ganz wien Nigerianer. Ich fühl mich wirklich wie suhause, weiste das? Ich seh überhaup kein Unterschied zwischen mir un den annern. Ich hab schon so viele Freunde unter den Leuten aufer Straße, un ich eß auch an den Marktständen, genau wien Nigerianer.«

Er hielt inne, denn er sah, daß Sagoe zur Hintertür hinausschlüpfte.

»Wo gehtn dein Freun hin? Hee, da gehts nich zum Badezimmer, du muß die Treppe rauf.«

»Ist schon in Ordnung«, erklärte Bandele geduldig. »Er benutzt ausschließlich die Dusche im Dienstbotenhaus.«

»Gee, das wiklich 'n smarter Guy, dein Freun, richiger Kumpel. Weissu, ich mag Leute, die ungkomplißiert sin. Ha, Bändili, ich hab 'ne Idee, ers gehnwer su der Party un dann ziehnwer durch die Spelunken un reißn paar flotte Bien auf.«

»Aber natürlich, Peter.«

Peter, nachdem er Verschiedenes probiert hatte, entschied sich für den Whisky und rammte sich die Flasche in den Hals.

»Das gefäll mir an den Yankees – weisse, wenn ich hier innen Nightclub geh, glotzen mich die Leute immer an, weil ich ausser Bottle trink. Die Amrikaner verschwenden ihre Seit nich mit Gläsern, die trinken alle ausser Flasche.« Bandele seufzte und schrieb die Flasche in Gedanken ab, denn was in ihr übrigblieb, konnte er niemandem, den er einen Freund nannte, mehr anbieten. Sagoe war ins Haus zurückgekommen und brummte: »Wegen dem verdammten Idioten hab ich ganz vergessen, Handtuch und Seife mitzunehmen.«

Noch ehe er den Treppenabsatz erreichte, war Peter schon hinter ihm her. Sagoe versuchte noch, sich im Badezimmer einzuschließen, aber in der Hast fiel der Schlüssel zu Boden. Verzweifelt, denn der Türrahmen war jetzt durch Peters Umriß blockiert, steckte Sagoe den Kopf in den Spiegelschrank über dem Waschbecken und bereitete sich zur Rasur vor. Wütend schäumte er sich Kinn und Oberlippe ein, damit er den Mund nicht aufzumachen brauchte, und ärgerte sich, daß ihn der Idiot doch gehört hatte.

»He, machse 'n anständing Schluck beim Rasiern? Hier – nimmen Schluck!«

Sagoe schüttelte den Kopf.

»Wassn das? Mmh – Aftershave. Whisky is aer viel besser, viel hautverträglicher, machse 'n Drink? Wassn los, Mann, komm lassuns ein drauf machen. Ich sauf mir immer ers ein an, eh ich su meiner Famije geh, Famijen ham so was schön Spießbürgerliches.«

»Nimm endlich die Flasche aus meinem Gesicht!«

Bandele kicherte in sich hinein, riß sich aber vor Peters Abstieg rechtzeitig zusammen.

»Sach mal, dein Freun is aer gans schön emfindlich, was hater denn bloß?«

»Frag ihn selbst.«

»Ich kann mir eimfach nich vorstelln, warumer so sauer is. Habihm doch bloß 'n verdammten Drink angebotn.«

Er nahm wieder einen gehörigen Schluck.

»Machs *du* 'n Drink, Bändili?«

Bandele schüttelte den Kopf.

»Komm, Mann, nu sei kein Frosch, du un ich, wir lassn unsjez richtich vollaufen.«

»Ich bleib lieber bei meinem Bier.«

»Daschon okay. Du trinks 'n Schluck Whisky un spüls mit Bier nach, ja? Na kommschon, Junge. Wassn bloß mit euch alln los?«

Er drückte Bandele die Flasche in die Hand, und Bandele nahm sie, griff aber nicht richtig zu. Die Flasche zersplitterte auf dem Fußboden, und Bandele wandte sich seelenruhig wieder seinem Bier zu.

Peter sprang wie ein geölter Blitz auf, holte Eimer und Wischlappen und blieb gerade lang genug in der Badezimmertür stehen, um zu sagen: »Dein Freun is aer auchn bißchen crazy, den schön Fusel su vergeudn.«

Es klang aufrichtig betrübt. Dann wischte er den Whisky auf, ganz in dem Gedanken verloren, heute nacht mordsmäßig auf die Pauke zu hauen.

In der Garage blieb Bandele stehen.

»Willst du wirklich zu dieser Party mitkommen?«

»Alles, wenn ich nur von diesem Peter wegkomme. Mein Gott, der hat's tatsächlich geschafft, mich in fünf Minuten in furchtzitterndes Mus zu verwandeln.«

»Gut, gehn wir.«

»Was wird er machen, wenn er feststellt, daß wir abgehaun sind?«

»Ooh, der findet schon eine Entschuldigung für uns, der hat ein ziemlich dickes Fell.«

»Was war denn das mit dem Flugzeug?«

»Nur um ihn loszuwerden. Ich hab ihm erzählt, daß ein Freund, der im diplomatischen Dienst in Kanada tätig war, zusammen mit seiner Familie zurückkommt und dann bei mir wohnen würde.«

»Kommt Egbo?«

»Er ist nur noch selten hier. Irgendein kleines Mädchen hat ihn gehörig am Kanthaken.«

»Das glaub ich nicht.«

»Doch, doch. Du wirst schon sehen.«

»Nein, das glaub ich einfach nicht.«

Die Auffahrt zu dem Haus, in dem die Party stattfand, war gerammelt voll mit Autos, und Sagoe schlug vor: »Laß uns den Wagen wieder in deine Garage stellen und zu Fuß zurückkommen.«

Bandele schüttelte den Kopf.

»Die Hunde werden uns ankläffen oder beißen, wenn sie glauben, daß wir Dienstboten sind.«

»Ja, ich glaube, es sind ziemliche Snobs. Was tun sie Radfahrern?«

»Kommt drauf an. Dienstboten dürfen durch, Dozenten kriegen zwei kurze Ankläffer – das heißt: Vorsicht, Rote!«

»Sehr beeindruckend!«

Im Schein der Lämpchen des Armaturenbretts spiegelte Bandeles Gesicht offenen Sarkasmus.

»Das ist noch gar nichts. Wenn du ein größeres Modell fährst, legen sie sich auf die Straße und lassen sich von dir überfahren.«

Das Gesumm aus geistreichen Bemerkungen, affektiertem Gelächter und Leumundsschlächtereien begrüßte sie schon an der Auffahrt, und sie betraten das Haus des Todes. Aus der Ecke, wo die Bowle stand, tönte eine schrille Stimme – es war der eigentümliche Dialekt eines britischen Unterstammes – »... und dann entwickelte sie plötzlich großes Interesse für die Madrigalkurse, und da sagte sich John, er sollte doch wohl besser mal ein Auge drauf haben.« Allgemeines Gekicher, dann intonierte ein Baß: »Mir erschien ihre Abreise nach London auch etwas überstürzt ...«, und genau aufs Stichwort wieder eine wohldosierte Portion Gekicher.

»Ob wir's bis zu den Flaschen schaffen, was meinst du?«

»Wir müssen nur ein bißchen drücken, dann verziehn sie sich schon; los.«

»Moment mal, ich seh schwarze Gesichter – sind das Nigerianer?«

»Das Äußere trügt manchmal, kommt.«

Unter den Schalen mit Knabberzeug – Erdnüsse, indisches Linsengebäck, Minischaschlik und die unvermeidlichen Oliven – entdeckte Sagoe auch eine Schale mit frischen Früchten. Er stürzte sich darauf und rief: »Zum Teufel mit allem Patriotismus, Bandele, keine Frucht auf der Welt schmeckt besser als der europäische Apfel!«

»Wenn du dich da mal nicht irrst«, sagte Bandele, »aber probier's nur.«

Als Sagoe zurückkam, schäumte er vor Wut: »Wozu, verdammt noch mal, braucht man in diesem Land Plastikfrüchte? He, he, Bandele, wart doch 'n Moment.«

Erst jetzt bemerkte er den Zimmerschmuck, und er schnalzte mit der Zunge, während er sich langsam um die eigene Achse drehte.

»Was hast du denn? Immer noch mit den Früchten beschäftigt?«

»Um Mathias' liebsten Ausdruck zu benutzen: *O-ko-ko-ko-o!*«

Trauben aus Zitrusfrüchten hingen an unsichtbaren Drähten von der Zimmerdecke. Die Glasur zur Vortäuschung lebenswarmer Saftigkeit verriet es – sie gehörten zur Gattung der künstlichen Äpfel. An den Wänden hingen Blumentöpfe in Form phantasievoller Strandhüte, aus denen Efeu wucherte, der eine Bildleiste umrankte, alles Plastik, und auch die Zimmerdecke war mit echter Plastikflechte überzogen. Sagoe war, wie er jetzt feststellte, unter einem besonderen Schaustück hindurch in den Raum eingetreten, einem Arrangement aus zwei Birnen, einer Orange und einem Bananenfächer – alles Direktimport aus europäischen Wachswerkstätten.

»Ich fühle mich wie in den verwunschenen Plastikwald versetzt; was ist mit denen, die hierdrin leben?«

»Nichts.«

»Haben sie denn keine Plastikgehirne, damit alles zusammenpaßt?«

Es kam aus der Ecke, wo die getrüffelte Gänseleber stand:

»... und was soll ich Ihnen sagen, ich mußte doch ihretwegen tatsächlich meine Abreise verschieben. Kleptaimnestra kann einfach keine Afrikaner vertragen. Sie ist eine so empfindsame Katze, und wer sollte sich um sie kümmern?«

Vorsichtig löste Bandele Sagoes Finger von seinem Arm.

»Ich hab's gehört. Ich brauch keine Aderpresse.«

»Aber hast du das gehört? Ich meine, habe *ich* richtig gehört?«

»Ja, ja doch. Komm, halt dich an die Getränke.«

»Aber wer ist denn dieser schwarze Schwachkopf, der sich das so mitfühlend anhört? Wer ist dieser besmokingte Hotelpage?«

»Schrei nicht so laut. Das ist der neue Professor, und es ist seine Party.«

»... Sie werden es nicht glauben, aber sie bekommt tatsächlich Hautausschlag. Einfach allergisch gegen Afrikaner. Und sie ist sooo ein liebes Tierchen.«

Und wieder nickte der Professor verständnissinnig.

»Wenn sie mit 'nem anderen Weißen reden würde, dann könnt ich ja noch verstehn ...«

Und Sagoe fühlte, wie sich von seinen Fingerspitzen aus eine eigenartige Erregung in ihm ausbreitete. Das Gefühl krabbelte ihm über die Haut, eine vage Ahnung.

Eine Frau kam auf sie zu.

»Ich glaube«, sagte Bandele, »jetzt mußt du für die Drinks bezahlen. Du hättest eine Krawatte umbinden sollen.«

»Was soll 'n das heißen?«

»Die Gastgeberin kommt auf dich zu, viel Glück!«

»Guten Abend, Bandele«, sagte die Dame des Hauses, »ich habe Sie gar nicht hereinkommen sehen.«

Und die Erregung steigerte sich, bis Sagoe merkte, daß er pinkeln mußte.

»Ich fürchte, ich habe mich verspätet. Ich bin gerade erst aus Lagos zurückgekommen.«

»Sie wollen doch nicht sagen, daß Sie bei Nacht auf dieser Straße fahren? Das ist sehr gefährlich, Sie wissen doch ... all diese Verrückten. Ich zwinge meinen Mann immer, sich vom

Chauffeur fahren zu lassen, wenn er schon unter allen Umständen diese Strecke nehmen muß.«

»Und ich wollte unter keinen Umständen Ihre Party versäumen«, sagte Bandele, und Sagoe ließ fast sein Glas fallen.

»Ist das nicht süüüß. Wie lieb von Ihnen. Wer ist Ihr Freund dort?«

Doch Sagoe kam ihm zuvor: »Wir sind uns hier auf der Treppe erst begegnet, ich hatte nicht einmal Zeit, mich vorzustellen – Edward Akinsola. Sie sind die Gastgeberin, nehme ich an«, und innerlich summte er ›Glöckchen am Finger … große Glocke am Zeh … ich empfehl dir ein Deo … trotz der Rose, mein Reh …‹

Sie streckte eine Hand aus – behandschuht. Behandschuht bis über den Ellenbogen.

»Guten Abend. Ich hatte noch nicht die Freude, Sie in meinem Haus empfangen zu dürfen, nicht wahr?«

»Nein, bisher noch nicht«, und Sagoe ergriff den Handschuh … was hast du da drin, Weib, einen glitschigen Fisch?

»Sie sind natürlich noch neu an der Universität?«

»Ich bin gerade erst aus Amerika zurückgekommen.«

»Aah ja, die Staaten. Das erklärt es natürlich.«

Sagoe starrte sie an und wartete, daß sie erklären würde, was was erklärte. Und sie machte ihm das Vergnügen.

»Die Amerikaner sind so ungezwungen, nicht wahr?«

Sagoe, aus dem Gleis geschmissen, wütend. Aber sie war schneller als seine mögliche Erwiderung und fragte: »Haben Sie schon mit Ihren Vorlesungen begonnen?«

»Nein, ich habe Forschungsarbeiten gemacht«, … und als nächstes möchte ich erforschen, warum aus deinem knolligen Nabel eine künstliche Rose sprießt …

»Ach ja, daran habe ich ja gar nicht gedacht, die Vorlesungen sind ja schon vorbei. Im Moment sind es ja nur noch die Examen und ähnliches …«

»In der Tat«, sagte Sagoe, »nur noch Examen und ähnliches …«

Sie lächelte süßlich.

»Jedenfalls werden Sie wohl noch ein wenig Zeit brauchen, um sich einzugewöhnen. Es ist wohl immer recht schwierig, sich nach seinen Studientagen einzurichten, nicht wahr? Ich denke immer, daß es doch fürchterlich sein muß für einen Studenten, gleich nach Beendigung des Studiums selbst als Lehrender tätig sein zu müssen. Es ist doch sehr schwierig, nicht wahr, sich neu einzufügen. Bandele, bringen Sie ihn doch mal mit zum Tee zu uns.«

»Mit dem größten Vergnügen, Mrs. Oguazor.«

»Haben Sie übrigens noch etwas zu essen bekommen? Es war nur ein kaltes Büffet, aber wenn Sie sich beeilen, können Sie vielleicht noch ...«

... der Plastikapfel war vorzüglich, vielen Dank ...

Es gärte in Sagoe, der zum Schweigen verurteilt war, und was es noch schlimmer machte, Bandele kicherte leise, als sich die Frau umdrehte und ging.

»Was, verflucht und zugenäht, hast du so blöd zu grinsen?« explodierte er dann.

»Über dich. Das war touché.«

»Ich seh nicht, was da so verdammt touché dran ist.«

»Nimm's nicht so tragisch. Du hast dich gar nicht so schlecht gehalten. Aber auf solche Leute muß man einfach vorbereitet sein.«

In einer Raumecke, nicht weit von der Treppe, konzentrierte sich das Geklapper hochhackiger Schuhe. Irgendwie hatten sich alle Frauen dort zusammengefunden, standen nun da und warteten auf etwas. Sagoe wollte Bandele gerade fragen, ob die Party nun vorüber sei, als der Professor persönlich auf sie zukam.

»Ich dachte, Caroline sei hier.«

»Sie war hier, noch vor einem Augenblick.«

»Oje, oje, unt die Dahmen warrten doch auf sie.«

Just in diesem Augenblick tauchte Mrs. Oguazor wieder aus einer Gruppe auf und kam auf den Professor zu.

»Caroline, Liebes, die Dahmen haben bereiz nach dir gefrahgt.«

»Ich weiß, ich habe dich gesucht, um dir zu sagen, daß wir nun nach oben gehen. Du kümmerst dich doch um die Dinge hier unten, nicht wahr?«

»Aber natührlich, meine Liebe.«

»Ooh, ich sehe, du hast dich mit dem neuen Lehrbeauftragten schon bekannt gemacht?« – und Sagoe spürte förmlich die stillschweigende Abmachung –, »ich habe Bandele gebeten, ihn zum Tee mitzubringen. Er ist mit den hiesigen Gepflogenheiten noch nicht ganz vertraut.«

Marionettenpage aus der Zeit Victorias, verbeugte sich der Professor, und die Verachtung, die aus seinem Benehmen sprach, war zu gezielt, als daß man sie hätte mißverstehen können. Nur mit größter Mühe konnte es sich Sagoe verkneifen, an sich herabzuschauen, ob sein Hosenladen offenstand.

»Komm jetzt, meine Liebe«, und der Professor nahm die Hand seiner edlen Dame, »wir dürrfen die Dahmen nicht länger warrten lassen.«

Caroline gestand Bandele noch einen Teelöffel voll Lächeln zu, und raschelnd verkleinerte sie sich.

»Ich hab's dir ja gesagt, du hättest 'n Schlips umbinden sollen.«

»Hab ich dir Schande gemacht?«

»Du hättest mir nicht wiedergutzumachende Schande machen können, aber du hast der Dame ja selbst gesagt, daß ich dich nicht kenne.«

»Ach so, ja. Trotzdem. Ich hab einen sechsten Sinn für so was. Ich sollte deinen Ruf nicht weiter aufs Spiel setzen.«

»Der ist sowieso ruiniert. Die hier zur Schau gestellte Höflichkeit ist das äußerste, was sie noch für mich zustande bringen.«

»Und warum gehst du dann auf ihre Party?«

»Macht's dir nicht auch manchmal Spaß, Leute zu beobachten? Besonders, wenn du weißt, daß sie deinen Anblick unerträglich finden?«

»Du hast einen höchst sonderbaren Geschmack.«

»Nicht so sonderbar wie der von denen. Weshalb laden sie mich denn ein?«

»Wenn ich das sagen darf, ich hatte nicht den Eindruck, daß zwischen euch irgendwelche Spannungen bestehen.«

»Siehst du, das nennt man Zivilisation! Hier sind lauter zivilisierte Menschen versammelt.«

Die Mitte des Saales war geräumt. Die Damen drängten sich am Fuß der Treppe, erwarteten die endgültige Aufforderung zum Aufstieg. Die Herren, tadellos und hausdressiert, bildeten am entgegengesetzten Ende des Raumes eine Männerecke. Einige mußten vom Professor sanft manövriert werden, aber seine Winke waren nur Andeutungen. Kaffee wurde gereicht, Zigaretten als Gegenangebot. Stillschweigendes Übereinkommen ließ die Herren die Rücken zur Treppe kehren, so lange, wie es wohl dauern mochte, bis die Damen endgültig entschwunden waren. So anmutig taktvoll war alles arrangiert, daß Sagoe vor Bewunderung ganz hingerissen war. Der Professor hauchte ihnen zu, die Toilette im Erdgeschoß stehe nun ganz allein ihnen zur Verfügung, doch Sagoe hatte sie bereits aufgesucht. Spannung tröpfelte aus ihm wie das knappe Pinkeln eines Hundes, und auf eigenartig pervertierte Weise spürte er eine prickelnde Erregung, bis er glaubte, einen Herzschlag zu kriegen, wenn nicht sofort irgend etwas passierte.

Die Bewegung bei der Treppe zog sich unnötig lange hin, denn ein junges Mädchen betrieb mitten im Saal Sabotage, indem sie geduldig ihre Argumente der Nichtübereinstimmung einem Paar gestikulierender Handschuhe auseinandersetzte.

Noch Augenblicke vorher war sie mit einigen männlichen Gästen in ein lebhaftes Gespräch vertieft gewesen, doch die Herren hatten sich taktvoll zurückgezogen, als Mrs. Oguazor auftauchte und sich hinter ihnen räusperte – kein Wort war nötig. Das Mädchen allerdings war zarten Fingerzeigen gegenüber unempfindlich. Und als Mrs. Oguazor ihr schließlich den Sachverhalt auseinandersetzte, antwortete sie: »Oh, später vielleicht, vielen Dank, Mrs. Oguazor.«

Die Verzögerung hatte sich bereits in peinliche Länge gezogen, ehe es Sagoe gelang, die ersten Worte selbst aufzuschnappen. Das Mädchen sagte: »Aber ich habe kein Bedürfnis zu gehen.«

Der süße Ausdruck im Gesicht der Gastgeberin löste sich langsam auf.

»Mrs. Faseyi, Sie halten die anderen Damen auf.«

Die Stimme des Mädchens blieb ein geduldiges Flüstern: »Aber ich versichere Ihnen, ich habe kein Bedürfnis, nach oben zu gehen.«

»Meine Liebe, Ihr Benehmen ist höchst unschicklich. Alle Damen ziehen sich jetzt nach oben zurück. Sie warten nur noch auf Sie, meine Liebe.«

»Aber ich möchte nicht gehen.«

»Diese Grundregeln der Etikette können Ihnen doch nicht wirklich fremd sein. Und wenn sie es sind, bitte, dann beobachten Sie, was die anderen machen, und folgen Sie ihrem Beispiel.«

Sie war jetzt schon kürzer angebunden.

»Ich habe erst vor zehn Minuten die Toilette hier im Erdgeschoß benutzt, ich habe kein Bedürfnis, schon wieder zu gehen.«

»Es geht nicht darum, ob Sie ...« ihre Stimme schlug über, aber sie faßte sich und warf einen raschen Blick durch den Saal.

Die wenigen Herren, die sich kurz umgeschaut hatten, vernebelten ihre Entdeckung in dicken Rauchwolken. Sagoe schob jedoch sein letztes Gefühl für Anstand beiseite und kam näher, um besser lauschen zu können, während die Damen der Schande des Mädchens ausdrücklich den Rücken kehrten. Mrs. Oguazor versuchte es noch einmal mit Sirup.

»Meine Liebe, sehen Sie, alle Damen gehen jetzt nach oben. Vielleicht möchten Sie Ihr Make-up ein wenig in Ordnung bringen oder Ihre ...«

»Aber ich trage kein Make-up.«

»Ganz sicher möchten Sie sich aber doch wohl ein wenig

frisch machen, Mrs. Faseyi. Und außerdem, wenn Sie nicht mitkommen, werden Sie mit den Herren hier unten ganz allein sein.«

»Oh, das macht mir nichts aus.«

»Sie benehmen sich unmöglich, Mrs. Faseyi. Und ausgerechnet Sie. Ich verstehe wirklich nicht, warum Sie uns derart verärgern müssen.«

Sie bekam kullerrunde Augen.

»Habe ich jemanden verärgert?«

»Also bitte, seien Sie ein liebes Mädchen«, kommandierte Mrs. Oguazor jetzt und nahm sie beim Arm. »Kommen Sie jetzt.«

Das Mädchen hemmte den Ansturm, indem sie Caroline eine liebenswürdige Hand auf die Schulter legte.

»Gehn Sie nur mit den anderen. Aber lassen Sie mich nicht zu lange allein.«

Damit hätte die Sache erledigt sein sollen, und noch vor wenigen Tagen wäre sie es gewesen. Aber dies war ihre erste Abendgesellschaft als frischgebackene Frau Professor, und die Szene – alle Bemäntelungen waren vergeblich – war in die Öffentlichkeit geraten. Sie, eine seltene Spezies, eine schwarze Frau Professor, sah sich dem trotzigen Widerstand einer jungen, gewöhnlichen Hausfrau gegenüber, fast noch ein Mädchen, und das in ihrem eigenen Haus, in aller Öffentlichkeit, und dabei war die Etikette auf ihrer, Mrs. Oguazors, Seite!

»Sie kommen jetzt sofort mit«, sagte Caroline, »oder Sie dürfen nicht damit rechnen, je wieder in dieses Haus geladen zu werden.«

Und das Mädchen sagte einfach: »Oh, dafür habe ich Verständnis.«

Schließlich kamen ihr die Damen zu Hilfe, denn Mrs. Oguazor wäre jetzt bereit gewesen zu gehen, aber der Saal hatte sich in der Zwischenzeit verlängert, die Entfernung zwischen ihr und den zusammengepferchten Damen war endlos und kahl. Quer durch diese Öde kanterte die Erlösung – die hagere Mrs. Drivern, Gattin des Gynäkologen.

»Ich glaube, wir haben nun lange genug gewartet, Mrs. Oguazor.«

Sie schnappte die dankbare Dame beim Handschuh, zeigte der Ausgestoßenen eine stolzgeschwellte Schulter und zog dem Trupp von vierzig moralischen Unterstützungen voran ins Zwangsasyl abgefütterter Damen.

»Ist der Ehemann des Mädchens auch hier?« fragte Sagoe, und als Bandele nickte, fügte er hinzu: »Wetten, daß ich ihn auf Anhieb rauspicke?«

»Da halte ich nicht gegen. Da gibt's ja nichts zu raten.«

Schweiß stand im Nacken eines Ehemannes. Nichts hielt ihn am Erdboden außer dem verzweifelten Wunsch, er möge sich auftun und ihn verschlingen. Er zitterte, und wie eine feuchte Muschel umschloß seine hohle Hand eine Zigarette, bis ihr die Luft ausging.

»Gleich hebt er ab«, sagte Sagoe, »die Erde wird ihn nicht verschlingen, also hebt er ab. Mit der Fliege als Propeller.«

»Er formuliert im Geist schon seine Entschuldigung. Ich kenne Ayo.«

Und sie hörten sein Glas auf einen Tisch klirren. Mr. Faseyi straffte die Schultern, drehte sich um und wollte den Entschluß des auf die Probe gestellten Mannes offenbaren – Distanzierung vom Verhalten der Ehefrau durch augenblickliche Reparationszahlung.

Gleichzeitig strebten Sagoe und Bandele der Raummitte zu.

»Du mußt mit denen leben, also halt du dich da raus«, und er drängte Bandele entschlossen zurück. Doch auch Sagoe kam zu spät.

Kola war gerade mit Egbo hereingekommen, als die Schau losging, und von der Tür aus hatten sie alles beobachtet. Sie sahen, wie Kola flott auf das Mädchen zuging, das so verlassen dastand, rasch ein paar Worte mit ihr wechselte und dann mit ihr zu der Ballettmusik, die leise aus den versteckten Lautsprechern perlte, einen verrückten, langsamen *High-life* zu tanzen begann. Sagoe stöberte sein Glas wieder auf und bemerkte mit gespieltem Abscheu: »Hier wimmelt es ja von Sir Galahads.«

Der Titel der Schallplatte war: »Beliebte und berühmte Ballettmelodien«, und so verschmolz das Paar seinen *High-life* mit einem Ausschnitt aus Schwanensee. In der Ecke schwitzte Faseyi, geschlagen, unschlüssig. Als Ehemann konnte er ja abwarten, doch er ahnte den wachsamen Blick des Professors in seinem Rücken und trat vor.

»Fash!«

Er flog herum und sah mit Erleichterung, es war nur Bandele.

»Oh, hallo. Tut mir leid, aber wir wollten gerade gehen.«

»Was, jetzt, wo der Tanzboden freigegeben worden ist?« Und dann fügte er noch seinen Gedankenblitz an: »Oder mußt du los, um die Jungs einzuschließen?«

»Eh, wie bitte? Ich ... eh ... ich versteh dich nicht.«

»Nu tu doch nicht so! Weiß doch jeder, daß du für den Aufsichtsposten im Shehu-Studentenheim nominiert bist ...«

»He? Was soll das, wo hast du denn das her?«

Er verwandelte sich in einen Rotorhund, in einen feuchten Knochen an beiden Enden der Trillerpfeife.

»Du willst sagen, du hättest gehört, daß ich ...«

»Nu mach aber 'n Punkt, Fash. Jeder weiß doch, daß ...«

Und dann wurde die Musik abrupt abgedreht. Mit stolzer Haltung nahm der Professor den Tonarm ab, ohne die Profanität der Tänzer auch nur eines Blickes zu würdigen. Sagoe war nicht betrunken, doch wieder spürte er diese Erregung. Der Professor schritt zur Gruppe der Herren zurück, die Würde seines Hauses war wiederhergestellt, ein Panzer aus Unbescholtenheit schützte sie.

»Na, wunderbar«, aufrüttelnd tönte Sagoes Stimme durch die Stille, »und wie wär's jetzt mit Juju oder 'm Twist?«

Es lähmte des Professors forschen Schritt, und die Männerecke schwieg empört. Gläser hingen in der Luft, als sei der Toastmaster der Länge lang hingeschlagen. Es war die Stille, die einem geplatzten Scheck folgt, die Stille – so empfand es Sagoe – des Behelfsleerizismus.

Endlich bewegte sich der Professor wieder, doch mit so starrem Gesicht, daß jeder seinen Nachbarn fragte: »Ich hoffe doch nicht, daß Sie diesen Kerl mitgebracht haben?« Und jeder seufzte enttäuscht, weil der Kandidat seine Chance auf Nominierung für ein Pöstchen nicht verloren hatte.

Allem Anschein nach aber strich J. D. Oguazor die Angelegenheit schlicht aus seinem Gedächtnis. Eine neue Professur bedurfte neuer Tugenden – beispielsweise der Großmut.

Sein Gesichtsausdruck war eine deutliche Werbung um Würde, Gelassenheit und Selbstbeherrschung angesichts einer derart barbarischen Provokation. Die Gesellschaft sprach auf den Wink an und nahm die Unterhaltung wieder auf. Egbo ging zu Kola hinüber, Sagoe folgte ihm auf dem Fuß, der Ehemann aber zog Bandele am Ärmel zurück und fing an, ihn wegen des Aufsichtspostens auszufragen. Alles nur Gerüchte, beteuerte Bandele, aber Gerüchte aus sehr zuverlässiger Quelle ...

Endlich lud Faseyi Bandele zum Essen ein.

Akademischer Rat Adeora hatte viel Mühe darauf verwendet, herauszufinden, bei wem der Präsident von Guinea anläßlich seines Besuches der Universität diniert hatte; nun gab er Einzelheiten eines vertraulichen Gespräches preis, das er nach dem Dinner mit dem Präsidenten geführt hatte: »Aber ja doch, habe selbstverständlich mit dem Präsidenten diniert. Ein kapitaler Bursche!«

Nnojekwe bat den Professor um seinen väterlichen Rat, wann er am besten seinen Jahresurlaub nehmen solle, dann lobte er die Messingkandelaber an den Wänden.

»Kandelaber?« fragte der Professor. »Oh, ohja, ja«, und Oguazor, der fürchtete, ignorant zu erscheinen, ging in die Falle. »Teuer, sehr teuer, aber Caroline wünschte sie sich so sehnsüchtich ...«

Und Nnojekwe lockte noch mehr aus ihm heraus, dann gesellte er sich wieder seiner Gruppe zu und berichtete das Neueste vom Professor.

Und Dr. Lumoye: »... ist aber streng vertraulich, wissen Sie.

Haben Sie gewußt, daß eines der Mädchen schwanger ist?« Entsetztes Nach-Luft-Ringen. »Studentin im vierten Semester. Kam zu mir in die Klinik und fragte mich, ob ich ihr helfen könne. Mann, also so was mach ich auf keinen Fall, hab ich ihr gesagt. Ich hab ihr geraten, die restlichen Monate abzuwarten und dann nach Hause zu fahren und ihre Eltern die Sache regeln zu lassen.«

»Das wird das letzte sein, was sie tun wird. Die meisten können von der Familie nicht viel Verständnis erwarten.«

»Na, jedenfalls bringe ich ihr diese Art von Verständnis auch nicht entgegen. Ich riskiere doch nicht sieben Jahre für anderer Leute Vergnügen; ich meine, wenn ich selbst meinen Teil an dem Spaß gehabt hätte ...« Und geziertes Lachen blubberte mit den Champagnerblasen.

Professor Singer spielte mit einem Aschenbecher, und Oguazor strahlte ihn an: »Gefällt er Ihnen?«

»Wie? Eh, hübsch, doch doch, sehr hübsch.«

»Ich habe diese Aschenbecher meiner Gattin zu ihrem letzten Geburrtstag verehrt, sechs S-tück. Unt die Kandelahber an den Wänden.«

»Entschuldigung, eh ... was sagten Sie?«

»Die Messingkandelahber, sehr nützlich, solche Gegenstände im Hause zu haben. Ich bin ein praktisch veranlagter Mensch – was Geschenke anbetrifft. Unt Caroline ist ganz vernarrt in diese Kandelahber.«

Professor Singer verbrachte den Rest des Abends damit, Kandelaber an den Wänden zu orten.

Im Hause des Todes, in dem Gehirne für Dehinwas Kleiderschrankgriffe in Plastik eingelegt wurden, schaute Sagoe sich noch einmal um und entdeckte Büschel weißer und blauer Trauben, um Wandträger drapiert, in einem strahlenden Kranz immergrüner Synthetikblätter.

Dr. Ajio bestritt entschieden, Prostituierte in sein Haus mitzunehmen. »Ich schwöre Ihnen, niemals weiter als bis zur Garage.« Und Oguazor stand genau hinter ihm und war nicht belustigt.

»Dieser Madrigalkurs war wirklich eine patente Ausrede, bis ihr Mann wegen der späten Proben schließlich Verdacht schöpfte ...«

»Man munkelt, Dr. Udedo könne nicht mal mehr seine Stromrechnung bezahlen. Was macht er denn nur mit seinem ganzen Geld?«

»Mit wem geht Salubi denn jetzt? Ich sage Ihnen, der Junge ist moralisch verdorben. Er macht ja nicht mal vor den Studentinnen halt.«

»Aines schönen Tahges«, sagte Oguazor, »wirt er sich die s-trengen Ermahnungen des Senahtes anhören müssen, seiner sittlichen Verderrbtheit wegen.«

Ein schmales Handtuch strebte auf Bandele zu und fand sich mit Sagoe allein gelassen.

»Halt mir den vom Hals, wenn du kannst«, raunte Bandele ihm zu und verdrückte sich in der Menge. Hoffnungslos war Sagoe jetzt dem Einfluß seiner Erregung ausgesetzt, er hatte den Zustand der Schwerelosigkeit des wahren Leerikers nach dem Klistier erreicht – diese Gesellschaft war Rizinus für seine Leerikerpsyche.

»Sie müssen die Rübe sein«, sagte er zur Begrüßung.

»Wie bitte?«

»Die Rübe. Die Rübe fehlt. Ich habe Äpfel und Birnen gesehen, selbst Mistelzweige aus Plastik – obwohl ich niemals hinschauen würde, wenn Caroline daruntersteht. Und Sie?«

»Eeh-e, wie meinen?«

»Ich fragte, ob Sie die Rübe sind?«

»Wer sind Sie? Ich glaube, ich verstehe Sie nicht.«

»Nein? Sprechen Sie denn kein Englisch?«

»Ha-haha, na, das will ich meinen, Englisch zu jeder Zeit, und ich schäme mich dessen nicht.«

»In diesem Fall bitte ich Sie vielmals um Entschuldigung, ich muß Sie verwechselt haben.«

»Schon gut, schon gut. Ich dachte mir gleich, daß hier was nicht stimmt. Darf ich mich vorstellen – Pinkshore.«

»Pinkshawl?«

»Nein, Pinkshore, haha. Sind Sie neu an der Universität?«

»Ja und nein. Ich bin der Schwiegersohn des Professors.«

Sagoe meinte, damit seiner Pflicht Genüge getan zu haben. Bandele hatte sich verdrückt, und er verlor das Interesse an dem Mann. Doch Pinkshore heftete sich an seine Fersen und folgte ihm auf Schritt und Tritt. Erst dachte Sagoe, er hätte als Schwiegersohn des Professors an kulturellem Wert gewonnen, aber das war ein Irrtum. Pinkshore wußte alles über die Professoren, Dekane, Registratoren, über Protektoren und Rektoren, vize und amtierend, über die Mitglieder und den Vorsitzenden des Senats und über deren Familien, bis ins intimste Detail, und er kannte die schlichte Tatsache, daß Oguazor drei Söhne, aber nur eine fünfjährige Tochter hatte und daß diese Tochter ihm viel Kummer und Pein bereitete, denn er mußte sie vor der Öffentlichkeit verleugnen, weil er sie von einer Hausangestellten hatte, und so war das arme Mädchen in ein Nobelinternat in Islington gesteckt worden, und dabei war sie des Professors Lieblingskind und sein Plastikaugapfel ... also war es für ihn sonnenklar – Sagoe war ein Hochstapler, gekommen, das Silber zu stehlen, und es war immer gut, dieser neuen schwarzen Elite kleine Dienste zu erweisen, auch wenn man sie heimlich verachtete, aber, verdammt noch mal, wenn diese Esel so empfänglich sind für Katzbukkeleien und Schmeicheleien, dann solln sie's haben, und wir holen uns dabei, was zu kriegen ist, solange der Laden läuft.

Also klettete sich Pinkshore an Sagoe und ließ sich nicht wieder abschütteln. Er entwickelte sich zur Landplage, und bald war Sagoes Vorrat an sadistischen Einfällen, den Quälgeist loszuwerden, erschöpft.

Und dann schien Pinkshore schlappzumachen. Ein tierischer Laut entrang sich seiner Kehle, und seine Augen quollen entsetzt vor. Er zog sich drei rasche Schritte zurück und rammte dabei einen hinter ihm stehenden Gast. Sagoe raffte seine fünf Sinne zusammen, konzentrierte sie auf die unmittelbare Umgebung und begriff. In der Hand hielt er wieder einen Apfel, und sein Arm war erhoben, den Apfel seinen

Brüdern nachzusenden. Ganz vage erinnerte er sich, daß sein Arm in der Vergangenheit ähnliche Bewegungen ausgeführt hatte ... aber Zeit war jetzt ein diffuser Begriff – er konnte sich nicht erinnern, wann er das erste Geschoß gefeuert hatte. Zwei blitzhelle Lichtbrechungen verrieten die Flugrichtung von Pinkshores Augengläsern, und das Handtuch bückte sich, sie aufzuheben. Noch ehe es sich wieder aufrichtete, war der Apfel durchs Fenster, und Sagoe pickte sich eine Birne aus der nächsten Obstschale. Pinkshore taumelte, trunken vor Erstaunen wie Sagoe von Whisky und Euphorie.

»Was ... was zum Teufel tun Sie denn da?«

»Ich füttere den Hund.«

»Soll das ein Witz sein? Das ist das Eigentum des Professors, das Sie da aus dem Fenster werfen.«

Sagoe feuerte die Birne raus.

»Sind Sie verrückt? Mit welchem Recht werfen Sie diese Dinge weg?«

»Was für Dinge?«

»Die Dekorationen. Und tun Sie nicht so, als wüßten Sie nicht, wovon ich rede.«

»Das sind Früchte – keine Dekorationen.«

Und er warf ein Bund Bananen hinaus.

»Hörn Sie sofort auf, oder ich melde Sie dem Professor!« Und Pinkshore kam drohend auf ihn zu.

»Wenn Sie näher kommen, rufe ich den Hund rein.«

»Versuchen Sie nicht, sich mit Ihren Clownereien aus der Affäre zu ziehen.«

»Clownereien? So, dafür halten Sie das also, dann schaun Sie doch mal aus dem Fenster. Aber passen Sie auf Ihre Nasenspitze auf, es ist ein sehr bissiger Hund.«

Er entschloß sich gerade, auch die Obstschale hinauszuwerfen, doch da war die Gastgeberin schon über ihm. Er lief mit ihr ums erste Wort um die Wette – und gewann: »Ehe diese wunderschöne Party vorüber ist, möchte ich Ihnen meinen herzlichen Glückwunsch entbieten für die Ernennung Ihres Gatten zum Professor.«

»Das ist freundlich von Ihnen, aber würden Sie mir bitte sagen …«

»Jetzt verstehe ich auch, warum Frackzwang herrscht. Einem solchen Ereignis ist nur Trauerkleidung angemessen.«

»Sie sagen mir jetzt auf der Stelle, wer Sie sind und warum Sie die Dekoration aus dem Fenster geworfen haben!«

»Aber ich sagte Ihnen doch bereits, Madame, ich bin der UNESCO-Experte für architektonische Planungsvorhaben.«

»Ihre Frivolitäten«, und ihr Blick tötete ihn, »finde ich nicht belustigend.«

»Er muß betrunken sein, Mrs. Oguazor«, sagte Pinkshore.

»Das ist eine Lüge, mein anämisches Engelchen!«

»Welcher Fakultät gehören Sie an, Sir?«

»Architektur.«

Sehr scharf gab sie zurück: »Architektur ist an der hiesigen Universität nicht vertreten.«

»Das überrascht mich nicht, Madame. Sehen Sie sich doch nur die Gebäude an, lauter Arbeiten von Stümpern und Laien!«

»Würden Sie jetzt bitte …«

»Ihr eigenes Haus freilich ist ganz entzückend. Sicherlich die Arbeit eines auswärtigen Architekten.«

Stocksteif schwenkte sie um, und Sagoe wußte, daß sie nun ihren Gatten suchte. Für Pinkshore bedeutete das eine eindeutige Bankrotterklärung, eine Situation wie diese schien ihm wie geschaffen für seine Zwecke. Er pflanzte seine ausgefranste Hülle vor Sagoe auf und legte los: »Hörn Sie mal, Freundchen, ich glaube, Sie sind ein ungeladener, frecher Eindringling.«

»Natürlich ist er das!« Und sie schwenkte zurück.

Unvermittelt fragte Sagoe: »Halten Sie Igel?«

Pinkshore trat verängstigt zurück.

»Weil mich nämlich«, und Sagoe lächelte huldvoll, »giftige Stacheln im Nacken kitzeln.«

Dann schaute er suchend in die Runde der Gäste und nickte jedem, der ihn ansah, wie einer Wiederentdeckung zu.

Pinkshore flüsterte: »Wir sollten vielleicht besser Hilfe holen, ich glaube, er ist verrückt.«

»So, glauben Sie, ja?« Es war das Knurren eines Rasenden, und es saß wie die letzte Kugel im Thriller. Pinkshore schrie gellend auf, und fünfzig Köpfe schnellten herum. Sagoe sah den Professor, der sich seinen Weg durch Gläser und Rauchwolken dienerte, und begann den Rückzug in Erwägung zu ziehen.

»Wenn ich es recht bedenke, Madame«, er verbeugte sich tief, »sollte ich Ihnen Ihr Plastikfüllhorn wiederbeschaffen. Wenn Ihr Butler hier recht hat und es sich tatsächlich um Dekorationen handelt, so wird Ihr Hund sie nicht angerührt haben, das wählerische kleine Aas.«

Und ehe noch Mrs. Oguazor seine Absicht erraten konnte, riß er ihre Hand an seine Lippen und küßte sie.

Jetzt war Oguazor da.

»Meinen herzlichen Glückwunsch, Professor«, umschmeichelte er ihn, »und mögen Ihnen noch viele solcher Feste beschieden sein.«

Sagoe zögerte kurz, doch da sein Gastgeber keinen Ministerposten bekleidete, entschloß er sich, ihm nicht die Hand zu küssen. Er begnügte sich damit, zwei heftige Pumpbewegungen mit Oguazors Arm auszuführen, verbeugte sich mit einer Geschwindigkeit, die ihn selbst überraschte, schnüffelte an der Plastikrose, die Mrs. Oguazors Nabel zierte, federte wieder auf und hielt die Nase himmelwärts in Duftverzükkung.

»Wie echt, Caro. Wie echte Rose.«

Und er schoß aus dem Saal wie von der Tarantel gestochen.

Er schritt rasch aus, erwartete irgendeine Art der Verfolgung, ohne sagen zu können, warum. In der Nachbarschaft bellte ein Hund, und er blieb stehen. Sein Herz hämmerte, die Erregung war noch nicht abgeklungen. Er ging in seinen Fußstapfen zurück und setzte dem Irrsinn, der ihn trieb, keinen Widerstand entgegen. Hinter dem Haus drückte er sich durch das Gebüsch, das das Haus der Oguazors schützte, rutschte plötzlich, fing sich aber wieder, und als er auf den Boden schaute, entdeckte er den Grund – eine der Plastikzitronen, die er aus dem Fenster geworfen hatte. Sagoe hob sie auf, dann schlich er näher ans Haus, wobei er sich tief in die Schatten bückte, bis unter das offene Fenster. Alle waren sie versammelt, und offensichtlich hechelten sie ihn durch. Pinkshore lehnte sich von Zeit zu Zeit aus dem Fenster, um zu sehen, ob irgendwelche Plastikfrüchte im Garten lägen. Sagoe schloß die Augen und sagte, Pinkshore, wahrhaftig, du solltest mich nicht in Versuchung führen. Und er zählte bis fünf, um ihm, wie er meinte, eine faire Chance zu geben. Aber Pinkshore stand noch immer da, jetzt ein wenig zur Seite gekehrt, und sprach mit den Oguazors. Die Frucht war leicht, und Sagoe kroch näher heran, beschwor den Wind – steh still – und warf die Zitrone. Sie traf Pinkshore genau in den Mund, weich, feucht vom Gras und überraschend. Sein Hirn spann sich augenblicklich Erklärungen und wob mysteriöse Schrecken – Hexenmotte, Rattenscheiße, Meuchelmord, Kriegskeule, Tod, Afrika bei Nacht … Pinkshore, ohne sich dessen bewußt zu sein, ließ sich auf das Niveau seines Angreifers herab, denn er fiel vor seinen Gastgebern in Ohnmacht.

Zweiter Teil

11

Die Regen des Mai wandelten sich im Juli in die geschlitzten Arterien des Opferstiers; aus Millionen Einstichen blutete der hinter zuckenden Wolkenbuckeln verborgene Himmelsstier, schwarz, überfüttert für das eine große Fest, genährt auf der endlosen Weide des hohen Horizonts, außerhalb der Giraffenreichweite. Und unten ist ein Wettkampf im Gange, denn die Brücken gewähren den Lorrys, die bis zum Trittbrett vollbepackt sind, freie Durchfahrt, und der nasse Asphalt spinnt den heldenmütigen Wagen Wahnbilder von unbeschränkter Geschwindigkeit, und ihre Lasten erreichen den Hafen am Fußende des Abgrunds. Das Blut der Erdbewohner mischt sich mit den bleichen Fluten des höhnenden Stiers und ergießt sich in ewig unterirdische Ströme. Die Kuppel barst über Sekonis kurzsichtigem Kopf in einer trüben Nacht. Zu spät erst bemerkte er den Wahnsinn eines in seinem Weg geparkten Lasters, das Ausweichmanöver endete in einer Schleudertour und grausamen Reifenarabesken. Ein nutzloser Haufen Blech, und Sekonis erstaunter Körper hing über der offenen Tür, ein Hagelschauer aus gesplittertem Glas ging um ihn nieder, sein Bart eine Festung aus Blut und feuchter Erde.

Es half Egbo nicht im mindesten, daß er zu den Felsen bei der Brücke floh und dort ungesehen seine bitteren zornigen Tränen vergoß, bis das Begräbnis vorüber war, noch half es Sagoe, daß er sich eine Woche lang in Bier und Kotze einschloß, und Dehinwa, verzweifelt über seine Fieberanfälle, kämpfte und wollte ihn zur Ruhe bringen, während er brüllte, du machst mich ganz naß mit deinen verdammten Tränen. Und er war erst zu beruhigen, als sie sich bereit erklärte, sein Buch der Erleuchtung auszugraben und ihm von einer beliebigen Seite vorzulesen.

»... Aus dieser Periode meiner Kindheit, und die Tür

zu unserer riesig ausgedehnten Wohnanlage gewährte immer Unterschlupf, entsinne ich mich der Farbporträts zweier übermenschlicher Wesen, ätherisch, unweltlich, mit Kronen und Juwelen, breiten Pelzkragen, Gold, Samt und Hermelin, mit Reichsäpfeln und Zeptern und hinter ihnen goldene Throne. In meinen Kinderaugen waren diese Abbilder – und damit der Plazierung dieser Porträts keine besondere ideologische Bedeutung zugemessen werden konnte, hingen die Porträts auch im Wohnzimmer und in den Schlafzimmern, denn meine Leute waren überzeugte, treue Royalisten –, in meinen Kinderaugen waren diese Figuren nichts Geringeres als Engel oder Gott und seine Frau. Es war eine kritische Phase meiner Introspektionsentwicklung, und hätte ich in diesem Lande hier gelebt, in dem alle Möglichkeiten offenstehen, ich hätte zweifellos die Laufbahn eines hauptberuflichen Schizophrenen eingeschlagen. Die Beschränkungen dieses grazilen, unwirklichen Paares wurden zur Zwangsvorstellung. Machten sie, oder machten sie nicht? Wie in einer Séance offenbarte sich die Lösung mit blendender Klarheit. Während einer Sitzung rein leerizierender Natur erkannte ich die Verhaltensgrenze innerhalb dieser menschlichen Verrichtung. Sie waren Leeriker; doch Jesus Christus, niemals das andere! Scheißen ist menschlich; sich entleeren göttlich.

Dies war die Geburtsstunde der konkreten Formulierung des Leerizismus …«

Bandele fiel die qualvolle Aufgabe zu, Alhadschi Sekoni zu trösten, der sein Gelübde leidenschaftlich widerrief und in der Buße eine Andeutung nebelhafter Erlösung von seinem verknoteten Kummer sah; verwirrt, völlig verwirrt saß er da und fühlte, wie sein Geist sich in Vorstellungen von Buße auflöste, der erflehten, der dringend benötigten Buße, und er wußte nicht, was es sein sollte, es sei denn, der Verlust selbst war die Buße, doch Alhadschi Sekoni wußte es nicht zu sagen oder zu empfinden …

Und Kolas Pinsel hob sich wieder und wieder, zögerte,

taumelte, arbeitete blind in Krämpfen aus Kummer und Unglauben ...

Als Egbo spät in der Nacht vom Fluß zurückkam, fand er Bandele im Dunkeln sitzend, noch in dem Anzug, den er zur Beerdigung getragen hatte. Erschrocken, eine totenstarre Gestalt in einem Zimmer anzutreffen, das er für leer gehalten hatte, eilte er zum Lichtschalter, doch Bandeles Stimme hielt ihn zurück.

»Ich bin's. Mach kein Licht an.«

»Bandele?«

»Ja.«

»Oh, tut mir leid.«

»Da auf dem Tisch liegt eine Nachricht für dich. Ein Mädchen hat sie gebracht.«

Egbo nahm die Notiz und ging an Bandele vorbei zu seinem Zimmer.

Bandele blieb unerschütterlich wie ein Fels im Dunkeln sitzen.

Sie war von dem fremden Mädchen. »Ich erinnere mich«, schrieb sie, »daß Sie von einem Freund, einem Bildhauer namens Sekoni sprachen. Sein Tod tut mir aufrichtig leid. Ich würde vorbeikommen, wenn ich glaubte, daß Sie mich brauchen, aber ich bin sicher, daß Sie jetzt lieber allein sein wollen. Es tut mir sehr, sehr leid.«

Sie hatte den Brief unterschrieben, aber er konnte den Namen nicht lesen. Und zum ersten Mal fiel ihm auf, daß er ihren Namen nicht kannte.

Vierzehn Tage nach dem Begräbnis kamen sie wieder zusammen, lauschten lustlos einer neuen Wandergruppe, der langen Klage des Roßhaarbogens auf der Saite und der Kalebassenrassel.

Ihnen gegenüber auf der anderen Seite der Tanzfläche saß ein Albino, hingegossen wie ein lepröser Mondstrahl, doch ohne dessen Weichheit. Flecken auf seinem Gesicht wie vergiftete Splitter, wie dunkler Grind glitten sie über die glatte phosphoreszierende Haut. Kola, wie immer mit seinen Servietten beschäftigt, verwischte die Einzelheiten, indem er Pusteln aus Hühnerfett mit den fahlen Vertiefungen der Wangen und Augenhöhlen des Mannes verschmolz. Schließlich ließ er von ihm ab, zugunsten eines Fleckchens, auf dem er über der Kabarettnummer lauter Ausschreier und Feuerschlucker brütete. Die Trommelbegleitung dieser Vorstellung war lebhaft sprühend, es war der bekannte Trommelschlag, der in den ausländischen Afrikaabenteuerfilmen den gutturalen Auftritt des Medizinmanns ankündigt.

»Ich habe das Geheimnis dieses Ritus nie ergründet«, sagte Kola. »Jedenfalls wirkt das Feuerschlucken sehr überzeugend.«

Dehinwa warf wieder einen ängstlichen Blick zu dem Albino hinüber.

»Wen kennt er hier? Warum starrt er dauernd zu uns rüber?«

Ohne sich umzudrehen, sagte Sagoe: »Meinst du den Albino?«

»Hast du ihn auch gesehen?«

»Er sucht mich. Ich weiß auch nicht, wie er auf meine Spur gekommen ist.«

»Dich? Was will er denn von dir?«

»Das wüßte ich auch gern, aber ich bin eigentlich nicht in der Stimmung.«

... oyekoko moniran ... oyekoko moniran ... oyeroba, oyeroba ...

»In Amerika«, sagte Sagoe, »hab ich mal eine Gruppe gehört, die nannte sich *Authentic Cobra Maidens of Kokokabura.* Wenn ich mich nicht umgedreht hätte, hätte ich sie für genau dieselbe Band halten können. Dieselben Kriegsschreie, dasselbe Kauderwelsch, dieselben Clownerien und Faxen. Der einzige Unterschied besteht in der Kostümierung; in den Staaten haben die irre Erfolg.«

... oyeyeye moniran ... yiaooow!

»Ich wünschte«, sagte Egbo, »der Regen würde wieder einsetzen und sie abwürgen.«

Über seine schwieligen Fußsohlen, seine gleißenden Arme, seinen kriegsbemalten Körper ließ der Feuerschlucker langsam die Flammen spielen.

Jetzt ging er mit der Fackel herum, damit sich jeder von der Hitze der Flamme überzeugen konnte. Er ging an dem Albino vorbei, und der Mann bedeckte seine gequälten Augen, als die Fackel plötzlich hochwirbelte und genau vor ihm wieder gefangen wurde.

Kola schrie: »Seht euch das an, schnell!«, aber schon war die Fackel am nächsten Tisch, und ein Mann zündete seine Zigarette daran an.

»Was war denn los?«

»Schon zu spät. Ihr hättet den Albino im Licht der Flammen sehen sollen.«

Der Mann hatte seine Neonblässe wiedererlangt. Er saß da wie der Kadaver eines Ertrunkenen, gekrümmt, als hadere er mit der Schwerkraft.

»Er ist Usaye kein bißchen ähnlich«, bemerkte Kola.

»Usaye ist weich, sogar schön. Selbst wenn sie mal siebzig ist, wird sie nicht wie dieser Albino aussehen.«

»Aber zuerst hat sie dich doch abgestoßen, das hast du selbst gesagt.«

»Nur ein wenig, und auch das ging schnell vorbei. Sie ist aus ganz anderem Holz geschnitzt, sie ist ein ganz erstaunlich geformtes Ding, ich kann sie nie ganz ergründen. Aber der Mann da sieht aus wie gelbe Baumrinde, ewig und drei Tage in *agbo* eingeweicht, zäh und trockengekocht.«

Der Pirouetten drehende Feuerschlucker sprang plötzlich in die Luft, rutschte vom Rand der Bühne ab und landete in einer kleinen Pfütze neben einem Stapel Bananenstauden. Seine Akoluthen eilten hinzu, ihm aufzuhelfen, seine Fackel war nur noch ein trauriges Tropfrohr, das dunklen Rauch ausrülpste und den Geruch von Kerosin. Die Kriegsbemalung verlief auf seinem Körper, Muster, die er vielleicht dem Film »Tarzans Abenteuer mit den Authentic Cobra Maidens of Kokokabura« abgeguckt hatte.

»Sangos Nachtklubvertreter«, verkündete Egbo, »hat sich wäßrigeren Gottheiten zugewendet.«

Aber sie alle fühlten sich ein wenig so, flach. Sekonis Tod ließ sie durchnäßt, beschmutzt zurück, die Farbe tropfte von ihrer Lebensbejahung, wo sie doch geglaubt hatten, so gefestigte Vorstellungen zu haben verwischte sich zu häßlichen Placken. Sie fühlten sich überrumpelt und, so dachte Kola, ganz und gar nicht wie das vollendete Werk, vielmehr wie fünf Figuren meines Pantheons, gerade einem Trog voll Terpentin entstiegen.

Dehinwa allein war sich ganz sicher – sie sollten nicht mehr hierherkommen. Gewohnheiten müssen sich ändern, wenn die Erinnerung unerträglich wird. Und Sekoni war zu sehr Teil einer Einheit gewesen, die sie für so selbstverständlich gehalten hatten; und dies waren die physischen Tatsachen, unausweichlich, wie der Treff im Cambana fast alle vierzehn Tage und dazwischen im Mayomi in Ibadan. Dies waren die Zufälle, die sich zu festen Gewohnheiten auswuchsen, eine der vielen Erinnerungen an Sekoni, die sich bedrückender breitmachte, als es die heftige Anspannung seiner Stotterbemühungen je konnte.

»Er kommt«, zischte Dehinwa durch die Zähne. Sagoe drehte sich um und begrüßte den Albino mit gespielter Fröhlichkeit. Was wollte der Mann überhaupt?

»So, so, ich war mir nicht ganz sicher, ob Sie es sind. Da haben Sie mich also doch endlich ausfindig gemacht, was?«

»Es war nicht ganz leicht, aber schließlich habe ich den Büroboten erwischt …«

»Mathias?«

»Ja, das war der Name, mit dem er sich vorstellte. Er sagte mir, daß dies hier Ihr Lieblingsplatz ist, um die Nacht zu verbringen.«

»Setzen Sie sich. Setzen Sie sich, hier, nehmen Sie meinen Stuhl. Schon gut, ich hol noch einen.«

Fast unmerklich schauderte Dehinwa zurück, als der Albino auf dem Stuhl neben ihr Platz nahm.

Sagoe kam mit einem Stuhl zurück, und sofort begann der Mann zu erzählen, in einem Ton, der Ehrerbietung mit einem hohen Maß an Selbstsicherheit mischte.

»Mr. Sagoe, ich will Sie nicht länger als nötig aufhalten, aber als Zeitungsmann können Sie mir behilflich sein.«

Er grub in den Taschen seines weiten Kaftans und zog eine Brieftasche hervor. Ihr entnahm er eine Plastikhülle, in der ein alter, vergilbter Zeitungsausschnitt steckte. Durch das bräunliche Plastik konnte man die scharfen Falzkanten des Ausschnitts sehen, der vielleicht lange Zeit zusammengefaltet in einem Buch aufbewahrt worden war. Erschrocken über die Brüchigkeit des wichtigen Dokuments, hatte er sich klugerweise eine Plastikhülle dafür besorgt, und nun konnte man es anschauen und lesen, ohne die Kanten einzureißen oder die wertvolle Schrift abzugreifen.

Sagoe hielt es ins Licht und las. Wieder schaute er den Albino an, dann reichte er Bandele den Zeitungsausschnitt. Ohne Kommentar lasen sie einer nach dem anderen, blickten den Mann mit einer Mischung aus Staunen und Skepsis an. Sie alle warteten, daß Sagoe die Sache in die Hand nahm. Schließlich hatte der Fremde sich an ihn gewandt.

Sagoe nahm Dehinwa den Zeitungsausschnitt ab und gab ihn dem Mann zurück.

»Wann war das?«

»Vor fast sechs Jahren.«

»Vielleicht sollte ich Sie erst einmal fragen, warum Sie mich eigentlich sprechen wollten.«

»Warum? Nun, als Zeitungsmann und als ein Mann Gottes können Sie uns behilflich sein.«

»Uns?«

»Ja, meiner Kirche. Als sich das große Ereignis zutrug und ich von den Toten auferstand, war mein Leben nicht länger mein Eigentum. Ich habe es Gott geweiht.«

Bandele sagte ruhig: »Der Ausschnitt gibt nicht viel Auskunft, können Sie uns ein wenig mehr erzählen?«

»Ja, ich weiß, es ist nur eine kurze Zeitungsnotiz, und was

konnte es auch mehr sein, schließlich spielte sich die Sache nur zwischen Gott und mir ab. In den Straßen eines fremden Dorfes bin ich tot umgefallen. Und die freundlichen Leute wollten mich am folgenden Tag begraben, aber als sie den Sarg ins Grab hinunterließen, erwachte ich und klopfte gegen den Sargdeckel, und das ist alles, was den Augen der sterblichen Zeugen offenbar wurde.«

Egbo versuchte das Alter des Albinos zu schätzen, aber er stellte fest, daß es unmöglich war.

Lasunwon dachte, daß so etwas jeden Tag passiert. Ja, gestern erst war irgend so ein armer Teufel im Leichenhaus aufgewacht; wie nachlässig und unbekümmert diese Ärzte doch sind. Jesusmaria, was für ein grauenhafter Gedanke.

Kolas Gehirn schwirrte von Phantasien – was sollte man nur von der zeitlichen Abstimmung des Fremden halten, so kurz nach Sekonis Tod? ... und ja, die Ärzte sprachen doch von »schein«-tot, was soll das heißen, tot oder nicht-tot? Sekoni zum Beispiel, als er ins Grab hinabgelassen wurde, man stelle sich vor, da hätte es plötzlich geklopft, und Sekoni hätte gestammelt »Llllast m-m-m-mmich raus! Lllast m-mich raus!« ... und Kola merkte, wie er dem Mann eindringlich ins Gesicht starrte, als glaube er, das Gesicht des Scheichs aus dem des Albinos rückgestalten zu können.

... vom Antlitz gelbgefleckter Kauwurzel, ausgequetscht aller Lebenssaft ...

Dehinwa tastete nach Sagoes Arm, um sich daran festzuhalten, und dachte, ich wußte doch, daß irgendwas Unnatürliches um ihn ist ... als hätte er kein natürliches Blut ...

Sagoe stutzte plötzlich, als ihm ein neuer Gedanke durch den Kopf schoß. Er sah den Mann scharf an, sagte aber nichts. Der Albino fuhr fort: »Ich weiß nicht, wer oder was ich war, bevor ich starb, oder woher ich kam, aber was die Leute in dem Dorf wirklich entsetzte, ist, daß ich, ehe sie mich in den Sarg legten, so aussah wie ihr, meine Freunde, schwarz. Als ich wieder erwachte, war ich so, wie ich jetzt aussehe, geworden.«

Sagoe bemerkte: »Da drüber steht aber nichts in der Zeitung.«

»Wie denn auch!« antwortete der Albino. »Hätte man es geglaubt? Glauben Sie es? In der kurzen Zeit, in der ich im Sarg lag, in einen Albino verwandelt! Aber die Dorfbewohner haben es alle bestätigt, und die Schwester in dem Krankenhaus, in das sie mich zuerst gebracht hatten, hat es mir persönlich gesagt.«

Lasunwon platzte heraus: »Was für ein schreckliches Schicksal! Wirklich, es sollte Schutzvorrichtungen gegen so was geben. Es könnte doch jedem passieren. Gar nicht auszudenken, lebendig begraben zu werden!«

Das Gesicht des Albinos wurde hart, aber nur Sagoe, der neben ihm saß, bemerkte es.

»Ich wurde nicht lebendig begraben. Ich war tot!«

Jetzt lachte Lasunwon: »Aber Sie glauben doch nicht ernsthaft, daß Sie gestorben sind. Wenn Sie jetzt leben, können Sie da nicht tot gewesen sein. Vielleicht war es ein Koma oder so was, da gibt es jede Menge medizinischer Erklärungen für solche Sachen.«

Der Albino wendete sich an Sagoe: »Ich möchte Sie gern zu unserem Gottesdienst einladen. Ich würde mich sehr freuen, wenn Sie kommen, denn es ist ein besonderer Gottesdienst.«

Bandele sagte: »Aber können Sie sagen ... können Sie sich erinnern – was Sie empfanden. Ich meine, als sie aufwachten und dann an den Sarg klopften.«

»Ich würde Ihnen das gerne erzählen, aber alles hat seine rechte Zeit. Eine solche Sache, wie kann man darüber an einem solchen Ort sprechen, wo das Leben so billig ist. Aber wenn Sie nächsten Sonntag in meine Kirche kommen ...«

Egbo hatte den Mann unverwandt angesehen, seine Augen leuchteten vor morbidem Eifer; wie die anderen versuchte er, aus dem Gesicht des Mannes die Essenz des Erlebnisses zu extrahieren. Der Albino erhob sich.

»Ich lade auch Ihre Freunde ein, auch sie können uns helfen.«

Höflich verbeugte er sich und wollte gehen.

»Aber Ihre Kirche, wo ist die denn?«

»Ah, ich habe ganz vergessen, daß Sie das ja nicht wissen. Aber es ist unmöglich, das zu beschreiben. Ich werde Ihnen einen Führer schicken.«

»Sie wissen, wo ich wohne?«

»Nein, aber wir haben uns doch schon einmal im Hotel Excelsior getroffen, vor dem der junge Dieb gehetzt wurde. Kann der Führer Sie dort treffen?«

»Gut. Wieviel Uhr?«

»Unser Gottesdienst beginnt um acht Uhr morgens. Er wird ab halb acht auf Sie warten.«

»Gut. Ich werde dasein.«

»Bitte vergessen Sie nicht, Sie können uns helfen, und Ihre Freunde auch. Wenn Sie kommen, wird es eine Ehre für meine Kirche sein.«

Der Mann war kaum außer Hörweite, als Lasunwon rausplatzte: »Das glaubt der doch selbst nicht, oder? Der glaubt doch nicht wirklich, daß er tot war.«

Sagoe sagte: »Ich habe nicht mal das gedacht. Was mir durch den Kopf schoß – der Zeitungsausschnitt braucht sich ja nicht mal auf ihn zu beziehen.«

Bandele nickte: »Ja, das stimmt.«

»Du hast recht«, schrie Lasunwon. »Und die Geschichte mit dem Wechsel der Pigmentierung macht doch das Ganze noch fauler. Die Zeitung hätte das doch auf jeden Fall erwähnt.«

Kola sagte: »Ja, ist schon ganz schön schwer zu schlucken. Die Geschichte steckt einem wie 'ne Gräte im Hals.«

»Und was meinst du«, fragte Sagoe, »ist er 'ne Niete oder nicht?«

»Er hat mich neugierig gemacht«, gab Kola zu. »Ob er auch so einer von den neuen Propheten ist?«

»Ich bin ihm vor sechs oder sieben Wochen begegnet, als er einen Taschendieb vor einer tobenden Meute rettete. Und bei Sir Derins Begräbnis. Er könnte durchaus einer von den hiesigen Propheten sein – gerade damit beschäftigt, seine Publicity ein wenig zurechtzufrisieren. Diesen Ausschnitt da zum Beispiel, den kann er doch in irgendeiner alten Zeitung gesehen haben, dann hat er ihn ausgeschnitten, um ihn später mal an günstiger Stelle einzusetzen. Ist ein gutes Geschäft im Moment, die Religion.«

»Trotzdem … was meinst du, Bandele, sollen wir hingehen?«

Bandele stöhnte: »Was denn, nächste Woche schon wieder hundert Meilen weit fahren?«

»Ich werd' das Steuer übernehmen.«

»Deswegen muß ich die Stöße trotzdem aushaken.«

»Na, komm, sei nicht so verdammt faul!«

»Warum wollt ihr denn unbedingt dahin gehen?« wollte Lasunwon wissen.

»Neugier – unter anderem.«

»Ihr seid doch nichts als ein Haufen religiöser Gaffer.«

»Und dir«, sagte Kola, »geht einfach jegliche künstlerische Phantasie ab.«

»Natürlich! Wir können ja schließlich auch nicht alle Künstler sein, oder?«

»Wenn du anfängst zu spotten, Lasunwon, wirst du einmalig häßlich.«

»Oh, ich weiß, ich weiß. Ich nehme an, auch Spotten ist eine Kunst, und wir armen Rechtsanwälte können es mit den Künstlern eben nicht aufnehmen.«

Bandele, ruhig: »Nun laßt's genug sein. Was ist denn los mit euch beiden?«

»Ich finde seine ewig überhebliche Art einfach zum Kotzen, das ist alles. Als ob da irgendwas Besonderes dabei wäre, ein paar Figuren auf ein Papier zu schmieren. Keine Phantasie!«

»Ach so, das schmerzt dich also. Na gut, du hast Phantasie. Du hast eine wassertriefende, massige, phantasielose Phantasie.«

»Und du bist ein … ein Zeitvergeuder, ein völlig unnützes Mitglied der Gesellschaft, und du weißt es.«

Egbo sagte: »Vorsicht, Lasunwon. Wo ordnest du dann so rumlungernde Winkeljournalisten wie Sagoe ein?«

»Ach, der ist ganz in Ordnung, abgesehen von seinem Latrinengehirn.«

»Halt mal, ja! Soll das etwa auf meine Philosophie des Leerizismus gemünzt sein?«

»Ach, soooo nennst du das?«

Bandele lachte innerlich.

»Ich glaube, ihr solltet Lasunwon heute abend zufriedenlassen. Ihr seht ja: Der Mann ist doch ganz geil auf 'nen Streit.«

»Was hat er denn eigentlich in seinem tiefsten Innern?« fragte Ebgo.

Und Sagoe sagte: »Kola hat seinen wunden Punkt erwischt.«

Und es wirkte wie der Druck aufs Knöpfchen, und heftiger noch als zuvor legte Lasunwon wieder los: »Ja, das leugne ich gar nicht! Und es ist nicht das erste Mal. Wer oder was ist er denn schon, daß er hergeht und für sich einen besonderen Platz im Universum reklamiert. Und ich meine nicht nur ihn, ich meine die ganze Mischpoke. Jeden Tag reißen sie in irgendeiner Zeitung die Klappe auf und faseln über Kultur und Kunst und Phantasie. Und ihr Gehabe ist dabei so überheblich, als wendeten sie sich an analphabetische Barbaren.«

»Vielleicht liegt das Problem nur einfach darin, Lasunwon, daß du nicht verstehst, was sie schreiben.«

Bandeles spöttischer Unterton war roter Pfeffer in Lasunwons Wunde.

»Daß ich was nicht verstehe? Aber sie sagen ja überhaupt nichts. Geschwafel, nichts als unausgegorenes Geschwafel. Wie Sekoni mit seiner infernalen Kuppel ...«

Und er hielt sofort inne, doch er hatte sich zu spät erinnert. Kola war aufgesprungen und brüllte: »Halt dein verdammtes Schandmaul, du Bankert!«, aber es wäre nicht nötig gewesen. Lasunwon saß da, klein und häßlich, und wünschte, er könnte seine Worte zurücknehmen, und Egbo dachte, warum nicht, warum nicht? Warum hört er auf? Nur weil der Mann tot ist?

Und nie hatte er einen derart leidenschaftlichen Ausbruch von Kola erlebt. Kola, hoch aufgerichtet, ein zitternder Regentropfen an der Dachkante, und dann auf seinem Stuhl zusammengesunken, das Gesicht in den Händen vergraben.

12

»Mein Name ist Lazarus«, sagte der Mann in dem strahlendweißen, litzenbesetzten Gewand.

»Mein Name ist Lazarus, nicht Christus, Gottes Sohn.«

Eine kleine Hütte nahe der braunen Lagune, ein Palmstrunk- und Bierkastensplitterschuppen, mit gespleißten Palmwedeln als Türen und Fenstern, krummen Balken und einem tiefhängenden Dach aus Palmblättern. Es hätte eine Mühle sein können, mit den weiß getünchten schmalen Brettern und dem gleichmäßigen Gemurmel – wie das Mahlen von Korn – der wiederkehrenden liturgischen Verse, das durch die Wände gesiebt kam, während sie auf das Ende des Gebetes warteten. Schließlich folgte das Knarren roher Bänke auf den Klang von Lazarus' Stimme, und sie gingen hinein, die Augen fest auf den Mann an dem ungehobelten Chorpult geheftet. Sie schlichen sich zu einer der hinteren Bänke, aber ein Mann eilte herbei und führte sie zurück. Und jetzt bemerkten sie, was sie bei ihrem Eintritt hätten beachten sollen, eine sauber ausgerichtete Reihe von Schuhen neben der Tür.

»Mein Name ist Lazarus, nicht Christus, Gottes Sohn.«

Sie zogen die Schuhe aus, umhüllt von ihrer Verlegenheit wegen der Störung, die sie verursachten, und wegen der Aufmerksamkeit, die man ihnen schenkte. Durch Egbos Zehen aufkriechende Kälte ließ ihn nach unten schauen; der Fußboden bestand aus geglättetem Zement, und die Kellenkreise des Ruckzuck-Maurers waren noch zu erkennen. Dann offenbarten sie eine weitere Unwissenheit. Dehinwa, die gerade wieder auf der Bank Platz nehmen wollte, fühlte sich respektvoll zur anderen Seite geleitet, und jetzt sahen sie, daß Männer und Frauen getrennt saßen. Mit einer Handbewegung räumte der Helfer eine ganze Bank für sie und verfuhr ebenso auf der anderen Seite. Endlich saßen sie auf ihren Plätzen, und Egbo fragte sich, ob die Offenbarung, die Lazarus für diesen Sonntag versprochen hatte, sein wachsendes Unbehagen seiner Rolle als Störenfried wegen wirklich wert war.

»Wahrlich, Christus wurde auferweckt von den Toten, doch das ist Christus der Vater, Christus der Sohn, Christus der Heilige Geist. Er hat sich selbst auferweckt, denn er ist der Vater, der den Sohn erweckte, der Sohn, der den Heiligen Geist erweckte, der Heilige Geist, der den Vater erweckte. Doch ich, der ich wiedergetauft bin als Lazarus, mich erweckte der gute Heiland von den Toten.«

Morgentupfen fielen durch das palmgedeckte Dach, durchtränkten Lazarus und ließen ihn kränker aussehen als je zuvor.

»Meine Brüder, dies ist der zehnte Sonntag nach dem Tod unseres Bruders, dies ist der Tag, an dem wir einen besonderen Gottesdienst zum Gedenken seines Todes feiern, getreu den Bräuchen unserer Kirche. Und jene, die da trauern, werden sicher fragen, hat nicht der Herr Jesus Christus die Auferstehung versprochen? Dieser Mann war ein Apostel unserer Kirche, ein gottesfürchtiger Mann, warum ist er heute nicht unter uns?«

Ich bin die Auferstehung und das Leben. Wer an mich glaubt, der wird leben, ob er gleich stürbe.

Nahe dem Altar stand eine einzelne Bank, auf der einige Männer abgesondert saßen. Einer von ihnen hatte sich erhoben, richtete seinen Blick auf eine Ecke des Dachs, und ohne die geringste Mühe zitierte er die Verse aus dem Gedächtnis.

Lazarus nickte aufmunternd.

»Ich bin die Auferstehung und das Leben … Und ich, Lazarus, kann euch die Gewißheit geben durch den persönlichen Beweis, den der Herr mir hat zuteil werden lassen. Denn der Herr legte seine Hand auf mein Haupt, und das Licht des Herrn erfüllte mich mit neuem Leben.

Wie ihr alle wißt, ist es meine Pflicht, euch, wenn ein wichtiges Mitglied unserer Kirche gestorben ist …«

Sei guten Mutes, der Herr ist mit dir.

»... die Rückversicherung zu geben, daß, bevor ihr geboren wart, daß, bevor ich geboren war, daß, lange bevor unsere Ur-Ur-Ur-Urgroßväter geboren waren, der Herr Jesus Christus den Tod überwunden hat ...«

Wo ist dein Stachel, wo, Tod, ist dein Sieg?

»... Er rang mit dem Tod und zwang ihn in die Knie. Der Tod sagte, laß uns *gidigbo* versuchen, und Christus packte ihn beim Hals, er würgte diesen Hals, bis der Tod um Gnade winselte. Doch der Tod kommt niemals zur Vernunft, er ging und holte seine Boxhandschuhe. Christus verpaßte ihm einen rechten Haken wie Dick Tiger, und seine Zähne lagen zwischen Kaduna und Aiyetoro ...«

Und sie sahen den Tod in seinem Versteck, verschrumpelt in der Sonne des Gelächters der Gemeinde. Bandele, froh, daß er doch mitgekommen war, lachte am meisten – im stillen.

»... aber glaubt ihr, der Tod hätte endlich aufgegeben? Nein, meine Freunde, nein. Der Tod rannte zu seinem Feld, holte seine Machete und griff Christus hinterrücks an. Doch Christus wich dem Hieb wie ein Akrobat aus, und dann zog er sein langes, glänzendes Schwert aus bestem Stahl und durchteilte Satans Machete. Aber er wollte ihn nicht ganz und gar töten, also versetzte er ihm viele kleine Hiebe, und der Tod mußte einherlaufen, bandagiert von Kopf bis Fuß wie *ologomugomu*. Meine Brüder, auch dies war nicht ihr letzter Kampf, heute aber weiß der Tod, wer sein Meister ist, sein Eroberer, dem er dienen und gehorchen muß. Und dieser Mann ist Christus.

Wie ihr alle wißt, ist es seit langem mein Anliegen, zu Ehren dieses Mannes, der den Tod um unseretwillen geschlagen hat, ein besseres Gebäude zu errichten. Aus diesem Grunde ging ich kurz nach dem Tode unseres Bruders, der ein frommer und tatkräftiger Apostel war, in ein Haus der Sünde und Unmoral. Denn wo immer uns die Sache des Herrn hinführt, dahin müssen wir gehen, ohne zu zögern. Der Mann, den ich dort aufsuchte, ist heute unter uns ...«

Sie waren die Fremden, und hundert Köpfe drehten sich zu ihnen um und musterten sie gründlich.

»... Gelobt sei der Herr! Er ist gekommen, uns zu helfen. Durch die Macht Gottes werden wir die Kirche bauen, die dem Herrn als Wohnstatt angemessen ist. Wir werden sie errichten auf den Fundamenten des Glaubens und des Wohlwollens unserer Freunde.«

Sagoe zischte: »Der Mann leidet an Optimistologie.«

»Als ich zu ihm sprach, da sagte einer seiner Freunde – auch er ist heute unter uns, gelobt sei der Herr ...«

Und wieder drehten sich die Köpfe nach ihnen um.

»... auch er ist heute hier, um uns zusammen mit den anderen bei unserer Aufgabe zu helfen. Als ich ihnen die Zeichen meines Todes zeigte, da sagte dieser Mann: ›Sie glauben doch nicht, daß Sie wirklich gestorben sind?‹«

Lasunwon, beleidigt, war drauf und dran, die Kirche zu verlassen, doch Egbo hielt ihn am Handgelenk fest und zischte durch die Zähne: »Sei kein Esel!«

»Es sind die Worte dieses Bruders, auf denen ich heute meine Predigt aufbauen will, denn hat nicht Christus unser Herr selbst auch diesen Satz gesagt, nur mit anderen Worten, als er vom Tod des Lazarus hörte?«

Und prompt auf das Stichwort rezitierte der Verseingeber –

Lazarus, unser Freund, schläft.

»Bruder, laß es uns noch einmal hören.«

Lazarus, unser Freund, schläft.

»Noch einmal. Sing uns die Botschaft der Hoffnung!«

Lazarus, unser Freund, schläft.

»Meine Freunde, Lazarus, unser Freund, schläft, aber ich gehe hin ...«

... daß ich ihn aufwecke.

»Kummer, liebe Brüder, ist eine ganz natürliche Sache. Kummer und Leid sind unser Los auf dieser Welt. Selbst Jesus Christus, des Menschen Sohn, wurde vom Kummer überwältigt. Als er zu der Höhle kam, in die man Lazarus gelegt hatte, eine Höhle mit einem großen Stein vor dem Eingang, die

Höhle, in der Lazarus schon vier Tage lang lag, so daß selbst Martha, die Schwester des Verstorbenen, ihre Nase mit einem Schal bedeckte, als der Menschensohn befahl, man solle den Stein von der Höhle wälzen. Sie machte nnf-nnf mit der Nase und sagte ...«

Herr, er stinkt schon, denn er hat vier Tage gelegen.

»Ja, meine Brüder, das Los der Menschen ist Tod und Verderben, doch der Herr, wenn wir an ihn glauben, wird uns aus der Verzweiflung retten. Bruder, erinnere uns an die Botschaft von der Auferstehung.«

Ich bin die Auferstehung und das Leben. Wer an mich glaubt, der wird leben, ob er gleich stürbe; und wer da lebet und glaubet an mich, der wird nimmermehr sterben.

»Höret deshalb meine Botschaft! Leidet Kummer, doch verzweifelt nicht. Denn auch Christus wurde so wie du und ich, so wie die elf Apostel, die unseren geliebten Bruder zu Grabe trugen. Höret deshalb die Worte des göttlichen Mitleids.«

Jesus gingen die Augen über.

»Er verzweifelte nicht, er verlor nicht die Hoffnung, doch ...«

... Jesus gingen die Augen über.

Lazarus hielt inne.

Dann machte er ein Zeichen, doch der Verseingeber war so konzentriert, daß ihn sein Nebenmann erst am Ärmel zupfen mußte, ehe er sich setzte.

»Und wandelte ich auch im Tal der Schatten des Todes ... Es war in diesem Tal, in dem ich die Hand Gottes auf mir fühlte. Mir träumte, daß ich durch ein Baumwollfeld wandelte, die Baumwolle glitt gerade aus den Kapseln, aber es gab keinen Laut. Um mich herum waren lauter Kapseln, aus denen Baumwolle quoll, zu meinen Füßen ein Teppich aus Baumwolle, in der Luft, im Himmel – Baumwollkapseln, die ohne Laut aufplatzten. Die Baumwolle quoll sanft hervor wie die Füllung aus kleinen Kissen, wenn man den Kopf darauf preßt. Alles war weiß. Der Haken war nur, daß ich keinen Weg in dem Feld fand. Nach einer Weile bekam ich Angst, ich fing an zu schreien, ich rief nach den Baumwollfarmern, sie sollten kommen und mir den Weg aus dem Feld zeigen. Ich konnte nicht einmal den Klang meiner eigenen Stimme hören. Ich lief hierhin und dahin. Ich suchte nach einem Weg aus diesem Feld, denn es gab immer mehr Baumwolle, und ich wußte, daß ich bald nicht mehr würde atmen können. Schon hatte ich große Mühe, mir die Baumwolle von Augen, Mund und Nase fernzuhalten. Und plötzlich hörten die Kapseln auf zu bersten. Alle Bewegung hielt inne, und die Luft klärte sich.

Ich war müde. Meine Kehle war ausgedörrt, vielleicht vom Schreien, vielleicht, weil ich zuviel Baumwolle eingeatmet hatte, ich weiß es nicht. All meine Glieder schmerzten, und mein Kopf schien zerspringen zu wollen. Also sagte ich, ich will mich ein wenig ausruhen. Wenn das wieder losgeht, werde ich sicher aufwachen, und dann will ich weglaufen. Ich legte mich hin, es war das weichste Bett, in dem ich je in meinem Leben gelegen habe. Doch gerade als ich am Einschlafen war, erschien wie aus dem Nichts ein alter Mann, alt und verrunzelt, mit einem langen weißen Bart. Er stand da und schaute mich an. Ich konnte mich nicht bewegen. Dann hob er seinen Stock und begann mich zu schlagen, und in dem Augenblick konnte ich wieder hören. ›Was machst du hier?‹ fragte er, und ich sagte: ›Ich bin müde und ruhe mich aus.‹ Er lächelte und sagte: ›Schön, sehr schön. Es freut mich zu sehen, daß du deine Augen gebrauchst. Einen besseren Platz, um dich auszuruhen, hättest du gar nicht wählen können. Ich hoffe, du hast es bequem?‹ ›O ja‹, sagte ich, ›hier könnte ich ewig schlafen.‹ Der alte Mann lächelte wieder, ein schreckliches, unnatürliches Lächeln, meine Brüder. Denn ich konnte in seinen Mund sehen, und er war gestopft voll mit Baumwolle. Keine Zunge, keine Zähne, nur Baumwolle! Er sagte: ›Es überrascht mich nicht, dich das sagen zu hören. Jeder, der hierherkommt, meint, er könne hier ewig schlafen.‹ Dann entfernte er sich langsam, und mir fiel ein, daß ich ja den Weg aus dem Feld nicht kannte. Aber er kam schon zurück, ehe ich ihn rief. Er sagte: ›Ich habe ganz vergessen, dich zu fragen, aber die Farm hier gehört doch deinem Vater, nicht wahr?‹ Ich sagte, nein, ich wüßte gar nicht, wem die Farm gehöre. ›Ooh, du hast keine Ahnung, wem die Farm gehört? Und hat dir irgend jemand erlaubt, hier zu schlafen?‹ Doch ehe ich noch den Mund aufmachen konnte, um um Verzeihung zu bitten, schlug er mich mit seinem Stock. Ich versuchte, auf die Füße zu kommen, aber ehe ich das schaffte, hatte er mir schon ein gutes Dutzend Schläge verpaßt, und es war ihm ganz egal, wo mich der Stock traf. Ich rannte los. Ich sah die Eindrücke, die seine Füße auf der Baumwolle hinterlassen hatten, und denen folgte ich. Aber der alte Mann hatte gar keine Schwierigkeiten, mit mir Schritt zu halten. Er war genau hinter mir und prügelte mich ganz erbärmlich mit seinem Stock. Und dann hörten die Fußspuren plötzlich auf. Vor mir war ein riesiges Tor. Ich konnte die Spitze sehen, aber wo war das seitliche Ende? Es war nirgendwo. Nicht zur Rechten, nicht zur Linken, es war nirgendwo. Und der alte Mann stand da, seinen Baumwollmund zu einem lauten Gelächter aufgerissen, und beobachtete mich, um zu sehen, was ich nun tun würde. Ich rannte auf und ab, und er stand da und lachte, und ich wußte, daß es für mich kein Entrinnen gab. Und dann, plötzlich, fingen die Kapseln wieder zu bersten an, und der alte Mann sagte: ›Siehst du, was du angestellt hast?‹ Und wieder begann er auf mich einzudreschen. Der alte Mann zeigte kein Mitleid mit mir, und die Baumwolle regnete herab, schlimmer als zuvor. Ich drehte mich zu ihm um, um ihn um Gnade zu bitten, doch ich erhielt einen so heftigen Schlag auf den Mund und den Kopf, daß ich schon glaubte, es sei um mich geschehen. Meine Lippen schwollen von dem fürchterlichen Hieb, bis sie fast dicker waren als mein Kopf, und in großer Todesangst schrie ich: ›Hilfe! In Gottes Namen, zu Hilfe!‹ Aber nirgendwo war Hilfe. Ich rannte zurück und versuchte, oben auf das Tor zu springen, doch ich rutschte auf der Baumwolle aus, und als ich auf dem Boden lag, hieb der Alte wieder auf mich ein. ›Im Namen Gottes, hilf mir, zeig mir den Weg hier raus!‹

Meine Stimme versagte mir, die Baumwolle saugte meine Kraft aus und zog mich zu Boden, bald stand sie mir bis zu den Knien, und noch immer zeigte der alte Mann kein Mitleid. Wie eine Eidechse versuchte ich, an diesem Tor hinaufzuklettern, das nichts hatte, woran man sich hätte festhalten können, nicht mal einen Kratzer oder einen Nagel. Es war spiegelglatt und schwarz. ›Zeig mir den Weg, um Himmels willen, rette mich, im Namen Gottes, um der Liebe Christi willen, rette mich aus diesem Ort.‹ Ich kämpfte gegen die Baumwolle, die mir in Mund und Nase drang. Die immer noch fallende Baumwolle bedeckte den Alten nun völlig, weder ihn noch seinen Stock konnte ich mehr sehen, bald konnte ich auch sein Lachen nicht mehr hören und auch nicht meine eigene Stimme, doch die Schläge prasselten auf mich nieder, schlimmer als vorher. Die Baumwolle drückte mich nieder, zwang mich nieder, schon stand sie mir bis zum Hals, und jeder Baumwollschauer zog meine Arme hinunter in diese schauderhafte Stille. Und ich schrie: ›Rette mich!‹ Doch kein Laut war zu hören. ›O Gott, erlöse mich, o Gott, erlöse mich … o Gott, erlöse mich …!‹«

Lazarus, die Augen weit aufgerissen, war schweißgeschäumt. Er umklammerte die Auflage des Chorpults, und der Schweiß tropfte auf die Bibel; der Schrecken des Todes hatte ihn wieder ergriffen, er breitete sich aus und kreiste die Gemeinde ein. Seine wirren Augen kratzten über die Wände wie stockblinde Schaben und fanden ihren Ruhepunkt, stier durch die offene Tür ins Sonnenlicht starrend …

»… Ja, genauso war es, wie ich diese Tür dort jetzt sehe, so blickte ich plötzlich auf und sah das Tor sich öffnen vor meinen Augen …«

Und wieder überflutete ihn das Gefühl eines Wunders. Lazarus schloß die Bibel und sagte einfach: »Brüder, helft mir, dem Herrn zu danken.«

Von der vordersten Bank erhob sich ein Mann und führte die Gemeinde in einem langen Gebet. Und es war dieses Gebet, das sie langsam entwirrte. Danach wurde ein Loblied angestimmt, doch erst in einem viel späteren Stadium des Gottesdienstes fand die Kirche wieder völlig zu sich selbst zurück.

Auf der vordersten Bank schienen während der Andacht die Oberhäupter zu sitzen. Ein anderer Mann erhob sich jetzt und sprach zur Gemeinde.

»Meine Brüder, es ist ein schrecklicher Tag für uns, wenn wir, die Jünger des Herrn, wir, denen alle Lasten und Pflichten der Kirche auferlegt sind, Taufe, Trauung, Konfirmation, wenn wir, die wir die schwerste Bürde des Todes auf unseren Schultern tragen, wenn zu uns wieder der Tag kommt und wir an der Reihe sind, die nächste Last dem Grab zu übergeben. Es ist eine Sache, die uns tief betrübt, daß wieder einmal die Hand des Todes uns einen Besuch abgestattet hat und wir einen der Unseren begraben mußten. Doch der Tod hat keinen Respekt vor der Persönlichkeit. Der Doktor im Krankenhaus, er muß sterben. Der Reiche, er muß sterben. Der Arme, er muß sterben. Gott nimmt kein Schmiergeld. Er ist ein Mann der Gerechtigkeit. Jesus Christus selbst, er starb, um uns zu beweisen, daß wir keine Bevorzugung zu erwarten haben. Bruder Ezra war unser ältestes Mitglied. Auf seinen weisen Rat verließen wir uns bei so vielen Gelegenheiten, bei so vielen Problemen, die wir zu lösen haben. Er führt uns durch all unsere kummervollen Zeiten. Seit unser Bruder Lazarus diese Kirche gegründet hat, sind wir es, die Gründungsmitglieder, die immer versucht haben, alle Streitigkeiten zu schlichten, wir hören uns die Probleme der Gemeindemitglieder an, und wir sind immer bemüht, unser Bestes zu tun, nach unserem besten Wissen. Es ist eine schreckliche Sache für uns, daß wir uns heute hier umschauen und sehen, daß Bruder Ezra nicht unter uns ist. Doch wir danken dem Herrn.«

Der Verseingeber stand nicht auf, starrte aber mit der gleichen Konzentration himmelwärts, als er sprach:

Der Herr hat's gegeben, der Herr hat's genommen, gelobt sei der Name des Herrn.

»Wir hoffen, daß er ins Land des Friedens ging.« *Amen.*

Aus der Gemeinde rollte tief der Seufzer: *Amen.*

»Wir beten, daß er zur Rechten Gottes sitzt.«

Amen.

»Wir hoffen, daß Gott uns lehrt, aus dem Licht seiner leuchtenden Taten für unser Leben Nutzen zu ziehen.«

Amen.

»Und wenn unsere Zeit gekommen ist zu sterben, so hoffen wir, wird Gott zu uns sagen: ›Was ist los? Ahaa! Belästige mich nicht, mein Freund, kennst du denn nicht den Mann, der schon so lange Zeit hier ist? Geh und such Bruder Ezra; dort, wo er sitzt, da laß auch du dich nieder.‹«

Amen. Amen, o Gott, Amen. Amen.

»Ja, meine Brüder, Gott sprach zu uns, Gott hat uns ein Zeichen gegeben.«

Halleluja!

»Gott hat uns ein Versprechen gegeben, und er hat sein Versprechen erfüllt.«

Halleluja!

»Bruder Lazarus redete zu Gott und sprach: Wo soll ich einen Apostel finden als Ersatz für den Mann, den du von uns genommen hast? Wer aus meiner Gemeinde soll der zwölfte Apostel in deinem Dienst sein? Doch der Herr schüttelte den Kopf. Er sagte, suche außerhalb der Kirche, gehe in die Straßen und Gassen. Und Bruder Lazarus gehorchte dem Herrn. Denn sprach nicht der Herr zu uns …«

… Siehe, ich werde zu euch kommen wie ein Dieb in der Nacht.

»… Bruder Lazarus, suche den Auserwählten des Herrn! Und er sagte: Herr, wie soll ich ihn erkennen, den du ausgewählt hast? Und der Herr sagte ihm noch einmal …«

… Siehe, ich werde zu euch kommen wie ein Dieb in der Nacht.

»… Doch noch immer waren Zweifel in Bruder Lazarus. Denn, müßt ihr wissen, es ist ein junger Mann. Es ist ein sehr junger Mann, den der Herr auserwählt hat. Wie, fragte Bruder Lazarus, kann dieser junge Mann die Last der Gemeinde tragen? Wie kann er dem Pfad deiner Wege folgen?«

Und Jesus rief ein Kind zu sich und stellte es mitten unter sie, und er sprach, lasset die Kinder zu mir kommen.

»Und in seinem Namen bitte ich euch, unseren Bruder Apostel in den Dienst des Herrn unseres Gottes aufzunehmen, einen Sünder, der wiedergeboren wurde, einen Sünder, der gewaschen ist im Blute Christi und jetzt den Pfad der Rechtschaffenheit gewählt hat.«

Er ging zu der Tür neben dem Tisch, der als Altar diente. Die Gemeinde, aufgeregt und neugierig, reckte sich vor Ungeduld. Er teilte den Vorhang, das Prachtstück dieser Kirche, ein reich bearbeiteter, seidenbestickter Vorhang. Zwischen den Seidenporträts zweier Heiliger erschien ein zarter junger Mann, stand zögernd.

Lazarus, inzwischen erholt, erhob sich, und mit ihm erhob sich die vorderste Bank. Der Verszitierer intonierte in atemlosen Ausbrüchen –

Und er rief seine zwölf Jünger zu sich und gab ihnen Vollmacht über die unsauberen Geister, daß sie die austrieben und heilten alle Krankheiten und alle Gebrechen.

Gehet aber und predigt und sprecht: Das Himmelreich ist nahe herbeigekommen.

Und wenn ihr aber in ein Haus gehet, so grüßet es; und wenn es das Haus wert ist, wird euer Friede auf sie kommen. Ist es aber nicht wert, so wird sich euer Friede wieder zu euch wenden.

Wahrlich, ich sage euch: Dem Lande der Sodomer und Gomorrer wird es erträglicher gehen am Tage des Gerichts als solcher Stadt.

Denn ihr seid es nicht, die da reden, sondern eures Vaters Geist ist es, der durch euch redet.

Lazarus trat vor und empfing den Jungen. Ein scharfes Luftholen auf der letzten Bank, und Sagoes erstickte Stimme: »Aber das ist ja der Ladendieb.«

»Wer? Kennst du den etwa?«

»Der Junge, der auf Oyingbo was stibitzt hatte.«

Dieser Junge sah nicht wie ein Dieb aus, er war die Reinheit in Person neben den anderen Aposteln, einer zähen Medizinball-Elf. Ein gerader weißer Rock reichte bis zu seinen Knöcheln, ein einfacher Sack mit zwei Löchern für die Arme und einem für den Kopf. Jemand brachte eine Schüssel mit Wasser und hielt sie ihm hin. Lazarus sprach ein Gebet darüber, dann führte er den Novizen zu jedem Apostel.

»Nehmt ihn auf, Brüder. Nehmt ihn auf in die Herde im Dienst des Herrn.«

Und Sagoe schlug sich mit der Faust an die Stirn.

»Ich Idiot! Das sind doch die elf, die hinter dem Sarg hergeschlappt sind.«

»Welcher, wo?«

»Beim Begräbnis. Am selben Tag, als Sir Derin beerdigt wurde.«

Alle umarmten den Novizen, während Sagoe weiterhin herumrutschte wie von Ameisen gebissen. »Was hat er bloß mit ihm gemacht? Gehirnwäsche? Von Barabas ist ja so gut wie nichts mehr übrig. Als hätte ein adstringierender Schwamm ein aknegezeichnetes Gesicht flach gewaschen.«

Von der anderen Seite zischte Dehinwa: »Ruhe!«

»Die Jünger«, sagte Lazarus, »sind die Diener der Herde. Die ihnen auferlegten Pflichten sind Taten großer Demut, denn sie folgen dem Pfad dessen, der sie dafür erwählt hat.«

Der Novize kniete nieder und fing an, die Füße der Apostel zu waschen.

»Wir haben ihn Noah getauft«, sagte Lazarus, »denn wir fürchten, der Herr könnte seinen Bund mit der Erde vergessen haben. Blickt hinaus, Brüder, blickt hinaus und seht die große Sintflut. Unsere Felder, die eine kleine Einkommensquelle für unsere Kirchenkasse darstellten, wurden überschwemmt. Die Kirche selbst muß ständig repariert werden, und zwei Mal bereits stand das Gebäude unter Wasser. Die Fundamente sind ausgewaschen und wacklig. Brüder, wenn die Menschheit ihre Pflichten gegenüber Gott vergißt, ist es dann nicht töricht zu erwarten, daß Gott sich seines Bundes mit der Menschheit erinnert? Und doch danke ich dem Himmel! Denn an diesem Morgen erstrahlt die Welt zum ersten Mal seit vier Sonntagen in hellem Sonnenschein. Dies ist ein Zeichen, und ich danke Gott dafür. Es bedeutet, daß Er seine Freude hat an dem, was wir tun. Meine Brüder, Noah hat uns ein Zeichen der Vergebung vom Herrn gebracht. Brüder, erhebt eure Stimmen und lobet den Allmächtigen!«

Gelobt sei der Herr!

»Er kann euch nicht hören.«

Gelobt sei der Herr!

»Die Himmelsgewölbe sind hoch. Ihr habt Sein Ohr noch nicht erreicht!«

Gelobt sei der Herr!

»Brüder, lobet Ihn!«

Gelobt sei der Herr!

»Und Sein Sohn in der Höhe!«

Dank Seinem Sohn, unserem Herrn Jesus!

»Und dem Heiligen Geist!«

Fahre herab, o Heiliger Geist!

»Hallelu ...«

Halleluja!

»Hallelu ...«

Halleluja!

Und Lazarus wendete sich dem Verseingeber zu; von einer Woge gehobener Stimmung getragen, gab er das Stichwort: »Weib, was weinest du ...?«

Weib, was weinest du? Wen suchest du? Gehe hin zu meinen Brüdern und sage ihnen: Ich fahre auf zu meinem Vater und zu eurem Vater, zu meinem Gott und zu eurem Gott.

»Was suchet ihr ...«

Was suchet ihr den Lebendigen bei den Toten? Er ist nicht hier; er ist auferstanden.

»Nun, Brüder, ist Bruder Ezra tot?«

Er lebt!

»Ich frage euch, ist Bruder Ezra tot?«

Er lebt weiter im Herrn, gelobt sei Gott, halleluja!

»Wird er in Bruder Noah weiterleben?«

Er wandelt unter uns!

»Freuet euch, Brüder. Nehmt ihn an in euren Herzen!«

Halleluja!

»Denn er hat uns ein Kind geschenkt ...«

Denn er hat uns ein Kind geschenkt
Halleluja hallelu
Denn er hat uns ein Kind geschenkt
Hält uns auf Seinem Pfad
Halleluja hallelu

Denn Er hat uns den Weg gezeigt
Halleluja hallelu
Denn Er hat uns den Weg gezeigt
Führt uns in der Dunkelheit
Halleluja hallelu

Zwischen stampfenden, hüpfenden Füßen und dem tosenden Wallen des Händeklatschens wusch Noah Füße, die nicht stillhalten wollten, ständig begleitet von den Aposteln, die, hin und her geworfen von den Wogen der Ekstase, versuchten, Noah einen Pfad zu ebnen und Lazarus ein Weberschiffchen. Seine Besessenheit war die des Geigers, Fremdkörper in dieser *agidigbo*-Gruppe, als sei nicht er es, der seinen Körper der allgmeinen Freude nicht völlig unterwerfen wolle, sondern eine bestellte Macht, die ihn in seiner geistigen Kapsel abgeschieden hielt.

»Nimm ihn an, o Herr«, rief er ab und zu, »nimm ihn an, o Herr!«

Denn Er hat uns ein Schwert geschenkt
Halleluja hallelu
Denn Er hat uns ein Schwert geschenkt
Zu schlagen Seine Feind'
Halleluja hallelu

Glöckchen klingeln wild, und die weißgewandeten Frauen, die in der inneren Führung der Kirche keinerlei Mitspracherecht zu haben scheinen, kommen endlich zu ihrem Recht. Sie rennen auf und ab mit ihren Handglöckchen, verteilen sich überall. Das Ergebnis ist ein Hexensabbat, schrill und geisterhaft. Immer wieder reißen sie Noah in einen Tanz, und die Apostel sind den Angriffen schieren Glockenlärms ausgesetzt, und wieder und wieder muß die Schüssel neu mit Wasser gefüllt werden, so oft wird sie von den weißen, jauchzenden Phantomen umgestoßen. Die weiten Ärmel der Chorhemden der Frauen flattern unaufhörlich, machen aus ihnen unproportionierte Motten, die die zarte, flackernde Kerze Noah umschwirren.

Lasunwon gab plötzlich einen Lacher von sich und sagte: »Wenn er so alt wäre wie die andern Apostel, würden sie ihn nicht so rumhetzen.«

»Du mußt zugeben, daß er nicht schlecht aussieht.« Es war Dehinwa. »Rück mal 'n Stück. Scheint jetzt alles durcheinanderzugehen, also denk ich, kann ich auch zu euch rüberkommen.«

Sagoe sagte: »Willst du nicht lieber mitmachen und dein Glück versuchen?«

»Nein, mein Bester, da hätte ich keine Chance.«

Und dann, noch ehe sie es recht begriffen, stand die Schüssel bei ihnen, und Noah kniete an ihrer Bank nieder.

»Das geht entschieden zu weit«, sagte Lasunwon.

Jetzt bildeten die Apostel eine fest entschlossene Barriere gegen die Ekstase der Frauen, ihr Wirbeln blieb auf den vorderen Teil der Kirche beschränkt. Nicht nur das, auch ein frisches Handtuch wurde für die Gäste gebracht; mit rührend sanfter Demut wusch Noah Dehinwas Füße.

»Erregt es dich, Liebes«, wisperte Sagoe. Und sie antwortete: »Jedenfalls hat er sanftere Hände als du.«

Dann kam Sagoe an die Reihe, dann Bandele. Lasunwon wand sich und verfluchte den idiotischen Impuls, der ihn hierhergeführt hatte.

»Aber«, fragte Bandele, »was ist denn dabei, wenn du die Füße gewaschen kriegst?«

»Ich mag's nun mal nicht, das ist alles.«

»Wir können uns nicht beklagen«, sagte Kola, »schließlich werden wir bevorzugt behandelt.«

Als die Schüssel bei Egbo anlangte, bettelten und baten die Apostel, doch Egbo, fest und ruhig, weigerte sich, ohne eine Erklärung zu bieten, mit ablehnenden Gesten von Händen und Kopf.

Die Schüssel wurde weggenommen, und die Apostel führten Noah zurück. Eine Frau war vom Geist besessen und stieß Prophezeiungen aus, doch es hinderte Noahs Hingabe nicht, die jetzt von ihrer eigenen triumphierenden Kraft getragen wurde. Zwei der Apostel blieben bei der Frau, die anderen eilten dem Wogen der jubilierenden Menge voraus.

Sie hatten das riesige Kreuz bemerkt, als sie hereingekommen waren, jetzt wurde dieses Kreuz Noah auf die Schulter gehoben und, aufrecht gehalten von Glockenklang und Gesang, von wonnedurchtränkter Kraft auf vorwärtstreibendem Wind, umkreisten sie die Kirche und blieben nach jeder Runde bei der Tür stehen, um ein kurzes, stilles Gebet zu sprechen. Wenn Noah zu ermüden schien, nahm einer der Apostel ihm das Kreuz ab, bis er sich erholt hatte. Es war ein schweres Kreuz, und Lazarus, der mit ihnen ein Stück weit von der Tür entfernt stand, sprach nun heute zum erstenmal mit ihnen: »Das ist eines der wenigen Geschenke, die wir für unsere neue Kirche bekommen haben. Wenn sie erst einmal gebaut ist, wird dieses Kreuz sie überragen. Eines unserer Mitglieder, ein Zimmermann, hat es für den Herrn gemacht. Und seine Frau machte die Stickerei auf dem Vorhang – das Bildnis der zwei Heiligen. Haben Sie es gesehen?«

Die siebte Leidensstation war erreicht, als ein Apostel aus der Kirche gestürzt kam und Lazarus zu sich winkte. Aus dem Innern der Kirche hörte Egbo die Qual der besessenen Frau, den Schrei fremder Zungen und ihren Kampf um Atem. Durch die kurz geöffnete Tür sah er, wie sich ihre Kraft gegen die von drei Männern und einer Frau aufbäumte, aber sie leisteten mehr als einer schlappen Frau Widerstand; vierzig Dämonen stritten in ihr, und das innere Schauspiel verursachte einen Tumult in ihrem Körper. Schon ehe sie die Kirche verlassen hatten, war sie plötzlich in die Lage eines Fötus zusammengeklappt; sie war stramm in die Luft gesprungen und dann auf dem Boden aufgeschlagen. Im Griff ihrer unnennbaren Qualen war sie ganz wie eine in der Drehbank überspannte Stahlfeder. Sie war ein Wurm, ein Insekt, eine Schnecke, ein Skorpion. Schaum stand ihr vorm Mund, der Geifer quoll in Flocken hervor. Sie kroch auf dem Bauch wie eine Schlange und stieß wie eine Schlange zu. Egbo ging vor den anderen hinaus; zu oft hatte er so was gesehen, und nie hatte er den Anblick gemocht. *Esu. Sango.* Das schmerzhafte Sichwinden einer gewürgten Boa. Dann sehnte sich Egbo nach einer anderen Besessenheit, dem Triumph ruhiger Freude und geläuterter Leidenschaft. Die junge Maid des *Ela.* Die verklärten Runzeln *Orisanlas.* Träge Körper, überirdischen Jubel in den Augen und auf der Haut. Flinkes Flüstern der Gottheit, der numinosen Erscheinung, die des Mediums Seelenverwandtschaft überflutet; an solcher Kommunion hatte er teil, nicht aber an dieser Vergewaltigung des Körpers.

Sagoe schüttelte noch immer den Kopf.

»Es gibt Augenblicke, da kann ich einfach nicht glauben, daß das der junge Dieb ist. Es ist wahrhaftig kaum derselbe Dieb, aber vielleicht war er damals einfach zu verängstigt.«

Lazarus nickte höchst befriedigt.

»Es freut mich, daß Sie ihn verändert finden. Ich war sehr gespannt auf Ihre Meinung.«

Egbo sagte: »Mir gefällt der neue Apostel nicht. Er sieht unterwürfig aus, aber nicht erlöst. Ich empfinde seine Zurschaustellung der Reinheit genau als das – als eine Zurschaustellung. Der Junge hat keine innere Ausstrahlung; nur ein Widerschein des Fidibus, entzündet an der Flamme des Zelot.«

Lazarus hörte mit offenem Mund zu.

»Sie täuschen sich. Dieser Jüngling hat den heiligen Geist Gottes empfangen.«

»Ich hab was gegen Apostasie«, sagte Egbo, »und der Junge hat das glatte Bronzegesicht eines Apostaten.«

Bandele schoß herum.

»Was ist denn das für eine verdrehte Idee?«

Kola sagte: »Ich stimme mit Egbo überein. Wenn ich ihn malen sollte, dann könnte es nur als Christus sein.«

»Du meinst als Judas«, korrigierte ihn Dehinwa.

»Nein. Ich meinte Christus, den Apostaten.«

»Halt mal, ja. Ich glaube, wir sollten uns erst mal über die Definitionen einigen.«

»Nicht nötig«, sagte Egbo. »Kola probiert nur, wie weit er gehen kann. Aber du solltest nicht anfangen, deine Vorstellungen an meinen aufzuhängen. Als ich Apostat sagte, meinte ich den klaren, ehrlichen Judastyp.«

»Und ich meinte den Jesustyp. Und genau so würde ich Noah malen.«

Bandele sagte: »Es wäre wohl zuviel verlangt gewesen, zu warten, bis wir von hier weg sind, ehe ihr eure blasphemischen Ideen herausposaunt.«

»Wirst du auf deine alten Tage zum Heuchler? Seit wann scherst du dich um Blasphemie?«

»Das ist es nicht«, sagte Bandele. »Aber müßt ihr so reden, solange Lazarus in Hörweite ist?«

Lazarus, der sich mit Sagoe halb zur Seite gedreht hatte und die Pilgerreise um die Kirche beobachtete, wendete sich jetzt zu ihnen um und sagte: »Bitte glauben Sie nicht, daß es mir etwas ausmacht. Schließlich kommt jeder Mensch als Ungläubiger zu Gott. Unsere Aufgabe ist es, ihm das Licht zu zeigen.«

Wieder kam einer der Apostel und redete drängend auf Lazarus ein. Lazarus verschwand mit ihm in der Kirche, über die Schulter zurückrufend: »Ich komme gleich wieder. Die geplagte Frau bedarf meiner Anwesenheit.«

Als er gegangen war, sagte Sagoe: »Ich finde, Bandele hat recht. Das ganze Geschwätz hätte Zeit gehabt, bis der Mann weg war.«

Doch Egbo wiederholte nur: »Ich hab was gegen Apostasie.«

»Ich auch, aber was soll's? Ich war beim Oyingbo-Market, als der Junge gehetzt wurde, und du kannst mir glauben, selbst da hat er keine so traurige Figur abgegeben. Er scheint sich in Lazarus' Händen in klitschigen Lehm verwandelt zu haben.«

»Laßt uns doch endlich nach Hause gehen«, flehte Dehinwa. »Mir gefällt das Ganze hier nicht.«

»Also, ich weiß nicht, was Lazarus will, aber mein Chef könnte einen großen Aufmacher über einen Propheten, der mal was anderes bietet, ganz gut gebrauchen – für die Sonntagsausgabe.«

Bandele schaute ihn an.

»Ist das alles?«

»Wieso – ist das alles?«

»Schon gut. Ist nicht so wichtig.«

»Na, los schon, was wolltest du sagen?«

»Nichts.«

»Kola, warum fängst du nicht an und malst ihn? Ich könnte das Bild für meinen Artikel brauchen, würde ihm eine gewisse Dimension geben ... Ich weiß noch nicht genau, die Idee schleicht sich erst so langsam in mein Hirn.«

Kola schüttelte den Kopf.

»Nein. Ich könnte ihn malen, aber nicht am Kreuz oder irgend so eine Zeitverschwendung. Ich denke an ihn als *Esumare.* Zwischenglied, ja, der Bund selbst, der apostatische Bund, der zweideutige Bund. Als Lazarus ihn Noah nannte, da habe ich darüber nachgedacht. Er besitzt tatsächlich dieses Technicolorzeichen der Reinheit.«

»Ja, ja«, murmelte Egbo, »und es ist genauso nebulös.«

Bandele spöttelte: »Sagoe hat seine Story, Kola hat mal wieder einen himmlischen Fleck auf seiner Leinwand gefüllt, und was ziehst du aus dieser Sache, Egbo?«

Egbo fauchte ärgerlich. »Was ziehst *du* denn draus?«

»Erkenntnisse über die neue Generation der Ausleger.«

Sagoe explodierte: »Du klingst zu kotzverdammt überheblich, es könnt einen Heiligen verrückt machen.«

»Vorsicht, ja! Wenn du deinen eigenen Mythos erschaffst, dann mach nicht unüberlegt Reklame für den eines anderen, der vielleicht noch schädlicher ist.«

»Wer ist jetzt dran?«

»Lazarus. Mach nicht unüberlegt Reklame für seinen Mythos.«

»Und was bitte soll sein Mythos sein?«

»Siehst du«, sagte Bandele, »du hast nicht mal versucht, es herauszufinden. Oder glaubst du vielleicht, es geht ihm nur um diesen Quatsch von Kirchenbau?«

»Was wird er sonst wollen? Publicity natürlich. All die neuen Propheten wollen Publicity. Es ist schließlich ein gutes Geschäft.«

Bandele schüttelte den Kopf.

»Ich habe sein Gesicht beobachtet, als Kola davon sprach, Noah als Christus zu malen.«

»Ich auch«, gab Sagoe zu. »Aber warum nicht? Wenn er der Königsmacher sein will statt des Königs, dann macht das doch seiner Intelligenz nur Ehre. Ich sag dir, der Mann wird immer interessanter.«

»Warum gehn wir nicht endlich heim, Sagoe?«

»Weib, unterbrich uns nicht … warte. Weißt du was, ich habe gerade überlegt … was wolln wir wetten, daß seine sogenannten Apostel alle miteinander Ex-Sträflinge oder ähnlich tief gesunkene Gestalten sind.«

»Wenn sich dein Hirn nur austoben kann.«

»Nein, nein. Lazarus und seine ›Auferstehung‹. Gründet 'ne Kirche, verwandelt Diebe in Apostel und erwartet seelenruhig die Parusie … hm, klingt nicht sehr überzeugend, aber immerhin … verdammt noch mal, der Mann hat was Fesselndes.«

»Wie ein Kreuzworträtsel oder wie ein Krimi?«

»Bitte, Bandele, laß doch mal deine Empfindlichkeiten aus dem Spiel. Der Mann hat mich hierhergebeten, um mich zu benutzen, und ich verdiene meinen Lebensunterhalt damit, meinerseits andere zu benutzen. Das ist 'ne Sache, die könnte man über Wochen ausdehnen, jede Woche ein Feature über einen der Jünger und einen riesigen Aufmacher über den Mann selbst. Ich sag's doch, der Mann is 'ne Goldgrube.«

»Was hältst du von seinem Todeserlebnis?«

»Hast *du* es geglaubt? Ganz ehrlich?«

Bandele grübelte eine Weile.

»Tut nichts zur Sache, ob ich es geglaubt habe oder nicht. Aber eins ist ganz klar, der Mann hat ein sehr kritisches Erlebnis gehabt. Wenn er sich entschlossen hat, es in einer Weise auszulegen, die dem Leben dieser Leute hier einen neuen Sinn gibt, wer bist du dann, darüber zu spotten, die Sache mit deinem billigen Zynismus durch dein dreckiges Blatt zu ziehen, oder Kola mit ...«

»Laß mich da raus, ja! Ich weiß nicht, welche wilde Watz dich in die Wade gebissen hat, aber laß mich da raus. Verdammt und zugenäht, Bandele, was ist eigentlich los? Du bist so unerträglich kritisch geworden, und dauernd mischst du dich ein.«

Es war fast, als sei Bandele eine lange Gottesanbeterin.

Demonstrativ zog er sich in ein Loch zurück, seine Fühler zertrampelt wie die einer unvorsichtigen Ameise; und er sagte nur: »Keinen von euch kümmert, was für Leid ihr verursacht.«

Kola sagte: »Ich wußte, daß ich kommen mußte. Alles, was ich wollte, war das Bindeglied, und hier ist es. Genau hier. Ich wünschte, ich könnte mit einer Rakete nach Ibadan fliegen, jetzt in diesem Moment, mit Noah.«

Egbo sagte: »Soll das etwa heißen, das Pantheon ist endlich fertig?«

»Von dem Moment an, als ich Noah sah, wußte ich, ich muß ihn heute noch mit zurücknehmen.«

»Und wie willst du das anstellen?«

»Wenn ich Lazarus sage, daß ich seinen jüngsten Heiligen malen will, um das Bild der Kirche zu vermachen, glaubst du, dann hat er irgendwelche Einwände? Ich werd ja wohl noch was Besseres zustande bringen als die Stickerei der Zimmermannsfrau.«

»Du wirst aber was vorzeigen müssen«, sagte Egbo.

»Kostet mich nicht mehr als 'ne Stunde; in 'ner halben Stunde kann ich was malen, was für Lazarus akzeptabel ist.«

»Denk dran, was Bandele sagte – angenommen, er hat recht, und Lazarus will ihn am Kreuz.«

»Dann kann er sich seinen verdammten Jesus selbst malen.«

Sagoe stand gedankenverloren.

»Ich wünschte, er würde es tatsächlich tun. Das wär doch ein nicht zu überbietender Knüller für die Zeitung, wenn ich von der Erlösung bis zur Aufzucht eines neuen Christus persönlich dabeigewesen wäre.«

»Wäre wirklich sensationell«, spottete Dehinwa.

»Hör zu, Weib, du brauchst Bandeles Rolle nicht zu übernehmen, verstehst du? Und was Lazarus anlangt, wenn mein Chef einverstanden ist, dann gehe ich in dieses Dorf seiner Auferstehung und schaue, ob sich noch irgend jemand erinnert.«

Dehinwa zog ihn auf: »Warum willst du dir die Mühe machen? Die Wahrheit interessiert dich doch gar nicht.«

»Doch, einige Aspekte schon. Zum Beispiel, wenn ich rausfinde, daß Lazarus ein gemeiner Schwindler ist, ist es dann nicht meine Sache, seine Gemeinde aufzuklären? Das ist ein Punkt, zu dem sogar Bandele eine festgefaßte Meinung hat. Nur einige Aspekte der Wahrheit sind von bleibender Bedeutung. Nimm an, Noah verwandelt sich morgen in Christus, und Lazarus kann ihn erfolgreich hochpäppeln: wessen Wahrheit bedarf dann meiner, die wirkliche Wahrheit ans Licht zu bringen? Meine natürlich! Mein – wie Bandele es nennt – Zynismus oder meine Entweder-oder-Einstellung legt das klar fest.«

»Na und, was würde es ändern? Seine Herde würde doch immer noch glauben, was sie glauben will. War es nicht deine Zeitung, die neulich erst versucht hat, einen neuen Christus zu entlarven?«

»Kann mich nicht erinnern, muß gewesen sein, bevor ich zurückgekommen bin.«

»Er war der Kühnste von allen bisher. Er verkündete, er sei wiedergekehrt, um das Leben zu genießen, nicht um zu leiden. Die Zeitungen haben einen heftigen Feldzug gegen ihn gestartet.«

»Hat er überlebt?«

»Er blüht und gedeiht besser als vorher. Großes Transportunternehmen, eine Bäckerei, ein riesiger Harem. Zwei Prozesse wegen Verführung hat er unbeschadet überstanden.«

»Und sie haben ihn angegriffen?«

»Grimmigst.«

»Siehst du, die Welt kann Propheten der Freude nicht ausstehen. Jedermann ist in das Leiden verliebt.«

»Nein«, sagte Ebgo, »nicht ins Leiden, nur in die Tatsache des Opfers. Rituelle Schlachtung.«

»Du hast eine Blutmentalität, das ist dein Problem. Schließlich, was wäre logischer? Das letzte Mal hat er das Leiden gewählt, und wir erkennen doch sein Recht auf freie Wahl an. Warum also sollte er diesmal nicht das Vergnügen wählen – und wir erkennen es an.«

»Ich sollte rausfinden, ob dieser Christus noch im Geschäft ist, was meint ihr? Einen Konkurrenzkampf zwischen den beiden entfachen. Der fähigere Unflat soll überleben ... das gibt vier Seiten mit Bildern.«

Und Sagoe kickte Erdklümpchen in die Lagune.

»Noch ein Aufmacher, nur Bilder und Bildunterschriften«, und seine Zehen stachen tonnenweise Lettern aus und klatschten sie säuberlich auf die Seiten der Lagune. Die ruhige Fläche schien ihn anzuregen. »Blockt den Raum aus!« schrie er, und die Strandkiesel schnellten über das Wasser. »Kleine Schlagzeilen, um die Neugier der Leser zu wecken«, und Sagoe machte die Oberfläche immer pockennarbiger, und seine Geschichte zog unendliche Rippelwellen, bis er plötzlich nach Luft schnappte und sich den schmerzenden Zeh hielt.

»Die Setzmaschine ist im Eimer«, und Dehinwa lieh ihm ihre Schulter zum Anlehnen, denn er stand auf einem Bein. »Geschieht dir verdammt recht.«

Trotz der kleinen Gruppe, die entfremdet am Rand der Lagune stand, blind gegenüber ihrer Gegenwart, wogte ein reifes Kornfeld wieder und wieder vorbei, hielt an für das Gebet bei der Tür. Dann blähte die Brise wieder die weißen Segel, die leichten Raffiasegel auf bröckelnder Erde, und hundert Hände hoben Noah und das Kreuz, bis sie sich selbst befördert fühlten und verschwenderisch geerdet.

Bandele unterbrach die Stille: »*Ich* wäre nicht so neugierig auf Lazarus gewesen, wäre Sekoni nicht gerade erst gestorben. Tief im Innern, glaube ich, war das der Grund, weshalb ich gekommen bin.«

Egbo blickte in die Dunkelheit der verlassenen Kirche.

»Und was hast du erwartet, daß Lazarus dir sagen könne?«

Bandele zuckte die Schultern.

»Ich war neugierig. Es war so ein eigenartiges Gefühl, ihm an diesem Tisch gegenüberzusitzen und ihn behaupten zu hören, er sei gestorben.«

»Wir sollten endlich gehen«, sagte Egbo und setzte sich in Richtung der Autos in Bewegung.

»Geh nur schon«, forderte Bandele ihn auf, »ich will mich noch von Lazarus verabschieden.«

Doch Lazarus kam gerade wieder auf sie zu und begleitete sie zum Parkplatz.

»Ich hoffe«, sagte Sagoe, »die Frau hat der Kirche einen Philanthropen prophezeit.«

Lazarus sah jetzt sehr viel feierlicher, ernster aus.

»Nein, sie hat heute nicht prophezeit. Sie hat nicht über die Zukunft, sondern über die Vergangenheit gesprochen. Sie hatte eine Vision der Vergangenheit, denn sie sah mich zusammen mit einem gesichtslosen Begleiter, und sie sagte, es sei der Tod.«

»Ich wollte dich längst fragen«, sagte Bandele, als sie die Kirche ein gehöriges Stück hinter sich gelassen hatten, »hast du Nachrichten von ...?«

»Von zu Hause? Die Lagune hat dich also auch erinnert? Nein. Und Zeitungen schrecken mich ab.« Egbo lachte kurz. »Ich habe gedacht, ich hätte es endgültig begraben, aber es ist nicht wahr. Wie oft verfolgt mich der Gedanke an die Finger des alten Mannes in meinem Gesicht, an seine blinden Augen, und ich wache auf und wälze mich in den Laken hin und her.«

Sie fuhren wieder ein gutes Stück, ehe Egbo sagte: »Ich habe oft darüber nachgedacht; wenn es wieder passieren würde, ich bin nicht sicher, ob ich nicht doch bleiben würde. Meine Ablehnung der Macht war gedankenlos.«

»Siehst du es jetzt so?«

»Wenn du verändern willst, darfst du dich vor der Macht nicht fürchten. Denk an Lazarus.«

»Ich bin noch nie in dieser Gegend gewesen«, sagte Kola vom Rücksitz.

»Es gibt eine ganze Reihe von solchen Lagunendörfern hier in der Gegend. Einige kann man nur mit dem Kanu erreichen.«

»Und sie gehören alle zu Lagos?«

»Ich denke doch.«

»Ich komme heute noch mal hierher«, verkündete Kola. »Ich muß mit Lazarus über Noah reden. Wenn er einverstanden ist, nehme ich ihn heute noch mit nach Ibadan.«

»Er wird nichts dagegenhaben«, sagte Bandele.

»Das Problem ist nur, daß ich Angst habe, mich hoffnungslos in der Gegend hier zu verfransen, ich habe so einen schlechten Orientierungssinn.«

»Ich komme mit dir«, bot Egbo bereitwillig an.

»Gut. Dann besteht nur noch die Gefahr, daß die Karre im Sumpf steckenbleibt.«

»Wir müssen eben kommen, solange es noch hell ist.«

13

Der Spaziergänger hielt Sagoe für einen Herumtreiber. Dabei war es das Licht, das im Haus brannte, das Sagoe auf der Schwelle verharren ließ, zum Schlüsselloch heruntergebeugt, auf Geräusche lauschend. Er summte vor sich hin »Ich kann nix hörn, doch das muß nix heißen« und spazierte rund ums Haus. Peter schlief vielleicht, aber er konnte regelrecht hören, wie er die Stufen runtergerast kam, kaum daß sich die

Tür öffnete, um ihn zu fragen, wie es ihm ginge, und ihn zu einem Schlummertrunk einzuladen. Dann zog er in Erwägung, die Stufen im Sturm zu nehmen und sofort ins Bett zu springen, aber er konnte sehen, wie Peter ihn an der Tür abfing und sich erbot, ihm eine Gutenachtgeschichte vorzulesen. Sagoe ging noch immer auf und ab, als der Mann ihn ansprach. »Hallo.«

Es war ein weißes Gesicht. Das schwache Licht aus dem Haus zeichnete Kringel um seine flachen Nasenflügel.

»Haben Sie Schwierigkeiten?«

»Nein. Nur keinen Platz zum Schlafen, das ist alles.«

»Gott, ist das komisch.«

»So? Freut mich für Sie.«

»Oh, ich wollte nicht sagen, daß ich die Sache an sich komisch finde. Was ich meinte, ist, daß ich den Satz jeden zweiten Tag zu hören kriege.«

Sagoe pflanzte sich vor ihm auf.

»Hörn Sie, Sie ...«

Aber der Mann unterbrach ihn sanft: »Wirklich ... ich höre den Satz sehr oft. Ich bin Amerikaner, wissen Sie, und das scheint für jeden amerikanischen Tramp im Land ein Zeichen zu sein, daß er bei mir freies Logis hat.«

Pinkshore hatte seine periodische Abneigung gegen weiße Gesichter vor Tagen wachgerüttelt. Nicht einmal die Erinnerung an Mrs. Faseyis kecke Gestalt, die für die Verlegenheit ihrer Landsleute nur Verachtung hatte und dem Schock und der Empörung ihres Gatten gleichgültig gegenüberstand, nicht einmal sie konnte zur Ehrenrettung der weißen Rasse seit jener Party beitragen. Denn in der Tat war es ihm nur unter Aufbietung aller Gedächtniskräfte möglich – eine Anstrengung, die an den Bändern seiner Trinklappen zerrte –, sich ihrer bewußt als einer Weißen zu erinnern. Und das Verhalten dieses Mannes empfand Sagoe als ganz besonders anmaßend – vor Schmalz.

»Zufällig bin ich kein amerikanischer Tramp.«

Der Fremde lächelte.

»Der Afrikaner muß mir erst noch begegnen, der nicht wegen irgendwas beleidigt ist.«

»Und mir muß erst noch der Amerikaner begegnen, der sich nicht einbildet, seine Anmaßung müßte für Herzlichkeit gehalten werden.«

»Gütiger Himmel. Als ich losmarschiert bin, hatte ich nur vor, einen Spaziergang zu machen – wo bin ich bloß fehlgetreten?«

Sagoe hörte sich murmeln: »Ach, verzieh dich ganz einfach. Dein Gesicht steht im Widerspruch zum Zustand meiner Trinklappen.«

»Wie bitte? Ich habe Sie nicht ganz verstanden.«

Sagoe antwortete nicht. Er überlegte, ob das Risiko, Peter zu begegnen, dieser Sache hier nicht vorzuziehen sei.

»Wissen Sie«, sagte der Fremde, »ich finde, ihr Kerle seid eine höchst unfreundliche Bande in diesem Land.«

»Ja, ich weiß. Amerikaner erwarten, daß sie geliebt werden ...«

»Nein, bitte ... Bitte nicht das. Alles, aber das nicht.«

Sagoe spürte, daß er verleitet worden war, eine billige Bemerkung zu machen.

»Hörn Sie, mein Name ist Joe Golder. Ich lehre hier an der Universität afrikanische Geschichte. Ich leide an Schlaflosigkeit und gehe deshalb oft nachts spazieren.«

Sagoe nickte und bückte sich wieder zum Schlüsselloch, um zu lauschen.

»Also, wenn man Sie ausgesperrt hat, dann kommen Sie erst mal mit zu mir, wir nehmen einen Drink zusammen.«

»Nein, danke. Ich bin noch halbwegs nüchtern heute abend, und ich will den Zustand nicht ruinieren.«

»Gut. Dann eben 'n Kaffee. Na, nun kommen Sie schon – wir unterhalten uns ein wenig. Es ist zwar ziemlich weit, aber ich kann Sie nachher mit dem Wagen zurückfahren.«

Sagoe überlegte und entschied, daß er aus seiner Reserve mußte. Als er neben ihm ging, stellte er fest, und er war überrascht darüber, daß Joe Golder ziemlich klein war. Er war ihm zunächst größer erschienen. Doch sein ganzer Körper erweckte den Anschein, als sei er ein durchtrainierter Sportsmann. Und ein ungewöhnlich gedrungen aussehender Kopf saß auf den Schultern des weißen Mannes. Und empfindlich, spürte Sagoe. Idioten wie Joe Golder – sie kamen nach Afrika, um verletzt zu werden.

»Du hast keinen ausgeprägten amerikanischen Akzent.«

»Oxford, fürchte ich. Fünf Jahre Oxford haben wohl dafür gesorgt. Aber mir tut's nicht leid drum. Ich bin kein sehr überzeugter Amerikaner.«

»Du solltest dein Geburtsrecht an einen Deutschen verkaufen, den ich kenne ...«

»Doch nicht etwa an Peter!«

»Doch! Kennst du ihn?«

Und Joe Golders Gesicht verschwand hinter einer harten, gemaserten Ledermaske.

»*Das* ist es, weißt du, das und nichts als das, immer wieder. Weil ich Amerikaner bin, kommt jeder Hanswurst, der einen amerikanischen Paß oder Akzent hat, schnurstracks in meine Wohnung gestiefelt. In den zwei Jahren, die ich hier lebe, bin ich ein halbes dutzendmal umgezogen. Man sagt ihnen, wir haben hier einen amerikanischen Dozenten, und schon hocken sie bei mir auf der Türschwelle. Oder gleich in meinem Wohnzimmer, schon häuslich niedergelassen. Ich überlasse ihnen die ganze Wohnung, ich schicke sie zum Konsulat, aber es ändert nichts. Wenn ich am nächsten Tag von den Vorlesungen nach Hause komme, sitzt schon wieder so ein helles Bürschchen, oder ein Mädchen, vor meiner Tür. Weißt du, ich bin ein Menschenfeind. Ich kann Menschen nicht ausstehen. Ich bin gern allein, und ich sehe nicht, was dadran schlimm sein soll.«

Überwältigt konnte Sagoe nur noch murmeln: »Es gibt noch mehr Leute, denen es so geht.«

»Und manche von ihnen glauben auch noch, sie tun mir einen Gefallen. Einer, er sagte, er sei Psychologiestudent aus Arizona und hierhergekommen, um seine Diss fertig zu schreiben, er saß in meiner Wohnung bis drei Uhr morgens und konnte sich einfach nicht entscheiden, ob er nun bleiben oder doch ins Hotel gehen sollte. Schade, daß du kein Telefon hast, sagte er, ich muß so viele Verabredungen treffen ... Und wenn sie bleiben, dann bist du nicht mehr Herr im eigenen Haus. Du kommst nach Hause und findest 'n Fremden vor, den du schon ganz vergessen hattest. Verstehst du mich? Ich meine, ich bin kein Philanthrop. Ich kann's nicht leiden, wenn man mich für selbstverständlich nimmt.«

Sagoe hatte seiner neuen Bekanntschaft nun eine Zeitlang seine volle Aufmerksamkeit geschenkt. Nun hielt er es an der Zeit weiterzugehen. Dabei sagte er: »Aber warum sagst du ihnen nicht einfach, sie sollen gehen und dich in Frieden lassen?«

»Ich gebe zu, daß ich Leuten gerne helfe, ich hasse es nur, wenn man es für selbstverständlich nimmt. Ich bin ja nicht verpflichtet, irgend jemandem zu helfen. Natürlich kann ich mich in meiner Wohnung einschließen und ihnen sagen, sie sollen draußen bleiben. Ich hab gern meinen Frieden. Aber gerade, weil ich Leuten gerne helfe, hasse ich es, wenn es für selbstverständlich gehalten wird.«

Er schien sich etwas zu beruhigen, als schäme er sich seines unbekümmerten Ausbruchs.

»Es tut mir leid«, enthüllte er, »aber ich habe die Angewohnheit, mich an Dinge zu erinnern, als passierten sie genau in diesem Moment. Es ist eine schlechte Angewohnheit. Wenn ich in Gesellschaft bin und ich erinnere mich an irgend etwas Unangenehmes, dann versuche ich meist zu flüchten, ehe die Sache die Oberhand über mich gewinnt.«

Diesmal schwieg er fast eine halbe Meile lang, dann sagte er: »Ich bin ein sehr impulsiver Mensch. Meine Stimmungen wechseln. Manchmal bin ich ein perfekter Gastgeber. Und dann komme ich am Nachmittag nach Hause und bitte den Mann, seine Siebensachen zu packen. Einmal bin ich sogar mitten aus einer Vorlesung heraus nach Hause gefahren, um einen Musiker rauszuschmeißen, der schon fast einen Monat bei mir wohnte.«

»War dir gerade was eingefallen, was er angestellt hatte?«

»Nein. Ich wollte nur plötzlich, daß er abhaut. Ich entsinne mich, daß ich so blödsinnig gefahren bin, daß ich in einem der Abwassergräben landete. Also ließ ich den Wagen stehen und rannte den Rest des Weges zu Fuß.« Er lachte. »Ich schätze meine Zeit hoch ein, wie du siehst. In diesem Augenblick stehe ich mit einem Kollegen zusammen und wir lachen, im nächsten drehe ich ihm den Rücken zu.«

»Und wie reagieren sie darauf?«

»Unterschiedlich. Manche nennen es meine Allüren.«

»Und das macht dir nichts aus?«

»Ich kümmre mich nicht um Idioten, warum sollte ich auch? Ich bin kein geselliger Mensch. Ich gehe nicht auf ihre Partys, und ich nehme nicht an ihren Versammlungen teil. Ich schätze den Wert meiner eigenen Zeit hoch ein, und ich verüble es einem Mann fast bis zum Punkt fanatischer Rache, wenn ich ihm auch nur eine Sekunde meiner Zeit opfern muß. Wenn ich einen ganzen Tag verschwende und nur in meiner Bude hocke und nichts tue, dann ist das meine Sache, aber ich möchte meine eigene Zeit selbst verschwenden.«

Die Lichter in den meisten Häusern waren gelöscht. Einige Hunde bellten in unmittelbarer Nähe, und Sagoe, der sich an Bandeles Analyse ihres Codes erinnerte, hob einen Stock auf.

»Wegen der Hunde? Die beißen nicht.«

»Ich will nur sichergehen, daß sie's nicht tun.«

»Hast du Angst vor Hunden?«

»Nein. Aber ich bin schon mal gebissen worden.«

»Ich auch, aber das war was anderes. Es war in meiner Heimatstadt, wo irgend so ein weißer Idiot seinen Hund auf mich gehetzt hat.«

Er lachte, denn er ahnte Sagoes verdutztes Gesicht voraus.

»Oh, du bist genauso überrascht wie andere. Ich bin Neger, ein Viertel. Ich wünschte, es wäre mehr.«

»Ich hab 'ne ganze Menge Mischlinge in den Staaten kennengelernt.«

Golder war überrascht.

»Du warst in den Staaten?«

»Ziemlich lange sogar.«

»Da wundert's mich aber, daß dich nicht längst einer zu mir geschleppt hat.« Seine Stimme hob sich in ein Falsett.

»Waaas? Du warst in den Staaten? Ooh, dann mußt du einfach Joe Golder kennenlernen. Ein uuunheimlich netter kleiner Mann. Er hat eine ganz hervooorragende Tenorstimme.«

»Du singst?«

»Früher oder später hättest du's sowieso rausgefunden. Unglücklicherweise singe ich sogar sehr gern; und ich glaube, es stimmt: ich habe eine ganz gute Stimme – die beste Tenorstimme in der Uni, sagen einige. Aber meistens sind es die Frauen, die das sagen. Und die meisten dieser müden Hausfrauen wollen nicht einsehen, daß ich an den Opernkursen teilnehme, um zu singen, und nicht wegen dem Sherry und dem Klatsch und Tratsch nach der Probe.«

Langsam redete er sich wieder in Rage.

»Ich habe einen Flügel in meiner Wohnung, also denken sie, es wäre doch eine tolle Idee, die Proben bei mir abzuhalten. Und es läßt sie völlig kalt, daß ich jedesmal nein sage; sie glauben, sie können mich weichmachen, wenn sie nur oft genug fragen. Aber siehst du, es gibt eine Sache, die kann ich auf den Tod nicht ausstehen, und das ist eine weibliche Stimme, die in meiner Wohnung singt. Ich empfinde das als eine unerträgliche Aufdringlichkeit. Ich wache eifersüchtig über mein Eigenleben. Ich kann es nicht ertragen, wenn irgend so ein Idiot in meine Privatsphäre eindringt, und sie halten das nur zu gerne einfach für selbstverständlich ...«

Nachdem sie um die letzte Ecke gebogen waren und einer frischen, gerade erst in den Boden gedrückten Radspur folgten, änderte sich die Natur der Stille. Dies war nicht länger bloßer Stillstand, von einer schlafenden Gemeinde geschaffen, sondern eine dämpfende Last, ein dritter bedrückender Begleiter beim Spaziergang. Es kam aus dem verfilzten Gebüsch und von der Feuchte gestutzter Palmstümpfe, entwurzelt, doch voller Leben durch die dunkle Decke aus Krötenlaich über dem seichten Rinnsal. Selbst über das Unken der

Kröten und ihrer verwirrten Pausen hinaus war diese Stille da. Sagoe lächelte das zufriedene Lächeln des in vollkommene Stille eingehüllten Leerikers.

»Du lächelst«, brach Joe Golder störend ein.

Er erinnerte sich seiner Gegenwart, verlor ihn aber sogleich wieder.

»Du bist ein stiller Mensch«, sagte Joe Golder.

»Hm?«

»Ich sagte, du bist ein stiller Mensch. Du sagst nicht viel, aber du lächelst ständig vor dich hin.«

»So?«

»Ja. Woran denkst du gerade?«

»An die Metaphysik des Leerizismus.«

»Ach ja? Herzlichen Dank.«

Schweigend gingen sie weiter, und Sagoe schwelgte in der Stille. Er wurde zunehmend vakuöser. Bald waren Kopf und Geist völlig leer – ein Fehler, schien es, was Joe Golder anlangte.

»Woran denkst du?« Er antwortete nicht.

Gleichgültig gegenüber Sagoes Zustand glückseliger Passivität, entwickelte Joe Golder eine unerträgliche Aufdringlichkeit. Sagoe wünschte aufrichtig, der Mann möge die Klappe halten. Er konnte nicht verstehen, wie ein Mensch so empfindsam erscheinen konnte und doch nicht fähig war, in die oktopoide Lethargie der Nacht einzudringen. Immer wieder trommelte Golder mit widerwärtigem Drängen gegen den Zauber, bis sie schließlich das Haus erreichten.

Er wohnte im neuesten Block, am weitesten vom Unizentrum entfernt, und im höchsten. Und er hatte sich, ohne alle Schwierigkeiten, die oberste Wohnung gesichert – niemand außer ihm schien sie haben zu wollen.

»Es ist acht Stockwerke hoch. Also mach langsam. Ich hoffte, die Anstrengung würde Besucher abschrecken.«

»Wie hast du den Flügel da raufgeschafft?«

»Genauso wie in den ersten Stock. Harte Arbeit, aber ich war beharrlich.«

Als er den Schlüssel ins Schloß steckte: »Ich habe keine Freunde. Du wirst eine Reihe von Leuten sagen hören, Joe Golder sei ihr Freund, aber das ist nur reine Einbildung. Fremde kommen hier zu mir rauf und sagen: ›Du bist also Joe Golder? Gestern erst hab ich 'n Freund von dir getroffen ...‹«

»Manchmal ist das nur so eine Redensart.«

Sagoe fühlte sich irritiert, mit gutem Grund.

Sagoe sah sich dem Bild einer älteren Frau gegenüber, den Rest der Wand nahm ein Regal voller Bücher ein, alle elegant gebunden, ähnlich.

»Ich habe mal in einer Bibliothek gearbeitet. In Paris. Bist du mal in Frankreich gewesen? Ja? Die meisten Bücher, die die Bibliothek ausrangierte, habe ich übernommen. Manchmal haben sie auch billig welche verkauft, da habe ich auch zugelangt. Ließ sie neu binden. Egal, was es war, ich hab alles genommen. Nach der Musik sind Bücher meine große Leidenschaft.«

Der Raum strahlte eine solch wählerische Verwöhntheit aus, daß Sagoe sich nicht sogleich setzen konnte. Trotz des leichten Sessels mit Metallgestell und Leinenbezug, des niedrigen Bauhaus-Couchtischs, weiße Formica, trotz der kubischen Muster auf winzigen Kissen, war Sagoe in eine abgeschiedene Welt eingetreten, bombastisch und altmodisch. Auf dem Flügel standen zwei Kerzenständer – mit roten Kerzen ...

»Mach um Himmels willen jetzt keinen Witz über Liberace. Alle Amerikaner, die hierherkommen, machen das nämlich.«

»Liberace ist doch überholt«, sagte Sagoe und nahm die überladene Einrichtung in Augenschein.

Ein ovales Schondeckchen war auf dem Flügel ausgebreitet, darauf noch ein gerahmtes Foto, beide Eltern.

»Ja, sie sehen beide völlig weiß aus, nicht wahr, aber mein Vater ist halb Schwarzer. Einer von denen, die halt mal so vorbeikommen. Seine Frau hat's dahingerafft, noch ehe ich fällig war. Aber ich schien in Ordnung zu sein, und er kam zurück.«

»Was passierte dann?«

»Nichts, fünfzehn Jahre lang. Dann holte ihn die Vergangenheit ein.« Er schwieg einen Augenblick. »Er ist tot. Selbstmord. – Es mag dich schockieren, wenn ich sage, ich habe ihn dazu getrieben. Ich hab mich seiner fürchterlich geschämt, und ich habe es nicht verborgen. Ich hab mich selbst vor seinen Augen angespuckt, weil ich ein Teil von ihm war ... ich war jung ...«

Nippeskram stand auf dem Flügel und eine Buddhastatue.

»Jade?« fragte Sagoe, und Golder sagte, er wisse es nicht. Auf einem Regal die drei Affen, aus Bronze. Golder besaß eine Kaminsimsimitation.

»Die nehm ich immer mit, wenn ich umziehe. Hab ich selbst gebastelt. Ich hab einen sehr ausgefallenen Geschmack, und es gibt ein paar Dinge, die ich in einem Raum einfach um mich haben muß.«

Der Lampenschirm auf dem Flügel war eine absonderliche Schachtel aus schwarzgestrichenen, sich überlappenden Brettchen, und auf dem Kaminsims stand eine ähnliche Konstruktion – reines Dekorationsstück.

»Da draus will ich ein Fischbecken machen.«

Sagoe zerbrach sich den Kopf, wie er das wohl anstellen wolle, fragte aber nicht.

»Was soll's sein, Kaffee oder was Stärkeres?«

»Ich habe Durst bekommen. Hast du Bier?«

»Du runzelst die Stirn. Was ist los?«

»Tu ich das?«

»Und wie.«

»Ist mir nicht aufgefallen. Ich glaube, ich finde das alles sehr beunruhigend. Zu ruhig. Sagen wir ruhig, er geruhte einer beunruhigenden Ruhe zu pflegen. Wie findste das?« Nicht einmal ein Lächeln quittierte den Ausspruch, statt dessen wurde sein Gesicht hart, und er sagte: »Wie meinst du das? Dir geht doch was im Kopf rum. Spuck's aus, was ist es?«

»Ich weiß nicht. Komm, gib mir 'n Bier.«

Und Sagoe trat auf den Balkon hinaus.

Hinter der Wirklichkeit lag die Stadt, erstarrte Platten aus Rost und Silberflecken. Genau unter ihm lag ein Miniaturwald, nur sein fester Haarschopf war lebensgroß. Der Bach, den sie überquert hatten, sah wie ein weggeworfenes Seil aus, die Palmstümpfe wirkten wie große Knollenfrüchte. Ein Glühwürmchen allein leuchtete in richtiger Proportion und landete neben seiner Uhr. Zwei Uhr morgens.

»Woran denkst du gerade?« Golders Stimme klang ziemlich scharf, gereizt. »Du hast gerade über was nachgedacht.«

»Hab ich das?«

»Du hast wieder die Stirn in Falten gezogen. Warum? Du tust das andauernd.«

Sagoe versuchte ihm hilfreich entgegenzukommen und unternahm einen ernsthaften Versuch herauszufinden, warum er die Stirn runzelte, aber es machte die Sache nur schlimmer. Die Ruhe überwältigte ihn, und seine Bemühungen, sich zu konzentrieren, wurden sogleich von Schlaffheit verschluckt. Prompt vergaß er Golders Existenz.

»Also, wenn du so lange brauchst, um dich zu erinnern, woran du denkst ...«

Sagoe fuhr hoch.

»Es tut mir leid. Ich glaube, ich habe mich nicht ernsthaft bemüht.«

Es passierte noch vier oder fünf Mal; Golder war hartnäkkig, und Sagoe kam nie soweit zu sich, daß er die nadelspitze Eindringlichkeit wirklich verübelte. Es war, als nicke er ständig vor einem geladenen Gast ein, und er blieb sich gerade noch des schlechten Betragens bewußt.

»Du bist ein sehr stiller Mensch, was? Du scheinst nicht viel zu reden.«

Sagoe fand das belustigend.

»Wenn du wüßtest.«

»Dann redest du also doch? Aber warum sprichst du jetzt nicht? Seit wir uns begegnet sind, hast du noch nicht viel gesagt. Du machst kaum den Mund auf, nur wenn ich dich dränge.«

»Vielleicht bin ich müde.«

»Du bist nicht müde. Ich weiß, wenn jemand müde ist.«

»Gut, dann eben faul. Du verstehst schon, was ich meine. Große Höhen haben diese Wirkung auf mich, und die Ruhe ist wie eine Droge.«

»Jetzt redest du endlich. Also, erzähl mir, was du vorhin gedacht hast.«

»Muß ich unbedingt etwas denken?«

»Dann erzähl über dich. Na, los schon. Ich möchte gern wissen, was du für ein Mensch bist. Erzähl mir, was dich in Schwung hält. Ich weiß, ich bin ein Misanthrop. Ich interessier mich eigentlich nicht für Leute, und ich will nicht, daß sie sich für mich interessieren. Die meisten sind sowieso falsche Fuffzger. Ich war in einigen europäischen Ländern, aber Menschen sind überall gleich. Langweilig, unaufrichtig. Ich bin hierhergekommen, weil ich hoffte, die Afrikaner seien anders.«

Und so ging es weiter. Er saß auf dem Geländer, aufgepflanzt wie ein Inquisitor, doch er wühlte sich nur tiefer und tiefer in seine eigene Vorgeschichte.

»Am liebsten bin ich in meiner eigenen Gesellschaft. Ich sitze hier oben und schreibe. Ich schreibe gerade an meinem zweiten Buch, einem historischen Roman mit afrikanischem Hintergrund.« Und dann, mit hysterischer Schärfe in der Stimme: »Du hörst mir nicht zu. Du denkst dauernd an was. Worüber denkst du nach?«

Diesmal schaffte er den Durchbruch, und Sagoe setzte sich ruckartig auf.

»Was ist denn los? Ich hab dir gesagt, ich denke nichts, und wenn ich was denke, und ich will's dir nicht sagen, dann ist das meine Angelegenheit.«

Joe Golders Lachen war manchmal furchterregend. Er hatte große Zähne, und seine Lippen glitten fast zu einem Knurren auseinander. Sagoe war jetzt besser auf der Hut, und er fragte sich, ob der Mann wohl irgendeine eingeübte Rolle spielte.

»Macht es dir Spaß, dich eigenartig aufzuführen?«

Joe Golder hörte auf zu lachen.

»Wieso nimmst du das an?«

»Nur so. Jedenfalls kam mir der Gedanke, daß ich dich besser fragen sollte.«

»Ich bin einer der ernsthaftesten Menschen, die ich kenne.«

»Selbst das kann Fassade sein. Ich meine, eine absichtlich eingenommene Haltung.«

»So kommen wir nicht weiter«, sagte er und ging zu einem Schrank. »Von diesen Spaziergängen werde ich immer hungrig. Willst du auch was?«

Sagoe brauchte offensichtlich wieder zu lange, um das Angebot zu überdenken, denn Golder fauchte: »Herrgott noch mal, zwingt dich ja keiner, war doch bloß 'n Vorschlag.«

»Nu übertreib aber nicht. Überlegst du denn nie, ob du was essen sollst oder nicht?«

Aber er war schon im Zimmer verschwunden und öffnete den Schrank. Sagoe folgte ihm und machte gezielte Anstrengungen, sich umgänglich zu geben.

»Als ich in Paris war«, sagte Joe, »kannte ich einen Tänzer aus Britisch Guayana, der war so gottverdammt stolz, daß es ihn verletzte, danke sagen zu müssen, also verhinderte er mit allen Mitteln, daß man was für ihn tat. Gott! Ich haßte ihn wie die Pest, und er mich. Er war fast am Verhungern, da in Paris, und ich hatte den guten Job in der Bibliothek. Er kam immer zu mir in die Wohnung, nachdem er alle Agenten abgeklappert hatte auf der Suche nach Arbeit. Dann ließ er sich in einen Sessel fallen und hörte sich Schallplatten an. Seine Schuhe boten einen ekelhaften Anblick, und man konnte ihm ansehen, daß er seit einer Woche nichts gegessen hatte. Aber meinst du, er hätte mitgegessen? Nein, vielen Dank – in seinem allerbesten Oxfordakzent. Nein, vielen Dank! Es machte mich rein verrückt, ihn dasitzen und so tun zu sehen, als habe er gegessen, und dabei knurrten seine Gedärme nach einem einzigen Krümel. Oh, er war so verdammt britisch, so verflucht korrekt. Er war ein Studienkollege von mir, in Oxford, weißt du, aber er drückte sich vor den Prüfungen, und dann gingen wir beide nach Paris. Er war eigentlich sowieso nur am Tanzen interessiert. Einmal hab ich ihn besucht in seinem schäbigen Rattenloch gleich unterm Dach. Ich hatte ihn tagelang nicht gesehen, also ging ich hin, um zu sehen, wie's ihm geht. Drei Stunden lang bin ich in dem Slum, in dem er wohnte, rumgeirrt, bis ich ihn gefunden hatte. Er lag im Bett, schwach, richtig schwach vor Hunger. Ich machte seinen Schrank auf, aber es war nicht mal 'ne Knoblauchzehe drin. Aber er zwang sich aufzustehen, das Fenster aufzumachen und mir in dieser verdammten britischen Pose einzureden, er habe gegessen; o Gott, er war einfach dumm vor Stolz. Ich mußte runtergehen, Lebensmittel einkaufen, was für ihn kochen, und ich konnte sehen, daß er innerlich weinte, weil er essen mußte, was ich ihm gebracht hatte.«

Sagoe, fasziniert von dem Mann, beobachtete, wie er den Kerosinkocher anzündete.

»Den Elektroherd benutze ich nicht mehr«, sagte er, »seit ich die erste Stromrechnung bekommen habe.« Er schlug Eier in eine Pfanne.

Er schlug gerade das dritte Ei am Pfannenrand auf, als Sagoe sagte: »Ich hoffe, davon ist nichts für mich.«

»Willst du keine?«

»Nein, ich denke nicht.«

»Ah, du denkst immer noch darüber nach?«

»Ich möchte keine.«

»Bist du sicher, oder ist es nur das Britische in dir?«

»Natürlich ist es das Britische in mir. Aber ich möchte trotzdem keine, herzlichen Dank, sehr freundlich von Ihnen, bitte, machen Sie sich wegen mir keine Umstände, danke, sehr liebenswürdig.«

»Jedenfalls hast du Humor.«

»Das glaube ich nicht, aber es ist egal.«

»Nein? Ich muß gestehen, ich habe ein gewisses Vergnügen daran, hungrige Leute ausfindig zu machen. Auch so eine von meinen schlechten Angewohnheiten. Ich habe es dir noch nicht erzählt, aber ehe ich diese Stelle in der Bibliothek annahm, habe ich selbst ein wenig gehungert. Das hat mir den Hunger ein für allemal abgewöhnt. Diese Leute, die behaupten, für die Kunst zu hungern, für die Freiheit zu hungern, zu hungern für den Tag, an dem ihr Genie über die Welt hereinbricht – alles ffft! Sie hatten nichts in sich, diese Idioten vom Quartier Latin. O ja, ich habe dieses Leben eine Zeitlang geführt. Ich bekam ein bißchen Geld von zu Hause geschickt, also war ich etwas besser dran. Zum Kotzen, lauter falsche Fuffzger. Aber eins konnten sie alle – schnorren. Da drin waren sie wirklich genial.«

»Ich habe auch einige gesehen, in New York.«

»O ja, Greenwich Village.«

»Und San Francisco. Eure Beatniks haben mich sehr in Erstaunen versetzt. Warum scharen sie sich zusammen, warum?«

»Hast du allen Ernstes darüber nachgedacht? Dieser Freund von mir, der Tänzer, er hat gehungert, aber er hat es nicht wie die andern zur Schau gestellt. Wenn er pleite war, dann blieb er einfach in seiner Bude und träumte. Wir waren dicke Freunde. Ich mochte ihn sehr gern, und ich haßte ihn wie die Pest. Gott, ich haßte ihn, ich wußte gar nicht, wie sehr. Weißt du, wie ich dahintergekommen bin? Als er krank war, pleite, und im Krankenhaus lag. Ich hasse Krankenhäuser, ich besuche niemals jemanden dort. Als meine Mutter mal krank war, dachte ich mir alle möglichen Ausflüchte aus, nur um sie nicht besuchen zu müssen. Aber dieser Junge, in dem Moment, wo ich hörte, daß er wirklich krank ist, bin ich ins Krankenhaus gegangen, nur um ihn da zu sehen, hilflos, völlig abhängig. Er besaß nicht eine müde Mark, verstehst du? Ich bezahlte seine Rechnungen, brachte ihm Obst und Blumen. Oh, er war ganz zerfressen von seinem Stolz. Man konnte die Demütigung in seinem Gesicht ablesen, niemals Dankbarkeit, und ich hoffte, es würde seine Heilung hinauszögern. Ich zahlte seine Miete – er war schon ein paar Wochen lang arbeitslos, ehe er krank wurde, also steckte er über und über in Schulden. Ich ging hin und putzte seine Wohnung, ehe er entlassen wurde. Oh, und er haßte mich, er haßte meinen Anblick wie nie zuvor, aber er konnte sich ja nicht helfen. Er mußte meine Hilfe annehmen, mich sogar darum bitten. Ich hab alles gemacht, verstehst du? Dann hatte er Proben und brauchte neue Ballettschuhe. Ich wußte es, aber ich sagte nichts. Er mußte mich bitten. Er bat mich um Geld. Hol ihn der Teufel.«

Vom Balkon blies ein frischer Wind herein, beruhigend. Sagoe fühlte sich tiefer gestürzt, als sein Begriffsvermögen reichte. Was ist los mit ihm? Was ist los mit ihm? Verzweifelt flogen seine Gedanken zu Dehinwa und ihrer schroffen, aufreibenden Zuneigung, zu Egbo, der es mit Joe Golder in punkto Heftigkeit aufnehmen konnte – Heftigkeit einer aufrichtigeren Art.

»Ist es dir recht, wenn ich eine Platte auflege?« Golder stand neben dem Plattenspieler.

»Okay, was mich angeht.« Sagoe fügte nicht hinzu, daß seine lethargische Hemmungslosigkeit sowieso längst zunichte war und er dieser Tatsache wegen noch immer grollte. Ein Sopran überströmte das Geräusch ausbrechenden Öls.

»Koloratur, italienisch. Gefällt's dir? Ich liebe die menschliche Stimme. Nach der Violine ist die menschliche Stimme das vollkommenste Instrument. Meine Lieblingsplatten spiele ich nur, wenn ich allein bin. Ich neige nämlich dazu zu weinen.«

»Komisch, aber es überrascht mich nicht, das zu hören.«

»Sehe ich aus wie jemand, der leicht weint?«

»Sagen wir, du bist sehr leicht verletzbar.«

Sagoe stand vor dem einzigen Gemälde in dem Raum. Es zeigte weiße Striemen auf gänzlich schwarzem Hintergrund. Es hätten geharkte Blitze auf schwarzem Himmel sein können, aber Sagoe wußte, daß er sich täuschte. Die Zungen, die aus der klaffenden Hauptwunde schnellten, waren naß, tropften. Keine Kraft oder Härte, sondern absichtliche Zähflüssigkeit, aufgefangene Milchrückstände, die durch zerknittertes Gewebe drängten, doch unstet hervorsickerten.

»Gefällt es dir?«

»Ich finde es ekelhaft.«

Er war total überrascht.

»Du bist der erste, der das sagt. Andere sagen, daß sie es nicht begreifen können.«

Später dachte Sagoe noch lange darüber nach, warum er die Frage gestellt hatte. Ohne sich bewußt zu sein, daß er sie schon formuliert hatte, ihrer nicht gewahr, bis sie ausgesprochen war, hörte Sagoe sich fragen: »Hat dein Freund, der Tänzer, das Bild gemalt?«

»Ja.« Und Joe Golder schaute ihn eine Zeitlang genau an.

»Wie bist du da draufgekommen?«

»Keine Ahnung.«

Sofort wütend: »Du willst nie irgendwas sagen. So verdammt verschlossen …«

»Bevor du dich wegen nichts und wieder nichts aufregst, ich sag's dir noch mal, ich hab keine Ahnung.«

»Das ist mir schon längst aufgefallen. Ihr Afrikaner, wenn ihr einmal gelogen habt, dann fühlt ihr euch verpflichtet, daran festzuhalten. Selbst wenn man euch mit Beweismaterial konfrontiert, das sogar ein Kind anerkennen muß, müßt ihr lügen, lügen, lügen …«

Sagoe war jetzt bereit, ihm eine reinzuhauen.

»Wenn du weiterhin so einen Scheißdreck von dir gibst …«

»Ich darf das sagen, verstehst du, weil ich nämlich kein Weißer bin. Nimm zum Beispiel meinen ersten Hausboy …«

»Du hegst große Verachtung gegenüber britischen Standpunkten, und jetzt stellst du dich seelenruhig hin und vertrittst selbst einen. Deinen überheblichen Kram kannst du an jemand anders ausprobieren.«

»So, du kannst also nicht einmal eine simple Wahrheit vertragen? Ihr Afrikaner seid so verdammt nationalistisch.«

»Jetzt halt aber deine verdammte Klappe!« Er war aufgesprungen.

Golder krümmte sich zusammen, sichtlich verängstigt.

»Ich hasse jede Art von Gewaltanwendung.«

»Dann reiß dein großes Maul nicht so weit auf, und zieh vor allem keine allgemeingültigen Schlüsse aus dem Verhalten deines Hausboys! Gott, ihr Amerikaner seid so verdammt unerträglich, es ist ein Wunder, daß ihr überhaupt je irgendwo lebend herauskommt.«

Als die Platte abgelaufen war, wurde die Spannung noch deutlicher.

Joe Golder schob sein Essen beiseite und ging zu den Flaschen hinüber.

»Jetzt ist mir der Appetit vergangen.«

Er zitterte ein wenig.

»Was hält dich vom Essen ab?«

»Ich hasse Gewaltanwendung. Jede Form von Gewalt bringt mich aus der Fassung.«

Sagoe ließ sich nicht erweichen.

»Dann solltest du vorsichtiger sein, auch Worte können eine Art Gewalt darstellen.«

»Nein, nein, das sind nur rationale Erklärungen. Ich will mal sehen, ob ich ein Foto von dem Jungen finde. Ich führe kein Album, aber ich hebe alle Zeitungsnotizen über ihn auf. Er ist inzwischen ziemlich erfolgreich; er hat in Berlin getanzt und in den Staaten und in ein oder zwei anderen europäischen Hauptstädten. Neulich hat er mir eine Postkarte geschickt – aus Madrid.« Er lachte. »Ja, irgendwann kriegte er regelmäßigere Angebote, und er fing an, jeden Penny zurückzuzahlen, den ich für ihn ausgegeben hatte. So ist er halt. Hat alles zurückgezahlt. Aber jedenfalls mußte er's erst mal nehmen, er mußte meine Hilfsbereitschaft annehmen. Das war der einzige Stolz, den er noch hatte – seine Schulden zu begleichen. Aber ich habe ihn kleingekriegt. Wenn er jetzt pleite ist, dann zögert er nicht, mich um Geld zu bitten.«

Joe Golder wurde ihm von Minute zu Minute widerlicher, doch Sagoe fühlte, er sollte noch abwarten. Um das auszuhalten und trotzdem leidlich höflich zu bleiben, suchte er nach schätzenswerten Eigenschaften in ihm. Da war seine Vorliebe für die Abgeschiedenheit, seine bewußte Selbstisolierung, die im ganzen Raum ihre Zeichen setzte, und doch war dieser Raum abstoßend. Er rief ein Gefühl in ihm hervor, ein Kribbeln, das ihm über den Rücken lief, und seine Lippen formten den amerikanischen Ausdruck *sick!*

»Du sagst überhaupt nichts. Ich kenne dich immer noch nicht, oder gibt's nichts an dir zu kennen? Ich meine, was hält deinen Mechanismus in Schwung, wie funktionierst du, wie tickst du, sag schon.«

»Gibst du deinen Freunden – Entschuldigung, deinen Bekannten, wenn dir dieser Ausdruck lieber ist –, gibst du ihnen immer das Gefühl, daß sie geschmuggelte Uhren sind, die auf dem Kingsway verkloppt werden – ah, Oga, siebzehn Rubin, viel billig, mit Datum, Sie mal die hier probieren, Oga.«

»Oh, ich weiß nicht, was für ein Gefühl ich den Leuten gebe. Aber ich hab was gegen Geheimniskrämerei.«

»Du gehst den Sachen gern auf den Grund, um zu sehen, wie das Uhrwerk funktioniert?«

»Ich weiß nicht, ob das so ist. Aber du hast überhaupt noch nichts gesagt. Und ich will immer wissen, mit wem ich's zu tun habe. Ich habe festgestellt, daß die Leute einen ausnutzen. Wenn du freundlich zu ihnen bist, nutzen sie dich aus. Ich habe versucht, Leuten zu helfen – ich weiß nicht, wie oft. Besonders als ich in Paris war, wo sich die Penner der Welt versammeln. Nicht jedem, wohlgemerkt. Nur Leuten meiner Hautfarbe. Ich mag Schwarze wirklich sehr. Schwarze sind aufregend, ihre Farbe hat solche Vitalität, ich meine, schwarze Haut ist etwas wirklich Schönes, charakteristisch ...«

Sagoe war unfair, denn er wußte, daß es nicht stimmte, als er sagte: »Du hast eine weiße Mentalität, weißt du das?«

»Es klingt nach Rousseau, aber ich habe ein Recht darauf zu empfinden, wie ich empfinde. Schwarz ist etwas, das ich sein möchte und das zu sein ich alles Recht habe. Ich hätte genausogut kohlrabenschwarz auf die Welt kommen können.«

»Dann hättest du dich sicher schon längst zu Tode masturbiert.«

»Bereitet es dir Vergnügen, vulgär zu sein?«

»Ein vornehm britischer Tadel. Es ist erstaunlich, wieviel von einem Engländer in dich übergegangen ist. Vielleicht greifst du deswegen ständig an. Schau, die Wahrheit ist, ich finde Selbstliebe ekelhaft. Selbst Nationalismus stellt eine Form der Selbstliebe dar, aber die könnte man noch verteidigen. Es ist dieser Kult mit der schwarzen Schönheit, den ich widerwärtig finde. Albinos zum Beispiel, erwartet man von ihnen, daß sie heimgehen und sich ersäufen?«

Bis zu diesem Augenblick hatte er Lazarus total vergessen. Jetzt beschäftigten sich seine Gedanken mit ihm, und es machte ihn plötzlich ruhelos. Er stand auf.

»Willst du gehen?«

»Ja.«

»Dann findest du deine Hautfarbe also nicht schön?«

»Ich habe nie darüber nachgedacht. Ich habe neulich auf einer Party ein weißes Mädchen gesehen, und ich hielt sie für schön. Das ist ein rein ästhetisches Urteil. Ich kann mich kaum an ihre Farbe erinnern. Wenn du von schwarzer Vitalität sprichst, dann höre ich regelrecht, wie dabei der Speichel tropft, und da ich nun mal zufällig schwarz bin – weder meine Schuld noch mein Verdienst –, finde ich das Ganze ziemlich Übelkeit erregend.«

»Nein, so warte doch einen Augenblick ...«

»Es wundert mich, daß Schwarze es ertragen können, wenn über sie gesabbert wird – sogar von Schwarzen.«

Joe Golder erhob sich.

»Es ist ganz schön weit. Ich fahr dich hin. Oder bleib hier, wenn du magst. Es ist schon ziemlich spät.«

»Nein, mein Freund würde sich Sorgen um mich machen.«

»Es sah aber so aus, als hätte man dich ausgesperrt, als ich dich traf.«

»Nein, das war anders. Dieser Peter, der Deutsche mit dem muffigen Atem, er ist immer noch da. Und ich war nicht in der Stimmung, ihm gegenüberzutreten.«

»Ihr wohnt zusammen?«

»Wir sind beide Gäste eines alten Schulfreundes.«

»Oh, ich kenne Bandele sehr gut.«

»Und du hast ihm einen ganz gemeinen Streich gespielt. Er

hat Peter am Hals, seit du ihn hängengelassen hast. Schon eine Minute mit Peter in einem Haus zusammenzusein ist wie eine Schicksalsprüfung. Aber Bandele hat übermenschliche Kräfte.«

»Du kannst zu mir ziehen, wenn du willst.«

Sagoe lachte.

»Und deine plötzlichen Stimmungsumschwünge? Nicht sehr verlockend, der Gedanke, daß ich es mir hier gerade gemütlich mache, und du kommst aus der Vorlesung hierhergestürzt, um mich rauszuschmeißen. Ich stell mir nur ungern vor, wie ich mir den Kopf an den Steinhaufen einschlage.«

»Nein, nein, ich kenn mich. Bei dir besteht diesbezüglich keine Gefahr.«

»Nein. Ich bin sowieso nur für ein paar Tage hier, und wir würden uns bloß auf die Nerven gehen. Ich bin immer noch ein wenig verdutzt. Ich meine, du mußt doch wohl zugeben, daß du einen ganz schön in Erstaunen versetzen kannst. Viel zuviel, um es auf einmal verkraften zu können.«

»Trotzdem, bleib heute nacht. Ich fahr dich gleich als erstes morgen früh zurück.«

Das Angebot war verlockend.

»Ich muß zugeben, ich würde besser schlafen, wenn ich wüßte, daß mir Peter nicht gleich am frühen Morgen über den Weg läuft.«

»Na prima. Und es gibt hier überhaupt keine Moskitos. Zu hoch, nehme ich an. Ich schlafe hier, und du kannst mein Schlafzimmer haben.«

»Nein, das Sofa hier gefällt mir. Du bleibst in deinem Schlafzimmer.«

Golder war jetzt ganz aufgekratzt.

»Nein, nein. Das ist nicht meine Vorstellung von Gastfreundschaft.«

»Du mußt schon nachgeben. Ich benutze kein Bett, wenn es ein Sofa gibt. Sogar ein paar Kissen auf dem Fußboden würden mir reichen.«

»Na gut, dann schlafen wir eben beide auf Kissen«, sagte er.

»Hör zu, ich will nicht …«

Aber Golder war schon ins Schlafzimmer gegangen und ließ ihn in dem Zimmer allein mit seiner erneut aufsteigenden, vagen Unbehaglichkeit. Sagoe stand da, unentschlossen. Als Joe Golder zurückkam, wußte er, daß er nicht bleiben würde.

»Ich hab dir im Bad ein frisches Handtuch rausgelegt. Es ist gleich hinter dem Schlafzimmer.« Er legte eine neue Platte auf. »Ich hoffe, du hast dich inzwischen doch entschlossen, das Schlafzimmer zu nehmen.«

»Nein, ich … glaube nicht.«

Golder antwortete ganz vergnügt: »Also gut, dann schlafen wir also beide auf Kissen.«

»Nein, nein, ich glaube, ich bleibe überhaupt nicht.«

Joe Golder hielt den Tonabnehmer über der Platte und wollte es nicht glauben.

»Warum? Warum hast du dir's anders überlegt?«

»Ich war noch gar nicht soweit, daß ich mich wirklich entschlossen hatte.«

Mit scharf anklagendem Ton wandte er sich um: »Doch! Doch, du hattest zugestimmt hierzubleiben.«

»Schon gut, ja, ich hatte zugestimmt.« Sagoe war überzeugt, mehr als seinen gerechten Anteil am Verdruß dieser Nacht bekommen zu haben. »Aber schließlich hast du nicht das Monopol in plötzlichen Meinungsumschwüngen.«

»Aber warum willst du nicht bleiben?«

»Ich habe einfach keine Lust.«

»Nein, das ist es nicht. Was ist dein wirklicher Grund?«

»Verlangst du allen Ernstes eine Begründung?«

»Ja. Ja, ich will wissen, warum.«

Seine Stimme war schrill, alles Gleichgewicht, selbst des leidenschaftlichsten Wütens, war dahin.

»Sag mir die Wahrheit!«

»Naja, zunächst mal hast du ja hinlänglich deutlich gemacht, daß du jegliche Inanspruchnahme sehr übelnimmst.«

»Nein, das war ja nur, um mich selbst darzustellen, was du, typisch für dich, deinerseits dich geweigert hast zu tun. Es stimmt schon, ich bin von Stimmungen abhängig, aber ich möchte wirklich, daß du bleibst. Ich möchte, daß du begreifst, daß ich wirklich wünsche, daß du bleibst.«

»Du würdest mir auf die Nerven gehen.«

»In einer Nacht? Was ist dein wirklicher Grund?«

Plötzlich dachte Sagoe, wir betreiben doch beide Spiegelfechterei, aber warum? Wogegen schirme ich mich ab? Was, um Himmels willen, erwartet er von mir, das ich weiß? Er spürte eine Blockade in seinem Hirn, die die Erkenntnis des wahren Sachverhalts verhinderte, aber diese Nacht war eine seiner begriffsstutzigen Nächte, und so fragte er sich nur, was, was, was? Joe Golder höhnte, und wieder nahm sein Gesicht einen neuen Ausdruck an; es war verzerrt und sah unreif aus, eine Frühgeburt.

Schließlich sagte Sagoe: »Du hegst irgendeinen Verdacht, warum ich gehen will. Du kannst ihn nennen oder für dich behalten. Wenn dir mein Grund nicht genügt, mußt du dir selbst einen suchen.«

»Du bist doch derjenige, der um den heißen Brei rumschleicht; wieder der Engländer in dir …«

»Um des lieben Gottes willen!«

»Ja, und du weißt es … Es ist sehr freundlich von Ihnen, wirklich, aber ich kann nicht bleiben. Genau wie mein Freund, der Tänzer, der nie was essen wollte. Ich kann Vortäuschungen nicht ausstehen. Sag, was du wirklich denkst, ich will es wissen.«

Sagoe schaute ihn jetzt mit unverhohlen mitleidigem Blick an und ging zur Tür.

»Da du von hinten und von vorne von ›britisch‹ so besessen bist, will ich dir noch einen Grund sagen, warum ich gehe. Du würdest mich zu Tode langweilen. Ich hoffe, das reicht dir jetzt endlich.«

»Warte!« Er kam näher, fast flehentlich: »Sag mir was, ganz ehrlich. Hast du Angst vor mir?«

Es überstieg Sagoes sämtliche Empfindungen; sein Kiefer klappte schlaff herunter und blieb so.

»Du brauchst nicht so verdutzt zu gucken. Ich will eine ehrliche Antwort. Hast du Angst vor mir?«

»Angst vor dir?«

Wieder war Sagoe gezwungen aufzugeben. Er hatte keine Verachtung in seiner Stimme beabsichtigt, keinen Grund für Golders folgende Wut.

»Gott ja, du bist der starke, selbstsichere Typ, was? Ich wußte es von dem Moment an, wo ich dich sah. So supersicher, so gottverdammt selbstsicher. Du bist der starke schwarze Typ, der vor nichts Angst hat. Wo hast du deine Eitelkeit, deinen Dünkel eigentlich her? Ich hab dich gefragt, wie du funktionierst, aber du hast keinen Ton gesagt. Der starke, stille Typ, so verflucht selbstsicher. Nichts kann dir Angst einjagen.«

Ganz bewußt höhnte Sagoe: »Ich kann auf mich selbst aufpassen, ja. Und was ist dabei?«

Und dann dachte er, der ist verrückt. Der Mann ist verrückt. Wenn er ein Messer hätte, würde er mich abstechen. Aber warum? Was hab ich getan?

Der Amerikaner sprach wieder, sehr viel langsamer jetzt: »Glaubst du ... fürchtest du etwa, ich würde dich belästigen? Ist es das? Denkst du, ich bin ein Homo?«

»Lieber Himmel, nein.« Die Andeutung rüttelte Sagoe auf, doch er dachte nicht einmal nach, ehe er sie zurückwies. »Du hast einige ziemlich effeminante Anwandlungen, das ist alles.«

»Komm, komm, sei jetzt ganz offen.«

»Ich hab dir geantwortet. Und jetzt hör mir mal gut zu. Ich habe einige Zeit an Orten zugebracht, wo jede nur denkbare Perversion praktiziert wurde, aber ich ziehe deswegen noch lange keine voreiligen Schlüsse. Ich bin nämlich zufällig in eine verhältnismäßig gesunde Gesellschaft hineingeboren worden ...«

Er fuhr ihm dazwischen: »Komm mir doch nicht damit. Verhältnismäßig gesunde Gesellschaft, daß ich nicht lache! Glaubst du, ich weiß nichts von euren Emiren und ihren Lustknaben? Du scheinst zu vergessen, daß afrikanische Geschichte mein Fach ist. Und was ist mit den exklusiven Zirkeln in Lagos?«

Sagoe gestikulierte seine Niederlage.

»Du scheinst besser informiert zu sein als ich. Aber wenn du nichts dagegen hast, möchte ich mir meine Selbsttäuschung gerne erhalten. Außerdem bin ich müde. Hör zu, ich versuche doch nur, dir klarzumachen, daß ich keinerlei Vermutungen über dich hege. Ich habe gelernt, bei so vielen Dingen keine voreiligen Schlüsse zu ziehen. So, und können wir jetzt bitte die Diskussion auf ein andermal vertagen?«

Er schien ein wenig beschwichtigt.

»Ich fahr dich nach Hause.«

Bis zu diesem Moment hatte Sagoe nichts zurückgehalten, nichts angenommen, das er nicht auch zugegeben hatte. Er hatte diese Wand in jenen Gesellschaften aufgerichtet, in denen Sex der Schlüssel zur Stadtplanung war, wo Entwürfe für Parkhäuser abgelehnt wurden, ihrer unvermuteten Symbolträchtigkeit wegen. Unfähig zu begreifen, daß drei von fünf Freunden in Amerika pervers waren, aktiv oder latent, und der vierte hoffnungslos in seine Mutter verliebt, ließ er einfach ein eisernes Fallgitter runter und eignete sich einen Judoschlag an für diejenigen, deren Tastversuche in abgedunkelten Kinosälen absolut keinen Zweifel ließen.

Er lernte, zarte Andeutungen und vorfühlende Fragen von Männern einfach zu ignorieren, aus Angst, er könne mißverstanden haben. Doch wo die Sprache deutlich war, schlug er ruhig das irrende Handgelenk beiseite und erntete den Ruf, gut isoliert zu sein.

»Was denkst du jetzt?«

»Oh, bitte, fang nicht wieder damit an.«

Über eine Schlammspur fuhr er auf die von Regenbäumen gesäumte Allee.

»Weißt du«, sagte Joe Golder, »ich mag Männer.«

Sagoe war ganz außerordentlich stupide in dieser Nacht, oder vielleicht hörte er nie richtig zu. Zweimal wiederholte es

Joe Golder, mit wechselnder Betonung, ehe er endlich die Bedeutung begriff und seine Langsamkeit verfluchte.

»Ich will sagen ... ich mag sie wirklich. Ich mag Männer an sich, ja, Männer als solche. Ich dachte, du wüßtest es.«

»Nein. Ich fürchte, ich wußte es nicht.«

»Naja, ich hab's halt gedacht. Ich konnte mir wirklich überhaupt keinen Grund vorstellen, warum du nicht bleiben wolltest. Aber willst du behaupten, du hättest nicht mal vermutet ...?«

»Im allgemeinen bin ich nicht so dickfellig, es ist schwierig zu erklären. Wahrscheinlich ist es mir ein paarmal durch den Kopf gegangen ... Ich weiß wirklich auch nicht, warum der Gedanke keine Form angenommen hat. Eine Reaktion, die ich mir angeeignet habe, vermutlich. Ich greife nicht gleich nach der neuesten Mode, nur weil ich mir nicht vorstellen kann, welches Übel einen Mann befallen hat.«

»Naja, ich habe immer gedacht, es sei ganz offensichtlich.«

»Nein. Ich habe in dieser europäischen Verschwörung zur Entgeschlechtlichung der Männer gelebt, und es hat mich fast verrückt gemacht. Also habe ich eine sehr zäh verwurzelte Reaktion entwickelt. Trotzdem ... heute habe ich mich selbst übertroffen ... das Bier hat wohl meine Trinklappen erstarren lassen.«

»Weißt du, daß du mir nicht mal gesagt hast, wie du heißt?«

»Doch auch nicht üblich – bei Zufallsbekanntschaften, oder?« Nachdem der Bremsklotz in seinem Hirn gelöst war, fand Sagoe sich nicht bereit, auch nur noch annähernd so taktvoll zu sein.

Dann bemerkte er das Buch, das neben ihm auf dem Sitz lag, er nahm es und hielt es ans Licht des Armaturenbrettes.

»Es ist *Another Country*, der neueste Baldwin. Hast du's gelesen?«

»Ich buchstabiere es *Another Cuntry*, C-U-N-T.«

»Hat's dir nicht gefallen?«

»Es erinnerte mich irgendwie an seine Kurzgeschichte *Eric*, *or Little by Little.* Mit einem analen Seufzer ausgesprochen, wenn du verstehst, was ich meine.«

»Es macht dir Vergnügen, vulgär zu sein«, sagte er wieder.

»Und dir? Warum liegt das hier auf dem Autositz? Damit du einen leichten Einstieg in ein sondierendes Gespräch mit Studenten hast, die du in deinem Auto mitnimmst?«

»Du versuchst, mich zu verletzen.«

Den Rest des Weges fuhren sie schweigend. Vor dem Haus hielt Golder an und fragte noch immer hoffnungsvoll: »Na?«

»Was – na?«

»Die Einladung steht noch. Du kannst jederzeit kommen und bei mir wohnen.«

»Danke. Aber ganz ehrlich, ich glaube nicht, daß ich davon Gebrauch mache.«

»Wegen dem, was ich gesagt habe?«

»Zum hundertstenmal, ich kann auf mich selber aufpassen.«

Das wirkte immer wie ein Schlag ins Gesicht.

»Oh, jaja, ich vergaß« – und wieder das frühgeburtliche Höhnen – »du bist groß und stark. Der große, stille Afrikaner.«

Bandele machte ihm die Tür auf.

»War das nicht Joe Golders Wagen?«

»Und ob. Und schönen Dank auch für diesen höchst ereignisreichen Aufenthalt. Meinen herzlichen, tief empfundenen Dank!«

»Was ist los?«

»Erst Peter, dann die einheimische Brut und jetzt dieser Golder. Ich hoffe nur, du hast nicht noch mehr Überraschungen für mich auf Lager.«

Bandele starrte ihn an.

»Ach so. Ach, du meine Güte, ja, ich hätte dich warnen sollen.«

»Schon gut, ich nehme an, man erwartet von mir, daß ich als Journalist all das mühelos verkraften kann. Das Blöde ist nur, daß mein Chef nichts davon für brauchbar halten wird.«

14

Es war wieder Essenszeit im Hause Faseyi. Für Bandele eine Gaumenfreude, der er nie zu widerstehen vermochte, denn es war ein Nachkrisenessen, und folglich würde Faseyis Mutter wieder Wunder in der Küche wirken. Was die Gegenleistung anlangte, so war sie leicht erbracht; er hörte nichts, was er nicht hören wollte, gab zur rechten Zeit die angebrachten Laute von sich und drehte ansonsten nur die Nase zur Küche, um die Duftboten des Festes zu erhaschen.

Monica, an den üblichen Drill längst gewöhnt, schenkte die Getränke ein und zog sich zurück. Faseyi wartete kaum, bis sie die Tür hinter sich geschlossen hatte, und drängte Bandele gegen die Wand.

»Du hast es doch gesehen, nicht wahr? Du hast gesehen, was passiert ist. Du hast gesehen, wie diese Frau mich blamiert hat!«

Bandele gestikulierte abwehrend.

»Aber es war doch gar nichts. Niemand hat es wirklich zur Kenntnis genommen.«

»Wie kannst du das sagen? Bandele, du bist doch immer aufrichtig mit mir gewesen, enh? Was ist mit Kola, war er da?«

Er schaute Kola direkt an, wendete sich aber komischerweise an Bandele: »War er auf der Party?«

»Ich war nicht da«, sagte Kola fest und bestimmt.

»Nein? Ich hätte schwören können, daß er es war, der hinterher mit Monica tanzte.«

»Nein, nein, das war ich nicht.«

Er drehte sich zu Egbo um und unterhielt sich mit ihm.

»Nein, ich kann mich auch nicht erinnern, Kola gesehen zu haben«, sagte Bandele.

»Aber du verstehst doch, um was es geht? Ich meine, ich könnte es verstehen, wenn ich einer von denen wäre, die sogar analphabetische Mädchen in London heiraten, nur damit sie prahlen können, sie hätten eine weiße Frau. Sei ganz ehrlich, seh ich etwa wie einer von denen aus?«

Bandele sagte irgendwas wie Monica sei schon okay.

»Also bitte, warum geht sie dann her und blamiert mich derart? Als würde sie nicht die simpelsten Anstandsregeln kennen.«

»Sieh mal, Fash ...«

Aber Faseyi fiel ihm ins Wort: »Du betrachtest die Angelegenheit nicht aus meinem Blickwinkel ... warte einen Moment.«

Er ging und lauschte an der Küchentür.

»Gut. Mutter spricht gerade mit ihr. Weißt du, was die Frau vom Professor zu ihr gesagt hat? Sie sagte, sie würde Monicas Anwesenheit in ihrem Hause nie wieder dulden.«

Bandele murmelte: »Wie furchtbar.«

»Aha, langsam beginnst du meinen Standpunkt zu begreifen, was? Sich in einer ehrenhaften Gesellschaft derart aufzuführen. Warum nur? Manchmal habe ich das Gefühl, Monica hat einfach keinen Respekt vor Afrikanern. Das ist alles, was ich dazu sagen kann. Würde sie sich im Hause eines Weißen so betragen? Wenn der Professor ein Weißer wäre, hätte sie das dann auch getan?«

»Bist du schon beim Professor gewesen?« fragte Bandele.

»Noch nicht. Aber ich muß hingehen und mich entschuldigen. Nicht daß es den Schaden wiedergutmachen könnte. Weißt du, daß ein Minister anwesend war? Ja, und noch ein oder zwei VIPs. Oguazor kennt eine Menge Leute, weißt du. Ich habe vier Vorsitzende von Handelsgesellschaften gesehen und einen Staatssekretär. Eine solche Sache kann einen gesellschaftlich schlicht ruinieren; stimmt's etwa nicht, Kola?«

»Ja, dich sicher.«

»Schau, laß uns doch die Fakten sehen. Die Universität ist doch nur ein Sprungbrett. Politik, Handelsgesellschaften – es gibt immer irgendwas. Von den ausländischen Firmen ganz zu schweigen, die immer auf der Suche nach nigerianischen Direktoren sind. Ich meine, Kola, du bist Künstler, aber ich bin sicher, auch das ist doch nur ein Mittel zum Zweck, oder?«

Kola täuschte Taubheit vor.

»Ich hab die ganze Nacht kein Auge zugetan. Ich bin wirklich froh, daß du kommen konntest. Mit Mummy ist das alles ganz gut und schön – ich habe sie gleich am frühen Morgen abgeholt –, aber wirklich reden kann man doch nur mit seinen Altersgenossen. Und Mummy mag Monica einfach zu sehr. Sie verwöhnt sie regelrecht.«

»Was hat deine Mutter gesagt?«

»Noch nichts. Sie sagt, sie will sich erst Monicas Seite der Geschichte anhören. Als ob es dazu noch etwas zu sagen gäbe.«

»Komm, Egbo, laß uns auf den Balkon gehen.«

Sie überließen Faseyi und Bandele das Wohnzimmer, und Egbo murmelte: »Bandele wird mir ewig ein Rätsel bleiben. Wie kann er den bloß ertragen?«

»Frag mich was Leichteres.«

»Ich hatte ja keine Ahnung, auf was ich mich einließ, als ich zustimmte, mit hierherzukommen.«

»Ich schon – und das ist mein Problem.«

»Was?«

»Monica.«

Egbo sah ihn an und schüttelte den Kopf.

»Soso, die Pollen wirbeln also wild, überall.«

»Hast du das Mädchen schon gefunden?« fragte ihn Kola.

»Sie ist verschwunden. Ich wußte nicht, daß die Ferien schon so kurz bevorstehen.«

Kola lachte: »Ich hätte nie gedacht, daß es dich mal zu Boden wirft.«

»Ich auch nicht«, gab Egbo zu. »Ich glaube, ich werde alt.«

Das Gesicht des Campus hatte sich verändert, die Geräusche waren anders, die Bewegungen geordneter – fast von festgelegter Folge, als eine Konferenzgruppe von einem Studienhaus zum anderen sickerte und sich bei den jetzt so traurig entvölkerten Gemeinschaftsschlafsälen wieder sammelte. In Schweigen hüllten sich die studentischen Gazetten, geistlose Wucherungen national angehauchter Jugendlichkeit, die die sehr passenden Namen *Der Wurm* oder *Schleim* hatten und selbst die liberalsten Mitglieder des Lehrkörpers in Wut versetzten, so daß sie sich fragten, ob sie ihre Bemühungen nicht lieber auf die Affen im collegeeigenen Zoo richten sollten. Doch die Oguazors, immer im Dienst der guten Sache, gestatteten einigen netten Jungen, ihre Kissenbezüge mit ihrer Anwesenheit zu beschmutzen, in der Hoffnung, daß durch Tee und Sandwiches einigen wenigen Erlösbaren etwas Vornehmheit übermittelt würde. Doch die Gäste kehrten zu ihren Vervielfältigungsmaschinen zurück und schleuderten der Unverletzlichkeit des Lehrkörpers nur eine neue Ladung Dreck entgegen, blühten und gediehen an den Schlaganfällen ihrer gedunsenen Zuchtmeister. Dann widerriefen sie mit kriecherischer Demut, vor dem Dekan heruntergeputzt, doch vor den Kommilitonen prahlten sie mit ihrem offenen Trotz, nicht nur gegenüber dem Dekan, sondern gegenüber dem gesamten Senat. Und die Einladungen ergingen an risikoärmere Kandidaten, an Söhne von Ministern und anderen bekannten Staatsangehörigen. Aber der Tee wurde kalt, die ausgetrockneten Ecken der Sandwiches bogen sich, und die Kissenbezüge lagen unbeehrt, und Mr. Oguazor tröstete seine Gattin mit den Worten: »Was habe ich dir gesahgt? Diese Jungen haben einfach kaine Kultuhr.« Und der Schleim schlierte wieder, der Wurm wand sich, und die Redakteure warteten vergeblich auf die logischen Dämpfer, die Kanonisation und den unvermeidlichen Zuwachs an Volksgunst im Namen der »Redefreiheit«, die Hoffnungen auf die nächsten Wahlen des Unionspräsidenten fixiert. Doch inzwischen war der Rektor gelangweilt und der Lehrkörper uninteressiert, und die Studenten beklagten den Niedergang des »akademischen Dynamismus«. Und auch die Tafeln waren jetzt gereinigt, nicht nur von den Geheimnissen der höheren Analysis, sondern auch von den pornographischen Skizzen und studentischen Halbweisheiten, und die schwarzen Bretter waren endlich befreit von dem hartnäckig breitgetretenen obszönen Tratsch, den Illustrationen unverwechselbarer Identitäten, Produkte studentischer Einbildungskraft, Rache für vereitelte Annäherungsversuche, allgemeine Frustration, Wut über die Anwesenheit von Frauen in ihrer Mitte, die den Anspruch auf Gleichheit erhoben, die, weil in der Minderheit, hundert Neins einem Ja vorausschicken mußten. Die außerordentliche Vergünstigung, die sich für die Verlierer in unverzeihliche Arroganz wandelte, bewirkte das Zurück zum Schwarzen Brett, zu hundert Fiktionen und garstigen Zeichnungen und geistigen Ergüssen diarrhöischer Gehirne ...

»Und doch, aus ihrer Mitte ... manchmal ist es unglaublich.«

»Wovon redest du?«

»Ich habe gerade gedacht, daß aus ihrer Mitte – aus der Mitte der Studenten, meine ich – der zukünftige Genius erwächst.«

»Red nicht so eingebildet alt daher.«

»Bin ich das vielleicht nicht?«

»Einunddreißig. Soll das vielleicht alt sein?«

»Zweiunddreißig.«

»Na und? Das ist immer noch die gleiche Generation wie die Studenten.«

»Die Generation richtet sich nicht allein nach dem Alter.«

»Trotzdem brauchst du dich nicht wie ein *old boy* aufzuführen, der eine Rede schwingt für seine Alma Mater.«

Kola sprang auf.

»Dieser Bandele macht mich manchmal ganz närrisch. Wie kann er dem bloß die ganze Zeit zuhören?«

»Warte. Laß sie's allein durchkauen.«

Doch Kola hatte schon die Tür geöffnet und schob auch den letzten Rest seiner Bedenken beiseite.

Faseyi sagte gerade: »Es hat keinen Zweck, ich sag's dir. Das Ganze ist schon viel zu weit gegangen, ich bin fest entschlossen. Ich habe Mummy nur hergeholt, um es ihr mitzuteilen, weil sie Monica so gern hat. Ich wollte sie nicht wegschicken, ohne Mummy vorher Bescheid gesagt zu haben.«

Kola spürte, wie ihm der Schweiß ausbrach; er wollte nicht wahrhaben, was er hörte. Er bereute es jetzt, daß er seine Entscheidung aufgeschoben hatte, bis es zu spät war, denn es sah so aus, als würde ihm gerade der Weg geebnet, und das war nicht, was er erstrebte. Das Mindeste, was er wollte, als eine Art Ausgleich, war, daß dieser Mann, der einmal ein gemachter sein wollte, sich selbst völlig erniedrigte und so seine Rechte auf Monica entwertete. Er bedauerte, und genau in diesem Moment bestand er nur aus Bedauern, daß Faseyi nicht wenigstens eine noch so kurzlebige Neigung zur Männlichkeit besaß, so daß er ihn hätte niederzwingen können, vorsätzlich, unbarmherzig, und nicht versuchen müßte, sich mit der Schwäche des Ehemannes zu entschuldigen ...

»Vielleicht würde es helfen, wenn du bei Oguazor Abbitte leistest.«

Faseyi wendete sich der Stimme zu, folgte Kolas Annäherung wie einem Leitstern der Hoffnung.

»Was soll das heißen, wenn er Abbitte leistet?« Und Bandeles Heftigkeit schien unnötig, voller Mißtrauen. Faseyi aber ließ ihn hängen.

»Aber Kola hat recht. Heute morgen wollte ich eigentlich schon hingehen, aber Mummy meinte, ich solle noch abwarten. Dabei scheint es das einzig Vernünftige, was man tun kann.«

»Ich würde dir raten, laß Gras über die Sache wachsen, Fash.«

»Oguazor wird's aber nicht vergessen«, warnte Kola und schmiedete das Eisen, um keinen Zweifel zu lassen: »Oguazor ist ein Elefant. Ich kenne ihn. So eine Sache vergißt er nicht.«

»Was willst du eigentlich«, fauchte Bandele, »du warst doch nicht mal dabei – wie du behauptest.«

»Aber ich habe alles über die Geschichte gehört.«

»Dann weißt du alles nur vom Hörensagen, wie kannst du dir da ein Urteil erlauben?«

Faseyi schaute von einem zum anderen, dankbar für den persönlichen Unterton in Kolas Teilnahme und seine Überzeugungskraft. Aus schierer Dankbarkeit ging er ihre Gläser nachfüllen. Bandele ergriff die Gelegenheit und zischte: »Was spielst du denn da für eine verdammte Komödie?«

»Laß ihn doch im Staub kriechen, wenn's ihm Spaß macht.«

»Dann laß ihn seinen eigenen Entschluß fassen.«

»Wer bist du eigentlich? Sein Onkel Vormund?«

Bandele blickte ihn lang und kalt an, aber er sagte ihm nicht, was er gerade dachte.

Faseyi kam mit den Getränken zurück.

»Es hängt tatsächlich alles von Mummy ab. Es ist wirklich ein unglücklicher Zufall, daß Daddy gerade auf einer seiner Auslandsreisen ist. Er hätte sicherlich helfen können. Er kennt all die Leute.«

Bandele ging zu Egbo hinaus auf den Balkon.

»Ich will Mummy nur kurz Bescheid sagen, daß ich ...«

»Warum«, sagte Kola, »sie wird dir nur raten zu warten. Geh lieber gleich und sieh zu, daß du's hinter dich bringst.«

»Du hast natürlich recht. Ich ... ehm ... hör zu, tu mir einen Gefallen, ja? Wenn Mummy fragt, wo ich bin, sag ihr einfach, ich hätte noch was Dringendes im Labor zu erledigen gehabt.«

»Aber ja doch.«

Und Kola hatte das eigentümliche Gefühl, daß es so besser war, daß es nötig war für ihn, seine Hand im Spiel zu haben, bei allem, was jetzt geschah.

Einige Augenblicke später kam Monica herein.

»Sie scheinen in diesem Hause immer allein gelassen zu werden. Es tut mir leid.«

»Es macht mir aber gar nichts aus.«

Und dann die peinliche Stille.

»Danke für Ihr Verhalten bei der Party.«

»Bitte ... nicht dieser britische Dankeschönkram.«

»Aber ich meine es ehrlich.«

»Ich weiß. Was ich sagen wollte, war auch nur, daß es Dinge gibt, für die man niemals ›Danke‹ zu sagen braucht.«

»Ich kenne keine.«

»Man hat Sie eben falsch erzogen.«

»Möchten Sie noch was trinken?«

»Nein, jetzt nicht ... Mein Freund, der Journalist, erklärt

feierlich seine Verehrung. Er nannte sie den Unbekannten Soldaten von Oguazors Friedhof.«

»Lassen Sie das lieber nicht Ayo hören.«

»Ich sag's ihm ins Gesicht, wenn es mir gefällt.«

»Das dürfen Sie nicht.« Sie schwieg eine Zeitlang. »Wie geht es dem Gemälde?«

»Es wird bald fertig sein. Ich hänge es wahrscheinlich bei Sekonis Ausstellung auf – nur dieses eine Gemälde von mir.«

»Sonst nichts?«

»Nein. Es ist Sekonis Ausstellung, und ich kann mir nur keinen geeigneteren Ort denken, um mein bisher größtes Werk auszustellen.«

»Ich sehe Sie oft kommen und Usaye abholen, aber es fällt Ihnen nie ein, mal bei uns hereinzuschauen.«

»Naja, es ist Usaye, wegen der ich komme.«

»Und für uns haben Sie keine Verwendung – das ist wenigstens ehrlich.«

»Ihre Brille müßte nächste Woche fertig sein.«

»Vielen Dank. Es ist sehr freundlich von Ihnen, daß Sie sich soviel Umstände gemacht haben.«

»Jetzt fangen Sie schon wieder an, mir zu danken. Dabei habe ich doch nichts anderes getan, als das arme Mädchen für meine Arbeit auszubeuten.«

»Natürlich, ich erinnere mich jetzt. Sie weisen Freundlichkeiten gern zurück und ... wie nannten Sie es doch noch? ... ah, ja, flauschige Gefühle.«

»Aber ich sage die Wahrheit. Stunde um Stunde hat sie für mich Modell gesessen.«

»Schon gut, ich will mich nicht streiten. Danke, daß Sie sie zum Optiker gebracht haben, aus welchem Grund auch immer.«

Wieder standen sie beim Fenster, umgeben von der peinlichen Stille. Dort spielte Usaye unter aufgehängten weißen, litzenbesetzten bedruckten Blusen in einiger Entfernung von dem Baumstumpf.

»Ich weiß auch nicht, wie es passiert«, sagte Monica. »Aber

immer läuft es darauf hinaus, daß ich ihn ganz übel bloßstelle.«

»Sehen Sie das ganz ehrlich so?«

»Ich verstehe, wie er sich fühlt. Ich denke, daß ich mich manchmal einfach albern benehme.«

»Glauben Sie das allen Ernstes?«

»Ja. Das da waren die Freunde meines Mannes. Und seine Gesellschaft. Ich hatte kein Recht, ihn derart im Stich zu lassen.«

»Das ist Ansichtssache.«

»Was ist …«

»Daß das die Gesellschaft Ihres Mannes ist. Das, was Sie gesehen haben, repräsentiert auch meine Gesellschaft. Das ist alles, was ich sagen will. Und was Ihr eigenes Verhalten anlangt, müssen Sie das nicht mit Ihrem Mann alleine ausmachen?«

»Ja. Und meine Schwiegermutter ist sehr lieb. Ich hab sie schrecklich gern. Sie können sich gar nicht vorstellen, wie eng wir miteinander verbunden sind. Eigentlich kommt sie viel zu selten hierher. Wenn Ayo sie nicht immer bitten würde, dann käme sie überhaupt nicht.«

»Was ist ihre Meinung?«

Sie dachte eine Weile darüber nach, und Kola sagte: »Entschuldigung … ich hätte vielleicht nicht danach fragen sollen …«

»Doch, ich habe nur darüber nachgedacht, ob ich überhaupt mit Ihnen über die ganze Sache reden soll. Aber es macht mir nichts aus, es Ihnen zu sagen. Sie meint, ich solle ihn verlassen.«

Kola wandte sein Gesicht ab.

»Sind Sie schockiert? Dabei ist es nicht das erste Mal, daß sie das zu mir gesagt hat. Und wenn ich aufrichtig darüber nachdenke, nun, so frage ich mich, warum nicht? Ist das nicht die logische Folgerung? Schließlich betrifft all das tief eingefahrene Einstellungen, und keiner von uns beiden kann sich ändern.«

Sie war besorgt, denn Kola sagte nichts.

»Sie sind wirklich schockiert. Warum? Weil meine eigene Schwiegermutter den Vorschlag machte ... Es tut mir leid, das ist wirklich nicht gut. Wir sollten gar nicht darüber reden ...«

Bandele und Egbo kamen vom Balkon herein.

»Nein, das glaube ich dir nicht«, sagte Egbo gerade.

»Wenn ich's dir sage. Ich würde nicht mal ihr Gesicht wiedererkennen. Es war schon dunkel, als sie die Nachricht brachte.«

»Aber ich hab sie dir beschrieben. Du mußt dich doch erinnern, welche von deinen Studentinnen sie ist.«

»Eben nicht. Ihre Gesichter sehen alle gleich aus. Ich kann sie nicht auseinanderhalten.«

Egbo bat Kola um Hilfe.

»Kannst du ihm vielleicht erklären, daß ich nicht vorhabe, sie zu vergewaltigen, und selbst wenn, was ginge es ihn an? Warum will er mir ihren Namen nicht sagen?«

»Weiß er ihn denn?«

»Das versuch ich ihm ja dauernd klarzumachen. Ich kenne das Mädchen nicht.«

»Also gut. Dann gib mir die Namen aller Mädchen, die deine Vorlesungen besuchen.«

Kola lachte: »Was denn, jetzt gleich, hier?«

Und Bandele: »Wenn wir uns hier verabschiedet haben, gehen wir in mein Büro, und da gebe ich dir die Liste.«

»Wie viele sind es?«

»Alle zusammen?«

»Im zweiten Studienjahr.«

»Ich weiß es nicht. Ehrlich, ich weiß es nicht.«

»Naja, vielleicht hast du noch ein paar Referate, die du nicht zurückgegeben hast. Ich erkenne ihre Handschrift bestimmt.«

»Vielleicht. Ich müßte mein Büro durchwühlen. Auf jeden Fall ist es deine eigene Schuld. Du hättest sie nach ihrem Namen fragen sollen.«

»Ich dachte doch, du könntest es mir jederzeit sagen, also wollte ich sie nicht drängen.«

Die Küchentür ging mit einem Ruck auf. Mrs. Faseyi stand da und schaute mit einem raschen Blick durch den Raum und auf den Balkon.

»War das sein Wagen, den ich gerade gehört habe?«

Auch Monica schaute sich um und bemerkte erst jetzt, daß Faseyi nicht da war.

»Ich dachte, er sei mit dir auf dem Balkon«, wobei sie Bandele anschaute.

Bandele sagte: »Nein, er stand hier mit Kola, als ich rausging.«

Und Kola, der Bandeles Herausforderung spürte, sagte: »Ach ja, er ist wegen irgendeiner wichtigen Arbeit noch mal ins Labor gefahren. Er sagte, er käme sofort zurück.«

Mrs. Faseyi war ein Zuchthengst; schwarz, von kompakter Schwärze ganz eigener Dimension. Sie gehörte zur Rasse stattlicher Staturen, trotzig, stolz geschnitzt wie ein gezügeltes Vollblut in einem Wappen bei einem Durbar. Jetzt schnaubte sie ihre Zweifel aus, und sie umschlossen ihre Überraschung, daß eine so plumpe Lüge dazu dienen sollte, sie zu täuschen.

»Welcher von Ayos Freunden sind Sie?«

»Mutter, das ist Kola ...«

Sie ritt ihn über den Haufen, zornentbrannt.

»Dann sind Sie also dieser Kriminelle, der neulich meine Kochkünste verschmäht hat. Und ein Lügner sind Sie offenbar auch. Ins Labor gegangen – welches Labor? Oguazors Wohnzimmerlabor?«

»Es tut mir leid wegen neulich, Mrs. Faseyi. Ich will versuchen, es wiedergutzumachen.«

»Wie kommen Sie auf die Idee, daß ich Ihnen noch einmal anbiete, hier zu essen, nachdem Sie sich das letzte Mal so verhalten haben?«

»Ich bin wirklich zerknirscht, Madame ...«

»Mein Sohn sagte mir, Sie seien schon hiergewesen, aber als das Essen fertig war, da waren Sie verschwunden. Was war denn in Sie gefahren?«

»Es war ... ehm ... ich, äh, es ist schwierig zu erklären. Ich hatte plötzlich einen Einfall, der die Arbeit betrifft, mit der ich gerade befaßt bin.«

»Ja, Monica hat mir von Ihrer Arbeit erzählt. Aber weshalb müssen Sie deswegen mein Essen verkommen lassen?« Langsam fühlte sich Kola wirklich eines abscheulichen Verbrechens schuldig.

»Es tut mir sehr leid, Mrs. Faseyi. Ich hatte nur vor, schnell ins Atelier zu gehen und gleich zurückzukommen, aber die Zeit verging ...«

»Die Zeit verging! Ha? Ihr Künstler scheint zu glauben, ihr hättet ein Vorrecht auf schlechte Manieren. Die Zeit verging!«

Monica versuchte einen rettenden Eingriff.

»Mutter, du machst den armen Mann ganz verlegen.«

»Was er verdammt verdient hat. Und hoffentlich schämt er sich auch.«

»Sehr, Mrs. Faseyi. Ich versichere Ihnen, ich ...«

»Ich lasse es nicht zu, daß irgendwelche Überspanntheiten meiner Kochkunst in die Quere kommen. Wenn Sie sich so aufführen wollen, dann gehen Sie nach Chelsea.«

Monica zupfte sie am Ärmel.

»Jetzt ist es genug, Mutter. Ich glaube, er hat seine Lektion weg, nicht wahr, Kola?«

Eifrig: »Und ob, ich werde es nie wieder tun, das verspreche ich.«

»Komm jetzt, Mutter, wir wollen sehen, was das Essen macht. Bandele, ich glaube, du solltest Kola lieber aufklären, daß alles nur Bluff war, damit er nicht wieder wegrennt.«

»Was heißt hier, alles nur Bluff ...«, aber sie hatte schon zugelassen, daß Monica sie durch die Tür zog.

Kola stand da, benommen, und Bandele drückte ihm vorsichtig ein Glas in die Hand.

»Trink das und entspann dich. Es ist vorbei.«

»Was habe ich denn verbrochen?«

»Feuerprobe. Es ist eines ihrer Rituale.«

»Aber die Frau war wirklich wütend.«

»Bei allen ersten Bekanntschaften findet sie einen Casus belli, besonders bei denen, die sie für Ayos Freunde hält.«

»Na, wenn das keine Ironie ist!«

»Tja, du hast eben für ihn gelogen, oder? Vielleicht auch nicht, jedenfalls sah es nach einer so offensichtlichen Lüge aus, daß nicht mal ein Kind drauf reingefallen wäre.«

»Worauf willst du hinaus?«

»Das solltest du mir sagen.«

»Jetzt hör mal, bist du sein Patenonkel, oder was?«

»Ich bin sicher, daß du sehr viel besser hättest lügen können, wenn du gewollt hättest.«

»Halt die Klappe.«

»Warum läßt du die beiden nicht zufrieden, damit sie ihr Problem allein lösen können?«

Mrs. Faseyi ignorierte sie alle, als sie mit dampfenden Platten hereinkam und Monica hinter ihr bat: »Laß uns doch noch ein wenig auf Ayo warten.«

»Unsinn. Sie da!« Kola sprang auf. »Hat Ihr Freund darum gebeten, daß wir auf ihn warten sollen?«

Aus Kola blubberte aufgeschreckt Nichtssagendes.

»Siehst du. Ich sag dir was, wahrscheinlich diniert er jetzt mit seinem Professor.«

»Aber Kola sagte doch, er ist ins Labor gegangen.«

Sie lachte laut heraus.

»Männer haben einen so eigentümlichen Ehrbegriff.«

Sie ging wieder in die Küche und kam mit noch mehr Schüsseln zurück.

»Diese loyalen Freunde, die er hat, die nehmen wohl an, daß ich Ayo überhaupt nicht kenne. Ich bin nur zufällig seine Mutter. Kommt schon, kommt schon, setzt euch, wo ihr wollt.«

Monica raunte Kola zu: »Langen Sie bloß tüchtig zu.«

»Mein Sohn bringt mich ziemlich in Verruf«, fuhr Mrs. Faseyi fort. »Was zum Beispiel tue ich heute hier? Ich kann nicht mehr mit seinen Freunden zusammentreffen, ohne daran zu denken, daß sie untereinander tuscheln: ›Das ist die Frau, die

Ayos Leben bestimmt.‹ Und dabei ist das gar nicht wahr. Es ist nur, weil er dauernd so viel von mir redet.«

»Er mag Sie eben sehr gern«, sagte Bandele.

»Mich gern mögen? Wieso? Es wäre unnatürlich, wenn er nicht irgendwas empfinden würde – aber das nehmen wir doch für selbstverständlich. Und was das ›mich gern mögen‹ anlangt, das ist ein ganz anderes Problem. Zufällig mag ich Moni sehr gerne, aber ich müßte es nicht. Doch ich habe dieses dumme Mädchen wirklich sehr gern – manchmal ist sie ganz schön dumm, wissen Sie. Aber ich sorge mich um ihr Glück.«

Monica zeigte Anzeichen von Qual, als wüßte sie schon, was jetzt kommt. Sie murmelte etwas über irgendwelches Essen, das sie für Usaye zurückbehalten hatte, und stand vom Tisch auf.

»Wenn sie mir egal wäre, dann würde ich weiterhin bei ihren Streitigkeiten schlichtend wirken, statt dessen aber sage ich ihr, geh und such dir dein Glück woanders, bei meinem Sohn wirst du es nicht finden.«

Bandele, Egbo und besonders Kola saßen da und starrten wie ausgeweidete Fische; sie fragten sich, wie ernst sie meinte, was sie sagte.

Sie lachte laut heraus, dann wurden ihre Züge hart.

»Na, jetzt seht ihr ganz schön schockiert aus, dabei ist absolut nichts Geheimnisvolles an einer kaputten Ehe. Ich muß es wissen; aber deshalb bin ich vielleicht die falsche Person, hier Ratschläge zu geben, werdet ihr sagen. Aber ich habe was dagegen, wenn nutzlos Haltung bewahrt wird.«

Bandele sagte: »Ist es denn nur Haltung, Mrs. Faseyi?«

»Was denn sonst? Junger Mann, ich lebe seit zwölf – nein, seit fünfzehn Jahren – von Ayos Vater getrennt. Ich weiß, wann eine Ehe nur noch der Haltung wegen weitergeführt wird.«

Sie tat Kola auf und zögerte.

»Das ist 'ne scharfe Nummer, aber Nigerianer, die keinen Pfeffer vertragen, kann ich nicht leiden«, und mit gezielter

Bosheit tat sie noch mehr davon auf seinen Teller. Sie schob das Gericht zu Bandele hinüber, dann schaute sie ihn an und bekräftigte ihren Standpunkt mit Bewegungen des Aufgebelöffels.

»Sie glauben, ich kümmere mich nicht ernsthaft genug um die Sache, stimmt's?«

»Nein nein, aber ich glaube, wenn Sie Ayo sagen würden, er müsse eine erfolgreiche Ehe führen, dann würde er es auch schaffen.«

»Nein, Sie meinen etwas anderes; Sie wollen sagen, wenn ich Ayo verbiete, Monica wegzuschicken, dann wird er mir gehorchen.«

»Na gut«, gab Bandele zu, »aber es kommt aufs gleiche raus.«

»Nein, junger Mann, das ist nicht das gleiche. O ja, wenn ich wollte, daß Monica bleibt – und ich wünsche es mir –, dann würde sie bleiben, aber was hat das mit ihrer Ehe zu tun? Es ist doch besser, wenn sie jetzt ihre eigenen Wege gehen, ehe Kinder da sind, die ihr Leben nur noch mehr komplizieren. Was ich Ayo jetzt sage, ist das, was ich ihm immer gesagt habe: Du mußt einen eigenen Entschluß fassen. Tu, was du willst. Das habe ich ihm auch gesagt, als er mir schrieb, er wolle ein weißes Mädchen heiraten. Und ich kenne seine Ansicht über diese Sache, also habe ich Monica gewarnt, damit sie vorbereitet war.« Nicht ein einziges Mal hatte Kola gewagt aufzublicken. Jetzt betrachtete er dieses Heim und versuchte herauszufinden, warum sich seine Stimmung nicht hob. Es war wahrhaftig nicht das Plädoyer, das zu hören er erwartet hatte. Als Monica ihm sagte, wie die Mutter darüber denke, da erstand vor ihm nur das Bild einer verbitterten Frau. Doch jetzt, wo er sie selbst hörte, war er zu einer Neueinschätzung gezwungen.

»Ist Ihr Freund verheiratet? Ich weiß, Sie sind nicht verheiratet.« Sie sprach mit Bandele.

Mißtrauisch blickte ihr Kola scharf ins Gesicht, doch es war eine Frage ohne Hintergedanken.

»Sind Sie verheiratet?« wiederholte sie und schaute ihn an.

»Nein.«

»Aber vielleicht haben Sie Kinder?«

»Keine.«

»Na, na, Sie brauchen nicht so tugendhaft dreinzuschauen. Vielleicht wußten Sie nur, was zu tun ist. Viele junge Männer wissen es aber nicht – oder es ist ihnen egal.«

Monica kam wieder herein.

»Ist Usaye hiergewesen?«

»Komm her, Mädchen, komm und setz dich. Du und dein Mann, ihr laßt eure Gäste allein und erwartet einfach, daß ich mich um sie kümmere. Was glaubt ihr, wer ich bin? Euer Lakai?«

Monica ließ sich auf ihren Stuhl fallen und fragte: »Spielt Mutter immer noch die Bärbeißige?«

»Es wäre besser, du würdest lernen, ein wenig die Bärbeißige zu spielen. Wißt ihr, daß dieses dumme Mädchen schon eine Woche, nachdem sie hier angekommen war, wieder davonlaufen wollte? Ich habe die beiden am Schiff abgeholt, und da sah ich sie, auf Ayos Arm gestützt, ein wenig verschreckt wegen all dem Fremden. Oh, ich bin manchmal auch ganz schön dumm. Wißt ihr, was ich gemacht habe? Ich fing an zu weinen. Und Moni hat es falsch verstanden, sie dachte, ich sei enttäuscht oder so was. Sie dachte, ich mag sie nicht. Nein, man kann ein weißes Mädchen nicht für seine Dummheit schlagen.«

Kola fragte, und dabei schaute er Monica ins Gesicht – unbekümmert darum, welche Bestätigung Bandele daraus ziehen mochte: »Sie nennen sie Moni, war das Ihre Idee?«

»Und wessen Idee sollte es wohl sonst gewesen sein – die meines Sohnes etwa? Der hat soviel Phantasie wie sein Vater. Man würde meinen, es sei doch ganz selbstverständlich, daß er sie Moni nennt – schließlich ist es der schönste Name, den wir haben, meiner Meinung nach. Aber nein, er nennt sie ›Liebling‹, und mich nennt er ›Mummy‹.«

Bandele sagte: »Aber Sie können ihm doch nicht eine Gewohnheit aus Kindertagen zum Vorwurf machen.«

»Aus Kindertagen? Aber als Kind hat er mich nie so genannt. Nein, diese Mummy-Angewohnheit hat er in England aufgeschnappt. Und was mich am meisten ärgert, er macht es nur, wenn andere dabei sind. Warum? Können Sie mir sagen, warum?«

Kola merkte, er suchte nicht nach einer Rechtfertigung; alles, was er wollte, war erzwungener Verzicht, Übertragung einer Besitzurkunde. Er suchte nicht einmal nach Entlastungsmaterial für sich, denn das würde Anerkennung einer Schuld bedeuten – und Freispruch. Er wünschte plötzlich, er hätte der Spur blind folgen können, gegen einen Gleichwertigen geschleudert, mit einem widerstrebenderen Verlierer in die Grube geworfen. Ein flauer, übler Geschmack in seinem Mund, der bald Monica einbezog, bis er wußte, daß er sie verachtete, das Verbrechen ihrer Nähe, ihres Mangels an Urteilsvermögen; das schlichte Verbrechen ihrer geringen Beurteilungskraft erwies sich ihm langsam als schlimmer als Faseyis Selbstentwertung. Was eigentlich hatte sie wirklich begriffen? Es wurde ihm jetzt klar, daß es ja Liebesgeflüster gegeben haben mußte und Schwüre … und den Liebesakt selbst …

»Was ist denn los?« Monicas Stimme genau neben ihm.

»Das Hähnchen ist schon tot, ich verbürge mich dafür. Also kein Grund, so auf es einzustechen.«

Wieviel ließ er sehen? Wenn Bandele es merkte, dann würde er es mißverstehen. Wenn er doch nur die Wahrheit kennen würde, wenn er doch nur seine momentane Gemütsverfassung kennen würde …

Mrs. Faseyi sprach noch immer.

»Er wird nach Hause kommen und von diesem armen Kind hier verlangen, daß sie alles versteht. Liebling, sie haben mich zum Lunch eingeladen, es wäre einfach unhöflich gewesen, wenn ich nicht geblieben wäre … oh, wieso? Ich habe nur kurz bei ihnen reinschauen wollen, auf dem Rückweg vom Labor.«

Die Umkehr des Gefühls näherte sich ihrer Vollendung, und Kola fragte sich, ob Mrs. Faseyi jemals erfahren würde, welche unbeabsichtigte Reinigung sie erzielte, indem sie die Waagschale so schwer belastete, daß Faseyis Werte allumfassende Rache nahmen und alles, was ihn bewegte, in paritätische Wirkungslosigkeit wandelte. Denn wieder schaute Kola Monica an …

War es nur das Verlangen, Afrika zu sehen? Wenn sie ihn liebte, waren es dann die Träume, die sie liebte, und die Sonne und das legendäre Lachen und die Vitalität, diese nie endende, wie man behauptet? … Was den Ehemann anging, für ihn hatte Kola keine Großzügigkeit, er hielt Faseyi nichts zugute; das Prestige, eine weiße Frau zu haben, vor allem das Prestige, eine weiße Frau zu haben, aber warum, warum, man sagte doch von Faseyi, daß er ein ausgezeichneter Mann sei, seine Kollegen im Krankenhaus hatten hohe Achtung vor seinem Können, warum dann …?

Und seine Gedanken eilten zurück, ehe sie angefangen hatten zu essen, wie Monica dasaß, den Kopf gesenkt, die Hände vor der Brust gefaltet, und Mrs. Faseyis Stimme, die Kolas Bewunderung durchschnitt: »Bitte, bitte erspare uns den Segen, heb dir das für die Male auf, wo du mit deinem Mann allein bist.«

Er verließ das Haus an diesem Nachmittag geschlagen, und er konnte nicht einmal deutlich formulieren, was er eigentlich verlangte, nur daß er, folgerichtig, Monica diese Befleckung übelnahm. In sein Atelier zurückgekehrt, setzte er Usaye auf den hohen Hocker und nahm seine Pinsel. Es war diese neue Empfindung, so empfand er es, das war der Verrat. Obwohl sie kein Wort miteinander gewechselt hatten, war er jetzt überzeugt, daß er Monica verraten hatte.

»Usaye, bitte. Bitte halt doch still.«

Aber Usaye war unruhig an diesem Nachmittag, immer wieder senkte sie den Kopf, um die Seidenquasten an der extra für Obaluwaiyes Dienerin genähten Bluse genau zu betrachten.

»Usaye, bitte …«

Aber er spürte, daß er sowieso nur wenig Begeisterung aufbrachte, und so ließ er sie gehen. Sie verließ das Atelier nicht sofort, sondern streifte noch zwischen den Staffeleien umher. Sie heftete ihre Augen an jeden Gegenstand, als wolle sie ihn bis ins Detail inspizieren. Die Tür öffnete sich langsam, und Joe Golder kam herein.

»Ich hab deinen Wagen draußen stehen sehn.«

»Komm rein.«

»Arbeitest du nicht? Ich bin völlig erschlagen von diesen Proben für das Ferienkonzert. Du wirst doch noch dasein, oder?«

»Ich geh nirgendwo hin.«

»Ist dieser Campus nicht wieder fast gesund? Die Studenten sind alle weg. Alle Gebäude sind paradiesisch leer.«

»Ja, es ist etwas friedlicher.«

»Wenn auch das Lehrpersonal weg ist, dann ist die Behandlung abgeschlossen.«

»Wird wohl so sein.«

»Stimmt was nicht? Du hörst überhaupt nicht richtig zu.«

»Doch, doch. Sprich nur weiter.«

»Ich denke immer, in sich geschlossene Universitäten wie diese hier existieren nur für die wenigen Monate im Jahr, in denen sie völlig leer sind. Dann sind sie es wirklich wert, daß man in ihnen lebt. Ist das nicht ein hübsches akademisches Paradoxon?«

»Ja.«

Er senkte die Stimme: »Es ist gut für mich. Wenn der Campus leer ist, dann ist die Versuchung geringer. Guter Gott, die Vorlesungszeit ist die Hölle für mich, die Hölle.«

Kola war ahnungsvoll. Er war nicht in der Stimmung, sich mit Joe Golder zu befassen, seinen periodischen Anfällen von Depression, Selbsthaß und physischer Erniedrigung. Nur zu gut kannte er die verschiedenen Phasen seiner Krankheit. Joe Golder, wie er für das Porträt Modell saß und plötzlich zusammenbrach, anfing zu weinen, schamlos, rückhaltlos. Einmal hatte er gesagt: Du solltest mich als eine dieser indischen Gottheiten malen, als Hermaphrodit. Kola hatte gelacht und geantwortet: Du wirst es nicht glauben, aber wir haben auch ein paar solcher Götter. In der einen Gegend sind sie männlich, in der anderen weiblich. Aber er schüttelte den Kopf. – Nein, eure Götter haben mehr Präzision, als hätten sie sich von Anfang an entschieden; die vorhandene Verwirrung besteht nur in den Köpfen der Chronisten. Und eure Skulpturen von ihnen sind stark, männlich. Selbst die der weiblichen Gottheiten. Die indischen Gottheiten sind organische Hermaphroditen – weder noch. Und mit wild verzerrten Zügen einer Seelenqual, die auf der Leinwand festzuhalten Kola sich törichterweise vergeblich bemühte, aus Wut und tiefem Selbsthaß schrie er auf: Gott! Sie ekeln mich an.

Krumm auf seinem Stuhl hockend wie eine verkrüppelte Seele, weinte sich Joe Golder das Leben aus dem Leib.

Joe kannte die Folter auslotender Gespräche in den Seminaren, den Versuch, Kultmitglieder aufzuspüren, indem er so ganz nebenbei den Wolfenden-Report erwähnte und mit Falkenaugen die Reaktionen beobachtete. Und er besaß ein Buch mit indischer Malerei. Wenn er Studenten zu sich zum Tee einlud, zeigte er es ihnen und beobachtete ihre Gesichter, wenn sie verdutzt fragten: Soll das ein Mann oder eine Frau sein? Er lieh ihnen sein *Life of Nijinsky.* Dann gab es eine Flut indischer Filme in allen Kinos, und Joe Golder, dem der Flitter, der billige Abklatsch von Hollywoodbanalitäten in tiefster Seele verhaßt war, bot den Studenten immer wieder an, sie ins Kino einzuladen.

»Sie haben so schöne, gutgebaute Helden«, sagte immer mal wieder ein Student.

»Findest du?« fragte Joe Golder dann. »Gefällt dir diese Art Schönheit?«

»Oh, ja. Ich würde viel drum geben, auch so schön zu sein.«

»Aber findest du nicht, daß er zu feminin ist, fast wie eine Frau?«

»Doch, schon. Er ist fast zu schön.«

»Aber dir würde es nichts ausmachen, so zu sein?«

»Was ist dagegen einzuwenden, wenn jemand schön ist?«

»Manchmal«, sagte Joe, »frage ich mich, ob die Menschen den Göttern nachschlagen oder die Götter den Menschen. Wie auch, für ihre Götter ist es ganz in Ordnung, aber du könntest angegriffen werden, wenn du so aussehen würdest – von Männern, meine ich.«

»Sie meinen, man könnte mich fälschlich für eine Frau halten?«

»Ja und nein. Für manche Leute macht das keinen Unterschied.«

»Was für Verrückte sind denn das?«

Enttäuscht, wieder einmal feststellen zu müssen, daß das Verlangen nach Schönheit oder Wohlgestaltetheit nur eine weitere Mißbildung studentischer Ästhetik war, durchstreifte Joe Golder bei Nacht das Unigelände, zog durch die Nachtklubs, wo er die schwingenden Hüften eines Rüpels in hautengen Jeans, die gezüchtete Trägheit des Augenaufschlags, die Pomade im Haar mißdeutete; und in seiner Wohnung bezog er eine wüste Tracht Prügel von dem ungläubigen, tödlich beleidigten Rowdy und wagte es nicht, die Polizei zu rufen.

Und einmal erpreßte ihn sein Hausboy, so daß er in seiner Verzweiflung einen Rechtsanwalt aufsuchte, der ihm riet, die Drohungen einfach zu ignorieren, was den Erpresser veranlaßte, in die Sicherheit seiner Heimatstadt zu flüchten.

Joe Golder lud sie zu Sherry und Klavierabenden ein, streifte sie wie zufällig mit dem Knie, erbettelte Erwiderung.

Und Joe Golder flüchtete in die Bibliothek, in den Saal mit den Nachschlagewerken, wenn das Verlangen ihn überkam und er die Konsequenzen erfolgloser Testmanöver fürchtete. Hier konnte er sie beobachten und verachten. Maden, sagte er, nichts als Würmer. Sie stopfen ihre Köpfe voll mit Wissen und quetschen es wieder heraus, aber der Prozeß verändert sie nicht, sie sind wie der eine gerade Darm der Kakerlake, sie mischen ihr Wissen mit Speichel und spucken den Prüfer damit an. Er verachtete sie, doch nicht ihre Körper, und so stand er in der Handbibliothek und beobachtete, wie sie hereinkamen, betrachtete ihre Spiegelbilder auf dem glänzenden Boden und staunte über ihre Schönheit, ließ sich davon überwältigen, denn nur in der Übersättigung lag Sicherheit für Joe und manchmal fast Heilung. Von diesem Fußboden stieg ihre Sinnlichkeit auf und ihr Gespött, und einmal auch, so erzählte er, wie in einer Kristallkugel – sein Schicksal. Zwischen ihrer großen Zahl war er sicher, seine Sinne kamen durcheinander, er wußte nicht, wohin er sich wenden sollte, und das Verlangen erstarb. Joe Golder stand in der Bibliothek, starrte auf die dicken Nachschlagewälzer, betrachtete die Beine in den Shorts, belobhudelte die Schwärze, bis er sich elend fühlte und schwindlig und langsam wieder in Ordnung kam.

Joe Golder, häßlich auf seinem Hocker, gestand: »Erinnerst du dich noch daran, als ich dich zum erstenmal zu einem Drink zu mir einlud? An diesen Nachmittag, als ...«

Wie hätte er es vergessen können? Als er in die Wohnung kam, war er erstaunt, Joe auf dem Sofa liegen zu sehen, nackt bis auf ein winziges Handtuch auf seinen Hinterbacken, angeblich in *Giovanni's Room* vertieft.

»Findest du nicht auch, daß es schrecklich heiß ist? Wie spät ist es denn? Ich wollte gerade ein Bad nehmen.«

Aber Kola hatte Joe gesehen, als er um die Ecke des Häuserblocks kam, er stand auf dem Balkon und war vollständig angezogen. Als Kola hereinkam, erhob er sich, ließ das Handtuch fallen und stand da in unbeschnittener Nacktheit. Kola ging zum Kamin hinüber und sagte: »Ich wußte gar nicht, daß diese Wohnungen Kamine haben.«

Joe Golder versuchte noch dies und jenes, gab schließlich auf, und sie konnten Freunde werden. Und von all seinen Modellen war er der einzige, der ihm als Akt Modell stand. Er hatte einen hartgefederten Körper, wahrhaft schön.

»Weißt du«, sagte er, »mein Körper ist ganz und gar negrid; es ist schlicht eine Perversität, daß ich fast weiß geartet bin.«

Und dann sprang er plötzlich auf, rannte um die Staffelei, um die ersten Pinselstriche zu begutachten.

»Um Gottes willen! Mal mich schwärzer. Gib mir die schwärzeste aller schwarzen Schwärzen in deinem Pantheon.«

»Weshalb ich eigentlich vorbeigekommen bin«, sagte Joe Golder jetzt, »ist Sekonis Ringer. Du weißt, daß ich auf die Arbeit scharf bin.«

»Ich mache demnächst eine Ausstellung mit seinen Arbeiten. Aus Lagos wird jemand kommen und mir helfen, sie zu taxieren – das Geld soll seiner Frau zugute kommen.«

»Er war verheiratet?«

»Ja, schon ziemlich lange sogar.«

»Kinder?«

»Eins.«

»Das hätte ich nie gedacht.«

»Wenn möglich, will ich die Ausstellung mit deinem Konzert zusammenlegen. Wir könnten sie sogar im Foyer des Theaters abhalten.«

Joe Golder war ganz hingerissen von der Idee.

»Ich werde den Ringer als verkauft auszeichnen, aber du bekommst ihn erst nach der Ausstellung.«

»Ist mir recht. Danke, Kola! Und diese Idee von dir, das Theater für die Ausstellung zu benutzen – großartig, einfach großartig.«

Wieder ging die Tür auf, und Bandele kam herein; es versetzte Kola sofort in Alarmbereitschaft. Fast streitsüchtig: »Wenn du anfangen willst ...«

Bandele hob sein Buch hoch.

»Ich bin nur hergekommen, um etwas Ruhe zu haben. Simi hat gemerkt, daß Egbo in der Stadt ist. Sie wartete in meiner Wohnung, als ich zurückkam.«

Kola ließ einen langen dünnen Pfiff los.

»Weiß sie was von dem anderen Mädchen?«

»Ich bin nicht lang genug geblieben, um es herauszufinden.«

Macht ... und Kola ertappte sich dabei, wie er über das, was Egbo gesagt hatte, nachdachte. So, wie Egbo es sagte, klang es fast wie Erfahrung, und Kola hatte oft das Gefühl, daß von seiner Sicht aus, wenn nicht auch aus anderer, er und Egbo die Rollen tauschen sollten. Unregelmäßig, viel zu unregelmäßig, um seine genaue Bedeutung erfassen zu können, hatte er dieses Gefühl der Macht empfunden, das Wissen um die Macht in seinen Händen, der Wille umzugestalten; und er begriff, daß das Medium unwichtig war, daß die Tat, ob auf der Leinwand oder mit menschlichem Material, den Lebensprozeß darstellte, ihm zugleich aber die heftige Angst vor der Erfüllung einbrachte. Denn dies war das Paradox – er wagte nicht, nicht wirklich, zur Erfüllung zu gelangen. Eine unsichtbare Bremse wirkte in seinem Ellenbogen, und sie hemmte die entscheidende Übertragung in den Malakt. Es war typisch, daß Egbo sich angeboten hatte, mit ihm zu Noah zurückzukehren, denn Egbo zögerte nicht, dem Ungreifbaren nachzujagen, das sie nie zu definieren versuchten in ihren häufigen, nutzlosen Erörterungen. Faktisch lag in der Tatsache, daß Egbo mit der Welt kämpfte, die Erfahrung, die ihn zu seinen mündlich geäußerten Billigungen führte – und er hielt nichts Vorformuliertes bereit. Und Sekoni, da war auch Sekoni, und auch aus ihm barst plötzlich dieses Faktum Macht; doch als Kola seine Gedanken in die Vergangenheit wandern ließ, erkannte er, es war nicht plötzlich geschehen. Denn wie konnte das jetzt geschaffene Kunstwerk des Mannes wichtiger sein als die Offenbarung der in ihm lebendigen Macht? Jetzt, so spät erst, erkannte Kola den Ringer, begriff er, daß dessen physische Identität einem lange vergessenen Kampf im Mayomi-Klub entsprang, den naturgemäß Egbo angezettelt hatte. An jenem Abend knisterte Egbo regelrecht. Irgendwelche Grübeleien hatten dunklere Seiten seiner Stimmung heraufbeschworen, und wie immer wurde er zum Fuchs in der Fabel. – Du hast meinen Glanz verhunzt – nein? – Na, wenn du's nicht warst, dann war's halt dein Vater. – Jede Beleidigung war ihm recht, die nagenden Gedanken unter plötzlichem Leidenschaftsausbruch zu zermalmen. Die unbeschönigende Bemerkung eines Kellners diente ihm als Vorwand, denn schon wurden die Stühle hochgestellt, und alle anderen Gäste waren aufgebrochen, und nur ihr Tisch war noch schweigend besetzt, und die Kellner hatten es eilig, nach Hause und ins Bett zu kommen. Doch sie saßen da, tranken nichts, bewegten sich nicht, sprachen nicht einmal. Niemand wußte, wie es angefangen hatte, aber der anmaßende Kerl ging an Egbo vorbei, und Egbo stellte ihm ein Bein. Im nächsten Augenblick war die Nacht Chaos. Bandele saß unberührt, bis der Türhüter, ein schwergewichtiger Rausschmeißer in engen Jeans, wie zufällig gegen ihn fiel und Bandele rückwärts in einen Stapel Stühle katapultiert wurde, der über ihm zusammenbrach und ihn unter sich begrub. Der Raufbold – Okonje hieß er – torkelte um seine Achse, denn Kola hielt ihn mit einer Flasche in Schach, hoffend, daß bald die Polizei eintreffen und ihnen die Last der Selbstverteidigung abnehmen möge. Doch völlig unvermittelt ging Okonje zu Boden. Ohne Vorwarnung, ohne ersichtlichen Grund war Okonje am Boden. Und dann sahen sie das Zwillingsgerät, ein Paar hanfgedrehter Schlingen, an den Enden ausgefranst; sie tasteten sich ruhig aus dem Trümmerhaufen aus Stühlen und zogen Okonje ruckweise an den Beinen. Und mit gleichem Nutzeffekt begannen sie, ihn in rascher Arbeit zu bündeln. Ein Schlingenende kam unter dem Arm des Raufbolds hervor, legte sich um seinen Hals und verschwand auf dessen Rücken, das andere Ende zerrte an Knie und Schenkel und zwang den Oberschenkel quer über die Brust. Grotesk sah er aus, wie die zusammengeklappte, gedörrte Leiche eines Maori, und gab Quiekser von sich wie ein an den Beinen gebundenes Schwein vorm Schlachten. Selbst Egbos nächster Antriebsschub wurde von dem Anblick gebremst. Von dem, was sonst noch zu Bandele gehörte, war fast nichts zu sehen, und so schien sich der Mann ganz von selbst zusammengeschnürt zu haben. Rasch wurde Okonje auf seinem Hinterteil zum Stuhlstapel gezogen;

wie ein Hund bei garstiger Gewohnheit rutschte er rückwärts bis gegen den Wall. Langsam verschwanden die Sehnen unter gefälligerer Haut, von der Anspannung befreit ... und Sekoni ging um den gefangengesetzten Raufbold herum, ganz im Bann des Ergebnisses. Seine Augen folgten den Armen, betrachteten das Muster aus gezwirntem Seil und Anspannung, während Egbo und Kola vorsichtig den Katafalk aus Stabeisen abbauten. Sekoni purzelte über Stufen von Unglauben, Erregung, Bewunderung und Vorahnung und versetzte sich in einen Zustand besänftigender Sprachlosigkeit. Dieser Kampf war Jahre vor dem Ringer gewesen, noch ehe sie alle das Land verließen und über das Gesicht der westlichen Welt verstreut wurden, und Kola dachte jetzt daran, wie ihm die Spannung der Skulptur zugleich vertraut und fremd vorgekommen war ... Sekoni hatte also dieses Wissen in sich bewahrt, bis dessen Macht aus sich herausbrach, in einer Arbeit aus großer Pein und Pietät, die aus dem Zusammenhang gerissen schien, ihre eigene Identität verschleiernd.

Vielleicht würde er also für sich selbst – falls diese letzte Intuition ihn nicht täuschte und das Bild fertig wurde –, vielleicht würde Kola es bei Sekonis Ausstellung aufhängen ... »Wenn wir je lebend zurückkommen«, laut den Satz aussprechend, der auch in Egbos Kopf hämmerte.

Denn sie hatten sich verirrt. Der Regen hatte am frühen Nachmittag eingesetzt und wusch alle Markierungspunkte aus und setzte Hütten und kleine Marktstände unter Wasser. In den Siedlungen rund um die Lagune steigt das Wasser schnell, löscht die Vegetation aus dem Blickfeld und verdirbt die hochgelagerten Trinkwasservorräte selbst noch auf den Regalen unter den Dachsparren.

Tanzende Topfscherben, außen rußglasiert und innen verklebt, mit ranzigem Öl und Münzen und Resten des Opferhahns – es war, als sprudle die eifersüchtige See aus den Eingeweiden der Erde, um die Opfer für geringere Götter hinwegzuspülen und die sauber gezupften Schilfgrashalme für die Schlafmatten. Sie verließen den Wagen bei einer

Brücke mit quatschenden Planken – alle Brücken sahen gleich aus –, Notbehelf und unsicher, vier Planken über die trägen Sickerrinnen der Lagune gelegt. Eine tote Ziege, riesenhaft aufgedunsen, war an einem Ende der Planken verkeilt, und zwei Hunde versuchten, sie herauszuzerren, ohne sich die Schnauzen naß zu machen. Sie hielten sich die Nasen zu gegen den Gestank und gingen weiter.

»So endet Noahs Regentschaft als Sonnenheiliger«, grummelte Kola.

»Wir sind nicht durch soviel Wasser gekommen, Kola. Wir können unmöglich in der Nähe des Ortes sein.«

»Nein, wir sind schon richtig.«

»Laß uns zurückgehen, ich halt nichts von dieser aquarischen Schatzsuche.«

»Nein, aber wir sollten uns trennen. Geh du da runter und ich hier. Wenn einer von uns beiden den Weg findet, kommen wir wieder hierher und warten.«

»Nicht nur einfach warten. Schreien. Der Ton wird vom Wasser gut getragen.«

»Gut. Sagen wir, jeder sucht für den Anfang mal dreißig Minuten lang.«

»Für den Anfang, meine Fresse! Nach dreißig Minuten gehen wir schnurstracks nach Hause.«

Eine dicke Schicht überschwemmter Gegenstände, junge Maisstengel, die ihre Büschelköpfe über den Schoß der kupfernen Fluten zogen. Der Boden unter den Füßen war trügerisch, Egbo riß einen Pfahl aus und prüfte das Wasser vor jedem Schritt, zog die Füße mit wachsendem Überdruß aus dem saugenden Schlamm unter den seichten, aber gefährlichen Pfützen. Es war unmöglich, sie alle zu meiden, und selbst die noch freiliegende Erde hemmte ihn klumpig.

»Ich kann mir einfach nicht vorstellen, daß wir hier mit den Autos durchgekommen sein sollen«, beharrte Egbo für sich.

Es war durchaus möglich, den sicheren Halt zu verlieren, den Grund falsch zu beurteilen, auf Nimmerwiedersehen in irgendeinem Morast zu versinken.

Unter dem lastend brütenden Grau fragte sich Egbo, wie hoch wohl das Wasser in Lazarus' Kirche gestiegen sein mochte. Er erinnerte sich jetzt, daß sie auf einem sanften Hügel errichtet war, aber die Fluten schienen ehrgeizig genug, das Hauptgebäude erreichen zu wollen, selbst den Altar, einige Stufen höher gelegen als das Mittelschiff. Die verrottete Hälfte eines Kanus schob sich durch den Schlick und schwappte im Wasser, und es erinnerte Egbo an die Stimme des Telefonisten in Sagoes Büro, die ihn so verrückt machte – und er grübelte, was er wohl erlebt, gesehen hatte, denn er erkannte, daß Menschlichkeit in dieser Kehle aufstieg wie Schlagwasser in einem schwarzen, vermodernden Einbaum. Oft beobachtete er Sagoe, wenn er sich von den Fersen hochfederte, voll sentimentaler Sehnsucht nach der Gesellschaft Entfremdeter, in der er Gefühle ein- und ausatmen konnte wie ein Fremder ... Sagoe, Sagoe ... aber waren sie denn nicht alle durch die Verletzung vergoldeter Abstraktionen in derselben fliegenwimmelnden Zentrifuge gefangen, nach einem langen Zeitwedel angelnd, um die Klugscheißer beiseite zu wischen, die in jedem Stachel steckten ...

Es war unmöglich, daß diese graue, schleppende Stille Teil der Morgensee war mit ihren braunen Kieseln und dem zarten Plätschern am Strand, dennoch sah Egbo jetzt das Kreuz. Als habe es sich einen Ast unter die Achselhöhle geklemmt, erhob es sich, die Basis im Matsch vergraben, ein kurzes Stück weit über den Wasserspiegel und zeigte auf Egbo. Egbo sah sich um, doch die Kirche konnte er nirgends entdecken. Es war schon dunkel, aber er wußte, er konnte nicht weit von der Kirche weg sein, also unternahm er einen gefährlichen Balanceakt auf dem Baum und blinzelte in die Dunkelheit. Er war sich nicht sicher, aber er meinte, die Umrisse gegen das gleichmäßige Grau ausmachen zu können. Egbo ging weiter, die Dunkelheit hatte ihn bald völlig eingeholt.

Egbo-o-o-o-o-o – Egbo-o-o-o-o-o – Egbo-o-o-o-o-o. Die Stimme war so fern, hüpfte, eine Schilfmücke aus Lauten, von Wasseroberfläche zu Wasseroberfläche, kaum eine Kräuselwelle hinterlassend. Sie klang so fern, so entrückt wie die seiner Tante, die vom anderen Ende des Strandes gegen die wiederkehrende Brandung anschrie, die ihm an die Ohren schlug und ihn taub machte. Egbo-o-o-o-o-o – Egbo-o-o-o-o-o … denn es war der erste Blick, den er als Kind erhaschte, und aufgeregt rannte er, seine Füße im Meerwasser zu baden, nachdem er sich gegen die verzweifelten Warnungen seiner Tante durchgesetzt hatte, die müde unter dem Mond lag und ihre Augen für einen zu langen kurzen Augenblick geschlossen hatte. Und er hatte es sehr komisch gefunden, daß sie, die sich so freimütig der Luft anvertraute, in solch panischem Schrecken vor der See lebte. »Bleib hier und laß den weißen Saum deine Füße lecken. Warte hier, das Wasser wird schon zu dir kommen.« Aber er rannte weit, weit weg von der schlafenden Gestalt … »Hilfe! Hilfe! Egbo, komm zurück, Egbo-o-o-o-o-o.« Doch er war entschlossen, zwei volle Pulsschläge der See einzufangen, er wollte das Wasser um seine Knie spüren, nicht nur an seinen Zehen. Als das Wasser sich zurückzog, hatte ihn die Tante eingeholt, und ihr Schlag katapultierte ihn erst in die Gefahr, vor der sie ihn zu schützen suchte.

Während sie zurückgingen zu dem Platz, an dem ihr Wikkeltuch lag: »Wird jetzt die *Mammywater* herauskommen?«

»Halt den Mund und komm jetzt.«

Egbo-o-o-o-o-o – Egbo-o-o-o-o-o …, hüpfte es über die Glasur des Wassers, wo er stand.

Kola! Es war längst über der ausgemachten halben Stunde, und Kola machte sich sicher Sorgen um ihn. Er blieb stehen. Er hatte die fruchtlose Suche ohnehin satt …

Und dann sah er Flammen. Aus dem, was eben noch totale Dunkelheit war, schlugen plötzlich Flammen empor und warfen ihren flackernden Schimmer auf die Mühlengestalt der Kirche. Ein Bogen überspannte ein Kanu, das zwischen Flammenreihen lag, auf Wasser, das innerlich wild vor Feuer tanzte, doch auf der Oberfläche nur sanft pulsierte. Die Flammen – und Egbo brannte darauf, das Geheimnis zu enthüllen – waren nicht höher als die Spanten und liefen knapp hundert

Meter weit am Ufer entlang. In dem Glutlicht sah Egbo jetzt ganz deutlich die in den Meeresboden gerammten Pfahlgerüste der Fischer, eine engmaschige Fischfalle, durch eine Sandbank von der eigentlichen See abgetrennt. In dieser länglichen Verengung, auf diesem Finger aus Wasser erhoben sich die Flammen, denn, darüber gab es keinen Zweifel, sie brannten auf der Oberfläche des Tümpels.

Der Wind drehte und trug den scharfen Geruch von Petroleum herüber, und der Anblick eines auf die Seite gerollten Fasses verriet den Rest. Es war sonst kein Mensch in Sicht, nur zwei Gestalten machte er aus, die neben der Falle warteten – Lazarus und Noah.

Die Flammen waren kaum hochgeschlagen, als das Kanu sich auch schon in Bewegung setzte und mit glattem Schnitt den Durchlaß überquerte. Im Nu hatten die Ruderer mit raschen Riemenschlägen den Ort erreicht, an dem Noah und Lazarus warteten. Lazarus stieg in das Kanu, balancierte aus und reichte Noah den Arm. Egbo strengte seine Augen bis zum äußersten an, um Einzelheiten erkennen zu können, und es schien, als hätten die Ruderer sich bei der Überfahrt die weißen Ärmel versengt. Schweiß stand auf ihren Gesichtern, und sie hielten sich, während die Wartezeit sich viel zu lang hinzog, in der Mitte der Querbänke. Ihr Unbehagen wuchs in der Hitze, aber Noah rührte sich nicht. Lazarus streckte ihm die Hand hin, zog sie aber sofort zurück, als die Flammen hungrig an den Ärmeln leckten. Doch Noah stand wie angewurzelt, unfähig, seine Augen vom Feuer abzuwenden. Lazarus wartete, und die zwei Ruderer wagten keine Blicke auf das Ufer, sondern warteten darauf, daß Lazarus handle. Kein Wort wurde gesprochen, man wartete darauf, daß Noah, der Apostat, seinen Mut zusammennehmen möge oder daß das blasse Schilf, aufgerichtet im feuerumrahmten Kanu, nachgeben würde und allein seine Reise durch die feurige Durchfahrt antrat.

Noah sah Lazarus nicht in die Augen, und soviel war klar, Lazarus wartete auf den Moment, wo er es tun würde. Zu lange schon hatten sie gewartet, der Teer an den Kanuseiten glänzte schon gefährlich feucht. Hinter Lazarus löste sich die demaskierte See in Dunkelheit auf, dunkle Tümpel in der Weite, Fühleraugen des Olokun; würde das Kanu die Belastungsprobe überdauern, mitternächtliches Brandopfer für den Gott?

Und noch immer löste Noah seine Augen nicht von den Flammen. Das Holz knackte, und die Ruderer schauten – nicht flehentlich –, aber sie schauten Lazarus an, als wollten sie sagen, man solle jetzt wirklich nicht länger warten. Wieder knackte es, und irgendwas in Noah schnappte zu. Er drehte sich um und rannte los. Und er rannte auf Egbo zu, selbst als die Flammen schon erstarben und das Kanu, an den Seiten total gekräuselt, nur noch schwächere Laute von sich gab und die Reihe der Zuschauer vorstürmte und mit Hilfe eines Pfahls Lazarus an Land zog. Noah rannte blindlings weiter, während Lazarus dastand und nicht beachtete, daß das Kanu vertäut wurde; und die Apostel beobachteten die entschwindende Gestalt Noahs, die durch dicken Matsch stolperte und sich in den versteckten Netzen verhedderte. Egbo hörte das ekelhafte Quatschen der Krabben, die Noah unter seinen Füßen zerquetschte, während er aus Angst vor Verfolgern zurückschaute. Und die Flammen wurden langsam kleiner und warfen Lazarus' langen Schatten auf die Kirche. Lange stand er da, und die Apostel warteten. Und dann bewegte er sich landeinwärts, und die Kirche verschluckte ihn, allein mit seiner riesigen Last der Niederlage.

Egbo fragte sich, warum er kein Mitleid für Lazarus empfand, aber er war froh, daß seine Anwesenheit dem Albino verborgen geblieben war. Und als er zurückging in die Richtung, in die Noah geflohen war, schien es ihm, als müsse er das Geheimnis der Niederlage dieses Mannes für sich behalten.

Und von jenen Urfluten, von den fiebernden Urnebeln, von dem ersten Boten, dem Fingerhut voll Erde, dem Huhn und der Getreideähre, vom Suchen nach dem Ort, an dem das Scharren die bewohnte Insel formte; von dem ersten Apostaten, der den Felsbrocken niederwälzte auf die arglose Gottheit – denn sie muß den ersten Dolchstoß erst erfahren, ehe sie den Untergebenen unschädlich im Blick behält – und sie in Splitter schmetterte, die wieder aufgelesen und mit Hingabe zusammengesetzt wurden; Panzer der Schildkröte um den göttlichen Hauch; von der endlosen Kette für die Vorladung des Gottes, und der Phallus ohne Herkunft zeigte auf die Himmelsöffnung über die Weissagung hinaus; von dem Freund der Reinheit, dem Unbefleckten, dessen großes Erbarmen allen Krüppeln galt, und den Stummen, den Zwergen, den Epileptikern – und warum nicht, waren sie doch Geschöpfe seiner trunkenen Hand, doch was nützt sie, diese ewige Buße der Bevorzugung und Abstinenz? Von dem Freund des Blutes, unbesiegbar in der Schlacht, unersättlich in der Liebe und im Gemetzel, der Forscher, Bahnbrecher, Schutzherr des Schmiedefeuers und der schöpferischen Hände, Gegenstück der Kalebasse, deren karmesintrüber Blick der Wollust ihn auf sein Eigen hetzte, und er sie schlachtete, bis der bittere Schrei seinen Weinnebel durchdrang, seiner Hand Einhalt gebot und sein Schwert baumeln ließ, dümmlich, wie seinen hängenden Kiefer; von dem, der sich erhängte und doch nicht hing, der aufstieg an der Liane zu den Himmelsgewölben und die schlangenzüngigen Blitze meisterte und den weißglühenden Stein, lange Arme der göttlichen Schleuder spielen das Zufallsspiel der Kinder, pflücken Häuser, Bäume, Kinder wie unreife Mangos; von dem Doppelgeschlechtlichen, das sich in einen Fluß spaltete; von der Teilung der Nebel und der Einsamkeit des Ursprungs und dem ewigen Krieg der Augen der Weissagung, von den hundertundeins Augen der Lehre, Voraus- und Nachsicht, von dem ewigen Krieg der ersten Verhandlung mit dem langen Sichelhaupt des Schicksals, ewig höhnend über die Forderungen des Wurfs auf dem Plan, höhnend über die ordentlichen Linien im Ring des Chaos; von der widerwärtigen Plage, die eiternd auf den Strahlen stiller Mittagshitze ritt und ihre Opfer wählte, der Habsüchtige; von dem, der blieb, die ersten Früchte von Ingwererdfarbe zu hegen, dem Lauf von Wind und Hitze und Regen ausgesetzt, und den Zeichen der mausernden Jahreszeiten …

Kola sagte: »Es bedarf nur noch der Brücke, der Leiter zwischen Himmel und Erde. Ein Seil oder eine Kette. Die Verbindung, das ist alles. Nach fünfzehn Monaten fehlt nur noch die Verbindung …«

Egbo unterbrach ihn: »Sag *to,* und mein Messer wird in den Hals dieses Widders fahren. *To,* und eine Blutfontäne wird an die Decke dieses Ateliers spritzen.«

»Ich hoffe, er gefällt dir«, sagte Simi.

»Weißt du, was sie zuerst gekauft hat?« fragte Egbo.

»Einen weißen Widder, einen weißen, bitte schön.«

»Naja, du hattest gesagt, einen fleckenlosen Widder.«

»Um so eher hätte es ein schwarzer Widder sein müssen, ein weißer kann nicht fleckenlos sein, er kann nicht wirklich fleckenlos sein, oder?«

»Joe Golder hätte dir einen Vortrag gehalten, wenn der Widder weiß gewesen wäre. Farbminderwertigkeitskomplex hätte er es wahrscheinlich genannt.«

»Wer ist Joe Golder?«

»Du bist ihm noch nie begegnet? Ah, jetzt fällt mir ein, du warst ja damals nicht mit bei seinem Konzert.«

»Nein, das war, als sie einfach nicht auftauchte, das treulose Weibsstück.«

»Da dran bist du schuld. Du hast mir ausrichten lassen, du würdest zu mir kommen.«

»Nein, ich ließ dir bestellen, du sollst zu Bandele kommen.«

»Aber ich sag dir doch, der Junge sagte …«

»Wollt ihr zwei damit jetzt schon wieder anfangen? Und ich habe dir noch nicht einmal für den Widder gedankt, Simi.«

»Du solltest mir danken, nicht ihr. Ich hab ihr aufgetragen, den Widder zu kaufen.«

»Und wer hat ihn bezahlt?«

»Das tut hier nichts zur Sache.«

»Aber sehr wohl – was mich anlangt.«

Monica kam herein und blieb überrascht stehen, als sie Simi sah. Egbo stellte sie vor, und Monica war voller Bewunderung.

»Aber natürlich. Sie müssen die wunderschöne Dame sein, aber ... es ist einfach unglaublich.«

Kola erklärte den Sachverhalt: »Sie war überzeugt, ich hätte sie auf dem Bild idealisiert.«

»Ja, ich dachte, er ... oh, wie unverschämt von mir, Sie dauernd anzustarren, aber sie ist wirklich wunderschön. Ich kann mir nicht vorstellen, daß die lebende Göttin hätte schöner sein können. Ehrlich, Kola, jetzt, wo ich sie gesehen habe, muß ich sagen, dein Gemälde wird ihr nicht gerecht.«

»Einen Moment mal.« Egbo erhob sich. »Ich dachte, keiner von uns sollte das Bild zu sehen kriegen, ehe es endgültig fertiggestellt ist.«

Monica schlug sich die Hand vor den Mund, stieß einen Quiekser aus und wurde rot bis unter die Haarspitzen.

Kola machte eine besänftigende Handbewegung.

»Es war ein Zufall ...«

»Natürlich war es ein Zufall, sprich nur weiter.«

»Na, es machte nichts, weil sie mir ja nicht gesessen hat. Ich konnte euch nicht ... naja, ihr habt ja selbst gehört, was sie alles sagte, seit sie reingekommen ist, als hätte ich Simi gebeten, herzukommen und für sich selbst Modell zu sitzen. Stellt euch mal vor, ihr alle hättet angefangen, euch zu beschweren, daß ich was aus euch gemacht hätte, was ihr nicht seid ... Ich meine, die Sache ist aber doch die, daß ihr an Stelle von ...«

»Sicher, sicher. Wir haben vollstes Verständnis, nicht wahr, Simi?«

»Also wirklich, es war ein Zufall, wie ich schon sagte, nur bei ihr macht es im Grunde nichts aus.«

»Oh, bitte, keine weiteren Erklärungen, wir haben schon verstanden.«

Egbo wich rasch der Farbtube aus, und Simi lächelte sanft in der Ummantelung ihres Änigmas.

»Komm, Simi, manche warten eben fünfzehn Monate auf die Enthüllung eines Meisterwerks, andere erstürmen es in einer Woche.«

»Binde den Widder draußen an, wenn du rausgehst.«

»Aber ja doch, wir haben schon gemerkt, daß wir hier nicht gebraucht werden.«

»Du arbeitest ja gar nicht«, sagte Monica; sie waren schon einige Zeit allein.

»Nein, ich warte immer noch auf Lazarus.«

»Lazarus? Ich dachte, du sagtest, er heißt Noah.«

»Mit Noah bin ich fertig. Hier, diese gesichtslose Kreatur ist Noah ... komm her ... er ist der verräterische Diener, der den Felsbrocken auf seinen Meister wälzt und ihn zerschmettert.«

»Aber du sagtest doch ...«

»Das war eine Fehleinschätzung. Noah als die Verbindung? Ich sollte mich wegen meiner Dummheit ersäufen. Ich hatte ihn hier, er saß hier, und ich versuchte, Esumare um seine Neutralität zu formulieren. Ich hatte mich geirrt, jämmerlich, amateurhaft geirrt. Nachdem ich vier Stunden mit ihm gekämpft hatte, ohne auch nur die Spur eines Anfangs zu finden, mußte ich aufhören, und zum ersten Mal habe ich Noah wirklich angesehen. Hätte ich nicht an einer Überdosis Zynismus gelitten, dann wär's mir beim ersten Mal schon aufgefallen. Noah war einfach negativ. Die Unschuld seines Gesichtes war nichtfreigesetzte Nichtigkeit und Leere – er hatte nichts, absolut nichts. Ich verachtete mich wegen meines Mangels an Wahrnehmung.«

»Und wer ist also Lazarus?«

»Noahs Herr und Meister. Ein Albino, der in Sachen Religion hausieren geht. Sagoe hat ihn aufgegabelt, er will ihn heute hierherbringen, und darauf warte ich.«

»Und dann?«

»Dann ist es endlich fertig. Ich werde die ganze Nacht dran arbeiten, wenn nötig. Weißt du, Monica, ich bin wahnsinnig versessen drauf, das Ding endlich fertigzukriegen. Abgesehen von der Ausstellung morgen habe ich diese Leinwand satt, sie hängt mir kreuzweise zum Hals raus, ich kann sie nicht mehr sehen. Und dann ... lassen wir das, es hat noch Zeit.«

»Nein. Sag's mir.«

»Nein, es ist unwichtig, glaub mir. Du weißt inzwischen auch, daß ich kein wirklicher Künstler bin. Ich hatte nie vor, einer zu werden. Aber ich verstehe das Wesen der Kunst, und deshalb gebe ich einen sehr guten Lehrer ab. Das ist alles. Dieses Bild hier zum Beispiel, Egbo hat mich dazu animiert, unbewußt natürlich, und eigentlich sollte er es auch ausarbeiten, nicht ich. Erstens, weil er dem Thema nähersteht, wirklich nah, verstehst du, und er ist grausam genug. Aber zumindest kann ich etwas festhalten und überliefern; meine inneren Kontakte mit all diesen Wesen waren zu flüchtig, kamen in zerstückelten Fragmenten, deshalb habe ich auch so lange gebraucht ...«

»Fünfzehn Monate ist keine lange Zeit, und du hast ja nebenbei auch eine Menge andere Sachen gemacht.«

»Nichts, auf das ich besonders stolz wäre, nichts, das ich neben Sekonis Arbeiten stellen möchte, selbst wenn wir den Ringer beiseite lassen.«

»Und das Pantheon?«

»Das Pantheon ist bedeutungsschwer. Es wird die Sinne verwirren, unbefangene Reaktionen niederwalzen. Aber ich spreche jetzt von mir selbst und dem Prozeß des Lebens. Selbst Sagoe hat eine Art siebten Sinn, so was wie eine Antenne für Kreativität, mit der er seiner Arbeit nachgeht. Aber ich ... na, sag doch selbst, hätte es Egbo je passieren können, daß er Noah für Esumare hält? Solche Fehleinschätzungen würgen die Spontaneität ab und machen aus einem Künstler einen Stümper. Und ich habe das Wesen seiner Apostasie verkannt ...«

Monica stand dicht vor ihm, und unsicher tat sie endlich den ersten Schritt, der sie beide binden sollte, sie schmiegte ihr langes blondes Haar an seinen Hals.

»Bist du nicht einfach von Zweifeln geplagt, jetzt, wo das Werk fast vollendet ist? Aber Kola, das ist doch ganz normal. Der Trieb, nicht an sich selbst zu glauben, weil man fürchtet, andere glauben auch nicht an einen.«

»Nein, es ist nicht ...«

»Und du fürchtest dich so vor Mitgefühl, selbst vor Zärtlichkeit, als ob sie dich schwächen könne. Aber du hast ein zartes Wesen, warum also schaust du ausgerechnet auf Egbo, zumal du ihn sowieso mißverstehst?«

»Mißverstehst?«

»Du bist nicht der einzige. Auch Bandele glaubt, daß ihr alle abgestumpft, gleichgültig dahinlebt.«

Man konnte ein Auto hören, und Monica sprang zur Seite.

»Ich hoffe, es ist endlich Sagoe«, sagte Kola.

»Er ist es«, verkündete eine Stimme von der Tür her. »Lazarus wartet draußen. Soll ich ihn reinbringen?«

»Natürlich.«

»Deine letzte Figur ist da, ich will dich nicht stören«, und sie ging zur Tür. »Wie nanntest du ihn noch?«

»Esumare. Das Erbrechen der Großen Himmelsschlange.«

Und Kola stürzte sich in die Arbeit wie vom Wahnsinn gebeutelt, und Lazarus saß mit der Reglosigkeit eines Monuments, bei weitem das beste Modell, das er bisher hatte. Daß ihm etwas im Kopf herumging, war offensichtlich, er blickte sich im Studio um, mit einer Frage in den Augen, aber es war eine Frage, die Kola aufgeschoben wissen wollte, bis er den Mann in der vorformulierten, täglich umgestalteten Existenz eingefangen hatte. Lazarus saß gehorsam still, und Kola gärte in seiner Arbeit, als könne die Welt nicht länger auf dieses lang verschleppte Versprechen warten.

Nach zwei Stunden erst entspannte er sich langsam, und auch Lazarus rückte sich auf seinem Hocker neu zurecht.

»Wo ist Noah?«

»Stromert durch's Unigelände, nehme ich an. Er kommt zum Essen, wenn er Hunger hat. Der Hausboy kümmert sich um ihn.«

Lazarus schien seine Gedanken zu sammeln.

»Am allerwenigsten, dachte ich, ein Nachfolger. Ich brauchte einen von außerhalb der Kirche. Die Apostel sind auch nur Menschen, sie sind eifersüchtig aufeinander. Ich habe nach einem Jugendlichen gesucht, einem unbekümmerten Jugendlichen mit einem inneren Feuer.«

»Wie die übrigen Apostel?«

»Ja«, gab er zu, »wie die anderen. Es muß etwas dasein, das man bekehren kann. Aus einem friedfertigen Menschen wird ein guter Kirchgänger, aber kein verläßlicher Christ, voll Feuer und Hingabe. In der Tat, je mehr Böses ein Mensch kennengelernt hat, desto mehr Stärke kann ich aus ihm ziehen. Ich kenne mich da aus. Ich hab mir das selbst durch Versuche und Entdeckungen beigebracht.

Ich habe mich der Kirche geweiht, und ich habe mir alles selbst beigebracht. Ich kann die Bibel in Griechisch lesen, wußten Sie das? In Griechisch. Eines Tages fand ich eine alte griechische Bibel, und da packte mich das Verlangen, die Sprache der Griechen zu lernen, ich dachte nämlich, es sei dasselbe wie Hebräisch. War es natürlich nicht, aber zumindest habe ich einige Griechischkenntnisse erworben.«

»Und nur wenig Leute können das von sich behaupten.«

»Was für mich wirklich wichtig ist, das ist, daß ich die Arithmetik der Religion kenne. Der Mörder ist der zukünftige Märtyrer, er ist der willigste Märtyrer. Einige Dummköpfe wissen das.«

»Sagen Sie, wie haben Sie Noah bekehrt?«

Kola hatte nur halb hingehört, und die Reaktion des Albinos erschütterte seine Konzentration. Er schrie beinahe: »Bekehrt! Ich habe nichts bekehrt. Womit man ringt, kämpft, was man besiegt, das ist wirklich bekehrt. Die Natur eines Gewohnheitsdiebes in einer Woche zu ändern, haben Sie so was je gehört? Ich habe nur beharrt, weil es die Zeit der Überschwemmungen ist, und das ist die Zeit unserer Wiedererweckungszeremonien. Wir brauchten Noah. Meine wahren Jünger sind alle Diebe, Ausgestoßene aus der Gesellschaft. Einer der Apostel ist ein Falschmünzer, der fünf Jahre im Gefängnis saß. Ein anderer war das einzige Mitglied einer Bande, das bei einem Banküberfall der Verhaftung entging. So dringend ich jemanden brauchte, konnte ich doch nicht gegen die Regel verstoßen. Ich mußte einen Sünder finden.«

»Auch Mörder?« fragte Kola.

»Einen. Er hat seine Frau mit einer Machete zerhackt, in einem Dorf bei Ughelli.«

Einige Minuten später hatte er sich wieder beruhigt und sagte: »Ich muß dafür sorgen, daß Noah nicht wieder in der Gosse landet.«

»Haben Sie Pläne mit ihm?«

»Nein. Er ist frei und kann gehen, wohin er will – außerhalb von Lagos.« Und wieder wurde er heftig. »Ich will ihn nicht in Lagos haben. Es ist nicht richtig, daß ihn irgendeines meiner Kirchenmitglieder dabei erwischt, wie er jemand die Taschen ausräumt oder auf den Märkten rumlungert.«

Und während der Gedanke von ihm Besitz ergriff, stand er plötzlich auf.

»Sie sagen, Sie wissen nicht, wo er ist? Sie lassen ihn einfach gehen, wohin er will?«

»Er kann nicht weit sein. Bitte, setzen Sie sich wieder hin.«

»Lassen Sie uns gehen und ihn suchen.«

»Nur noch ein paar Minuten.«

»Wir kommen ja zurück, Mr. Kola. Sie sollten weniger hastig sein, und schließlich und endlich habe ich mich, seit ich hier bin, Ihrem Gebot des Stillhaltens unterworfen.«

»Noah ist ganz in Ordnung, er sucht sich nur einen Zeitvertreib.«

»Sie sollten mehr Geduld haben. Selbst der Mann, der die Gabe der Schöpferkraft besitzt, ist voller Geduld.«

»Tatsächlich? Vorausgesetzt, wir meinen dieselbe Person. Hat er nicht die Welt in nur sechs Tagen gemacht?«

»Bitte, lassen Sie uns gehen und ihn suchen. Ich fühle die drohende Gefahr, wenn ich an den Weg denke, der jetzt vor ihm liegt.«

»Also gut, wenn Sie gern eine Pause einlegen möchten ...«

»Nein, Mr. Kola, es geht mir nicht darum, mich auszuruhen. Wenn Noah jetzt irgendeinem Mann begegnet, der zu ihm sagt, komm, laß uns ein Huhn stehlen, dann wird er mit ihm gehen.«

»Warum sollte Sie das beunruhigen? Wenn er im Knast landet, können Sie um so friedlicher schlafen.«

Egbo, der Simi zurück zu Bandeles Haus fuhr, sah Noah unter einem Mangobaum und hielt an. Er stand zwischen den anderen Obsträubern und schleuderte Stecken nach der einsamen reifen Mango an dem Ast voll harter grüner Früchte. Egbo rief ihn, aber Noah reagierte nicht, und er fragte sich, ob das noch derselbe Noah war. Von dem Erlebnis vor einigen Tagen war keine Spur geblieben; er wußte nicht, was, aber irgend etwas sollte doch dasein, das an die Feuerszene erinnerte, doch Egbo fand keinen Hinweis mehr auf den Schrecken und die Flucht. Nichts von der geprügelten Dankbarkeit, mit der er das Angebot mitzufahren annahm, nichts mehr von der erschütternd ungeduldigen Gier, als Kola ihn fragte, ob er mit nach Ibadan kommen wolle. Und wie er sich auf dem Rücksitz in die Ecke gedrückt hatte, keinen Mucks von sich gebend, bis Egbo bei seiner Wohnung ausstieg und Kola mit seinem Gewinn nach Ibadan zurückfuhr.

»Wer ist das?« fragte Simi.

»Einen Augenblick, ich bin gleich zurück.«

Und er stieg über die verfaulten Früchte, scheuchte Schwärme von fetten Schmeißfliegen auf und tippte Noah auf die Schulter. Noah fuhr zusammen, starrte ihn ausdruckslos an. Egbo, der ihn genau fixierte, stellte fest, daß das Ergebnis dasselbe war; das Erlebnis der Feuertaufe war wie weggewischt – oder hatte einfach nie stattgefunden. Noah war von jedem Augenblick seiner Vergangenheit gereinigt, außer diesem neuen Umstand des Mangodiebstahls.

»Du bist ein Phänomen.«

»Sah?«

»Komm mit.«

Es war ein unvermuteter Augenblick der Neugier. Wie würde die Konfrontation von Noah und Lazarus nach jener Nacht aussehen? Er stellte fest, er wollte bei diesem Zusammentreffen unbedingt dabeisein. Noah kam fröhlich mit ihm, obwohl er sich – dessen war Egbo sicher – nicht im entferntesten erinnerte. Um einen Menschen zu reinigen, dachte Egbo, ihn wirklich zu reinigen, muß man ihn zurücklassen wie Noah, tot, leblos, ohne jeglichen Charakter, ein weißes Blatt Papier für Kritzeleien.

»Warst du schon immer so, Noah, oder ist das Lazarus' Werk?«

»Sah?«

Simi schlug spielerisch nach ihm.

»Warum redest du so mit ihm, wenn er dich nicht versteht?«

»Eigentlich rede ich mit mir selbst, ich lasse meine Stimme zurückprallen von diesem glatten kupfernen Reflektor dieses … ah, ich kann ihn nicht mal mehr einen Apostaten nennen. Wir haben uns alle geirrt, alle schändlich geirrt. Kola hat die himmlischen Körper in seinem Pantheon vergessen, oder er hätte ihn als das erkennen müssen, was er ist. Noahs Apostasie ist nicht bewußt, es ist schlicht die Weigerung, zu sein, die Weigerung, ein lebendes Wesen zu sein, wie ein Mond.«

»Wovon redest du überhaupt?«

»Schon gut. Wenn du keine Kannibalin wärst, hättest du vielleicht den gleichen Weg eingeschlagen …«

Er sprang aus dem Auto, ehe Simis Schlag ihn erreichte. Und augenblicklich wurde sein Gesicht ernst, und mit schleppenden Füßen betrat er das Atelier, Scham brandete über ihn, denn er erinnerte sich, daß er seinen Großvater einmal einen Apostaten genannt hatte.

In der Ecke hinter der Leinwand bemerkte Egbo eine heimliche Bewegung, beobachtend blieb er stehen. Endlich schaute ein weißes Gesicht hinter der Staffelei hervor, ein Mann trat vor und grinste dümmlich.

»Hallo.«

»Wer sind Sie?«

»Tut mir leid, daß ich so ertappt aussehe, aber ich habe mich hier reingeschlichen, um einen Blick auf die Leinwand zu werfen. Ich konnte es gar nicht erwarten, die neueste Ergänzung zu sehen.«

Egbo ging auf den Mann zu und sah ihn noch immer mit Mißtrauen an.

»Sie müssen einer von Kolas Freunden sein. Ich bin Joe Golder.«

»Oh, der Sänger.«

»Ja. Suchen Sie Kola?«

»Wo steckt er denn?«

»Ich sah, daß er mit dem Mann aus Lagos wegging. Ich kann sein Atelier von meiner Wohnung aus sehen, verstehen Sie, und als er wegging, dachte ich, ich schleich mich mal rein und guck's mir an. Im Vertrauen, ich mach das andauernd, aber bitte, sagen Sie Kola nichts davon!«

»Ich glaube, von Ihnen kann ich mir 'ne Scheibe abschneiden. Ich scheine der einzige zu sein, der ein zu stark ausgeprägtes Gefühl von Respekt für diesen Künstler hat.«

Joe Golder lachte, er war kindisch in seinem Vergnügen, einen Mitverschwörer gefunden zu haben.

»Ich glaube, ich weiß, welche Figur Sie darstellen. Das heißt, eigentlich habe ich Sie sofort erkannt. Wie finden Sie die neueste Ergänzung?«

Egbo löste seinen Blick von dem, was er eigentlich betrachten wollte, seine eigene Erscheinung in dem überwältigenden Gemälde. Der unfertige Teil zeigte eine gebogene Figur, die sich nicht aus einem nüchternen Grab erhob, sondern aus einem vorweltlichen Chaos aus gasigen Wirbeln und Wasserfluten. Das Wesen war nur mit Licht umwunden, eine reine

Regenbogendurchsichtigkeit. Es war Lazarus, Kolas neue Dimension des Bundes.

Egbo schüttelte leise den Kopf, als könne er so die Dinge ordnen.

»Ich bin verwirrt«, gab er zu.

»Wieso?«

»Ich kann diese Lebensauffassung nicht akzeptieren. Er hat aus dem Anfang selbst eine Auferstehung gemacht. Kontinuitätsirrglaube eines Optimisten.«

»Meiner Meinung nach zeigt es sehr großes Talent.«

»Davon habe ich nicht gesprochen.«

»Es hat Wirkung. Was will man mehr?«

»Mein Freund hat sehr unausgeglichene Talente. Schauen Sie sich zum Beispiel das verdammte Ding an, das er aus mir gemacht hat; einen blutrünstigen Irren, einem strengstbewachten Zoo entsprungen. Soll das etwa ich sein? Oder gar Ogun, den es ja wohl darstellen soll?«

»Was haben Sie denn daran auszusetzen?«

»Es ist eine uninspirierte Verdrehung, das hab ich dran auszusetzen. Er hat eine einzige Mythe herausgegriffen, Ogun im Vollrausch, der, all seiner Sinne beraubt, seine eigenen Leute im Kampf niedermetzelt. Und auf dem Höhepunkt dieses Blutbades hat er ihn festgehalten.«

»Nun, aber Sie müssen ihm doch wohl das Recht der Wahl zugestehen.«

»Gerade über seine Wahl könnte ich mit ihm streiten. Sogar der Augenblick von Oguns verspäteter Erkenntnis wäre … das zumindest birgt poetische Möglichkeiten. Aber dieser blutbesudelte Unhold ist schlicht melodramatisch. Da ist auch Ogun, der Schmied, der erste Handwerker … doch all das läßt er außer acht und hält mich fest als den bestialischen, blutgeblendeten Schlächter!«

»Sehen Sie, er hatte recht. Er hat immer gesagt, daß genau das passieren würde, wenn er einen von Ihnen in die Nähe der Leinwand ließe.«

»Was Sie anlangt, ist das ja alles ganz gut und schön. Oder ist dies nicht Ihr stahlgepanzerter Kopf, der für Erinle Dienste tut?«

»Ich finde es höchst unschmeichelhaft. Aber vielleicht ist der Gott selbst noch schlechter dran – damit jedenfalls tröste ich mich, verstehen Sie?«

»Ich gehe«, verkündete Egbo, »und meinen Widder nehme ich auch mit.«

»Oh, gehört dieser wunderschöne Widder Ihnen?«

»Ja, ich habe ihn kaufen lassen, um die Fertigstellung des Gemäldes zu feiern, und Sekonis Ausstellung – oh, das hätte ich fast vergessen, er ist ja nicht nur für diesen Palettenclown.«

»Sie werden den Widder … töten?«

»Was macht man denn sonst mit Widdern? Melken vielleicht?«

Joe Golder verzog nervös das Gesicht, Egbo bemerkte es, mißverstand es aber.

»Mögen Sie kein Schaffleisch?«

»Nein, das ist es nicht. Es ist das Töten. Schon bei dem Gedanken an Blut fühle ich mich unbehaglich.«

Egbo betrachtete den vierschrötigen Schädel, den starken, gedrungenen, muskelstraffen Körper und konnte es nicht glauben.

»Wirklich, es ist wahr, ich kann den Anblick von Blut nicht ertragen.«

Kopfschüttelnd ging Egbo hinaus.

»Wo ist Noah?« fragte er Simi.

»Er ist nach dir ausgestiegen, ich dachte, er sei dir ins Atelier gefolgt.«

»Ach, zum Teufel mit Noah. Gehn wir.«

Ihre liebste Tätigkeit, wenn Egbo ärgerlich war, sie kraulte ihn im Nacken.

»Was hat dich denn da drin so verärgert?«

»Dieser unreligiöse Schmierfink. Du hättest das Monster sehen sollen, das er aus mir gemacht hat.«

»Oh, du hast es gesehen? Und ich?«

»Du? Ach so, du. Ich hatte ganz vergessen, daß du ja auch auf dem verdammten Ding vertreten bist.«

Er ließ den Motor an und fuhr wütend los; Noah blieb mit Joe Golder im Atelier zurück.

17

Die eisigen Arme der Dunkelheit und die Lichter der Eucharistie – Egbo verschmolz die Liturgie mit den Trommelresonanzen in seinem Kopf, sie tönte nicht laut wie in jener ersten Nacht mit Simi –, und ich fürchte mich nicht, in der Furcht der Eingeschlossenheit zu erwachen, denn Lichter sind in Simis Schenkeln. Wegen dir, Weib, werde ich den Gral überfluten, opfere mich deiner Wollüstigkeit, und ich werde rechten bis zum Jüngsten Tag, wenn dies Sünde ist – komm … Keine andere Frau hatte diese Macht, ihn in diese grenzenlosen Klänge zu versenken, diese feinen Timbren der Haut.

»Du bist nicht bei mir heute nacht, Egbo.«

»Nein?«

»An wen denkst du?«

Und er hatte in der Tat zu ergründen versucht, warum er mit Hilfe der Macht dieses fremden Mädchens die Wochenendumklammerung von Simis Liebe zu zersetzen suchte, und ihr Geheimnis beschäftigte ihn wieder so sehr, daß er am liebsten aus dem Bett aufgesprungen wäre, sobald ihr Liebesspiel vorüber war, um sie zu suchen, wo immer sie sich auch versteckt haben mochte. Und er konnte es nicht begreifen, denn sie hatte ihm doch die Nachricht geschickt, als Sekoni gestorben war, um ihn zu trösten; und sie hatte zuvor gegeben, wie sie auch hier gab, durch diesen Akt der Zuwendung, und er konnte nicht sagen, welche Menschlichkeit ihn tiefer berührte, der Nachmittag am Fluß oder das häßliche Gekritzel auf dem Papier, das wirklich einen gewissen Trost spendete. Sie bewachte ihre Gedanken, sie gab nur preis, wozu sie bereit war, und er hatte sie angesehen, er liebte sie, bewunderte sie und sagte sich, dies ist die neue Frau meiner Generation, stolz auf ihre Geistesgaben und darauf bedacht, ihre Person vor Verletzungen zu schützen. Doch die Erinnerung war bitter, denn er hatte nicht wirklich von ihr genommen, noch ihr gegeben, denn sie hielt sich wie eine Göttin, und sie brachen auseinander, Fremde. Und so war auch Simi, aber in einem so gänzlich anderen Sinne, daß sich ihm alles verwirrt im Kopf drehte, und er lehnte sich zurück, schmerzlich enttäuscht.

Auch Simi hatte ihr Ritual. Feierlich schloß sie zunächst seine Hose in den Kleiderschrank, und dann hängte sie den Schlüssel an eine lange Schnur, die fast bis auf den Fußboden reichte.

Um zwei Uhr hörte sie, wie Steinchen ans Fenster geworfen wurden, und weckte ihn auf. Er ging ans Fenster. Im gelben Licht der Straßenlaterne stand Bandele.

»Was ist los?«

»Komm runter. Zieh dich an und komm runter.«

Egbos Gehirn war leergefegt, und er weigerte sich, es anzustrengen. Simi hatte sich aufgesetzt und schaute ihn an.

»Wer ist es?«

»Bandele.«

»Um diese Zeit?«

Egbo langte den Schlüssel an der Schnur hoch.

»Was will er denn?«

»Ich habe ihn nicht gefragt. Du hast es doch gehört.«

»Das hast du mit ihm abgekartet.«

»Ja.«

»Oh, mir ist das egal.«

Egbo zog sich rasch an.

»Wann kommst du zurück?«

»Wie soll ich das wissen?«

Er sprang die Stufen hinunter und stieg zu Bandele ins Auto. Auf dem Rücksitz saß ein Mann, den er nicht kannte. Ein sabbernder, in sich zusammengesackter Affe; er sah aus, als sei er einmal wuchtig gewesen, doch jetzt war er ausgelaufen; unablässig stöhnte er heiseres Kauderwelsch mit einem einzigen verständlichen Refrain: »Ich will das Land nicht verlassen müssen … ich will das Land nicht verlassen müssen …« Es war einzig die Fähigkeit zu sprechen, die diese Kreatur von dem Wrack unterschied, das Noah am Abend der Feuerprobe darstellte.

Bandele ließ den Motor an und sagte: »Noah ist tot.«

Bei einem befreundeten Arzt hielt er an, und Joe Golder bekam ein Beruhigungsmittel. Erst jetzt entdeckte Egbo eine entfernte Ähnlichkeit zwischen dem Mann auf dem Rücksitz und jenem Joe Golder, den er an diesem Nachmittag kennengelernt hatte.

Im Atelier brannte Licht, Kola war noch auf und arbeitete an den letzten Feinheiten; Lazarus hatte sich auf einem Feldbett ausgestreckt, aber er schlief nicht. Ein Stück weg die Straße hinunter hielt Bandele den Wagen an und sagte zu Egbo: »Bitte ihn rauszukommen. Lazarus könnte drin sein.«

Kola kam heraus, und Bandele sagte: »Noah ist tot. Joe sagt, er ist vom Balkon gestürzt.«

Das Beruhigungsmittel begann auf Joe Golder zu wirken, und in schläfriger Monotonie winselte er: »Ich hab ihm gesagt, er soll stehenbleiben. Ich hab geschrien: Halt! Halt! Ich habe geschworen, ich würde ihn nicht anfassen … Ich habe gefleht, ich hab ihm geschworen, ich würde ihn nicht anfassen …«

Bandele sagte: »Egbo, beruhige ihn ein bißchen, ja.«

Und Egbo lehnte sich über den Sitz und tätschelte ihm das Knie.

»Hat er wieder seine Nummer abgezogen?« fragte Kola. Bandele nickte.

»Ich hab schon geschlafen. Da hörte ich ihn wie wild an meine Tür hämmern. Er kam schon völlig hysterisch bei mir an, brabbelte nur noch unzusammenhängend. Trotzdem konnte ich aus ihm rauskriegen, daß Noah es mit der Angst bekam, als er mit seinem üblichen Quatsch anfing.«

»Was soll das? Wovon redet ihr eigentlich?«

»Ja, weißt du es etwa nicht?«

»Was soll ich wissen?«

»Na, mit Joe Golder. Er ist schwul.«

Mit einer Abscheu jenseits menschlicher Vorstellungskraft riß Egbo seine Hand zurück, sein Gesicht verzog sich vor Ekel in dem Bewußtsein der erniedrigenden Besudelung. Er warf sich weit nach vorn, um auch von dem Rücksitz möglichst weit wegzukommen, und starrte die zusammengesackte Gestalt an wie ein schädliches Insekt, und er spürte, wie ihm vor Widerwärtigkeit eine Gänsehaut über den Körper lief. Seine Hand, die Joe Golder berührt hatte, fühlte sich plötzlich nicht mehr zu seinem Körper gehörig, und er langte aus dem Wagen und wischte sie im Tau des Grases ab. Bandele und Kola starrten ihn an, von ihm isoliert durch diesen Haß, den sie nicht an ihm kannten, und den wütenden Zuckungen, die jede Bewegung seines Körpers zu überlagern schienen.

Endlich fragte Kola: »Was sollen wir jetzt machen?«

Bandele zuckte die Schultern. »Es Lazarus sagen.«

»Hast du die Leiche gesehen?«

»Ja.«

»Bist du ganz sicher, daß er tot ist? Hast du einen Arzt gerufen?«

»Er ist tot.«

»Also, dann wolln wir es Lazarus sagen.«

Bandele stieg aus, und Egbo hüpfte mit einem Satz aus dem Auto, weg von der körperlichen Intimität des Alleinseins mit Joe Golder in einem Wagen. Er folgte Kola und Bandele.

Lazarus, die Brücke des Mondstrahls, der Himmel und Erde durchstößt, leicht wie ein Geist und matt wie die Auferstehung, saß gebeugt auf dem Feldbett, als erwarte er sie. Sein ganzer Körper war erwartungsvoll, als er beobachtete, wie sie auf ihn zukamen.

Bandele sagte es ganz einfach, über ihm stehend. Und Lazarus regte sich nicht, sein Gesicht verriet keine Gefühlsänderung. Schließlich sagte er: »Haben sie ihn beim Stehlen erwischt und totgeschlagen?«

Kola blickte langsam zu Bandele auf, aber Bandele sagte nichts mehr. Egbo hielt sich von allem fern, er saß auf einem

Hocker und stierte auf Kolas Gemälde. Und es wuchs das Gefühl in ihm, daß er darauf eingefangen war, immer und ewig, in der Falle des Urschleims aller Schöpfung.

»Einmal ist er davongekommen«, sagte Lazarus. »Vielleicht hat er gedacht, ich wäre immer in seiner Nähe, um ihn zu retten.«

»Er ist nicht totgeschlagen worden«, sagte Bandele. »Er ist vom obersten Stock eines Gebäudes gestürzt.«

»Er konnte nicht einmal ein Fenster erklettern wie ein anständiger Dieb«, sagte Lazarus.

Bandele drehte sich um und schaute Egbo an, der abseits saß. Er schien einen Entschluß zu fassen.

»Ja, der Wohnungseigentümer überraschte ihn, und er stürzte ab bei dem Versuch zu entkommen.«

Bandele sagte es betont laut. Egbo war nur flüchtig überrascht, voll Verachtung schaute er ihn und Kola an. Lazarus drehte sich auf die Seite, und die drei verließen das Atelier.

»Du mußt ihn irgendwo hinbringen, wo er sicher ist und sich ruhig verhält. Wenn er zu quatschen anfängt, bringt er sich nur selbst in Gefahr.«

»Wir müssen die Polizei informieren, und da wird es Ärger geben.«

»Ich werde mit dem Arzt reden; wenn er unter Schockeinwirkung steht, kann er nicht aussagen.«

Egbo weigerte sich, wieder in den Wagen einzusteigen. Er zog es vor, die sieben Kilometer zu Simis Wohnung zu Fuß zu gehen.

18

»Es wäre wenig dran auszusetzen gewesen«, sagte Sagoe, »wenn der Kerl es sachlich dargelegt hätte. Aber er ließ seiner Phantasie allzu wild die Zügel schießen.«

Und noch einmal las Sagoe den Artikel laut vor. »Abschließend wäre wohl zu sagen, daß dieses Geistesprodukt, das das ehrenwerte Mitglied der Abteilung Leko an die geheiligten Wände des Sitzungssaals des Parlamentes spritzte, alle Absonderungen der Spontaneität aufwies, nur die Neuheit fehlte.«

Sie machten sich dankbar darüber her, denn Noah war ein Thema, das sie aus ihren Gedanken streichen wollten, das vor dem bewußten Wiedererkennen getilgt werden mußte.

»Das hast du geschrieben, nehme ich an?«

»Natürlich. Man erkennt meinen Stil.«

»Du hast ihn zuerst irregeführt.«

»Nicht absichtlich. Hört zu, und Bandele, deine Meinung darüber würde mich besonders ...«

»Bitte ...«

»Schon gut, schon gut. Also, Kola, dann erzähl ich dir, was passiert ist. Ich bin diesem Meister auf einer der Politikerpartys begegnet, die veranstaltet werden, um die Presseleute bei Laune zu halten. Und der Mann sagte zu mir: Ihr jungen Leute kritisiert immer nur. Ihr habt immer nur destruktive Kritik auf Lager, warum liefert ihr nicht mal ein paar konkrete Vorschläge, ein Programm, um dem Land in irgendeiner Form Verbesserungen zu bringen, und dann könnt ihr ja sehen, ob wir die Idee aufgreifen oder nicht.«

»Also hast du die Gelegenheit beim Schopf gepackt.«

»Nur um ihn loszuwerden. Ich sagte Chief Koyomi – er ist übrigens der, der jedem Minister kniend die Hand küßt –, ich sagte ihm, man sollte was gegen die Art der Fäkalienbeseitigung unternehmen; es sei eine Schande, daß in diesem Entwicklungsstadium des Landes noch immer nachts die Männer mit den Scheißkübeln durch die Hauptstadt schleichen. Und warum sollte man das Zeug nicht nutzbringend verwenden? Schauen Sie sich die dürren Brachländer im Norden an, sagte ich. Man sollte das Zeug per Bahn in den Norden transportieren und das Territorium des Sardauna damit düngen. Je mehr Land bebaut wird, desto weniger Arbeitslosigkeit.«

»Klingt wirtschaftlich vernünftig«, gab Egbo zu. »Bandele, du bist doch unser Wirtschaftsexperte, was meinst du ... oh, ich hab's vergessen, du sprichst ja nicht mit uns.«

»Halt, ich bin noch nicht fertig. Als Gegenleistung, schlug ich vor, soll der Norden seine Esel hier runterschicken, damit wir sie zur Beförderung des Zeugs innerhalb der Stadt einsetzen können. Das würde noch mehr Männer für die neuen Arbeitsbereiche freisetzen, die durch das neue Landprogramm entstehen.«

»Da gibt's 'ne praktische Schwierigkeit«, wendete Egbo ein. »Der Stamm der Scheißkübelträger wird nicht mitspielen, sie halten das nämlich für ihre Berufung.«

»Naja, wenn sie so verliebt in das Zeug sind, können sie's doch auf den Feldern mit der Scholle umwenden. Ich sagte zu Chief Koyomi, es sollten besondere Nachtzüge eingesetzt werden, die bei jeder Station versiegelte Wagen mit der örtlichen Beisteuerung ankoppeln; eine nächtliche Sammlung, die über Schienen in den Norden rollt, um die weniger produktiven Ländereien zu düngen. In einem Jahr, so sagte ich ihm, könnte die Produktion landwirtschaftlicher Erzeugnisse verdoppelt werden.«

»Halt mal, halt mal«, und Egbo grapschte sich die Zeitung und suchte den Bericht. »Aha, dachte ich's mir doch, das ist doch die Rede des Mannes, fast Wort für Wort.«

»Hm, das muß man ihm lassen, er hat ein phantastisches Gedächtnis. Es sei denn, er kann Steno und hat heimlich hinter seinem Rücken mitstenographiert. Und wohlgemerkt, ich hatte schon ein paar intus, und dann sind meine Überzeugungskünste ja wirklich unwiderstehlich. Ich glaube, ich habe ihm auch die Metaphysik dieses Planes dargelegt – um den Gedankengang abzurunden.«

»Ich hab's«, rief Egbo. »Das hat er gemeint mit seiner Mentalphysik und -chemie.«

»Siehst du, ich hab doch gesagt, der Mann hat seiner Phantasie die Zügel schießen lassen.«

»Hört euch das an – ich wette, wieder ein Stück Berichterstattung von dir: ›Die Art der Fäkalienbeseitigung in Kübeln sei, so erklärte Ehrenwert Chief Koyomi, menschenunwürdig; und während das ehrenwerte Mitglied sprach, befruchtete sich sein lange brachliegendes Hirn, und der Plan entwickelte sich großartig und ließ die unerwartetsten Schößlinge in allen Farben und Duftnoten sprießen ...‹ Das ist von dir, nicht wahr?«

»Kann man meinen Stil verwechseln? Wißt ihr, daß Mathias ein Verräter ist? Der Chefredakteur rief mich rein und sagte: ›Ich habe von Mathias gehört, daß Sie ein Interesse an diesen Dingen haben, würden Sie das gern übernehmen?‹«

»Ich muß zugeben, mir gefällt die Idee mit den Eseln«, sagte Kola. »Aber es könnte sein, daß sie gegen den Geruch allergisch sind.«

»Gasmasken. Die Polizei kann sicher genügend zur Verfügung stellen.«

»Gasmasken an Esel auszugeben könnte aber ein erhebliches Sicherheitsrisiko bedeuten. Stellt euch mal vor, die veranstalten eine Demonstration, dann wäre der Einsatz von Tränengas ja völlig nutzlos.«

»Ich bin immer noch ganz begeistert von den Eseln, und nicht nur innerhalb der Stadt. Warum nicht für den ganzen Weg bis in den Norden?«

»Du findest Züge, gib's zu, zu prosaisch?«

»Genau.«

»Hm, da ist schon was dran, wenn man's vom nomadischen Standpunkt aus betrachtet – Viehzüge fahren in den Süden, während Züge beladener Esel in Scheißkarawanen in den Norden trecken.«

Bandele stand auf und ging hinaus.

Ein paar Minuten lang starrten sie auf die zugeschmetterte Tür.

»Was«, fragte Egbo endlich, »ist ihm denn für eine Laus über die Leber gelaufen?« Er schaute Simi an, dann Dehinwa. »Was sagt ihr Frauen dazu? Gibt es irgendwas, das ihr mit eurer Intuition erfaßt, das uns entgangen ist?«

Simi kraulte ihn im Nacken, und Dehinwa sagte: »Euer Geschwätz reicht völlig, einen Mann die Wände hochgehen zu lassen.«

Sagoe lachte.

»Du wirst es nicht glauben, Kola, und du auch nicht, Egbo, aber eines trunkenen Tages habe ich diesem Weib da blödsinnigerweise versprochen, daß ich mein Buch der Erleuchtung verbrenne, wenn wir heiraten.«

»Du hast es geschworen«, erinnerte sie ihn.

»Und so hinterhältig er mir abgerungen wurde, werde ich den Schwur halten.«

»Wie um alles in der Welt hat sie es geschafft?«

Sagoe sah sie rachelüstern an.

»Soll ich's ihnen sagen?«

»Wenn du es wagst ...«

»Ich sag's.«

»Du wirst es nicht wagen ...«

»Es war, wie soll ich sagen, in einem Augenblick äußerster ...«

Dehinwa stand auf und flüchtete die Stufen hinauf, und hinter ihr schallte Sagoes Gelächter: »Zu was für einem Preis, Delilah! Was für ein Preis für Delilahs Jungfernschaft!«

Simi fragte: »Werdet ihr wirklich heiraten?«

»Ich bin in der Falle«, seufzte Sagoe, »in der Falle, und es gefällt mir.«

»Sagt mir Bescheid, wenn's soweit ist«, sagte Kola, »ich will ihr ein Paar Handschellen schenken.«

»Und von mir kriegt ihr einen Nachttopf«, versprach Egbo.

Bandele kam wieder herein, Torpfosten eines Palastes, aus Eisenholz geschnitzt.

»Will Joe Golder diese Sache heute wirklich durchziehen?«

Kola lächelte.

»Bandele, du scheinst einfach nicht zu begreifen. Was soll der Mann denn tun? Ihm bliebe doch höchstens die Alternative, herumzusitzen, zu grübeln und daran kaputtzugehen.«

»Manchmal führst du dich auf«, setzte Egbo an, »als würdest du nicht empfinden ...«

»Dich habe ich nicht gefragt, Egbo.«

Egbo stand auf.

»Wenn du dich weiterhin so kindisch aufführst, verlasse ich dein Haus!«

Bandeles Stimme wurde ruhiger: »Die Tür ist offen. Ich kann nicht vergessen, daß ich heute morgen zu dir gekommen bin, um dich um Hilfe zu bitten, und du hast mich im Stich gelassen.«

»Ich habe *dir* nichts verweigert.«

»Und ich habe *dich* gebeten, stimmt's? Kolas Atelier wäre näher gewesen, aber ich bin zu dir gekommen, um dich zu bitten.«

»Aber nicht für dich selbst. Du hast um Hilfe gebeten für diesen widerwärtigen Stillstand der Natur, und ich wollte ihn nicht einmal kennenlernen. Komm, Simi, wir gehen.«

»Ehe du gehst«, sagte Bandele, »habe ich noch eine wichtige Mitteilung für dich ...«

»Das hat Zeit.«

»... von einer meiner Studentinnen.«

Egbo stand stocksteif, sein ganzes Verhalten war verändert.

»Von ... ihr ...?«

»Ja.«

»Seit wann schon?«

»Komm lieber mit nach draußen.«

Egbo vergaß Simis Gegenwart und stürzte aus dem Raum. Dehinwa warf Simi einen Blick weiblichen Verstehens zu und nahm Egbos Platz neben ihr ein. Sagoe versuchte, eine aufrichtige Bemerkung zu machen, gab es aber auf und zuckte die Achseln.

Draußen sagte Bandele: »Ich weiß, wo sie ist.«

»Hör zu, füll mal erst die eine Lücke, ehe du mit anderem kommst. Wie zum Teufel heißt sie?«

»Du hörst mir jetzt zu, Egbo. Ich werde dir nur ihre Nachricht übermitteln, so wie sie sie mir gegeben hat und so wie sie mich gebeten hat, sie weiterzugeben. Ich für mein Teil glaube zwar, daß sie nicht ganz richtig im Kopf ist, aber das weißt du selbst vielleicht noch besser.«

»Herrschaftszeiten, was ist los? Ist sie schwanger?«

»Ja.«

»Aha.«

»Und sie weiß, daß du und Simi immer noch … Sie hat euch auf der einen oder anderen Party gesehen.«

»Sie hat doch nicht irgendeinen Blödsinn versucht, oder?«

»Sie wollte. Sie ist zu einem der Ärzte im Krankenhaus gegangen, zu diesem Dr. Lumoye, dem Witzbold, und er hat sich genauso bescheuert aufgeführt wie immer. Ich glaube, er wollte sogar mit ihr schlafen, und als sie sich weigerte, hat er ihr die Hilfe verweigert und außerdem den ganzen Tratsch breitgetreten; und da sie ja auch ziemlich verrückt ist, ist sie ins andere Extrem gefallen. Sie will das Kind behalten, sagt sie, und hier weiterstudieren.«

»Wo kann ich diesen Arzt finden?«

»Ich sagte, ich habe eine Nachricht für dich.«

»Und ich fragte dich, wo ich diesen Scheißkerl von Quacksalber finde.«

»Du schreist ziemlich laut, Egbo.«

»Sag mir, wo er wohnt, oder steck dir deine verdammte Nachricht an den Hut!«

»Ganz wie du willst.«

»Wart doch!« Egbo hielt ihn zurück, schluckte Galle und fühlte, wie das Gift in ihm schäumte. »Bandele, Bandele, diese Rolle als Folterknecht paßt nicht zu dir, sag mir, wo ich den Mann finden kann.«

»Ich hab dich nur nach draußen gebeten, um dir eine Nachricht zu übermitteln.«

»Gut, gut. Also sprich. Wo ist sie? Hat sie wirklich vor – ich meine, will sie hierher zurückkommen?«

»Der Registrator hat es mir persönlich bestätigt. Sie hat einen Brief an ihn geschrieben.«

»Wo ist sie?«

»Ich weiß es nicht.«

»Du lügst, Bandele.«

»Ich weiß es nicht, oder ich will's dir nicht sagen – glaub, was du willst.«

»Also gut, bring's hinter dich. Was sollst du mir ausrichten?«

»Wenn du dir sicher bist, was du tun willst, dann sollst du es mir sagen, und ich werde es weitergeben. Ich soll dir klarmachen, daß du ihr gegenüber keinerlei Verpflichtung hast. Ich hoffe, ich konnte alles deutlich machen – das war ihre ganze Nachricht.«

Bandele drehte sich um und wollte wieder ins Zimmer gehen.

»Nein, warte.« Egbo hielt ihn zurück und sah ihm ins Gesicht. »Das erklärt natürlich eine ganze Menge. Ich nehme an, daß das auf dem Grund deiner eigentümlichen …«

»Sei nicht so eingebildet. Denkst du, es ist bloß das?«

»Schon gut, lassen wir das; aber, um Himmels willen, erzähl mir doch was von dem Mädchen … Sie ist, wie soll ich sagen, so eine besondere, so außerordentliche Kreatur, in gewisser Weise wild. Ich kann mir nicht vorstellen …«

»Ich möchte meine Verstrickung in diese Sache auf ein Minimum reduziert halten. Also bitte, nur deine Antwort, wann immer du deine Entscheidung getroffen hast, sonst nichts.«

Diesmal unternahm Egbo keinen Versuch, ihn zurückzuhalten. Lange blieb er auf der Schwelle stehen, dann ging er aus dem Haus und lief in die Dunkelheit.

Bandele aber ging schnurstracks die Treppe hinauf, und sie hörten ihn im Badezimmer planschen.

»Der Mann«, sagte Kola, »bringt sich innerlich um, aber warum nur?«

»Was er braucht«, bemerkte Sagoe, »ist eine lange Leerizismus-Klausur.«

Sie würden zu spät zum Konzert kommen, und sie wußten es, aber keiner stand auf und schlug vor, daß sie nun gehen sollten. Sekonis Ausstellung war am Nachmittag eröffnet worden, zu Palmwein und dem gerösteten Fleisch des schwarzen Widders, dessen gerinnendes Blut noch auf dem Fußboden in Kolas Atelier klebte. Bandele hatte gesagt: »Wozu braucht ihr den Widder? Habt ihr euer Opfer nicht gehabt?«

Und für einen langen Augenblick schien es, als wolle Egbo ihm das Messer in die Kehle rammen, und sie standen schrekkensstarr um das dampfende Blut und das zuckende Gefäß der gespaltenen Kehle. Doch dann schnickte Egbo das Messer spielerisch in Bandeles Richtung, und ein Regen kleiner Blutpunkte zeichnete sein Hemd. Sofort löste sich die Spannung, und Lachen verwischte den bedeutungslosen Augenblick des Zwiespalts; selbst Bandele lächelte, denn es fiel ihm ein, daß dies ja schließlich auch für Sekoni war. Auf Kolas Leinwand war die Farbe auf Esumare noch nicht ganz trocken, doch sie beförderten das Bild zur Ausstellung und hängten es im Foyer des Theaters auf, in dem Joe Golder später am Abend singen sollte. Und alle Förderer der schönen Künste kamen, einschließlich der Oguazors, die sich aber rasch verzogen, als sich ein oder zwei Hausfliegen auf die berauschende Fährte des Palmweins setzten. Das Opferschlachten, der Geschmack des Weins, der sich mit dem beißenden Geruch des gerösteten Fleisches mischte, versetzten Egbo zurück, zerrten den einzelnen, einzigartigen Akt hervor, die erste Begleitung zu seinem Heiligtum am Fluß, und Egbo wußte, er konnte sie nicht für ein bloßes idyllisches Phantasiegebilde halten, denn der Tag stieg so großartig vor ihm auf, und wieder wurde er überwältigt von ihrer Willenskraft …

Und jetzt lief Egbo und lief, und die anderen saßen in Bandeles Wohnzimmer und fürchteten den Augenblick, in dem sie gehen mußten, um Joe Golder hinter den Scheinwerfern gegenüberzutreten.

Bandele kam die Treppe herunter.

»Wird es nicht Zeit für die Freak-Show?«

»Du willst uns aus dem Haus haben?«

»Nein, ich komme sogar mit euch. Aber sagt mir eins, ihr, die ihr alles versteht. Dem Programm entnehme ich, daß Joe Golder nach der Pause ein Requiem singt. Ist das seine Vorstellung von Sühne?«

»Der Programmablauf wurde schon vor Monaten festgelegt«, sagte Kola ruhig.

»Ah, dann war das andere Ereignis die Inspiration«, und Bandeles Stimme klang wie dürres, faserndes Gras, wie damals, als er sagte: »Wenn du einen der größeren Wagen fährst, legen sie sich auf die Straße und lassen sich von dir überfahren.«

»Du wirst überschnappen«, sagte Kola, wieder sehr ruhig.

»Nein. Es scheint, als gingen wir alle zu einer unnötigen Selbstgeißelung, und ich nehme an, Joe Golder hat mich um Jahre älter gemacht, aber ich werde nicht überschnappen.«

Bandele war ein total Fremder, und er wurde zusehends unergründlicher.

Es war, als kenne er weder Mitleid noch Nachsicht, und doch war genau das Gegenteil richtig. Im Theater setzte er sich getrennt von den andern; er folgte ihnen in dieselbe Reihe, ließ aber einige leere Sitze zwischen ihnen frei. Er saß bei Simi; Kola, Sagoe und Dehinwa saßen ein paar Plätze weiter. Kola hatte diese Plätze ausgewählt, denn er hatte Mrs. Faseyi und ihre Schwiegertochter entdeckt und zog es für sich vor, genau hinter Monica zu sitzen. In der ersten Reihe saßen die Oguazors und neben ihnen Ayo Faseyi.

Und Bandele blieb unbeugsam wie der Zeremonialstab des *ogboni*, ein starrer Einzelguß. Und es schien, als frage er die äußerlich gefaßte Gestalt auf der Bühne: Wobei zwingst du uns, Zeuge zu sein? Bei einer selbstgefälligen Ausmerzung? Bandele thronte wie eine zeitlose Statue und brütete über geringeren Wesen. Und Kola, der alles zu erfassen suchte, der die Einzelstücke vor der Anpassungsgewohnheit der Zeit klar zu umreißen suchte, fühlte, viel später, in einem wohlgeordneten und ungestörten Augenblick, daß dies ein Augenblick der Frustration war, daß an diesem Abend die Macht gefehlt hatte, die Ereignisse eins um das andere aufzurollen und sie in getrennten Stillständen der Schöpfungsphase anzuordnen.

Sometimes I feel like a motherless child ...

Und so blickte Kola zu Bandele hinüber, und er dachte, wenn wir nur wären, wenn wir nur wären und nichts spürten von den versklavenden Schnüren, wenn wir aus unpersönlichen Öffnungen in die Leere fielen und weder Lebenden noch Toten etwas von uns selbst schuldeten: wir sollten uns dahin entwickeln, daß wir unseren Willen weder durch Verständnis schwächen noch Zugeständnisse machen, so daß wir, wenn die Gegenwart über unseren Köpfen zusammenbricht, rasch ein neues Lebensgesetz finden. Wie Egbo schon immer, und jetzt Bandele.

Sometimes I feel like a motherless child …

Das Gebein lag bloß auf dieser Bühne, Sandsäcke und Traversen, Klappbühnen türmten sich zu schwarzem Faltenwurf auf beiden Seiten, zwei nackte Lichtpunkte liefen zusammen – und Joe Golder. Hinter ihm tiefe Leere, totale Dunkelheit – und Joe Golder. Und außerhalb der schwarzen Ecken der beweglichen Vorderbühne, die ihn, die archaische, vom Familienalbum verleugnete Gestalt, umrahmte, suchte Joe Golder die Welt in seiner Hoffnung, die gesichtslose, unauslotbare Welt, ein völliges Nichts für diesen Mann, den jeder einzelne Ton nach außen zerrte. Joe Golder legte seine Seele bloß, zerfleischt, dunstige Fontänen der Seelenpein spritzten auf und wiegten ihn, das langverlorene Kind, und konnten ihn doch nicht unbelastet emporschleudern …

A long way from ho-o-me, a long wa-ay from home.

Und er, Kola, wußte, daß dies keine Frage der bloßen Geographie war. Einen engen Reif um das Bein gelegt, schaute er nach unten und sah Monicas Arm zittern, so hart packte sie zu. Kola hielt ihre Hand und gestand ein, dies ist ein Abend der Loslösungen, jeder geht seiner Wege.

Überwältigt von einem Gefühl, das er nicht zu erklären vermochte, blickte er zum Ausgang hinüber. Egbo stand neben der Tür, und selbst in dem matten Lichtschauer des Foyers sah er überanstrengt aus, von einem unglücklichen Stern verfolgt, wie ein Mann, der plötzlich seine Jugend verloren hat.

Egbo war quer über das ganze Unigelände gelaufen, ohne auf den Quecksilbermantel zu achten, der sich über ihm zusammenzog, das plötzliche trockene Knistern, das seine

Haut elektrifizierte, als würden sich die Haare auf seinem Arm aufrichten in den Schwingungen des darüberstreichenden Kamms. Es erinnerte ihn an die Eigenart von Bandeles Zorn, statischer Strom, der die reine Harmattanluft unterbrach, ein stilles Rascheln des Zwiespalts. Doch die Wolken hielten das Wasser, obwohl er sich sehnlich wünschte, Regen möge fallen, möge herunterbrechen, selbst wenn der Himmel standhielt, möge er wenigstens die Erde unter seinen Füßen zerbröckeln in losen Sand, das fiebrige Prickeln seiner Haut freisetzen in die rinnende Ungebundenheit reiner Haut, blankes Quarz in raschen Rinnsalen, denn er hörte sein rasendes Herz langsam, doch heftig gegen die überlappenden Fliesen aus gefasertem Granit schlagen ..., doch der Regen hing trocken über ihm, und die Erde legte sich seinen nutzlosen Fußtritten nur als feuchte Klumpen entgegen ... Unbewußt wurde er von dem Klang angezogen, der durch die Aluminiumluftschlitze in die Nacht hinausdrang, der dünne, rissige Schrei des kastrierten Stiers, und Egbo ging zur Tür und fragte sich, wer ist dieser Mann, daß er seine Abspaltung von der Welt des Verstandes herausbrüllt!

Der Doppelfleck bohrte ein Loch in den Boden, und Joe Golder stand mit den Füßen in diesem Kreis der Leere, und Egbo dachte, gleich werden sie Besitz ergreifen von dem Gehöft der Färberinnen, wenn die Frauen gegangen sind, schon warten sie am Rand der riesigen Farbtöpfe, die tief in den schwarzdurchtränkten Sand eingelassen sind. Sowie die Frauen gegangen sind, werden sie aufspringen, die gekreuzten Bambusstangen umklammern und einen Augenblick lang schweben. Doch manchmal splitterte eine Bambusstange, und das Kind fiel in die Farbgrube, und ein mächtiger Aufspritzer von Farbe schleuderte über die Ränder, und das Kind kletterte heraus und vergoß Indigotränen, schwarzgefärbt bis in die Augäpfel. Von dieser Schwärze wurde Joe Golder nun vor seinen Augen verschluckt, und wieder hörte Egbo den entsetzten Angstschrei des Kindes, und geschwärzte Hände schlugen verzweifelt wie Dreschflegel nach der Berührung von Händen, von Lippen und sauberem Wasser, um sich abzuspülen. Und das Wasser reinigte. Indigofontänen stiegen auf und bildeten Strudel um seine Füße. Joe Golder auf seiner immerwährenden Suche nach Schwärze ging durch die Hinterhöfe alter Frauen unter dem Kreuz und Quer von Bambusstangen hindurch, so niedrig, als sei dies ein Ort zur Erhängung von Zwergen, und er ging geduckt und bucklig durch pechkohlengefleckte, abgewetzte und knotige Bambusvierungen, klapprige Holzgestelle, auf denen die unausgewrungenen gefärbten Tücher tropften. Schwarze Regen von Zwergenhimmeln, und der reine Treibsand unter seinen Füßen war mit dieser einen Farbe seiner Wahl durchtränkt. Joe Golder preßte seine Füße irgendwo in den Sand, und Quellen sprudelten auf aus Farbe und weit gesickerter Altweiberpisse, breitbeinig über den Rändern der eigenen Farbgruben abgelassen, und schwarzer Brei schäumte auf, schwarze Blasen an den Simsen, schwarze Lava tief aus den Eingeweiden der tiefen, durchgereiften Töpfe mit den Rändern in Bodenhöhe; oh, ich habe zwischen ihnen gespielt, sagte Egbo, da, wo alte Frauen ihre Leichentücher färben, und Gram ist eine solche Frau, alt wie der Fluch aus tabaksaftgezeichneten Kehlen. Joe Golder ließ Farbe aus dem Treibsand aufsprudeln, während er zwischen den aufgerissenen Mäulern der versenkten Kessel umherging und den nassen Leichentüchern, die träge im Wind flappten und Indigoschaum aufschlugen. Sie umwickelten seine Füße, zerrten ihn im Kreis herum, rissen ihn herunter, immer tiefer herunter, und die schwarzen Blasen waren Olokuns verärgerte Augen, die brodelten: *E-gbo-lo, e-pulu-pulu, E-gbo-lo, e-pulu-pulu, E-gbo-lo …*

Bis ihn plötzlich die Lichter überfluteten und er den Applaus aufbranden hörte und sich das Haus zur Pause erhob.

»Verängstigt! Ich sag's doch, diese englischen Mädchen sind doch zu dumm. Was hat sie jetzt wieder verängstigt? Daß ich geweint habe«, und Mrs. Faseyi weinte immer noch, eine unbeholfene Mischung aus verebbenden Aufschluchzern und baritontiefem Lachen.

Ihre Augen trafen sich mit Bandeles, der mit Simi abseits stand, und Bandele verbeugte sich seltsam formal, und sie blickte erstaunt beiseite, verletzt und ungläubig.

Sagoe, im Schlachtengetümmel mit der Gesellschaft, um an den Tisch mit den Getränken zu kommen, fand sich plötzlich von Angesicht zu Angesicht Oguazor gegenüber, und für einen Augenblick gestanden beide ein, sich wiedererkannt zu haben. Faseyi stürzte sich dazwischen und sagte: »Oh, ich mach das schon, Professor, sagen Sie mir nur, was Sie möchten.«

Doch Sagoe strahlte: »Bitte, lassen Sie mich das machen, ich schulde dem Professor einen Drink.« Und Oguazor kehrte ihm den Rücken und sprach mit Faseyi. Und der Professor entfernte sich, um sich zu seiner Caroline zu gesellen, die vor dem Pantheon stand und an der Farbe polkte, um zu sehen, ob sie sich ablösen ließ. Im nächsten Augenblick erwischte sie Sagoe, wie sie sich nach ihm umdrehte. – Sagoe brachte Simi ein Glas und bot auch Bandele eins an, der immer noch starr Sekonis Skulptur fixierte. Simi, ängstlich und unglücklich, nahm Sagoe das Glas ab und versuchte, es Bandele in die Hand zu drücken.

Monica, die es beobachtete, sagte: »Bandele scheint über irgend etwas verärgert.«

»Du hast es also auch bemerkt?« dröhnte dumpf ihre Schwiegermutter. »Mir hat er eben auf höchst eigentümliche Art zugenickt. Was hat er denn?«

»Oh, eh, wissen Sie, er ...« Kola hielt inne, doch Sagoe sprang ihm zur Seite.

»Ein Freund hat sich verdrückt und seine Freundin in Bandeles Obhut gelassen, und er genießt die Situation ganz und gar nicht.«

»Männer«, stieß Mrs. Faseyi hervor, »Bestien!«

»Aber warum kommt er nicht zu uns rüber?« fragte Moni.

Kola fühlte sich zunehmend unbehaglicher. Niemand unter den Anwesenden, der Simi nicht kannte, die berüchtigte internationale Kurtisane. Und Bandele stand so abweisend da, war sich kaum bewußt, daß sie neben ihm stand. Sie war fehl am Platz in dieser Versammlung, und sie brauchte so viel Aufmerksamkeit. Die fahlen Flicken der Mißbilligung fingen schon an zu tuscheln, sich gegenseitig zu stupsen, und ihre Bemerkungen perlten vornehm aus den Pikkolos.

»Ich glaube, ich sollte Simi zu uns rüberholen«, sagte Kola. »Wenn Sie keine Einwände haben, Mrs. Faseyi ...«

»Einwände! Weshalb? Oder ist es nicht diese wunderschöne Frau, die dort drüben bei Bandele steht?«

»Doch. Ich dachte nur ...«

»Hörn Sie, junger Mann, diese Frau dort drüben ist Simi, und ihr kleiner Finger allein ist mehr wert als alle Männer zusammen, die in diesem Moment hier versammelt sind. Holen Sie sie zu uns her. – Schau, ist das dort drüben nicht einer von Ayos Freunden?« fügte sie dann hinzu.

»Das ist Egbo. Egbo, hier sind wir!«

»Er ist nicht Ayos Freund, Mutter«, stellte Monica richtig.

»Bandele hat ihn zum Essen mitgebracht. Bitte, nenn nicht jeden Ayos Freund.«

»Egbo! Hier sind wir.«

Kola, auf dem Weg, Simi herüberzubitten, blieb stehen und überlegte, ob der Schritt jetzt noch klug war, wo auch Egbo sich gleich der Gruppe anschließen würde. Statt dessen ging er auf Egbo zu, blieb aber abrupt stehen, angegriffen, so schien es ihm, vom funkelnden Blick eines wilden Hundes. Und er folgte Egbos kernharten Augen zu dem Grüppchen sich Unterhaltender, das keinen Schritt von ihm entfernt stand, so nah, so unbekümmert nah, daß die lüsternen Böen von Dr. Lumoyes Gelächter den Mann wieder und wieder rückwärts gegen Egbo wehten, und er murmelte ein knappes 'tschuldjung und kehrte sich wieder seinem Kreis der Geistesblitze zu.

»Sie wollen sagen, sie hat geschrieben, allen Ernstes geschrieben, daß sie zurückkommen will?«

»In ihrem Zustand?« fragte Caroline.

»Mit ihrem dicken Bauch?« Lumoye, noch immer mit offenem Mund.

»Aber was ist daran so überraschend? Anstand, Sitte und Morahl bedeuten diesen moderrnen Mädchen eben nichts mehr.«

»Und sie sah immer so nett aus, so ein stilles Mädchen«, fügte Caroline hinzu.

»Haha«, warnte Dr. Lumoye, »die Stillsten sind im allgemeinen immer die Schnellsten. Sowie sie in die Klinik kam, wußte ich Bescheid. Eine von den Stillen, sagte ich, ich wette, ihr Problem ist der gute alte Freistoß ins Netz, hahaha, ups, 'tschuljung.«

Faseyi blickte etwas unsicher.

»Ich weiß nicht, einige dieser Mädchen sind überempfindlich. Man muß da vorsichtig sein, oder sie ergreifen verzweifelte Maßnahmen ...«

»Oh, die wissen sich zu helfen«, versicherte ihm Lumoye.

»Denken Sie an meine Worte. Wenn das Semester wieder anfängt, wird meine kleine Patientin so schlank um den Nabel sein wie mein Töchterchen, hahahah.«

»Trotzdem«, sagte Faseyi zaghaft, »tut sie einem doch recht leid.«

»Verschwenden Sie Ihr Mitgefühl nicht an solche Mädchen. Sie müssen eben lerrnen, für ihre Vergnühgungen zu zahlen.«

Egbos Augen steckten ausgestreckt auf schwarzen Eckzähnen, Glut an den Enden einer Schmiedezange.

»Die moralischen Werte sind wirklich gesunken«, kommentierte Caroline.

»Das ganze Land versinkt im Sumpf der sittlichen Verderrbtheit. Wir warrten nur, bis wir den verantworrtlichen S-tudenten ausfindig gemacht haben, wir werden schon wissen, wie wir mit ihm zu verfahren haben.«

»Oh, ich wette, sie werden ihn nicht schnappen, Professor. Ich wette, das Netz ist im nächsten Semester leer, haha, ups, pardon ...« Über die Schulter sagte er es; das Gesicht, in breitem Grinsen erhoben, übermittelte dem Fremden hinter ihm ein wenig von dem Vergnügen seiner Erheiterung. Es war ein angeregtes Gesicht, das er Egbo entgegenhob, den Hals gedreht, um einen Blick zu erhaschen, ohne etwas zu erkennen, und Egbo, dessen Mund unbewegt blieb, spuckte es an. Lumoye stolperte geblendet und entgeistert zwei Schritte vor, die Hand instinktiv zu dem spärlichen Spritzer hochgerissen, spärlich, denn Egbos Lippen und Kehle waren längst ausgetrocknet, und seine Zunge war frisch angekittet an der Wurzel. Doch er hatte gespuckt, ohne es zu wissen, und Faseyi, in den Lumoye stolperte, fragte: »Was ist los? Haben Sie was ins Auge gekriegt?«

Und jetzt stand Egbo in der Gruppe, wartete nur, daß Lumoye die Augen aufmachte und ihn ansah. Lumoye, der die tödliche Gefahr ahnte, der an Faseyis Worten erkannte, daß niemand den Angriff beobachtet hatte, zog es vor, im Schutz seiner Blindheit zu verharren. Sein Instinkt beriet ihn gut, denn Egbo wartete, und Caroline, genarrt wie die anderen, fummelte herum, dem Angegriffenen zu helfen.

Dr. Lumoye war kein Dummkopf; während er sich bemühte, das Ereignis zu diagnostizieren, hoffte er, daß ein Skandal zu vermeiden sei. Das vor allem; er wünschte sehr, er hätte seine ›'tschuljungs‹ mit mehr Zuwendung geäußert, denn er konnte sich nicht an das Gesicht des Mannes erinnern, der ihn so grundlos beleidigt hatte.

Bei seinem Ellenbogen eine sanfte Stimme, und sie berief Oguazor ab von dem Blick, den er zwischen Dr. Lumoye und dem schweigenden Mann wandern ließ, in dem er ein schwaches Bindeglied erahnte, und Egbos verschwommene Bedrohung machte Oguazor stumpf für die Wertigkeit von Bandeles Anwesenheit, mit der er zu wissen verlangte: »Und wie würden Sie verfahren, Herr Professor?«

Faseyi, verunsichert: »Oh, Bandele, ich wußte gar nicht, daß du auch hier bist.«

Und Oguazor, ihm väterlich Raum gewährend in dem wimmelnden Kreis, sagte: »Oh, kommen Sie, schließen Sie sich uns an. Wir s-prachen gerade über eine Ihrer S-tu-dentinnen.«

»Ach, sie ist Ihre Studentin?« fragte Caroline den Eindringling, doch Bandele hörte kaum hin.

»Ich habe Sie gefragt, Professor, was Sie unternehmen würden, wenn Ihnen der Vater bekannt wäre.«

Egbo hatte sofort begriffen, und sein Verhalten zeigte, daß er Bandele seine Einmischung verübelte. Er warf Lumoye einen raschen Blick zu und hoffte, daß der Mann nur einmal kurz seine Augen aufmachen würde, damit er sie endgültig wundgeschwollen siegeln konnte, ehe diese neue Gefahr ihn seines Rechtes auf den Zorn beraubte. Der Klang der Stimme erreichte Dr. Lumoye, und er wußte, er war gerettet.

»Wenn Sie den Jungen meinen, der für den Zus-tand der S-tudentin verantwortlich …«

»Den meine ich.«

»Nun, ich würde dafür sorrgen, daß er relegiert wird, das ist das mindeste, was er verdient.«

»Ich verstehe.«

Ärgerlich, denn er fühlte sich in unbestimmter Weise herausgefordert und empfand seinen Herausforderer als impertinent, schrie er fast: »Die Universitäht kann es sich nicht leisten, daß ihr Name in den Schmutz gezerrt wird durch die sittliche Verderrbtheit unverantwortlicher junger Männer. Die jüngere Generation ist sittlich-morahlisch korrumpiert.«

Lumoye warf den Kopf hoch, wiederhergestellt und mutig, denn er stand weit genug von Egbo entfernt.

»Ja, dem kann ich nur beipflichten. Sie bringen Schande über den guten Namen ihrer Familie, für nichts und wieder nichts. Und das ist das Traurigste an der ganzen Sache.«

»Als Arzt«, sagte Bandele, »verordnen Sie selbstverständlich Tod vor Schande.«

»Sehen Sie …«, hob Oguazor an.

»Ich habe den Herrn Doktor gefragt. Tod vor Schande, ist das nicht die Idee? Abtreibungspfuscher, denn sie wissen sich ja zu helfen, nicht wahr?«

»Ich weiß überhaupt nicht, wovon Sie reden!«

»Nein? Aber die Probleme sind Ihnen doch vertraut. Selbst diejenigen, die zuerst zu Ihnen kommen und um Hilfe bitten.«

»Ich hoffe, Bandele hält eine Universität nicht für ein Wohlfahrtsinstitut.«

Bandele blickte ihn nachdenklich an, dann schaute er in die Runde, ruhig, sein Körper war wieder gelockert, er schaute sie mit mitleidigem Bedauern an, und nur dieses Mitleid war schrecklicher als seine unerbittliche Härte. Bandele, alt und unwandelbar wie der Thron der Königinmutter von Benin, alt und grausam wie der *ogboni* in seiner Konklave, der den Spruch verkündet.

»Ich hoffe, Sie alle leben lange genug, um Ihre Töchter begraben zu können.«

Ende der Pause; und die Klingel rief sie zurück, fern und schrill wie die Rassel eines Aussätzigen. Doch sie standen da und konnten es nicht glauben. Simi wartete bei Sekonis Ringer; Kola, neben ihr, in ausbalancierter Verwirrung. Egbo schaute sie an, als sie auf ihn zukam, ihre Augen Seemuscheln mit der ihr eigentümlichen Traurigkeit ... wie die Wahl, die ein Ertrinkender hat, sagte er ... nur die Wahl, zu ertrinken.

Worterklärungen

abetiaja	Kopfbedeckung der Yoruba mit langen, dreieckigen Ohrzipfeln
adire	gefärbtes Tuch
agbada	weites Männergewand der Yoruba
agba n't'ara	Respekt vor einer älteren Person
agbo	aus Rinden und Wurzeln hergestellter Sud
agidigbo	eine besondere Art der Yoruba-Musik
ako	eine Schilfart
Akoluthen	(griech.) früher die Begleiter der Priester zum Altar (hier nur im Sinne von Begleiter gebraucht)
aladura	christliche Sekte, in deren Gottesdiensten die Gläubigen in Trance fallen
alakori	Taugenichts
amala	aus Yamsmehl bereitete Speise
ankara	besondere Stoffart der Yoruba
apala-Band	besondere Art der Yoruba-Musik
ayaba osa, omo Yemoja	Königin des Meeres, Tochter von Yemoja (einer Wassergöttin)
bale	Fürst, Oberhaupt, König einer Stadt (eines Dorfes)
dansiki	kurzes, von Männern getragenes Hemd, eine Art ärmelloser Überwurf
Durbar	Galaempfang an angloindischen Fürstenhöfen
e figbati fun yeye	Hau dem Bastard eine rein!
egbe	magische Kraft, mit deren Hilfe man sich unsichtbar machen kann
ekan	Elefantengras
Ela	Gottheit
elegungun	Ahnenmaske
Erinle	Tiergeist
Esu	Schicksalsgott, der Unordnung und Verwirrung stiftet
Esumare	Regenbogen
ewedu	schleimige Gemüsesuppe
gaga	Brille
gambari	abfällige Bezeichnung für einen Haus

Gehenna	(hebr.) Name der Hölle im Neuen Testament
Ghul	(arab.) zwergenhafter Dämon, der sich von Menschenfleisch und Leichen nährt
gidigbo	harte Art des Ringkampfes
high-life	in ganz Westafrika verbreitete Form des Gesellschaftstanzes
Hulk	abgetakeltes Schiff, zumeist Kriegsschiff
ibeji	aus Holz geschnitzte Zwillingsfiguren mit extrem langgezogenen Kopfformen
igbale	Höhle für bestimmte Kulte
ibosi	Schande
igunuko	Akrobat
ikori	Jägermütze
ilu oyinbo	Land der Weißen
iyun	Korallenperlen (als sehr wertvoll angesehen)
Jael	weibliche Gestalt aus dem Alten Testament, die sich zweifelhaften Ruhm erwarb, in dem sie den Kopf eines Mannes mit einem Nagel an den Boden heftete
koboko	Lederpeitsche
kola	Kolanuß; Bezeichnung für Bestechungsgeld
Nta. Won wa nnu taxi	Draußen. Sie sitzt im Taxi.
obalende	ehrerbietige Anrede
Obaluwaiye	respektvolle Bezeichnung für *Sopona, den Gott der Pocken*
Obatala	Schöpfergott
oga	ehrerbietige Anrede; Chef, Vorgesetzter
Ogboju Ode	Titel eines Buches von D. O. Fagunwa, eines bedeutenden Yoruba-Autors, das von Soyinka ins Englische übersetzt wurde
ogboni	Versammlung der Ältesten, eine Art Exekutive, Geheimbund
Ogun	Gott des Eisens und des Krieges; Pfadfinder, Forscher, Schöpferkraft
ole	Dieb
ologomungomu	Geisterwesen
Olokun	Meeresgott
omo alufa	Sohn des Pfarrers
omo ole	Sohn eines Diebes, Diebsgesindel

omo tani?	Wessen Sohn glaubt er zu sein? Was bildet er sich ein?
oriki	Preislied
Orisnanla	oberste Gottheit
Oshun	Flußgöttin
O ti sah. Madame ni npe yin	Nein, Sir. Madame bat mich, Sie zu rufen.
Owolebi	Bezeichnung für ein bestimmtes Stoffmuster
oyekoko moniran ...	lautmalende, bedeutungslose Äußerung
oyinbo	Weißer, Europäer
sai gobe	Bis morgen; Grußformel der Haussa
salaam	(haussa) Grußformel nach dem arabischen »salam alaikum«
Sango	Gott des Blitzes (Elektrizität)
Se wa s'omo fun wa?	Willst du handeln, wie ein pflichtbewußter Sohn handeln sollte? (d.h. für die Eltern und die Ältesten sorgen)
tanwiji	Moskitolarve
to to to ...	Heil, heil, heil ...
VIP	»very important person«, Person des öffentlichen Lebens, der besondere Aufmerksamkeit zukommt
Won ni npe yin wa	Sie sagte, ich solle Sie rufen.